Le passé dans la peau

DÉJÀ PARU DU MÊME AUTEUR

La peur à fleur de peau

LORI FOSTER

Le passé dans la peau

Roman

MOSAÏC

Collection :
MOSAÏC

Titre original :
TRACE OF FEVER

Traduction de l'américain par BARBARA VERSINI

Photo de couverture
Femme : © GETTY IMAGES/VETTA/ROYALTY FREE
Réalisation graphique couverture : C. GRASSET

83-85, boulevard Vincent-Auriol, 75646 PARIS CEDEX 13.
Service Lectrices — Tél. : 01 45 82 47 47
www.harlequin.fr

ISBN 978-2-2802-7832-4

*Ce livre est dédié à l'*Animal Adoption Foundation*, le refuge pour animaux d'Hamilton, Ohio, qui s'interdit de pratiquer l'euthanasie.*

Liger, l'un des chats de mon fils, que je dépeins dans ce roman, vient de l'AAF dont je tiens à saluer au passage le remarquable travail. Sans l'AAF, Liger, ce chat exceptionnel — autant par sa gentillesse que par sa taille —, ne serait jamais entré dans notre famille. Je n'oublie pas l'AAF et je saurai la remercier quand il s'agira de faire un don.

Pour en savoir plus, vous pouvez visiter le site
www. AAFPETS. com

LORI

1

Ça n'allait pas. Pas du tout, même. Cette fichue mission piétinait ! Adossé au mur, l'air sombre et les bras croisés, Trace Rivers se répétait, pour la dixième fois au moins, qu'une source interne aurait probablement accéléré les choses. Mais comment rallier à sa cause une personne bien renseignée ? Et quelle personne, pour commencer ?

Il s'était fait engager en tant que garde du corps de Murray Coburn, sa cible, l'homme qui occupait le luxueux bureau près duquel il montait la garde, un bureau au dernier étage d'un grand immeuble d'affaires, avec de larges fenêtres qui offraient un panorama sur l'extérieur. Il cherchait à accumuler des preuves contre lui, mais n'avait eu accès pour le moment à aucune information intéressante et commençait à s'impatienter.

Murray Coburn avait les mains sales. Et c'était de notoriété publique. Mais jusque-là les flics n'avaient pas réussi à le coincer et, en l'absence d'éléments solides, personne n'osait le mettre en cause.

La mission de Trace, c'était de réunir ces éléments. Ensuite, selon ce qui se passerait, il remettrait Coburn entre les mains de la justice ou se chargerait lui-même de le punir. En attendant, il devait se résigner à côtoyer le lot de brutes et de voyous qui travaillaient pour ce malfrat.

La plus difficile à supporter était sa maîtresse attitrée, Helene Schumer. En tant que telle, elle jouissait d'un certain nombre de privilèges et ne se privait pas d'en user. Plus connue sous le nom de Hell — surnom qui lui allait comme un gant —, elle ne ratait jamais une occasion de venir se frotter à Trace, quand ses gestes n'étaient pas plus directs, ou de lui faire sentir qu'il n'était qu'un sous-fifre.

Trace s'était demandé un temps s'il n'allait pas céder à ses avances pour lui soutirer des informations. Helene était complètement nymphomane. Il lui aurait suffi de claquer des doigts pour qu'elle lui tombe dans les bras. Mais il avait décidé de s'abstenir. Parce qu'elle le dégoûtait. Et aussi parce qu'elle était la maîtresse de Murray et que cela faisait d'elle une arme à double tranchant.

Dommage…

A cet instant, il la vit venir vers lui, le regard en biais et la moue aguicheuse. Il fit de son mieux pour l'ignorer, tout en pestant intérieurement contre elle ; en trois semaines, il n'était pas loin d'avoir épuisé tous les prétextes pour l'éconduire poliment.

Heureusement, Alice, la timide secrétaire particulière de Murray, vint à son secours.

— Monsieur Miller ? appela-t-elle d'une toute petite voix.

Miller était le nom d'emprunt sous lequel il s'était présenté à Murray.

— Oui ? répondit Trace, sans quitter Hell des yeux.

— Il y a en bas une femme qui demande à être reçue par M. Coburn. Il faudrait que vous descendiez voir ce qu'elle veut.

Hell s'arrêta net au milieu du couloir, dans une pose théâtrale, les mains sur ses hanches bien dessinées, le menton arrogant.

— Une femme ? s'exclama-t-elle. Et qui c'est, cette femme ?

Alice piqua du nez.

— Je l'ignore, madame.

— Dites-leur de la faire attendre jusqu'à ce que j'arrive, indiqua Trace à Alice.

Il aurait pu communiquer directement avec les gardiens de l'accueil, mais en charger Alice revenait à la soustraire à la méchanceté de Hell. Murray s'amusait beaucoup de la perversité de sa maîtresse, aussi ne se gênait-elle pas pour malmener le personnel.

— Il n'est pas question que Murray reçoive une femme ! décréta Helene d'un ton sec.

Perverse et possessive. Elle savait pourtant que Murray sautait sur tout ce qui portait une jupe, avec ou sans consentement.

— Murray ne recevra personne pour le moment, fit Trace. Il s'est absenté.

Il était parti depuis deux heures, emmenant avec lui un autre garde du corps. Trace n'avait pas pu le suivre.

— Renseignez-vous sur l'identité de cette femme et tenez-moi au courant, lui ordonna alors Helene.

— Je n'ai pas à vous tenir au courant de quoi que ce soit, répondit-il posément.

Hell faisait peut-être régner la terreur parmi les employés de l'entreprise, autant ou presque que Murray, mais ces deux ordures n'impressionnaient pas Trace ; ils ne lui inspiraient que du mépris. Il faisait profil bas devant Murray, pour gagner sa confiance, mais tenait tête à Helene, non sans une sourde satisfaction.

Attitude qui attisait le désir de cette folle et lui avait valu l'estime de Murray, du moins en apparence.

Tandis qu'il se dirigeait vers l'ascenseur, Helene lui emboîta le pas. Il mesurait un mètre quatre-vingt-trois, mais, perchée sur ses talons aiguilles, elle avait les yeux presque à hauteur des siens. La masse de ses longs cheveux noirs et soyeux lui couvrait la moitié du dos. Elle avait les lèvres et les ongles peints du même rouge vif. Elle portait un fin caraco quasi transparent, avec un décolleté mettant en valeur sa poitrine pigeonnante et se prolongeant en une découpe fine jusqu'à la ceinture de sa jupe archi-moulante, laissant voir son nombril au passage.

Elle était absolument sublime, comme d'habitude.

Sublimement maléfique.

Elle posa un regard appuyé sur le renflement de sa braguette.

— Ça tombe bien que vous soyez appelé en bas..., lâcha-t-elle en ricanant.

Elle était vraiment détestable. Et il la détestait.

— Ah oui ? Pourquoi ça ?

Elle tendit le bras et, sans la moindre gêne, posa la main sur son entrejambe.

— J'avais prévu de passer un petit moment intime avec vous.

Les attouchements d'Helene, ses frottements de chatte en chaleur n'excitaient pas Trace, loin de là ; ils provoquaient en lui un désagréable sentiment de vulnérabilité. Il la sentait capable de tout, y compris de le châtrer.

Il attrapa son poignet au vol et referma ses doigts puissants sur ses os fins et délicats, les enserrant comme une tenaille. Il lui faisait mal probablement, pourtant elle entrouvrit la bouche, comme en extase. Elle aimait ça, cette tarée !

Elle s'humecta les lèvres du bout de la langue et chercha son regard.

— Si vous étiez nu, j'aurais planté mes ongles dans ces grosses bourses, dit-elle.

Raison de plus pour ne jamais se déshabiller devant elle, nota-t-il mentalement, tout en lui adressant son sourire de vainqueur.

— Pas cette fois, Hell…

Il lui tordit le bras, jusqu'à ce qu'elle lâche prise en grimaçant de douleur, puis il la repoussa.

— J'ai du travail. On m'attend en bas.

— Trace ?

Il se tourna vers elle avec un soupir las.

— Quoi encore ?

— Il faudra que vous m'emmeniez de nouveau faire les boutiques, un de ces jours.

— Ça ne fait pas partie de mes attributions, ma poupée.

— Ça en fait partie quand Murray vous en donne l'ordre.

Elle frotta contre sa poitrine son poignet rougi.

— Et Murray vous en donnera l'ordre si je le lui demande.

Ne trouvant rien à répondre, Trace se détourna et entra dans l'ascenseur. Quand les portes se refermèrent sur lui, il poussa un soupir de soulagement.

Déjà trois semaines qu'il jouait les gardes du corps auprès de Murray… Il avait hâte que cette comédie se termine. Surtout avec Helene qui lui donnait tant de fil à retordre ! Elle était tout simplement infernale. Il prenait son mal en patience en se disant qu'elle tomberait avec Murray, dont elle était la complice active. Ingénieur chimiste de formation, elle utilisait ses compétences pour concocter des drogues destinées à calmer ou à rendre consentantes les femmes que Murray achetait à un certain Lackey, avant de les revendre au plus offrant.

Helene Schumer était un fléau. Sans elle la Terre serait un monde meilleur. Trace ne réservait pas de traitement de faveur aux femmes de son espèce.

Priscilla Patterson feignit la vulnérabilité et le désarroi quand les deux grosses brutes de la sécurité la poussèrent sans ménagement à l'intérieur d'une salle de réunion du rez-de-chaussée de l'immeuble.

Ils n'étaient pas délicats et elle eut bien du mal à se cantonner à son rôle de pauvre petite fille naïve et sans défense.

Mais, brusquement, une voix masculine, calme et sévère, se fit entendre.

— Laissez-la!

On la lâcha aussitôt. Elle se tourna vers celui dont émanait cette autorité.

Eh bien!

Le moins qu'on puisse dire, c'est qu'il n'avait rien de commun avec les deux hommes des cavernes qui avaient pris un malin plaisir à la houspiller! Il avançait vers elle d'un pas vif et assuré, dégageant un magnétisme incroyable. Elle prit le temps de le détailler. Il mesurait plus d'un mètre quatre-vingts, musclé juste ce qu'il fallait. Soigné de sa personne également. Le plus remarquable chez lui, c'étaient ses cheveux blonds, raides et un peu trop longs, qui contrastaient singulièrement avec des yeux d'un brun doré au regard incroyablement perçant.

Il était vêtu d'un pantalon beige en coton et d'une chemise noire bien coupée sous laquelle Priss devina le léger renflement d'un gilet pare-balles.

Il portait un revolver, rangé dans un étui en cuir noir sanglé en travers de son torse. Deux recharges pendaient à sa ceinture, ainsi qu'un bâton électrique, une matraque et une masse d'arme.

Quant à ses bottes noires de sécurité, elles auraient fait à elles seules une arme redoutable.

Il était équipé pour parer à toutes les éventualités.

Mais peut-être pas pour affronter le personnage de jeune femme douce et naïve qu'elle avait endossé.

Il balaya les deux grosses brutes d'un regard vaguement condescendant.

— Je me charge d'elle, dit-il.

Les deux hommes s'éloignèrent en maugréant.

— Venez avec moi ! ordonna-t-il en lui prenant le bras.

Elle tenta de lui résister, mais il la tenait fermement, sans cependant lui faire mal.

— Où m'emmenez-vous ?

— Dans un endroit où nous serons tranquilles.

Elle dut trottiner pour se régler sur son allure. Avec ses chaussures plates, elle se sentait ridiculement petite comparée à lui. Et beaucoup moins sûre d'elle tout à coup.

— Vous travaillez ici ? demanda-t-elle.

Il ne répondit pas, mais la fit bifurquer dans le couloir, pour la dissimuler aux deux hommes. Lui, au contraire, resta bien en vue et elle supposa que c'était pour garder lui-même un œil sur eux.

Il était donc prudent et méfiant — deux qualités qu'elle appréciait.

Il la détailla de ses yeux perçants, depuis le sommet de son crâne jusqu'à ses ballerines à bride, en passant par sa queue-de-cheval brun-roux, son chemisier bleu et sa jupe au-dessus du genou. Puis il refit le chemin dans l'autre sens — avec la même lenteur exaspérante — et la fixa droit dans les yeux. Elle se dandina, gênée, tout en faisant un effort pour se raisonner. Elle n'avait pas le droit de flancher ! Aussi s'obligea-t-elle à le fixer elle aussi, sans ciller.

— Qu'êtes-vous venue faire ici ? demanda-t-il.

— Euh…

Reprenant son rôle, elle serra son sac à main contre sa poitrine et murmura, avec juste ce qu'il fallait de tremblement dans la voix :

— Je souhaite rencontrer Murray Coburn.

— Pourquoi ?

Elle ouvrit de grands yeux surpris.

— Eh bien… Pour une raison personnelle…

Il demeura impassible et la dévisagea avec plus d'intensité encore. Et sans un mot.

Il croyait peut-être l'impressionner, avec son œil d'aigle ? Eh bien, il la connaissait mal ! Tout en affichant un sourire qui se voulait engageant, elle battit des paupières.

— J'aurais dû me présenter, reprit-elle d'une voix plus ferme. Je m'appelle Priscilla Patterson.

Il contempla la main qu'elle lui tendait, sans la prendre, tandis que sa paupière gauche était agitée d'un tic nerveux.

Elle laissa retomber son bras.

— Pourriez-vous dire à M. Coburn que je suis là ?

— Non, répondit-il sèchement.

Il affecta un air franchement agacé et reposa sa question.

— Qu'êtes-vous venue faire ici ?

Comme elle allait détourner la tête, il lui prit le menton pour l'en empêcher.

— Je n'ai pas de temps à perdre, alors cessez de jouer les innocentes effarouchées !

Cette fois, elle ouvrit pour de bon des yeux ronds comme des soucoupes. Il se doutait donc qu'elle jouait la comédie… Qu'est-ce qui avait pu la trahir ?

Il la lâcha.

— Très bien, dit-il posément. Puisque vous ne répondez pas, je vais vous faire jeter dehors.

— Non ! Attendez !

Elle le retint par le bras et fut saisie par la fermeté de ses muscles. C'était comme refermer ses doigts sur un roc.

— Très bien. Je vais vous le dire… Mais, s'il vous plaît, ne me mettez pas dehors.

Il croisa les bras.

— Je vous écoute…

— Murray Coburn est mon père.

Il la dévisagea longuement, immobile comme une statue de

pierre. Seuls ses yeux, qui se plissèrent à peine, trahirent une réaction de sa part.

— Vous vous foutez de moi ? dit-il enfin.

Il employait maintenant la grossièreté, dans l'espoir de la déstabiliser, décoda-t-elle. Elle n'était pas née de la dernière pluie et il lui en fallait plus pour la choquer, mais elle feignit tout de même d'être horrifiée.

— Monsieur…, murmura-t-elle en s'éventant d'une main, comme si elle sentait le rouge lui monter aux joues. Je vous assure que c'est la vérité.

Mais il ne l'écoutait plus, distrait par un soudain remue-ménage qui provenait du hall d'entrée. Il jura tout bas et l'entraîna un peu plus loin dans le couloir.

— Ecoutez-moi, jeune dame, dit-il en se penchant sur elle. Je ne sais pas quel plan farfelu vous avez en tête à propos de Coburn, mais je vous conseille de l'oublier tout de suite.

— Ah, mais non ! s'exclama-t-elle. Je ne peux pas !

— Croyez-moi, vous n'avez rien à faire ici. Ni dans cet immeuble ni avec cet homme. Alors soyez un peu maligne et faites franchir la porte de sortie à votre espiègle petit derrière !

Son espiègle petit derrière ?

Elle fronça les sourcils tout en jetant machinalement un coup d'œil dans son dos. D'après ce qu'elle voyait, son derrière, espiègle ou pas, ne se devinait même pas sous la jupe qu'elle avait justement choisie pour cela.

En dépit de la muflerie qu'il affichait depuis quelques minutes, il paraissait sincèrement préoccupé de son sort, inquiétude qui ne cadrait pas avec son rôle de garde du corps et elle se demanda ce qu'il craignait.

— Désolée, mais je ne suis pas venue de si loin pour faire demi-tour.

Des pas approchaient et le visage du beau garde du corps se ferma.

— Vous avez encore le temps pour sortir par-derrière, dit-il précipitamment. Saisissez votre chance. Suivez le couloir, prenez à gauche, dépassez le…

Il était décidément têtu !

— Hors de question ! le coupa-t-elle en le contournant pour retourner vers le hall d'accueil.

Au même moment, un géant apparut, suivi des deux mastards qui l'avaient houspillée, ainsi que d'un troisième, à l'allure tout aussi peu engageante.

Elle reconnut le géant au premier coup d'œil.

Murray Coburn…

Il avait un visage sombre, un cou épais, des épaules d'une largeur impressionnante. Il était exactement tel qu'elle se l'était représenté, jusqu'au bouc bien taillé et au regard méfiant.

— Qu'est-ce qui se passe ? demanda-t-il.

Il la jaugea de la tête aux pieds, puis parut se radoucir.

— Qui êtes-vous ?

Elle lui tendit la main.

— Je suis Priscilla Patterson. Votre fille.

Trace ravala un juron. Il aurait voulu charger sur son épaule cette petite sotte, avec sa ridicule jupette et sa queue-de-cheval tout aussi ridicule, pour la jeter dehors, loin du danger dans lequel elle semblait bien décidée à se jeter, tête la première.

L'idée le traversa qu'il pourrait tuer Murray et ses sbires sur-le-champ, devant la pauvre demoiselle Patterson qui en resterait traumatisée pour le restant de ses jours.

Mais qui aurait au moins sauvé sa peau.

Malheureusement, il dut se contenter de contempler la scène en affectant un air détaché et vaguement ennuyé.

Murray posa sur lui ses yeux aussi froids que l'océan Arctique.

— Qu'est-ce que c'est que ce bordel, Trace ?

— Une nuisance, rien de plus, répondit Trace en saisissant fermement l'épaule de la visiteuse importune. J'étais sur le point de la raccompagner dehors…

D'un geste de la main, Murray lui fit signe de ne pas bouger. Puis, toujours sans un mot, il congédia les trois hommes qui l'avaient accompagné, puis s'intéressa de nouveau à la jeune femme, avec le célèbre et féroce froncement de sourcils qui suffisait en général à faire trembler les plus coriaces.

Pas avec lui.

— Faites-la monter dans mon bureau, ordonna-t-il.

Puis il tourna les talons et prit la direction des ascenseurs privés.

Merde, merde et merde.

Trace fusilla la jeune femme du regard.

— Vous êtes contente, maintenant ?

— Je suis ravie, répondit-elle d'un air suffisant, tout en jetant un regard appuyé sur la main qui tenait son bras. C'est exactement ce que je voulais.

Il la poussa vers une salle de réunion vide.

— Hé ! protesta-t-elle en tentant vainement de lui résister.

Il remarqua qu'elle ne se contentait pas de gigoter. Elle employait pour se libérer de son emprise une technique plutôt efficace et qui aurait pu marcher avec quelqu'un de moins entraîné que lui. Où avait-elle appris ça ?

— Vous allez vous faire mal, à vous débattre comme ça, lâcha-t-il.

Il vit perler quelques larmes sur ses longs cils noirs.

— C'est vous qui me faites mal, se plaignit-elle.

Mais il n'était pas dupe de ces fausses larmes.

— Pas encore, répondit-il posément. Mais j'avoue que je suis de plus en plus tenté de vous administrer une fessée.

Elle pinça les lèvres et cessa de pleurer.

Il la fit avancer vers la grande table entourée de fauteuils.

— Asseyez-vous !

Comme elle demeurait immobile et le défiait du regard, il prit une longue inspiration et fit un pas vers elle.

Elle se laissa alors tomber dans un fauteuil puis, s'agrippant aux accoudoirs, elle tenta de rassembler ce qui lui restait de courage et redressa le menton.

— Pourquoi faites-vous ça ? Vous avez pourtant entendu M. Coburn aussi bien que moi. Il vous a dit de me conduire à son bureau.

— Oui. Mais avant de vous conduire à son bureau, je suis censé vous fouiller.

— Je vous demande pardon ? fit-elle d'un air abasourdi.

— Vous pouvez demander pardon et tout ce que vous voulez, ça n'y changera rien. Je sais ce que j'ai à faire. Je suis censé vous fouiller. Et je parle d'une fouille complète.

Elle ouvrit de grands yeux affolés.

Trop tard, chérie, il fallait y penser plus tôt.

Il avait pitié d'elle, mais ne put s'empêcher de se réjouir secrètement d'avoir à lui imposer une fouille tout en se demandant pourquoi.

— Eh oui… Je dois vous inspecter en détail. Je vais tout regarder, le moindre recoin, les creux et les bosses, les vêtements et ce qu'il y a dessous !

Elle fit entendre une sorte de hoquet, ses joues prirent une teinte écarlate, tout son petit corps se raidit en signe de protestation.

— Vous êtes fou !

Il s'adossa tranquillement au mur.

— C'est la procédure habituelle. Avant de vous laisser entrer dans le bureau de Murray Coburn, je dois m'assurer que vous n'êtes pas armée et que vous ne portez sur vous aucun appareil d'enregistrement ou de transmission.

— Je refuse de me laisser fouiller !

Tant mieux.

— Dans ce cas, vous pouvez partir. Murray ne vous recevra pas.

Elle hésita.

— Mais…

Une fois de plus, il la détailla des pieds à la tête. Elle portait des vêtements de petite fille sage, mais il n'était pas dupe. Il aurait parié son couteau fétiche que cette petite fille-là n'avait au contraire rien d'innocent. Elle mentait sur pas mal de choses et il se demanda si elle était vraiment la fille de Murray. Après tout, c'était possible. Elle avait un peu la même couleur de cheveux que lui, bien que deux tons plus clairs. Et une drôle d'expression roublarde sur le visage qui lui rappelait un peu celle du malfrat.

Il vérifia ostensiblement l'heure sur la grosse montre noire à son poignet.

— Décidez-vous et faites vite. Qu'est-ce que vous choisissez. La sortie ou la fouille ?

La question provoqua quelques larmes, qu'il jugea authentiques, cette fois.

— Je reste, répondit-elle, le menton fier.

— Si c'est ce que vous voulez…

Il la prit par le coude pour la faire lever. Debout, elle lui arrivait tout juste au menton. Elle avait une ossature fine, mais des muscles fermes.

— Posez vos mains à plat sur la table et écartez vos jambes.

Elle resta figée quelques secondes, les épaules et le cou raides. Sa queue-de-cheval rousse lui arrivait presque au milieu du dos. Trace songea que, lâchés, ses cheveux devaient lui frôler les fesses.

Il ne put s'empêcher de caresser la longue coulée rousse et ce fut comme si elle lui brûlait les mains.

Elle se décida enfin et déposa son sac bourré à craquer sur le plateau de la table, d'un geste lent, comme à regret. Puis elle posa ses mains à plat, docilement.

Trace lui écarta un peu les pieds, du bout de ses bottes.

— Il faut ouvrir plus, ma poupée, dit-il.

Il vit son dos étroit se gonfler tandis qu'elle inspirait, sans doute pour se remplir de courage, mais elle souleva sans protester son pied droit et le déplaça de quelques centimètres.

— Encore un peu, insista Trace, non sans un certain plaisir.

Comme elle n'obéissait pas, il la saisit par la taille et lui écarta résolument les jambes, autant que le permettait sa jupe.

Le tissu se tendit et les mollets qui en dépassaient se crispèrent. Les épaules restèrent droites, fières, et toujours aussi raides.

Elle était à sa merci et ils auraient pu… Il s'efforça de repousser les images très suggestives qui lui venaient à l'esprit, tout en se demandant ce qui lui prenait et en humant son odeur — un mélange de douceur de bébé et de sucré de femme —, sans même s'en rendre compte.

Il se força à reculer d'un pas.

— Ne bougez pas !

Il vint se placer à son côté et renversa le contenu du sac sur le plateau. Des photos, un stylo, un petit carnet, du maquillage, une brosse, un peigne, un miroir, des mouchoirs en papier, une calculatrice, des barres énergétiques, un livre…

— Bon sang ! Il ne manque plus que l'évier de votre cuisine, là-dedans !

— Salaud, murmura-t-elle.

Il fit claquer sa langue en signe de désapprobation.

— Ce langage ne convient pas à une gamine.

— Je suis une adulte.

— Ah oui ? Vous avez quel âge ?

Il l'entendit presque grincer des dents, puis elle marmonna :

— Vingt-quatre ans.

Il ouvrit son portefeuille pour chercher son permis de conduire.

— Vingt-quatre, en effet, admit-il. Je ne l'aurais jamais cru. Il faut dire aussi que vous êtes attifée comme une gamine.

Il lui jeta un regard en coin, tout en glissant discrètement le permis dans sa poche. Comme ça, il avait son adresse et Murray ne l'aurait pas.

Puis il passa en revue le reste de ses affaires et inspecta soigneusement l'intérieur du sac vide pour y chercher des poches secrètes.

— Et à propos de votre accoutrement…

Il la regarda droit dans les yeux.

— Je ne suis pas un imbécile. Alors laissez tomber le rôle de la jouvencelle avec moi…

Elle tourna brusquement la tête pour le fusiller du regard. Ses cheveux tirés mettaient en valeur ses pommettes bombées et son nez droit.

— Qu'est-ce que vous insinuez ?

Il ne répondit pas tout de suite. Il était en train d'examiner attentivement une photographie où elle figurait avec une femme qui lui ressemblait. Sa mère, sans doute. Elle était plus jeune, sur ce cliché, mais affichait déjà une expression volontaire et déterminée. Cela le mit mal à l'aise, il n'aurait pas su dire pourquoi.

— Vous mijotez quelque chose et ça ne me plaît pas du tout, dit-il.

— Mêlez-vous donc de ce qui vous regarde !

Il poursuivit l'inspection de ses affaires.

— Ce qui me regarde, c'est la sécurité des gens qui entrent dans cet immeuble.

Elle marqua un temps de pause, comme si elle réfléchissait au sens de ce qu'il venait de dire.

— Vous pensez donc que je cours un risque ici ? demanda-t-elle enfin.

Elle paraissait surprise. Mais pas vraiment effrayée.

Trace la scruta quelques secondes en silence. En dépit des circonstances tout de même exceptionnelles, cette jolie petite ne se laissait pas démonter. Elle le fixait froidement de ses beaux yeux verts et limpides, et s'exprimait d'une voix détachée. Il ne devait pas la sous-estimer.

Abandonnant le sac et son contenu, il repassa derrière elle. Elle tourna la tête pour le suivre du regard.

— Regardez droit devant vous ! ordonna-t-il.

— Je ne vous fais pas confiance.

— Et vous n'avez pas tort.

Il posa délicatement ses mains sur son cou, qu'il trouva doux et tiède comme de la soie. Puis il glissa lentement vers ses épaules, le long de ses bras fins, tout en la palpant, comme pour une fouille, mais avec une délicatesse ambiguë.

Il voulait la mettre mal à l'aise. L'effrayer pour la pousser à partir. Elle jouait un double jeu ; elle n'était pas la jeune femme innocente qu'elle prétendait être. Qu'était-elle venue chercher ici ? Si elle s'amusait à provoquer Coburn, elle courait au-devant de gros ennuis. Et il n'avait pas envie qu'elle se fasse égorger.

— Détendez-vous, prévint-il avant de passer à ses seins.

Il sentit sous ses doigts une sorte de carcan — elle s'était bandé les seins — et haussa un sourcil stupéfait.

— Vous avez quelque chose à cacher ?

— Je suis prude, c'est tout.

— Hum, je vois…

Il poursuivit sans un mot en palpant ses côtes, le creux de son ventre, la courbe parfaite de ses hanches, ses longues cuisses. Puis il glissa sous sa jupe.

Elle sursauta.

— Ne bougez pas, ordonna-t-il d'une voix basse et légèrement altérée.

Il posa l'une de ses mains dans le bas de son dos et l'autre entre ses cuisses. Elle portait une culotte minuscule. A part ça, rien à signaler.

Sauf que la place était chaude. Brûlante.

Il passa sa paume à l'intérieur de la peau douce de ses cuisses, puis sur le renflement de son pubis, où il sentit une toison bouclée sous le fin tissu de la culotte.

— Vous voyez bien que je ne cache rien, protesta-t-elle.

— En effet, vous ne cachez rien, admit-il.

Il la lâcha à regret, mais ses doigts et ses paumes le démangeaient. Il referma ses mains sur ses hanches et l'immobilisa quelques secondes avec une poigne de fer, quand elle fit mine de se redresser.

— Pas encore! dit-il sèchement.

Elle reprit la pose, les jambes écartées, les fesses exposées, dans une position qui... Bon sang! Une position qui donnait à Trace des idées tout à fait déplacées en la circonstance!

Comme si elle avait deviné ses pensées, elle noua ses mains autour de sa tête en poussant un long gémissement de protestation. Il ne put s'empêcher de sourire. Elle ne se laissait décidément pas intimider.

— Redressez-vous, que je puisse déboutonner votre chemisier.

— Pourquoi?

— Je veux voir ce qui se passe sous votre bandage.

Elle se mit à trembler, et il eut la sensation que c'était de colère plutôt que de peur. Mais elle s'exécuta sans un mot et se repoussa de ses bras pour s'écarter de la table.

Il entreprit de défaire les petits boutons.

— Que dira mon père, d'après vous, quand je lui raconterai ce que vous m'avez imposé?

— Racontez-lui, et vous verrez bien. Moi, je me borne à faire ce qu'il attend de moi.

Elle se tordit le cou pour le regarder par-dessus son épaule.

— Vous êtes sérieux ?

— C'est un homme d'affaires très en vue et il a beaucoup d'ennemis. Mon boulot consiste à le protéger de ces ennemis. Et comme, jusqu'à preuve du contraire, il n'a pas de fille, pourquoi devrait-il vous croire sur parole ?

Il avait fini de défaire les boutons. Il la fit pivoter face à lui.

Une large bande élastique lui comprimait les seins, mais en dessous elle ne cachait rien, c'était l'évidence.

— Vous arrivez à respirer avec ce carcan ? demanda-t-il d'un ton narquois.

— Je respire très bien.

Il la fixa droit dans les yeux.

— Faites-le descendre.

Elle avait baissé les bras et affectait une pose détendue, mais il la sentait prête à bondir. A se défendre.

— Essayez donc…, murmura-t-il avec un petit sourire.

Elle prit un air étonné.

— Essayer quoi ?

— Vous vous apprêtez à me sauter au visage, toutes griffes dehors, pour protéger votre pudeur. Si elle pèse plus lourd dans la balance que votre désir de voir Coburn, alors ne vous gênez pas, allez-y.

Elle serra les dents. Visiblement, elle hésitait.

— Vous n'avez aucune chance contre moi, poursuivit-il en s'approchant d'elle. Si vous vous croyez capable d'avoir le dessus, vous vous trompez lourdement.

Quelques secondes s'écoulèrent avec une lenteur pesante tandis qu'ils se jaugeaient du regard. Il remarqua que sa respiration s'accélérait.

— C'est maintenant ou jamais, insista-t-il.

Pour une raison qu'il ne s'expliquait pas, il aurait bien voulu qu'elle passe à l'acte. Il était fasciné par son attitude. Depuis le début, il observait ses réactions jusqu'au plus petit battement de cil. Il n'avait jamais rencontré une femme comme elle. Elle était intéressante. Mystérieuse. Mais pourquoi cherchait-elle à approcher Murray ? Qu'est-ce qu'elle lui voulait ? De quel côté de la barrière était-elle ?

Lentement, tout en le défiant du regard, elle leva les bras, agrippa le rebord de la bande élastique et se mit à tirer dessus pour la faire descendre.

Il demeura concentré sur son visage. Elle entrouvrit les lèvres et inspira profondément, comme soulagée de ne plus être comprimée. Pourquoi avait-elle camouflé ses seins ?

Il passa ses mains dans son dos pour saisir le couteau suspendu à sa ceinture, qu'il ouvrit d'un coup sec.

Elle considéra l'arme avec une curiosité non dissimulée, et surtout sans inquiétude, puis le regarda droit dans les yeux.

— Couteau automatique, lame dix centimètres, dit-elle.

— Vous vous y connaissez en couteaux…

— Je m'y connais en armes, répondit-elle sur un ton de défi. Qu'est-ce que vous avez l'intention de faire avec ça ?

— Ne bougez pas.

Il essaya de ne pas reluquer ses seins, rouges d'avoir été écrasés. Elle avait des tétons d'un rose sombre, qui paraissaient doux et pulpeux.

Il attrapa le rebord de la bande, tira pour l'éloigner de sa peau et coupa, de la pointe de son couteau, aussi aisément que s'il avait taillé dans du beurre. La bande tomba à terre.

Puis il rangea le couteau dans la poche arrière de son jean et contempla fixement ses seins.

— Vous avez infligé une véritable torture à ces deux jolies pommes.

Elle ne broncha pas.

— Vous pouvez me dire pourquoi ?

Elle releva fièrement le menton.

— Les seins, ça attire l'attention.

— Certes, mais c'est le but, non ?

Au lieu de répondre, elle lui montra ses paumes.

— Vous permettez que je les masse ? Ils sont endoloris.

Il en eut un coup au ventre, mais prit un air dégagé pour répondre :

— Je vous en prie, ne vous gênez pas…

Elle renversa alors la tête en arrière et se malaxa lentement les seins, tout en soupirant de bien-être.

Hypnotisé, il contempla ces petites mains aux ongles courts qui s'activaient sur des seins qui étaient, eux, pleins et voluptueux. C'était presque insoutenable de la voir caresser sa peau rougie, tout en poussant de petits gémissements qui ressemblaient à s'y méprendre à des gémissements de plaisir.

Il posa ses mains sur les siennes et elle rouvrit les yeux.

— Ça suffit ! grommela-t-il, les dents serrées.

Elle sortit un petit bout de langue pointue pour s'humecter les lèvres.

— Ça vous trouble ?

— Je préfère ne pas répondre à cette question, dit-il sèchement.

Il avait des mains bien plus grandes que les siennes, aussi son pouce et l'extrémité de ses doigts reposaient-ils sur la peau molle et douce des seins.

— Allez-vous partir, à présent ? demanda-t-il.

Il vit frémir ses narines.

— Jamais de la vie !

Il se repoussa d'elle d'un geste furieux, mais conserva un ton neutre et détaché.

— Boutonnez votre chemisier et rentrez les pans dans votre jupe.

Elle s'exécuta avec une hâte qui montrait qu'elle ne s'était pas sentie aussi à l'aise qu'elle avait voulu lui faire croire avec son petit numéro de massage.

— Mon chemisier va être trop serré, maintenant que vous avez ôté la bande, gémit-elle.

Il ne répondit pas et fit un pas de côté pour remettre les affaires dans le sac, en se félicitant d'avoir conservé le permis de conduire. Si ça se gâtait avec Murray — et ça allait forcément se gâter —, et qu'elle prenait la fuite, il aurait au moins son identité. Avec ses compétences en informatique et ses contacts au gouvernement et dans l'armée, ce serait un jeu d'enfant pour lui de la retrouver.

— Ça y est ? demanda-t-il.

Elle se lissa les cheveux en acquiesçant.

— Est-ce que je peux voir mon père, maintenant ?

Elle avait décidément hâte de se fourrer dans la gueule du loup, cette idiote ! Agacé, il lui tendit son sac sans un mot et lui prit le bras pour l'entraîner vers la porte.

Son instinct l'avertissait que l'arrivée de cette demoiselle Patterson au menton si fier risquait de compliquer sa mission.

2

Priss entra d'un pas décidé dans l'ascenseur, comme si sa présence dans les locaux de la société de Murray Coburn n'avait rien d'anormal, comme si son cœur ne battait pas à un rythme affolé contre sa cage thoracique, et comme si elle n'avait pas les nerfs en pelote.

Elle avait eu un mal fou à conserver son calme jusque-là… Elle s'était préparée à un certain nombre de scénarios avant de venir, mais celui qui consistait à se faire tripoter par un grand et beau blond ne lui avait pas traversé l'esprit.

Ce type était soi-disant garde du corps, mais elle sentait qu'il n'était pas comme les autres employés. Il cachait quelque chose, c'était certain.

Dans l'ascenseur, il demeura silencieux, mais elle le surprit deux fois à poser un regard appuyé sur son chemisier. Sans la bande élastique, le tissu trop tendu bâillait entre les boutonnières et le renflement de ses seins avait quelque chose d'indécent.

— Ça ne vous dérange pas trop de vous rincer l'œil ? demanda-t-elle d'un ton ironique.

La pique ne parut pas le démonter. Au contraire, il l'observa avec encore plus d'attention, tout en prenant une attitude parfaitement détendue, les jambes légèrement écartées, les mains derrière le dos.

— On devine vos mamelons à travers le tissu, fit-il remarquer.

Elle faillit s'étrangler de rage.

— Allez au diable !

— C'est quoi votre taille de soutien-gorge ? 90 ou 95 B ?

Seigneur… Est-ce que cet ascenseur allait bientôt les amener à destination ? Elle n'en pouvait plus d'être enfermée avec lui dans cette minuscule cage d'ascenseur, avec sa chaleur et son odeur qui lui envahissaient les poumons !

Il leva la main devant lui et s'en servit pour évaluer la taille de son sein droit, avec la même application qu'un artiste qui prend une règle pour évaluer les proportions de son modèle.

— Je dirais un bon 95 B, conclut-il.

Priss fut parcourue d'un agréable frisson, de la nuque jusqu'au bas du dos. Elle s'en voulut aussitôt. Elle devait absolument rester maîtresse d'elle-même pour affronter Coburn. Cet homme cherchait visiblement à la déstabiliser. Placer les visiteurs en position de faiblesse avant même qu'ils n'entrent dans le bureau du grand manitou faisait sans doute partie de sa stratégie et de sa routine.

— Allez vous faire foutre !

Il esquissa un sourire.

Et quel sourire… Elle dut s'avouer qu'elle n'était pas insensible au charme de cet homme. Et pour cause : il était tout simplement irrésistible. Elle frissonna.

Il haussa un sourcil interrogateur.

— Vous avez froid ?

— Non, répondit-elle sèchement.

Elle décida de meubler la conversation, espérant ainsi l'empêcher de reluquer ses seins.

— Je n'ai pas bien entendu votre nom, dit-elle.

— Normal, je ne me suis pas présenté.

— Ah ! C'est dans vos habitudes, je suppose. Vous préférez sans doute rester anonyme.

Elle tenta de rentrer les épaules pour faire disparaître sa poitrine.

— C'est bizarre, mais ça ne me surprend qu'à moitié…

— Ça ne sert à rien, de vous tasser comme ça, fit-il posément en lorgnant de plus belle vers ses seins. Et, pour mon nom, si vous tenez vraiment à le savoir…

Il lui tendit la main.

— Trace Miller.

Elle contempla sa main avec un mépris affiché.

— C'est votre véritable nom ou un pseudo ?

Il laissa retomber son bras avec un sourire.

— Qu'est-ce que vous en dites ?

— J'en dis que vous avez confisqué mon permis de conduire.

Son sourire se figea ; il était visiblement surpris qu'elle s'en soit aperçue, et elle en tira une petite satisfaction secrète.

— Je vois tout, je sais tout, dit-elle.

Puis elle fit la moue.

— D'autant que vous n'êtes pas très doué, comme pickpocket.

L'ascenseur s'arrêta enfin et les portes coulissèrent dans un bruissement silencieux. Elle allait sortir, mais il la retint par le coude et se pencha pour susurrer dans son oreille :

— Vous vous trompez, je suis un excellent pickpocket. Donc, si vous avez remarqué que j'ai subtilisé votre permis de conduire, c'est que vous êtes méfiante et entraînée. Et je ne peux pas m'empêcher de me demander ce qu'une jeune femme méfiante et entraînée comme vous est venue faire ici en se présentant comme la fille un peu naïve d'un homme d'affaires puissant et redouté.

Il marquait un point et elle regretta de l'avoir provoqué. Elle tenta de se libérer, mais il n'eut aucun mal à la garder prisonnière.

— Voyez-moi ça ! s'exclama alors une voix de femme. Qu'est-ce que nous avons là ?

Priss leva lentement les yeux. Une femme immense se tenait devant eux. Une véritable Amazone ! Une méchante, avec ça, comme en témoignaient ses vêtements de tueuse, une femme fatale prête à passer à l'attaque.

Elle s'efforça d'afficher son air le plus doux et le plus innocent.

— Bonjour, je viens pour rencontrer Murray Coburn.

Soudain, Trace Miller vint se placer entre elles deux, en même temps que l'Amazone faisait un pas vers elle, pour l'intimider, sans doute. Eh bien… Priss se hissa sur la pointe des pieds pour observer l'ennemie, s'appuyant à deux mains sur les épaules de celui qui venait, étonnamment, de se faire son protecteur — tout ça en silence, rapidement, comme un ballet bien réglé.

L'Amazone dut reculer de quelques pas. Elle paraissait furieuse.

Priss ne put s'empêcher d'admirer l'efficacité silencieuse du garde du corps. Elle n'aimait pas s'avouer impressionnée, mais là, franchement, pas moyen de faire autrement.

— Rentrez vos griffes, Hell, grommela-t-il d'un ton mauvais. Murray m'a demandé de conduire cette jeune femme dans son bureau.

Une sorte de sifflement de serpent précéda 1a repartie.

— Il a précisé qu'il voulait la voir en un seul morceau ?

Priss se raidit. Cette femme était prête à l'agresser physiquement ?

— Non, il n'a rien précisé, rétorqua posément Trace. Mais, tant que je ne reçois pas d'ordre spécifiant le contraire, j'ai l'intention de la lui présenter en un seul morceau.

L'Amazone afficha un air outré et Priss en déduisit qu'elle n'avait pas l'habitude qu'on lui tienne tête.

— Allez au diable ! éructa-t-elle.

Il ne bougea pas d'un pouce. Priss était toujours derrière lui. Son corps formait un large rempart qui l'isolait de cette Hell.

Elle se demanda s'il se bornait à remplir son rôle de garde du corps... Probablement pas. Il avait sûrement d'autres motivations pour la protéger avec tant de diligence. Mais lesquelles ?

De nouveau, elle se hissa sur la pointe des pieds en s'agrippant encore à ses épaules, qu'elle pressa un peu plus que nécessaire pour éprouver la résistance de ses muscles de fer. Fascinant...

La femme parut alors changer de tactique et adressa à Trace un sourire aguicheur et extrêmement vulgaire.

— Un de ces jours, Trace, et plus vite que vous ne le pensez, nous réglerons nos comptes.

Sur ce, elle pivota sur ses talons aiguilles et s'éloigna en se déhanchant.

— C'est l'une de vos amies ? demanda Priss.

Il se tourna vers elle, si rapidement qu'elle en sursauta et recula d'un pas.

— Vous n'avez pas l'air ravi, fit-elle.

C'était le moins qu'on puisse dire...

— Ne vous fâchez pas, ironisa-t-elle. Je demandais ça comme ça, sans penser à mal. Rien ne vous oblige à me répondre.

Le visage de Trace se ferma un peu plus. Il fulminait. Il paraissait même sur le point d'exploser.

— Ecoutez-moi bien, petite futée... Ne provoquez jamais cette femme, sous aucun prétexte. C'est compris ?

Priss haussa les épaules et voulut se remettre à avancer dans le couloir, mais la grande main de Trace se referma sur son visage pour l'arrêter.

— Helene n'hésiterait pas à vous trancher la gorge... Avec le sourire encore... Et personne ici n'oserait l'en empêcher. Pigé ?

— Euh...

Ce n'était pas facile de parler, avec cette main qui lui écrasait les joues, mais elle ne put résister à l'envie de le contredire.

— Mais vous venez d'oser, vous. Et elle n'a pas insisté.

— Je ne serai pas toujours là pour vous secourir, dit-il en se penchant comme s'il voulait l'embrasser, mais avec un regard qui n'avait rien de tendre.

— C'est compris, noté, enregistré... Et à présent vous voulez bien cesser de m'écrabouiller la figure ?

Il la lâcha et elle remua la mâchoire.

— Je marque facilement, se plaignit-elle.

L'œil de Trace eut de nouveau cet intéressant tressaillement, tandis qu'il la prenait par le coude, pour la pousser devant lui.

Les locaux étaient scandaleusement luxueux : plus de trois mètres de hauteur de plafond, de vrais tableaux à l'huile, du marbre au sol, des vitres teintées partout.

Comme elle tentait de ralentir, pour admirer la décoration, il la tira sans ménagement.

— Par ici...

— On dirait que mon cher papa est plein aux as, lança-t-elle.

— Vous feriez mieux de prendre la mesure de son pouvoir, répondit-il sèchement.

— Parce qu'il a du pouvoir, en plus de l'argent ?

— Plus que vous ne l'imaginez, dit-il. Sinon vous ne seriez pas là.

Ils passèrent devant un bureau où une frêle jeune femme

travaillait, le dos courbé, la tête basse. Trace prit pour s'adresser à elle le ton rassurant qu'on emploie pour parler à un enfant.

— Il nous attend, ma petite Alice. Dites-lui que nous sommes là.

— Oui, monsieur, répondit la jeune fille d'une voix douce.

Elle appuya sur le bouton d'un Interphone.

— Monsieur Coburn, annonça-t-elle. Trace Miller est là avec une jeune femme.

« Faites-la entrer, ordonna la voix de Coburn. Et que Trace entre aussi. Je veux qu'il soit présent. »

Priss fit un pas en avant mais, comme Trace ne bougeait pas, elle s'arrêta et lui secoua l'épaule.

— C'est quoi le problème ? demanda-t-elle.

Il se mordilla nerveusement la lèvre supérieure et elle aurait pu jurer qu'il était à la torture. Mais il se décida tout de même et la prit par le bras, tout en l'éloignant du bureau.

— Ecoutez-moi attentivement, marmonna-t-il pour n'être entendu que d'elle seule. Ne donnez à Coburn aucune information qui puisse lui permettre de vous retrouver. Protégez autant que possible votre vie privée. Je tâcherai de vous venir en aide. Et, quand vous partirez, n'allez pas directement chez vous ou dans les endroits que vous fréquentez d'habitude.

Il lui caressa le bras de son pouce.

— Est-ce que vous avez de l'argent sur vous ?

Priss le contempla fixement, abasourdie.

— On dirait que vous essayez de me protéger, déclara-t-elle. De quoi ?

Décidément, elle ne comprenait rien à ce type. Il était bien à la solde de l'autre, non ?

— Avez-vous de l'argent sur vous ? insista-t-il d'un ton hargneux, sans répondre à sa question.

— Oui, dans une de mes chaussures.

Il eut l'air impressionné.

— Bravo. Ça c'est bien…

S'il continuait à la traiter comme une gamine, elle allait piquer une crise. Puis, soudain, la lumière se fit dans son cerveau.

— C'est pour ça que vous avez pris mon permis ?

Elle eut un petit rire nerveux et reconnaissant.

— Pour les empêcher d'avoir mon adresse ?

— Entrons, dit-il seulement. Murray Coburn n'aime pas attendre.

Trace s'arrêta devant une grande porte à doubles battants, tourna la poignée, jeta un rapide coup d'œil dans la pièce avant de s'y aventurer, puis s'effaça pour laisser passer Priss.

La première personne qu'elle vit en entrant, ce fut l'Amazone, qui trônait, assise sur un coin du bureau de Murray. Le soleil qui filtrait par les hautes fenêtres baignait sa silhouette d'un halo de lumière et posait des reflets bleutés dans ses cheveux d'un noir d'encre.

Elle suivit ostensiblement Priss d'un regard mauvais.

Laquelle ne put s'empêcher d'être impressionnée et se rapprocha insensiblement de Trace, qui s'était apparemment déclaré comme son protecteur.

— Priscilla Patterson, annonça ce dernier d'un ton dégagé.

Puis il poursuivit, toujours avec un ton poli et convenu, comme s'il n'avait pas conscience des circonstances exceptionnelles de cette entrevue :

— Murray Coburn... Et la charmante femme que vous voyez près de lui est l'une de ses plus proches collaboratrices, Helene Schumer.

Charmante femme ?

Priss eut du mal à retenir un ricanement.

Murray la dévisagea froidement.

— Je t'écoute, jeune demoiselle, dit-il. Tu as fait la démarche de te présenter à moi. Ne joue pas maintenant les timides effarouchées.

Jouer les timides effarouchées ? Elle avait l'intention de jouer les timides. Mais effarouchée, elle l'était vraiment ! Elle avait brusquement l'impression d'avoir mis les pieds dans un nid de vipères.

— On l'installe où ? demanda Trace, comme s'il se sentait responsable d'elle.

Avant de répondre, Murray prit le temps de la détailler, avec un regard qui semblait ramper lentement le long de son corps, en marquant bien entendu un temps d'arrêt sur ses seins.

— Le fauteuil, là, marmonna-t-il enfin en désignant un siège rembourré tout près de son bureau.

Et beaucoup trop près des chaussures pointues de l'Amazone au goût de Priss.

Comment Trace avait-il appelé cette harpie, déjà ? *Hell...* Un diminutif d'Helene, probablement et qui lui allait à merveille.

S'en tenant à son personnage de jeune fille timide, Priss ébaucha un sourire tremblotant.

— Merci d'avoir accepté de me recevoir, dit-elle. Vous devez être sûrement surpris, et même choqué, que je me présente ainsi à vous, sans avoir pris contact au préalable. Je ne vous en aurais pas voulu si vous aviez refusé de m'ouvrir votre porte.

Le visage de Murray demeura impassible.

— Asseyez-vous, dit-il d'un ton cinglant.

Elle tressaillit, mais avança sans un mot et s'installa sur le bord du fauteuil qu'on lui avait indiqué, prête à bondir si elle voyait arriver dans sa direction le pied de l'Amazone.

Trace vint se poster derrière le dossier de son siège. Elle ne s'en inquiéta pas. Elle venait tout juste de le rencontrer, mais elle l'avait déjà jugé. Il travaillait pour son ordure de père, mais il ne lui ferait pas de mal.

Elle ouvrit la bouche pour s'expliquer, mais Murray la prit de vitesse.

— Je n'ai jamais baisé avec une rousse, dit-il.

— Oh !

Elle avait beau s'être renseignée sur le personnage, elle n'en fut pas moins choquée par sa grossièreté. Elle n'avait même pas besoin de faire semblant ! Il se présentait tel qu'il était : une brute épaisse. Il avait donc suffisamment de pouvoir et d'argent pour ne pas jouer la comédie de l'homme d'affaires respectable.

Ou bien avait-il déjà décidé de ne pas lui laisser l'occasion de raconter ce qu'elle avait vu et entendu ici ?

Elle aurait bien voulu faire naître sur ses joues une rougeur de bon aloi, mais elle en était malheureusement incapable. Elle se contenta donc de tripoter avec une feinte nervosité sa queue-de-cheval.

— J'ai hérité des cheveux de ma grand-mère, murmura-t-elle. Ma mère était brune.

Elle désigna du menton l'Amazone, toujours perchée sur le bureau.

— Un peu comme madame…

Hell se pencha, le corps vibrant de menace contenue, mais Murray agita la main pour lui intimer le calme et elle n'osa rien dire ni rien faire. Lui se leva au ralenti pour contourner son bureau et s'approcher d'elle. Il s'installa face à elle, ses grands pieds collés aux siens.

Il s'agissait d'un geste intentionnel et Priss frissonna de dégoût. Ce contact n'avait rien de paternel, elle l'aurait juré.

S'agissait-il d'un test ou d'un avertissement ?

Elle se tint sur ses gardes.

Murray posa un regard de braise sur ses seins, avec un drôle de pli au niveau de la bouche.

— Pas de soutien-gorge ? demanda-t-il.

Cette fois, elle n'eut aucun mal à rougir. Son visage s'enflamma.

— Je…

Trace remua derrière elle.

— Elle portait une sorte de brassière élastique. Mais elle aurait pu dissimuler une arme dessous, aussi je l'ai découpée.

Il ne plaisantait donc pas en lui assurant qu'il était prêt à assumer devant Murray le traitement qu'il lui avait fait subir. Priss attendit la réaction.

— Je vois…, murmura Murray.

Puis il la regarda droit dans les yeux.

— Ta mère avait une grosse poitrine ?

Ce salaud n'avait pas encore daigné lui demander le nom de sa mère, mais il s'intéressait à son tour de poitrine ? Il était encore plus écœurant qu'elle ne le pensait !

La question la mit en rage, mais elle arbora un air confus.

— Euh, oui… oui, bégaya-t-elle.

Elle fit un effort pour se souvenir du baratin qu'elle avait préparé avant de venir.

— Quand vous l'avez quittée, elle n'a pas pu se résoudre à vous remplacer… Elle a décidé de dissimuler ses formes pour ne pas attirer le regard des hommes et elle m'a appris à faire la même chose.

— C'est pour ça que tu portais une sorte de brassière ?

— Oui, avoua-t-elle en tirant sur le tissu de son chemisier pour tenter de l'empêcher de bâiller.

— Une belle poitrine est un atout dans la vie. Tu devrais plutôt l'exhiber et en être fière.

Décidément, cette conversation n'avait rien d'un échange normal entre père et fille.

— Monsieur, je voudrais vous dire que…

— Elle s'appelait comment, ta mère ? la coupa-t-il.

Eh bien… il en avait mis du temps ! Elle inspira profondément, mais cela ne la soulagea en rien du poids qui pesait sur sa poitrine.

— Patricia Patterson.

Elle attendit, mais il n'y eut aucune réaction du côté de Murray. Visiblement, le nom ne lui rappelait rien, comme elle s'y était attendue.

Elle poursuivit :

— J'ai vingt-quatre ans, vous avez rencontré ma mère il y a vingt-cinq ans environ.

— J'avais donc vingt-deux ans, murmura-t-il en caressant son bouc d'un air absorbé.

Puis il releva la tête vers elle.

— Elle est morte ?

Priss piqua du nez, de tristesse, mais aussi pour lui dissimuler la rage incandescente qui la prenait chaque fois qu'elle songeait à ce que sa mère avait souffert avant de trouver la paix en quittant cette terre.

— Oui, souffla-t-elle tout bas. Elle est morte il y a trois mois.

— De quoi ?

— D'une attaque cérébrale. Elle n'est pas morte tout de suite, mais…

Murray n'écoutait déjà plus et se tournait vers Hell pour lui réclamer un verre. Comme elle faisait la grimace, il lui sourit et déposa sur ses lèvres un rapide baiser — ce qui lui valut une trace de rouge à lèvres luisante.

Les souffrances de Patricia Patterson ne l'intéressaient pas plus que cela.

Tandis que Hell se laissait glisser du bureau et allait à l'autre bout de la pièce lui chercher à boire, il sortit un mouchoir et s'essuya la bouche.

Pendant ce temps, Priss poursuivit le récit de la lente agonie de sa mère.

Elle s'était doutée que Murray était un type glauque, voire un monstre sans cœur. Mais elle découvrait en lui un véritable psychopathe, totalement indifférent aux sentiments d'autrui.

De plus, il était si sûr de lui et de son pouvoir qu'il ne prenait même pas la peine de faire semblant. Il se savait entouré de complices prêts à le couvrir coûte que coûte, à lui faciliter tout ce qu'il entreprenait, à mourir pour lui s'il le fallait.

Sans même s'en rendre compte, elle serra les poings, et, tandis que Murray prenait le verre que lui apportait Hell, Trace, toujours posté derrière elle, lui toucha discrètement l'épaule sans la regarder — un geste apparemment anodin, mais elle comprit qu'il lui demandait de se montrer prudente.

Elle n'avait pas besoin de cet avertissement. Il était beaucoup trop tôt pour qu'elle dévoile son jeu. Cela pouvait lui coûter la vie et elle le savait.

Murray sirota lentement quelques gorgées, en faisant cliqueter ses glaçons.

— Ainsi, ta mère a beaucoup souffert ? reprit-il d'un air détaché.

Priss acquiesça, les dents serrées.

— En effet, elle a beaucoup souffert, se força-t-elle à répondre.

Il but posément une autre gorgée.

— Je n'ai aucun souvenir d'elle…

Bien sûr qu'il n'avait aucun souvenir d'elle, puisqu'ils ne s'étaient pas fréquentés, au sens où on l'entendait normalement.

Il avait enlevé sa mère pour son sale trafic et elle avait réussi à s'échapper par miracle.

Elle s'obligea à prendre une attitude dégagée.

— Je comprends, dit-elle d'un ton qu'elle s'appliqua à rendre conciliant. C'est si loin…

— Je ne suis pas très convaincu par ton histoire, ma petite, dit-il en souriant d'une façon doucereuse. Si tu es venue pour me soutirer de l'argent, tu perds ton temps.

Elle eut envie de lui répondre qu'elle ne voulait rien de lui, mais qu'elle était venue lui arracher le cœur. Cependant, le moment n'était pas venu.

— Vous vous trompez, répondit-elle d'une voix douce. Je n'attends rien de vous. Je me sens juste très seule depuis la mort de ma mère, alors…

Elle prit son air de jeune fille timide.

— J'ai pensé que nous pourrions faire connaissance. Mais je n'exige rien de vous, ajouta-t-elle précipitamment. C'est juste que vous êtes tout ce qui me reste de famille…

La dernière phrase fit sortir Hell de ses gonds.

— Arrêtez votre numéro de tragédienne ! pesta-t-elle en allant se planter devant elle, les poings sur les hanches, la poitrine en avant. Pourquoi Murray devrait-il vous croire sur parole ? Vous n'êtes qu'une pauvre fille moche et sans le sou !

Trace ricana et Murray éclata de rire.

— Qu'est-ce qui vous amuse tant ? protesta Hell en jetant un mauvais regard à Trace.

Puis elle fit volte-face vers Murray, les bras ballants, les poings serrés.

— Tu trouves que tu as un air de famille avec elle peut-être ?

— Pas du tout, concéda-t-il, riant toujours. Mais elle est loin d'être moche, si l'on fait abstraction de son ridicule accoutrement.

Il échangea un regard complice avec Trace.

— Qu'en pensez-vous, Trace ? demanda-t-il.

— Je la trouve plutôt sexy.

Murray leva son verre, comme pour porter un toast.

— Tu vois, Hell, il est d'accord avec moi.

Elle ramassa un presse-papiers posé sur le bureau.

— Quand j'en aurai terminé avec elle, vous ne la trouverez plus du tout sexy !

Priss se demanda si cette femme songeait vraiment à l'attaquer et si ce n'était pas le moment de prendre ses jambes à son cou. Mais, une fois de plus, Trace Miller s'interposa pour lui servir de bouclier. Il parvint même à attraper au vol le projectile que Hell venait de lancer en poussant un cri de haine.

Murray ne parut pas du tout surpris par cette réaction. Il rit, comme s'il jugeait la chose divertissante.

— Tu es vraiment d'une jalousie pathologique, Helene, et d'habitude ça m'amuse…

Son visage se referma brusquement et ses yeux lancèrent des éclairs.

— Mais pas cette fois !

Hell recula d'un pas, visiblement impressionnée.

— Parce que je pense affaires, vois-tu, poursuivit Murray en prenant Priss par le menton. Et tu sais bien que je n'aime pas que tu te mêles de mes *affaires* quand je ne te demande rien.

Pour une raison qui échappa totalement à Priss, l'explication parut apaiser Hell.

— Je vois, dit-elle avec un petit sourire.

— Affaires ? demanda Priss d'un ton surpris.

Murray allait donc lui proposer une affaire ? C'était facile à ce point d'entrer dans le cercle des intimes ?

Murray tendit la main vers son sac en faisant claquer ses doigts ; elle comprit qu'il le lui réclamait et se raidit.

Trace réagit à sa place. Il lui ôta le sac des mains et le donna à Murray, lequel le vida de son contenu sur le bureau et repéra aussitôt le portefeuille qu'il s'empressa de fouiller.

— Pas de permis de conduire ? demanda-t-il, les sourcils froncés.

Trace ne s'était pas trompé à propos du permis. Il avait de l'à-propos. Et un certain culot.

— Je… euh… je ne suis là que depuis très peu de temps et je n'ai pas pris avec moi toutes mes affaires. Je viens de Caroline du Nord. C'est là que je vivais avec ma mère…

— Et tu es venue comment jusqu'ici, si ce n'est pas en voiture ?

— En car ? proposa-t-elle.

— C'est une réponse ou une question ?

— En fait, je n'avais pas compris si vous parliez d'ici, votre bureau, ou d'ici, l'Ohio. J'ai pris un car, évidemment.

— Et tu dors où ?

La question la prit au dépourvu et son cerveau se brouilla un instant. Trace lui avait conseillé de ne pas donner son adresse. Elle trouva in extremis un mensonge.

— Dans un hôtel.

Elle en cita un qui se trouvait à huit kilomètres du petit meublé qu'elle avait loué en arrivant en ville.

Hell ramassa une photographie sur le bureau.

— C'est votre mère ?

— Oui.

— Je comprends pourquoi Murray l'a abandonnée, lâcha-t-elle avec un rictus méchant.

Priss serra les dents, tout en se jurant de lui faire chèrement payer cette insulte. Et le plus tôt possible.

— Ma mère ne lui en a jamais voulu, répondit-elle posément. Elle a toujours su que leur liaison n'était pas sérieuse et elle n'attendait rien de lui.

Elle reporta son attention sur Murray et le surprit à détailler ses mollets du regard.

— C'est pour ça qu'elle ne vous a jamais contacté pour vous parler de moi, dit-elle. Elle était consciente que vous n'auriez pas envie d'assumer un enfant. Du moins le sien… Moi…

Il éclata de rire.

— C'est ce qu'elle t'a dit ?

— Oui. Et aussi que vous étiez un homme important, qui avait réussi dans la vie… Elle ne voulait pas devenir un fardeau pour vous.

— Elle te protégeait, déclara-t-il d'un air songeur.

— Oui.

— Et elle avait raison, ajouta-t-il en croisant les bras sur son torse.

Priss remarqua que ses bras étaient deux fois plus épais que ceux de Trace, et proportionnés à son dos immense et à sa nuque épaisse. Mais, en cas d'affrontement, elle aurait tout de même misé sur Trace, à cause de cette assurance calme et posée qui inspirait confiance en ses capacités de combattant. Il n'était sûrement pas aussi féroce que Murray, mais ça ne l'empêchait pas d'être efficace.

Murray aussi devait le sentir, puisqu'il l'avait engagé comme garde du corps.

— Je n'ai jamais voulu d'enfant, mais pourtant tu es là, n'est-ce pas ?

Priss comprit qu'il se parlait à lui-même et ne répondit pas.

Murray la saisit par le bras et la fit lever de son fauteuil, sans douceur mais sans violence non plus. Puis il l'obligea à pivoter sur elle-même pour l'inspecter sous toutes les coutures.

— Ma décision est prise, murmura-t-il.

— A quel sujet ? demanda-t-elle d'un ton plein d'espoir.

— Je t'invite à déjeuner afin que nous fassions plus ample connaissance.

Un déjeuner avec Murray ?

Elle en eut le vertige. D'émotion.

— Un déjeuner, oui, c'est une bonne idée ! s'exclama-t-elle.

Un déjeuner me laissera le temps d'agir. Je trouverai bien une occasion.

— Mais pas aujourd'hui.

— Pourquoi ?

Il la balaya d'un regard critique et dédaigneux.

— Tu n'es pas vraiment une gravure de mode. Et si je dois me montrer en public avec toi il va falloir arranger un peu tout ça.

— Arranger ?

— Mais oui. Te procurer des vêtements un peu plus seyants et te maquiller.

Elle allait protester, mais il ne lui en laissa pas le temps.

— C'est moi qui finance, bien entendu.

Il soupira.

— C'est la moindre des choses, ajouta-t-il avec un sourire hypocrite.

— Vous voulez que je prenne ça en charge ? demanda Trace d'une voix morne.

Murray acquiesça.

— Oui, c'est une bonne idée. Emmenez-la où vous savez pour qu'elle choisisse une garde-robe complète et ensuite prenez-lui rendez-vous dans un salon de beauté. Cheveux, maquillage, épilation…

Il eut un sourire salace.

— Tout ce dont elle aura besoin. A vous de juger.

Priss essaya de dissimuler son inquiétude, tandis que Trace affichait ostensiblement un air de profond ennui.

— Pas de problème, dit-il.

— En sortant, ajouta Murray pour clore la discussion, demandez à Alice de choisir la date du déjeuner en fonction de mon emploi du temps.

— Vous avez une date en tête ?

Murray n'avait toujours pas lâché le bras de Priss et continuait à la couver d'un regard qui n'avait rien de paternel. Il haussa les épaules.

— Non. N'importe quelle date m'ira du moment qu'elle est présentable et que je suis disponible. Débrouillez-vous.

— Compris.

Priss ouvrit la bouche pour protester. Personne ne lui demandait son avis. Elle trouvait ça un peu fort.

— Refaire ma garde-robe, murmura-t-elle d'un ton qui se voulait reconnaissant. C'est… c'est très aimable à vous, mais je ne pense pas que ce soit nécess…

Se penchant sur elle, Hell lui coupa la parole.

— Avez-vous la moindre idée de *qui* il est ? De la place qu'il occupe dans la société ? Il ne peut pas se montrer en public avec une personne aussi…

Elle chercha le mot juste et se décida pour un adjectif pas trop insultant.

— Commune.

— Mais…

Priss mourait d'envie de la flanquer par terre, ou bien de lui coller sa paume dans la figure, suffisamment fort pour lui enfoncer les cartilages du nez dans le cerveau.

Elle se força à sourire.

— C'est juste que je ne voudrais pas abuser, reprit-elle en minaudant.

Hell fit entendre une sorte de grognement, comme celui d'un félin défendant son territoire. Puis elle rassembla à la hâte le contenu du sac de Priss et le lui mit dans les mains.

— Vous avez abusé à la minute où vous êtes entrée dans ce bureau pour vous présenter comme un membre de sa famille. Acceptez sa générosité sans faire de chichis. Vous en avez besoin.

— Du calme, Helene, gloussa Murray, que ce dialogue amusait beaucoup, de toute évidence. Pas la peine de s'énerver. Pas vrai, Priscilla ?

— Eh bien…, bredouilla Priss. Evidemment… Je veux dire… Si vous êtes sûr que c'est ce que vous voulez…

Il l'arrêta d'un geste de la main.

— Trace, vous êtes chargé de sa sécurité, ajouta-t-il avec un regard entendu. Suivez-la partout. Ne la lâchez pas d'une semelle.

— Comptez sur moi, répondit Trace en entraînant Priscilla hors de la pièce.

Priss entendit Helene murmurer quelque chose qu'elle ne comprit pas et Murray lui répondre en riant de se taire.

Dès que la porte se referma derrière eux, Trace la secoua par le bras, la tirant de ses pensées.

— Venez, dit-il.

Elle obéit en silence, traînant la patte. Ils s'arrêtèrent devant le bureau de la secrétaire dépressive.

— Alice, ma belle, vous pouvez jeter un œil à l'emploi du temps de Murray ? lui demanda Trace. Je suis chargé de choisir la date d'un déjeuner.

— Bien sûr.

Elle coinça une mèche de cheveux derrière une oreille et se mit à taper sur son clavier, au-dessus duquel ses doigts fins et agiles paraissaient voler. Priss en profita pour observer Trace à la dérobée. Il s'adressait gentiment à cette femme, d'un ton très différent de celui qu'il prenait pour parler à Hell, ou bien à elle-même.

Elle se demanda s'il en pinçait pour cette terne créature puis, après quelques secondes de réflexion, décida que non, c'était peu probable.

Alice leva vers lui ses grands yeux noirs.

— Il serait libre demain...

Non!

Pas le lendemain! Priss ne se sentait pas encore tout à fait d'attaque.

Mais, à son grand soulagement, Trace fronça les sourcils et répondit :

— C'est trop tôt, elle ne sera jamais prête.

Alice jeta alors un regard attendri et vaguement apitoyé de son côté.

— Oh! Je vois...

Quoi? Que voyait-elle donc? Une fois de plus, ils étaient deux à discuter de son cas, sans s'adresser à elle. Elle avisa un fauteuil en cuir non loin de là et fit un pas dans sa direction, mais Trace la retint par le poignet pour l'empêcher de s'éloigner.

— Alors ce sera en début de semaine prochaine, reprit Alice. Ça vous laissera tout le week-end pour... pour terminer.

— Ça ira. Choisissez un restaurant chic, un des préférés de Murray et réservez une table. Vous me donnerez les détails plus tard.

Priss commençait à s'impatienter et le manifesta en tapotant du pied, seul moyen d'expression qui lui restait puisque Trace ne l'écoutait pas et l'empêchait de croiser les bras en refusant de lâcher son poignet.

Il trouva le moyen de lui intimer le silence en posant son grand pied sur le sien, doucement mais fermement, pour que le message soit clair — toujours sans la regarder.

— Entendu, fit Alice.

— Merci, ma belle, dit-il.

Il se tourna enfin vers elle et la fusilla du regard, tout en libérant son pied.

— Allons-y, ordonna-t-il sèchement.

Elle le suivit dans l'ascenseur, sans une protestation. Elle avait hâte de sortir de là, de respirer de l'air pur, de l'air qui ne serait pas saturé de corruption et de méchanceté.

L'ascenseur ne les emmena pas au rez-de-chaussée, mais au sous-sol, dans un parking privé.

Trace la tira alors vers lui, tout en faisant semblant de la retenir, comme si elle avait trébuché.

— Attention, il y a des micros partout et des caméras, murmura-t-il à son oreille.

— Ah !

Elle se garda bien de regarder autour d'elle pour vérifier. L'idée d'être sous surveillance lui donnait la chair de poule.

Est-ce que Murray les suivait des yeux en ce moment même ?

Comme Trace s'arrêtait devant une Mercedes noire et rutilante aux vitres teintées, elle haussa un sourcil appréciateur.

— Eh bien !

Il ouvrit la porte du passager et elle s'engouffra aussitôt à l'intérieur, avec reconnaissance.

— Mettez votre ceinture, dit-il avant de claquer la portière.

Il contourna le véhicule et plia son grand corps en deux pour s'installer derrière le volant. Là, il inspira longuement, plusieurs fois, comme s'il se remettait d'un gros effort. Puis il saisit le volant à deux mains et le serra au point d'en avoir les articulations exsangues.

— Ici, nous ne sommes pas sous surveillance ? demanda-t-elle.

En guise de réponse, il tourna brusquement la tête vers elle et la fusilla d'un regard rageur.

— Je devrais vous tuer sur-le-champ, sans attendre que Murray m'en donne l'ordre ! Je suis sûr que ça m'éviterait un certain nombre de tracas, dit-il entre ses dents.

Priss tendit la main vers la poignée de la portière, mais elle entendit un déclic. Il venait de tout verrouiller. Elle n'irait donc nulle part tant qu'il ne lui en aurait pas donné l'autorisation.

Elle passa en revue les scénarios possibles. Devait-elle se rebiffer tout de suite, ou plutôt attendre qu'ils sortent du parking ? Comment allait-elle s'y prendre ? Fallait-il frapper d'abord au visage ou viser l'entrejambe ?

Elle jeta un regard en coin du côté de Trace et décida que ce n'était pas la peine de se fatiguer. Peu importait où, quand et comment. Elle avait peu de chances de prendre un tel homme par surprise.

3

Trace mit le moteur en marche et prit la direction de la rampe menant à la sortie. Il sentait Priscilla bouillir de rage à côté de lui, mais fit mine de ne pas s'en apercevoir.

— Elle ressemble à quoi votre voiture ? demanda-t-il.

Comme elle ne répondait pas, il insista :

— Vous êtes garée où ?

Elle se raidit et il eut l'impression qu'elle se préparait à l'agresser. Sans doute attendait-elle que le véhicule soit sorti du garage. Une idée saugrenue mais courageuse.

— Je ne frappe jamais une femme, dit-il en lui jetant un regard en coin. Sauf pour me défendre.

Elle parut surprise.

— Pardon ?

— N'essayez pas avec moi, Priscilla. Je suis suffisamment furieux pour vous donner la fessée que vous méritez.

Elle se détendit un peu et parvint même à sourire.

— Une fessée ? Ne soyez pas stupide !

Elle posa son sac sur le plancher de la voiture et renversa la tête en arrière.

— Je ne vous laisserai jamais me donner une fessée.

Elle se croyait vraiment capable de l'arrêter s'il décidait de la corriger un peu ? Quelle blague ! Mais peu importait, elle plaisantait, elle avait donc cessé d'avoir peur de lui et elle avait raison. Il n'avait pas la moindre intention de lui faire du mal.

Elle avait déjà suffisamment d'ennuis comme ça !

— Je suis garée à deux pâtés de maisons d'ici, répondit-elle. Et ma voiture est un coupé Honda Civic bleu.

— Je chargerai quelqu'un de la récupérer.

— Vous chargerez quelqu'un de la récupérer?

Elle s'étira et bâilla.

— Vous n'avez pas besoin des clés?

— Non.

Comme elle glissait ses pieds hors de ses chaussures et remuait les orteils en soupirant d'aise, il ne put s'empêcher de glisser un coup d'œil intéressé dessus.

— Vous vous sentez mieux?

— Ah oui, plutôt !

Elle tourna la tête vers lui et il eut même droit à un demi-sourire.

— Maintenant que je sais que vous n'envisagez pas de m'assassiner, je me sens nettement mieux.

— Ne soyez pas trop détendue tout de même. Vous n'êtes pas encore sortie du bois.

— Ça, je l'ai compris. Qu'est-ce qui se passe, exactement? Que signifie cette histoire de garde-robe et toutes ces âneries?

— Murray veut que vous changiez de style pour montrer vos appas.

— Mes ap...

Elle venait seulement de comprendre.

— Le salaud! s'exclama-t-elle. Mais je lui ai pourtant dit que j'étais sa fille!

— Vous croyez qu'il est du genre à prendre des gants avec une fille qu'il ne connaît pas? Revenez donc sur terre, Priscilla!

Tant de naïveté frisait l'inconscience.

— Sans compter que vous représentez une menace potentielle pour lui. Si vous êtes vraiment sa fille, vous pourriez convoiter une partie de son empire.

— Mais... on m'a vue entrer dans cet immeuble. Son immeuble. Des tas de gens m'ont vue avec lui!

— Des gens qui travaillent pour lui.

Le commentaire était court mais suffisamment éloquent, du moins Trace l'espérait-il.

— Et ils feront tout ce qu'il voudra quand il le voudra ?

— Exactement.

Ceux qui refusaient d'obéir à Murray risquaient gros. Aussi personne ne lui désobéissait.

— Vous pensez vraiment qu'il a l'intention de me vendre ?

Comme il faisait la moue, sans répondre, elle insista :

— Il a l'intention de me faire sortir des Etats-Unis, ou de m'envoyer dans un trou en Californie ou en Arizona, c'est ça ? Il a des contacts là-bas, je le sais.

Comment une Mlle Priscilla Patterson pouvait-elle être au courant du sale trafic de Murray ? Il ne laissait rien filtrer, ne commettait jamais d'erreurs. Avec lui, pas de fuites.

— De quoi parlez-vous ? dit-il, feignant l'ignorance.

— Oh ! Laissez tomber la comédie, Trace !

Elle ne paraissait ni effrayée ni inquiète de savoir que le plus grand salaud de la terre prévoyait de la déguiser en prostituée.

— Nous savons tous les deux comment Murray a fait fortune, n'est-ce pas ?

— Vous peut-être… Alors éclairez-moi de vos lumières, fit-il d'un ton circonspect.

Elle pivota un peu plus vers lui, pour bien le regarder.

— Vous voulez que je parle la première, c'est ça ? C'est un test ? Très bien. Si vous y tenez.

Elle se pencha vers lui.

— Traite des femmes, dit-elle.

Il fit de son mieux pour rester de marbre.

— Je croyais que ce malade s'en tenait aux immigrées. Il est notoire que la plupart des agences pour l'emploi sont aussi des façades pour d'autres recrutements.

Elle se détourna et contempla la ville qui défilait à travers la vitre de sa portière. Il se fit la remarque qu'elle ne lui avait toujours pas demandé où il l'emmenait.

— Si Murray a trouvé le moyen de vendre des Américaines à un meilleur prix que les autres, je suppose qu'il ne s'est pas privé de l'occasion d'agrandir sa petite entreprise, ajouta-t-elle.

Trace se garda bien de commenter ses suppositions — car

il ne pouvait s'agir de sa part que de suppositions. Elle n'avait sûrement aucune preuve de ce qu'elle avançait. Des preuves, Murray n'en laissait pas derrière lui. C'était bien ce qui le rendait si difficile à coincer.

Elle ne lui inspirait décidément pas confiance, sous ses dehors faussement naïfs. Il décida de la cuisiner discrètement, histoire de sonder la solidité de ses informations.

— Que savez-vous de la traite des femmes ? demanda-t-il.

— J'en sais beaucoup plus que je ne le voudrais, murmura-t-elle d'une voix à peine audible.

Un frisson parcourut Trace.

— Que voulez-vous dire ?

Elle poussa un soupir attristé.

— Ecoutez, je ne suis pas stupide… Avant de débarquer dans le bureau de Murray, je me suis renseignée sur le sujet. Je sais qu'on attire des jeunes femmes venues en majeure partie du Mexique, en leur promettant du travail, et qu'on les oblige à se prostituer quand elles arrivent sur le territoire américain. Je sais aussi que les femmes blanches sont plus rares, plus difficiles à trouver, donc plus chères.

Les mains de Trace se crispèrent un peu plus sur le volant.

— Si c'est vraiment ce que vous pensez, pourquoi être venue vous jeter dans la gueule du loup ?

— Je ne réponds plus à vos questions, dit-elle.

Il serra les dents. Assurément, cette fille n'allait pas lui rendre la suite des choses très facile.

— Vous n'avez pas le choix, Priscilla. Si vous voulez vous en tirer vivante, ce qui est loin d'être assuré, vous avez intérêt à tout me dire.

— C'est un prénom affreux, n'est-ce pas ?

Il lui jeta un regard d'incompréhension.

— Quoi ? Priscilla ?

— Oui. Maman l'avait raccourci en Priss et tout le monde m'appelle comme ça, du moins ceux qui me connaissent bien. Mais ce n'est pas beaucoup mieux.

Elle frotta ses yeux fatigués.

— C'est un prénom de bêcheuse complètement coincée, mais aujourd'hui, pour une fois, ça m'a servi.

— Parce que vous vouliez que Murray vous prenne pour une oie blanche ?

— Oui, répondit-elle en lui jetant un regard en coin. Vous pensez que ça n'a pas marché ?

Il eut un petit rire désabusé.

— Il n'est pas complètement stupide. Je pense qu'il attend de voir, qu'il se méfie.

— Et vous ?

— Moi je sais déjà que vous vous faites passer pour ce que vous n'êtes pas. Je sens que vous avez quelque chose en tête, j'ignore quoi, mais croyez-moi, ça pourrait nous coûter cher à tous les deux. Et je peux aussi vous dire que vous ne jouez pas dans votre catégorie.

Elle bâilla de nouveau. Elle paraissait épuisée.

— Rien que ça ?

— Est-ce que Murray est vraiment votre père ?

— D'après vous ?

— Si c'est le cas, ce n'est pas une bonne nouvelle. Les vengeances personnelles longuement ruminées sont les plus risquées.

Et il avait la sensation qu'elle venait pour se venger. Mais pourquoi se venger de quelqu'un qu'on ne connaît pas ? Etait-ce en rapport avec sa mère ? Probablement…

— Le besoin de se venger est une bonne raison de prendre des risques, rétorqua-t-elle. Et vous, qu'est-ce que vous venez faire dans le tableau ?

— Je fais mon boulot, répondit-il en regardant droit devant lui.

— Baratin !

Elle eut un petit rire cristallin et agréable.

— Vous êtes peut-être un malin, mais moi, je ne suis pas une gourde. Vous voulez savoir ce que je pense ?

Trace désigna du menton la devanture d'une boutique signalée par un auvent mauve, dans un immeuble de briques trapu.

— C'est là que nous ferons vos achats, annonça-t-il.

Mais elle ne le laissa pas changer de conversation.

— Je pense que vous pouvez aller jusqu'à tuer, mais que vous ne vous en prenez pas à des innocents. Vous avez l'air bien entraîné. Vous êtes donc un professionnel. Vous travaillez pour le gouvernement ?

Comme il ne disait rien et conservait un visage de marbre, elle haussa les épaules, poursuivant l'énonciation de ses hypothèses.

— D'accord, vous ne travaillez peut-être pas pour un organisme officiel… Dans ce cas, vous êtes un indépendant. Ça collerait plus avec votre caractère… Vous n'êtes pas du genre à obéir à des ordres.

Bon sang… C'était écrit sur son front, ou quoi ? Il évita de la regarder de peur de se trahir.

Elle sourit.

— Il est de notoriété publique que Murray est un malfrat, mais il a des amis haut placés qui le protègent. Il finance des campagnes électorales pour s'acheter son immunité. Et, pour plus de sécurité, il a quelques sénateurs dans sa poche.

Elle était en dessous de la vérité. Si Murray n'avait eu dans sa poche que quelques sénateurs, les autorités l'auraient déjà coincé.

Et lui, il n'aurait pas été obligé de se faire engager comme garde du corps.

Il se gara sur une place de parking, en face de la boutique.

— Nous y sommes, dit-il.

Priscilla lui prit le bras pour l'empêcher de sortir de la voiture. Elle n'en avait pas fini.

— Faire passer la frontière à des femmes n'est pas sans danger. Mais Murray est difficile à coincer. Quelqu'un vous a engagé pour mettre un terme à son trafic.

Pas mal… Sauf que personne ne l'avait engagé.

— Vous avez beaucoup d'imagination, Priss, lâcha-t-il en dégageant son bras d'un coup sec.

En fait, elle était plutôt douée pour les devinettes. Il se sentait concerné par la traite des femmes et s'employait depuis quelque temps à démanteler des réseaux. Avec l'aide de son ami Dare, il en avait déjà fait tomber plusieurs.

A présent, c'était le tour de celui de Murray.

Il sortit de la voiture, mit de l'argent dans le parcmètre, puis alla ouvrir la portière de Priss, qui s'extirpa de son siège en arborant un air las. Comme son portable sonnait, il décrocha pour répondre à l'appel, tout en attrapant la jeune femme par le coude de peur qu'elle n'en profite pour lui fausser compagnie.

— Miller, dit-il, reconnaissant le numéro de Murray.

— Je viens de penser à quelque chose, Trace… Il faudrait tout de même que je vérifie qu'elle est vraiment ma fille, non ?

Trace contempla rêveusement Priss, tout en songeant qu'elle ne ressemblait finalement pas à Murray. Heureusement.

— C'est à vous de voir, répondit-il.

— Je voudrais faire procéder à un test ADN. Mais discrètement. D'après Helene, le mieux serait de se procurer un cheveu, avec la racine. Arrangez-vous pour lui en arracher plusieurs…

Il contempla la belle chevelure de Priss — prénom qui lui allait très bien, quoi qu'elle en pense. Le soleil, qui jouait en ce moment dans la longue queue-de-cheval brun-roux, en révélait toutes les nuances chatoyantes.

Etait-elle véritablement la fille de Murray ?

Il haussa les épaules. De toute façon, il devait fournir ces quelques cheveux pour ne pas éveiller la méfiance de Murray. On verrait bien ce qu'il en sortirait.

— Pas de problème, assura-t-il.

Murray poursuivit en lui donnant des instructions à propos des vêtements à acheter, puis il ajouta :

— Faites-la parler un peu, à bâtons rompus, et voyez ce que vous pouvez en tirer. Mais sans l'inquiéter. Je ne voudrais pas qu'elle disparaisse dans la nature.

Pendant que Trace écoutait, Priss mit sa main en visière pour scruter les alentours, plissant le nez et faisant la moue.

Bon sang, ce qu'elle était craquante !

Sans même s'en rendre compte, il caressa de son pouce la peau soyeuse de son coude. Elle lui répondit par un regard surpris, puis haussa un sourcil.

Il la lâcha aussitôt.

— Je vous tiens au courant, promit-il.

Il referma son téléphone et le fourra dans sa poche.

Priss avançait déjà en direction de la boutique. Il la retint et lui fit faire demi-tour, pour l'entraîner dans la direction opposée.

— Vous m'emmenez où ? demanda-t-elle.

— Acheter un téléphone.

Il avait une foule de détails à régler avant le soir et ne cessait de se réciter mentalement la liste, de peur d'oublier quelque chose. Il en avait mal à la tête.

— Pour moi ?

— Non, pour moi.

— Mais vous avez déjà un téléphone, répliqua-t-elle.

— Taisez-vous ! dit-il en guise d'explication.

Elle le suivit avec réticence.

Il prit deux téléphones prépayés ; il en changeait souvent, alors autant en avoir un d'avance. Il régla en liquide, pour ne pas laisser de traces.

— Vous êtes descendue où, en ville ? demanda-t-il quand ils sortirent du magasin.

— Vous pensez que j'ai menti, en donnant le nom de mon hôtel ?

— En effet.

Heureusement, Murray, lui, avait eu l'air de la croire.

— Je vais réfléchir au moyen de vous couvrir, ajouta-t-il. Et je suis soulagé que vous ayez eu le réflexe de tenir compte de mon avertissement en fournissant le minimum de renseignements à Murray.

— Tandis qu'à vous je suis censée tout dire ?

— Exactement.

Il s'arrêta devant la boutique de vêtements, tenue par un styliste.

— Murray a plus ou moins la mainmise sur cet endroit. Alors ne dites rien à l'intérieur, c'est compris ?

— Rien du tout ou rien de personnel ? Auriez-vous l'intention de me faire passer pour sourde et muette ?

Et elle faisait de l'humour, en plus… Il se demanda ce qu'elle pouvait trouver de drôle à sa situation.

— Twyla est une amie de Murray. Elle a l'air sympa et un peu fofolle, mais ne vous y fiez pas. Elle est plus coriace qu'un requin.

Il lui prit le menton et lui fit lever la tête pour la regarder dans les yeux.

— Vous ne m'avez toujours pas dit où vous étiez descendue, insista-t-il.

Elle répondit sans la moindre hésitation.

— J'ai loué un petit appartement meublé. Un trou à rat. Mais le propriétaire n'était pas très curieux et je paye à la semaine, en liquide.

Elle était décidément maligne. Et retorse.

Il posa sa main sur la poignée de la porte, lui faisant une dernière recommandation.

— Ne refusez pas les vêtements qu'on va vous faire essayer. Et ne vous gênez pas pour rougir.

— Qu'est-ce qui vous fait croire que je vais rougir ?

— Vous allez rougir, lui assura-t-il en ricanant.

Elle ouvrit de grands yeux inquiets.

— Vous allez choisir plusieurs tenues, poursuivit-il.

— Je suis censée en emporter combien ?

Il haussa les épaules.

— Disons quatre ou cinq. Mais peu importe. Laissez-moi diriger les opérations et n'oubliez pas votre personnage.

— Celui de la timide petite souris ?

— Oui, je sais, c'est un rôle de composition. Mais c'est vous qui l'avez choisi, et vous devez continuer dans le même registre.

Il poussa la porte en prenant un air sombre, mais devait bien s'avouer qu'il ressentait un certain plaisir à badiner avec elle. Un peu trop de plaisir, même. Ça devenait dangereux.

Dès qu'ils entrèrent, Twyla se précipita pour les accueillir. Elle devait avoir dans les soixante-cinq ans, mais s'accoutrait et se maquillait outrageusement. Ses sourcils noirs, dessinés trop haut et en demi-cercle, lui donnaient un air perpétuellement étonné.

— Trace, que je suis contente de vous voir ! s'exclama-t-elle.

Elle avança vers eux d'un pas léger, avec son long caftan qui flottait derrière elle. Ils se sentirent immédiatement enveloppés par les effluves de son parfum capiteux.

— Twyla, dit Trace d'un ton neutre.

Il la laissa l'embrasser sur la joue et presser sa poitrine molle contre son torse. Puis, tout en essuyant les traces de rouge à lèvres qu'elle lui avait laissées, il poussa Priss devant lui.

— Il faut une garde-robe à cette demoiselle. Je voudrais que vous lui trouviez une ou deux tenues pour aujourd'hui et que vous en prépariez deux ou trois pour demain.

— Hmmm..., marmonna Twyla en couvant Priss de son œil de professionnelle. Tourne-toi, ma petite.

Priss pivota légèrement, en affichant un air inquiet et gêné.

— Allez, continue, tourne-toi complètement, l'encouragea Twyla.

Priss s'exécuta en silence. Trace remarqua qu'elle était écarlate et se demanda si elle était bonne comédienne au point de rougir sur commande, ou si elle se sentait vraiment gênée.

— Chaussures ? Sous-vêtements ? Bijoux ?

— Pourquoi pas ? approuva Trace en fronçant les sourcils à l'intention de Priss, pour lui rappeler de se taire. Commencez à choisir avec elle, je sors passer un coup de fil. Mais je veux voir les essayages.

— Bien entendu, répondit Twyla en refermant une main de fer sur le bras de Priss.

Ses longs ongles peints se détachaient avec obscénité sur la peau pâle de la jeune femme. Trace la regarda pousser Priss vers le fond du magasin, à la manière dont on ferait avancer une mule récalcitrante.

— Trace ? appela Priss en jetant un regard inquiet par-dessus son épaule.

Sa petite voix apeurée et son air inquiet l'émurent. Cette fille était décidément difficile à cerner !

— Je vous laisse en de très bonnes mains, Priss. Ne vous inquiétez pas. Je reviens tout de suite.

Il sortit d'un pas résolu, bien décidé à ne pas se laisser attendrir.

Dehors le soleil brillait. Il se servit d'un des téléphones prépayés qu'il venait d'acheter pour appeler son ami Dare.

— Macintosh, répondit presque aussitôt ce dernier.

De sa main libre, Trace se massa la nuque.

— C'est Trace, dit-il.

— En quoi puis-je t'aider ?

— J'aurais une petite énigme à résoudre. Et un protecteur à trouver.

— Mais encore ?

— Priscilla Patterson…

— C'est un nom intéressant, pour une énigme, déclara Dare d'un ton amusé.

— Elle s'est présentée aujourd'hui chez Coburn en prétendant être sa fille. Elle veut nouer des liens avec lui.

— Merde !

— Oui, comme tu dis, mais c'est plus compliqué que ça, en fait.

Tout en expliquant à Dare la situation, Trace ne cessait de surveiller les alentours du coin de l'œil. Il remarqua une voiture noire qui stationnait un peu plus loin, mais son regard ne s'y attarda pas, pour ne pas montrer aux hommes qui se trouvaient à l'intérieur qu'ils étaient repérés.

— On me surveille, je vais faire bref. Elle a laissé une Honda Civic bleue tout près du bureau de Coburn. Il faut que quelqu'un la déplace dans un endroit sûr avant que ses hommes ne la trouvent. Ce serait bien aussi de changer les plaques d'immatriculation. Au cas où.

— Pas de problème. Je vais charger Jackson de s'en occuper. Ensuite, il restera sur place pour suivre et protéger ton énigme.

Trace acquiesça.

— Oui, c'est parfait.

Jackson était une nouvelle recrue, mais on pouvait lui faire confiance.

— Je te rappellerai plus tard dans la soirée, ajouta-t-il.

— Entendu. Tu peux compter sur moi.

Evidemment qu'il comptait sur lui. On pouvait toujours

compter sur Dare Macintosh. Trace était heureux et rassuré de le savoir à ses côtés dans cette affaire.

— Merci, dit-il seulement.

— Trace ?

La voix de Dare marqua un temps d'hésitation.

— Fais attention à toi.

— T'inquiète pas pour ça.

Il raccrocha et retourna dans la boutique.

Il y avait déjà accompagné Hell lors d'une de ses extravagantes expéditions de shopping et il connaissait les habitudes de la maison. Il traversa la partie magasin et passa derrière l'épais rideau de velours qui le séparait des cabines d'essayage.

Le décor en était chic et tarabiscoté, avec de lourdes tentures et des miroirs partout. Il s'installa dans un fauteuil rembourré et posa les pieds sur une petite table basse laquée, tout en inspectant du regard les cabines alignées. Au bas de l'un des rideaux, il aperçut une paire d'étroits petits pieds.

Ceux de Priss.

Comme les pieds ne bougeaient plus, il se racla la gorge.

— Sortez, Priss, et montrez-vous.

Elle poussa une sorte de gémissement désespéré.

— C'est vraiment indécent, murmura-t-elle.

Il s'en était douté, vu le genre de la boutique, mais son pouls s'accéléra tout de même.

— Laissez-moi en juger, dit-il en s'efforçant cette fois de ne pas se racler la gorge. Allez… Sortez de votre cachette.

Le rideau s'écarta et elle avança la tête pour regarder à droite et à gauche. Twyla n'étant pas en vue, elle se décida à sortir, avec une grimace de dégoût.

Trace ôta ses pieds de la table pour se redresser et se tendre en avant, dans un mouvement machinal. Il avait tout à coup très chaud. Tous ses muscles se crispèrent.

— Tournez-vous ! ordonna-t-il.

Elle leva les yeux au ciel et obéit, trop vite pour qu'il puisse profiter des détails, mais suffisamment lentement pour le faire transpirer.

Il eut tout de même le temps de voir qu'elle était superbement faite, tout en courbes sensuelles. Avec ce qu'elle portait, elle n'aurait pu dissimuler le moindre défaut.

Mais elle n'avait rien à dissimuler. Elle était parfaite.

Il eut soudain la bouche sèche.

— Recommencez, mais plus lentement, pour que je puisse juger.

Elle poussa de nouveau un gémissement plaintif, mais fit ce qu'il lui demandait.

Elle portait une robe en maille qui exposait ses cuisses, son ventre et sa généreuse poitrine. Une doublure en croisillon sur ses seins couvrait à peine ses mamelons, une autre était astucieusement placée au niveau du pubis et s'accrochait à ses hanches pour tomber devant la fente de ses fesses.

Trace supposa que cette vieille maquerelle de Twyla avait reçu des instructions directes de Murray. Avec une telle robe, Priss ne pouvait plus se méprendre sur les intentions de son père. Une fois de plus, Trace se demanda ce qu'elle était venue chercher en demandant à le rencontrer.

Twyla apparut, avec une paire de chaussures noires à talons aiguilles.

— C'est parfait, dit-elle d'un ton approbateur en inclinant légèrement la tête de côté, vaguement rêveuse devant le spectacle.

Il y avait de quoi. Dans cette robe, Priss avait un corps à vous faire exploser le cerveau.

Puis elle se pencha, les sourcils froncés, et tira de-ci de-là sur le filet du tissu, pour découvrir un peu plus les seins et arranger le tombé de l'ourlet.

— Avec ça, on ne porte pas de collants, annonça-t-elle. Mais tu peux essayer ces chaussures.

Priss prit un air horrifié.

— Je ne sais pas marcher avec ces trucs-là !

— Il va bien falloir que tu apprennes, rétorqua Twyla en lui tendant les instruments de torture d'un geste autoritaire.

Comme Priss se baissait pour les enfiler, Trace crut que l'un de ses seins allait jaillir de son décolleté. Il retint son souffle. Mais le sein demeura en place.

De justesse.

Priss se redressa. Les chaussures mettaient ses jambes en valeur. Des jambes superbes. Longues et fines. Fermes et soyeuses.

Il se passa nerveusement la main sur la bouche. Murray allait devenir fou s'il la voyait dans cette tenue ! Et le fait qu'il soit son père — à supposer qu'il le soit vraiment — ne suffirait pas à le calmer.

Il prit le temps d'inspirer et d'endosser de nouveau son rôle.

— Ce serait mieux avec les cheveux lâchés, suggéra-t-il.

Priss lui jeta un regard meurtrier, mais laissa Twyla ôter l'élastique qui retenait ses cheveux.

— Donnez-le-moi, dit Trace en tendant la main.

Twyla parut surprise, mais elle lui tendit l'élastique, que Trace fourra dans sa poche.

Voilà qui réglait le problème de l'échantillon pour le test ADN.

Les cheveux de Priss étaient vraiment très longs. Une masse épaisse qui retombait en écheveaux sur ses épaules et ses seins, jusqu'à sa taille, au-dessus de cette paire de fesses irréprochable.

— On prend cette robe, approuva-t-il, sachant bien que Twyla aurait piqué une crise s'il avait annoncé le contraire.

— Est-ce qu'on pourrait savoir le prix ? s'inquiéta Priss, tout en tirant sur l'ourlet pour tenter de se couvrir les fesses.

Geste qui lui valut une petite tape réprobatrice de Twyla.

Trace jugea plus prudent d'intervenir. Il ne savait pas jusqu'où irait la patience de Priss.

— Il faudrait maintenant une tenue un peu plus discrète, dit-il d'un ton conciliant. Un jean moulant et plusieurs hauts. Le débardeur qui se noue en triangle autour du cou lui irait bien, je pense.

— Et des chaussures plus confortables, ça serait utile, non ? proposa Priss en s'efforçant de prendre un ton intimidé pour dissimuler sa colère.

Twyla jeta à Trace un regard interrogateur.

Il approuva.

— Ce serait peut-être bien qu'elle ne tombe pas en marchant, en effet. Trouvez-lui des chaussures avec un talon plus stable.

— Des bottines ! s'exclama Twyla d'un ton triomphant. Avec les jambes qu'elle a, ce sera superbe !

Puis elle se tourna vers Priss.

— Avec cette robe, bien sûr, on ne peut pas porter de sous-vêtements, déclara Twyla, mais…

— Vous voudriez que je sois nue sous ce filet ? l'interrompit Priss d'une voix haut perchée.

Twyla ignora la question. Trace comprit qu'il devait prendre les choses en main pour éviter l'explosion.

— Il faut vous montrer sous votre meilleur jour, Priss, dit-il d'un ton apaisant. Faites confiance à Twyla. Elle sait ce qu'elle fait.

— Evidemment que je sais ce que je fais ! renchérit Twyla.

Puis elle désigna d'un geste de la main une table où était exposée une pile de sous-vêtements.

— On ne peut pas porter de sous-vêtements avec cette robe, reprit-elle d'un ton appuyé, mais j'en ai sélectionné quelques-uns pour elle. Avec ses cheveux et sa carnation, je crois qu'il faut rester dans le noir et le rouge. Vous voulez qu'elle les essaye aussi ?

— Oui, répondit Trace d'une voix altérée.

Il s'empressa de s'éclaircir la gorge.

— Je veux qu'elle les essaye, dit-il d'une voix plus ferme.

Il le demandait parce que c'était ce qu'on attendait de lui. Du moins il tenta de s'en persuader. S'il n'allait pas jusqu'au bout de la tâche qui lui était confiée, Twyla le raconterait à Murray, lequel se poserait des questions.

Après avoir fait taire sa conscience, il s'obligea à se rasseoir en évitant le regard de Priss, qui le fixait avec des yeux écarquillés.

— Mais dépêchons-nous, ajouta-t-il. J'ai beaucoup à faire.

— Elle peut passer les sous-vêtements pendant que je m'occupe de choisir des jeans et des hauts, proposa Twyla.

Dès que cette dernière eut quitté le couloir des cabines d'essayage, Priss fusilla Trace du regard. Ses joues étaient tellement rouges qu'elles paraissaient ébouillantées, ses yeux verts luisaient de rage.

Mais il ne se laissa ni attendrir ni impressionner. Après tout, elle était venue se fourrer dans ce guêpier de son plein gré. Et encore... elle avait eu une sacrée chance d'être tombée sur lui !

— Des regrets ? ironisa-t-il.

Elle lui jeta un regard impavide entre ses cils et prit sans un mot les sous-vêtements, marchant d'un pas assuré vers la cabine d'essayage, sans trébucher une seule fois sur ses talons aiguilles.

Trace la suivit des yeux, au bord de l'apoplexie, puis surveilla ses pieds sous le rideau.

Elle n'enlevait pas les chaussures, putain !

Il les vit se glisser dans un tout petit morceau de dentelle noire.

Quelques secondes plus tard, Priss fit sa réapparition et, cette fois, Trace ne quitta pas son fauteuil parce qu'il n'était pas certain de pouvoir tenir debout. Ses yeux le brûlaient. Son sexe tressauta.

— Vous savez ce qu'il faut faire, dit-il en la fixant.

Flattée de constater l'effet qu'elle produisait sur lui, et qui ne pouvait pas lui échapper, elle tourna lentement — très lentement — sur elle-même, dévoilant le dos du sous-vêtement, ou plutôt sa quasi-absence, car il n'y avait pas de tissu, juste un lien qui dévoilait totalement ses adorables fesses. Elle était petite en taille, mais avait de larges épaules, la taille fine, des hanches pleines. Elle n'était pas maigre, pas le moins du monde, juste mince, avec ce qu'il fallait de cambrure et un ventre légèrement renflé. Le soutien-gorge faisait pigeonner ses seins au point qu'on avait l'impression qu'ils allaient jaillir du petit morceau de dentelle censé les contenir.

— Alors ? demanda-t-elle en affectant un air de fausse modestie et en rejetant ses cheveux en arrière. Qu'est-ce que vous en dites ?

Il en disait qu'il l'aurait bien prise, là, tout de suite. Malheureusement, il ne pouvait se le permettre.

Il se pencha en avant, les avant-bras sur les genoux, et prit le temps de la détailler de nouveau. Il n'arrivait plus à détacher son regard de ce corps de rêve. Elle n'avait ni tatouage ni piercing pour gâter sa magnifique peau, et son sexe n'était pas épilé. Mlle Patterson était *nature nature*.

Et ça l'excitait affreusement.

— Vous avez avalé votre langue ? lança-t-elle.

Hypnotisé par le petit mont qui saillait sous le string, Trace dut faire un effort pour déplacer son regard vers le visage de Priss.

— Ça peut aller, répondit-il sobrement.

— Sans plus ? Les autres ensembles seront peut-être mieux…

Elle soupesa négligemment ses seins.

Une vraie torture.

— Ne bougez pas, je reviens, dit-elle.

La perverse jouait avec ses nerfs. Elle profitait de l'absence de Twyla pour se moquer de lui.

Elle avait pleinement conscience de ses atouts. Il n'avait jamais rencontré une femme aussi sensuelle, aussi entreprenante, aussi sûre d'elle. Et pourtant elle échappait à la vulgarité. Il se dégageait d'elle une sorte de pureté.

De pure sensualité. De pure innocence.

Tout en se demandant s'il n'était pas un peu masochiste, Trace s'adossa de nouveau à son siège et attendit la prochaine apparition de cette divine et complexe créature.

Priss s'efforçait d'ignorer son pouls qui s'emballait et l'étrange sensation qui flottait dans son ventre. Elle enfila prestement un ensemble tanga et soutien-gorge rouge. Avec ça, elle était un peu plus couverte qu'avec le précédent, enfin, en théorie, parce que le tissu froissé était presque transparent. En regardant avec attention, on voyait au travers.

Et Trace allait regarder avec attention, elle n'en doutait pas. Chaque fois qu'elle sortait de la cabine, il posait sur elle des yeux brûlants.

Elle n'avait pas l'habitude de chercher à attirer l'attention des hommes, au contraire, et cette mascarade la mettait à la torture.

Mais Trace non plus n'avait pas l'air d'en mener large, ça la consolait un peu.

Elle prit une grande inspiration, rassembla tout son courage et poussa le rideau d'un geste théâtral.

***

Seigneur Dieu !

Trace s'agrippa aux accoudoirs de son fauteuil et rentra le ventre, tout en se creusant la cervelle pour trouver un commentaire blasé, priant pour que l'expression de son visage soit à l'unisson.

— Mignon, murmura-t-il enfin.

Tellement mignon que si elle n'enlevait pas ce truc rouge tout de suite, il allait lui sauter dessus, et tant pis pour sa couverture !

— Ça ira…, ajouta-t-il. Nous sommes en retard. Dépêchez-vous de passer le suivant.

Ravie de le voir si troublé, Priss recula lentement dans la cabine pour passer le troisième ensemble, un string ficelle, avec un devant en forme de cœur qui couvrait tout juste son triangle pubien, et le soutien-gorge à l'identique, avec deux cœurs rouges pour les seins, réduits bien entendu au strict minimum. Elle n'avait jamais porté de lingerie sexy. Elle préférait les sous-vêtements pratiques et confortables, genre culottes de coton.

Elle se sentait affreusement gênée et les talons aiguilles commençaient à lui faire mal aux pieds. Mais elle prit son courage à deux mains. Elle n'en était plus à ça près maintenant…

— Trace, je peux sortir ? demanda-t-elle d'un ton à la fois mielleux et acide.

Trace se sentait complètement dépassé et affolé de se sentir dépassé. Cette gamine avait pris le dessus. C'était tout simplement inacceptable.

Il secoua la tête. Il venait d'avoir une idée pour la punir de son insolence.

— Sortez de là, fit-il d'un ton parfaitement détaché.

Puis il ouvrit son téléphone.

Il avait bien fait de se préparer au pire parce que, cette fois, elle était carrément nue, avec trois petits morceaux de tissu qui faisaient plutôt décoration qu'autre chose, un peu comme un glaçage sur un gâteau — un gâteau fichtrement appétissant qu'il aurait volontiers grignoté, de la tête aux pieds.

Elle se planta devant le rideau, les mains sur ses hanches généreuses, les jambes écartées, la poitrine en avant.

Il n'arrivait pas à comprendre comment une femme aussi petite et menue pouvait avoir tant de courbes et de rondeurs et les assumer avec autant de classe et d'aisance.

— Pas mal, dit-il.

Comme elle lui adressait un sourire provocateur, il leva son téléphone et la prit en photo.

Elle devint écarlate et tira immédiatement sur elle le rideau de la cabine pour se couvrir.

— Mais qu'est-ce qui vous prend ? Vous êtes devenu fou ?

— Vous faites la timide, tout à coup ? ironisa-t-il en regardant la photo sur son téléphone.

Elle était parfaite. Il l'enregistra, tripota quelques boutons et remit l'appareil dans sa poche.

— Ne vous inquiétez pas, mon chou, c'est pour moi. Je viens de me l'envoyer sur ma boîte e-mail.

Il eut un sourire triomphant.

— Je ne la montrerai à personne.

La promesse ne parut pas la calmer.

— Vous êtes…

— Ça suffit, maintenant ! Il est un peu tard pour jouer les vierges effarouchées avec moi. Vous vouliez mon approbation…

Il haussa les épaules et s'efforça de garder les yeux rivés à son visage, même si les courbes de son corps enveloppé dans le rideau l'intéressaient beaucoup plus.

— Vous l'avez. Ainsi que mon admiration.

Elle allait protester, mais le retour de Twyla l'en empêcha. Elle lâcha le rideau, mais paraissait réellement désespérée. Et sur le point de craquer.

Trace sourit un peu cruellement. Bien fait pour elle ! Cette vilaine tentatrice méritait de souffrir un peu.

Twyla l'enveloppa de son regard avisé, puis annonça :

— Il lui faut absolument une épilation. Maillot brésilien.

Priss poussa un cri étranglé.

— Je peux demander à mon employée de s'en charger, ajouta Twyla. Elle me le fait à moi. Elle a l'habitude.

Trace se retint de rire. A son âge, Twyla se faisait encore un maillot brésilien ? Impensable… Il s'efforça de chasser l'image de son esprit.

— Je ne sais pas, répondit-il d'un air songeur tout en détaillant Priss, qui lui lança un regard assassin.

— Ça pourrait être intéressant de la laisser comme ça, au naturel.

— Vous plaisantez ! s'écria Twyla, offusquée.

— Je vais y réfléchir… Je poserai la question à Murray.

Cette fois, Priss faillit s'étrangler pour de bon, ce qui lui valut un froncement de sourcils réprobateur de Twyla.

— Et je vous dirai, reprit Trace.

— Comme vous voudrez, répondit Twyla en haussant les épaules.

Elle tendit des vêtements à Priss.

— Des jeans, trois petits hauts, annonça-t-elle.

Priss les tint devant elle, en se regardant dans le miroir.

— Seigneur…, murmura-t-elle d'un ton sincèrement affligé.

— Vous allez essayer ces jeans avec chacun des hauts, lui indiqua Trace. Et ce sera terminé pour aujourd'hui.

Priss ferma les yeux quelques secondes, ce qui ne la soulagea en rien. Elle était atterrée par ce qu'elle venait de subir. S'exhiber quasi nue devant Trace, même s'il avait paru au début aussi gêné qu'elle, lui avait demandé beaucoup de courage. Ensuite, il s'était mis à la dévorer des yeux et il avait pris une photo… Elle avait tellement honte qu'elle se sentait sur le point de défaillir.

Et voilà qu'il avait à présent le culot de discuter d'une épilation du maillot pour elle, devant elle, sans s'adresser à elle, comme si elle n'était qu'une poupée ! Elle se demanda s'il irait jusqu'à poser la question à Murray, comme il le prétendait.

Sans doute pas. Elle le tuerait avant ! En contemplant en

cet instant même son air satisfait et coupable de chat qui vient d'avaler un canari, elle avait réellement des envies de meurtre.

En tout cas, elle avait au moins compris une chose : Murray Coburn faisait ce qu'il voulait et personne ne se mettait en travers de son chemin. Il avait certainement plus d'appuis qu'elle ne l'avait cru. Elle n'avait pas pour autant l'intention de fuir, même si Murray lui en donnait l'occasion, ce qui était peu probable.

Mais elle ne laisserait personne lui épiler le maillot. Hors de question.

Depuis l'âge de cinq ans, elle se lavait seule. Sa mère lui avait appris la pudeur. Alors celui ou celle qui tenterait de l'approcher pour lui arracher ne serait-ce qu'un poil allait se faire lacérer ! Point.

Quant à cette photo… Elle songea pour se rasséréner qu'elle trouverait bien le moyen de subtiliser le téléphone de Trace quelques minutes pour effacer tout ce que contenait la mémoire, histoire de se venger. Et, s'il perdait des informations importantes, tant mieux. Bien fait pour lui.

Elle en jubilait d'avance et cela la consola un peu du fait qu'il s'était déjà envoyé la photo à lui-même et que, contre cela, elle ne pouvait rien.

Elle désigna du menton la boîte que Twyla tenait coincée sous son bras.

— Ce sont les bottines, je suppose ? demanda-t-elle d'un ton plein d'espoir.

Elle allait se mettre à pleurer si on lui faisait porter ces escarpins trop étroits et trop hauts une minute de plus ! Elle n'avait pas l'habitude de se pomponner ou de se mettre en frais, question vêtements. Elle portait en général un jean avec un haut, et des baskets le plus souvent. Bref, elle faisait de son mieux pour passer inaperçue.

Du coin de l'œil, elle observa Trace. De toute évidence, il n'était pas indifférent à son charme. Maintenant elle savait au moins comment obtenir quelque chose de lui : elle n'aurait qu'à se déshabiller. Il était comme tous les hommes : son cerveau se transformait en guimauve dès qu'il voyait une femme nue.

Bien sûr, elle préférait ne pas avoir à en arriver à cette extrémité, mais pour atteindre son but elle se sentait prête à quelques sacrifices.

Twyla sortit de la boîte des bottines à l'empeigne cloutée, ouvertes sur le devant et atrocement vulgaires. Priss en ouvrit des yeux ronds, puis décida de ne pas faire la difficile. Au moins, le talon était correct.

— Oh ! Elles sont sympas comme tout, susurra-t-elle. Je vais les essayer tout de suite.

Elle inclina la tête et se tourna vers Trace.

— Vous voulez aussi assister à l'essayage des jeans ?

Il se frotta le visage d'un air las puis, sans un mot, lui fit signe de s'activer.

Elle retourna derrière le rideau en jubilant intérieurement et, tout en enfilant le jean, elle se demanda s'il était aussi dangereux qu'il voulait bien le lui faire croire.

Peut-être qu'il n'avait jamais tué personne, après tout.

Il ne lui fallut que quelques secondes pour mettre les bottes et un petit haut de soie, hypermoulant, qui lui allait comme un gant. Trace approuva d'un bref hochement de tête.

Le haut suivant, rouge et à pois, était un peu plus décent que les autres. Elle décida qu'elle le porterait en priorité. Si on la laissait choisir.

Trace fut du même avis qu'elle apparemment, car il déclara :

— Elle va garder celui-là sur elle. Préparez-lui plusieurs jeans avec la même coupe que celui qu'elle vient d'essayer, mais plus ou moins délavés. Il faudra aussi une ou deux robes habillées. Je viendrai chercher tout ça demain.

Twyla commença à rassembler les articles.

— Sur le compte de Murray ?

— Oui, répondit-il en évitant le regard de Priss.

Priss commençait à en avoir assez qu'il se dérobe et elle se promit de lui poser quelques questions dès qu'ils seraient seuls. Et aussi de lui faire payer cette petite séance d'exhibitionnisme forcé.

4

— Pas un mot, Priss. Et je ne plaisante pas !

Remarquant son air préoccupé, elle qui s'apprêtait à passer à l'attaque referma immédiatement la bouche, oubliant ses petits griefs.

— Qu'est-ce qui se passe ? Il y a un problème ?

Il lui jeta un regard incrédule.

Elle soupira.

— Bon, d'accord, la question est stupide, je vous le concède. Des problèmes, il n'y a que ça. Quand je pense que j'ai dû me tortiller devant vous, presque nue, tout ça pour être habillée au goût de Murray…

— Nous avons des soucis bien plus graves, annonça-t-il, jetant un coup d'œil préoccupé dans le rétroviseur. Nous sommes suivis.

Elle s'inclina discrètement vers sa portière pour vérifier dans le rétroviseur extérieur. Du sang-froid en plus, nota-t-il. Décidément, Mlle Patterson n'était pas au bout de lui réserver des surprises…

— Qui ça peut être, d'après vous ?

— Aucune idée. Aussi je vous demande de vous taire pendant quelques minutes…

Il sortit son portable de sa poche et appela Murray. Directement. Il faisait partie des privilégiés qui possédaient son numéro de portable et n'étaient pas obligés de passer par la gentille Alice.

— J'espère que vous ne me dérangez pas pour rien, grommela Murray d'une voix soufflante.

Ecœuré, Trace comprit qu'il interrompait ses ébats avec Helene.

— Désolé, s'excusa-t-il.

— Helene va vous le faire payer, vous pouvez en être certain, répliqua Murray en ricanant.

Il entendit en bruit de fond des gémissements qui ne lui laissèrent plus aucun doute sur leurs activités. Murray avait sûrement décidé de s'occuper d'Helene pour la calmer. Helene était d'une jalousie maladive, et Priss avait excité sa jalousie.

— J'irai droit au but, dit-il. Nous sommes suivis.

— Comment ça, suivis ?

— Si c'est vous qui en avez donné l'ordre, pas de problème. Je comprends et j'accepte votre prudence. Je me laisserai filer le train sans difficulté. Mais, si ce n'est pas vous, je compte semer ce salopard ou le flinguer. A vous de me dire.

Il y eut quelques secondes de silence, puis Murray éclata d'un rire sonore qui résonna dans l'appareil et faillit déchirer le tympan de Trace.

Conscient du regard inquiet de Priss, qui ne le quittait pas, Trace bifurqua dans une rue, au hasard.

— Qu'est-ce que vous décidez ?

— Essayez de le semer et, si vous n'y arrivez pas, tuez-le, avec ma bénédiction. Ça lui apprendra à se faire repérer !

— Compris, répondit Trace.

Il raccrocha.

Murray s'était bien gardé de répondre à sa question. Etait-ce lui, oui ou non, qui avait ordonné à ses hommes de les surveiller ?

— Accrochez-vous, Priss, prévint-il. Si je ne sème pas cette voiture, je vais devoir sévir.

— Et vous avez peur de voir couler le sang ? ironisa-t-elle.

— Pas du tout.

Elle non plus, apparemment.

— Alors quel est votre souci ?

— Qui vous a dit que j'avais un souci ?

Les hommes de main de Murray étaient ses complices, aussi Trace n'aurait-il aucun scrupule à les tuer. Il y aurait même du plaisir.

— Ça me ferait juste perdre du temps. Et j'ai beaucoup à faire.

Sur ce, il bifurqua brusquement et accéléra. Le compteur grimpa à cent soixante.

— Ecoutez, fit Priss, je ne sais pas si…

— Taisez-vous et accrochez-vous !

Il tourna de nouveau, prit la voie express, la quitta au bout de trois kilomètres, roula encore quelques minutes, puis s'engagea dans le parking d'un vieux cinéma en plein air et arrêta la voiture derrière le grand écran. Là, il sortit son revolver et attendit.

Près de lui, Priss ne bougeait plus, ne parlait plus, ne respirait plus. Il posa son revolver sur son genou et se tourna vers elle.

— Respirez, dit-il.

Elle inspira longuement et faillit tousser.

— Vous l'avez semé ?

— Je pense que oui, mais nous allons attendre un peu ici, pour plus de sûreté.

— Vous connaissez cet endroit ? demanda-t-elle en regardant autour d'elle.

— Pas vraiment.

Il suivit du regard les lignes de son visage. Son nez espiègle. Ses lèvres pulpeuses. Ses longs cils qui encadraient ses pupilles vertes.

— Moins que vous les vêtements fétichistes.

Elle se tourna vers lui et fronça l'arc délicat de ses sourcils.

— Que voulez-vous dire ?

— Que vous étiez parfaitement à l'aise dans les oripeaux de Twyla. Une innocente jeune fille n'aurait même pas su par où les enfiler. Et surtout, elle n'aurait pas profité de l'essayage pour chercher à m'allumer.

Elle fit la moue.

— Vous pensez vraiment que je cherchais à vous allumer ?

— Oui, répondit-il en fixant sa bouche. Vous m'avez allumé.

Il prit soudain conscience qu'il l'avait vue quasi nue, mais qu'il n'avait remarqué aucune tache de rousseur sur son corps. Sur son visage, qu'il admirait en ce moment même, elle n'en avait pas non plus. Etrange, pour une rousse…

Il tapota ostensiblement son revolver contre sa cuisse, pour attirer son attention. Il aurait apprécié qu'elle se montre un peu hésitante, mal à l'aise. Sa coopération calme et détachée dans cette affaire n'était certes pas désagréable, mais il aurait préféré agir seul. Sa présence ne lui simplifiait pas la tâche.

— Dites-moi, Priscilla Patterson, que faisiez-vous avant de me compliquer la vie ?

Priss se demanda si elle devait lui mentir sur ce point également.

— N'ayez pas honte, insista-t-il. Vous pouvez tout me dire.

Il avait deviné qu'elle craignait de le choquer et elle s'en étonna. Mais après tout il avait raison, elle n'avait pas à avoir honte de ce qu'elle faisait.

— Je suis propriétaire d'un magasin d'articles pour adultes, dit-elle.

Il arrêta net de tambouriner sur sa cuisse avec son arme, puis eut un haussement d'épaule exagéré, comme s'il voulait lui montrer qu'il s'en fichait complètement.

— Ça ne m'étonne pas plus que ça. Ça colle avec le personnage…

— Je ne suis pas certaine d'apprécier cette remarque, répondit-elle. Et c'est très prétentieux de votre part de croire que j'ai voulu vous allumer ou que je pourrais m'intéresser à vous.

Il cala ses épaules contre la portière et afficha un sourire suffisant.

— Ah oui ?

— Oui.

Elle tendit le bras et lui tapota la joue.

— Vous feriez un petit avantage en nature agréable et inattendu, je ne le nie pas, mais rien de plus.

Elle posa ses mains à plat sur ses cuisses, consciente du regard appuyé qu'il posait sur ses seins moulés dans ce ridicule petit haut.

— La seule personne qui m'intéresse vraiment, c'est Murray.

— Parce qu'il est votre père ?

— Oui…

Elle lui jeta un regard en coin et ajouta :

— Et aussi parce que je suis venue le tuer.

Il resta silencieux pendant quelques secondes qui firent à Priss l'effet d'une éternité. Puis il rangea son revolver dans son étui, se remit au volant et démarra.

— Vous n'allez tuer personne, Priss, dit-il posément. Mais j'aimerais en savoir un peu plus sur votre magasin cochon.

— Je tuerai Murray Coburn dès que j'en aurai l'occasion, répéta-t-elle, tout aussi posément. Quant à mon magasin, il est chouette, et pas du tout cochon. C'est une jolie boutique, bien tenue, qui nous a fait vivre, ma mère et moi, pendant des années.

Elle avait le cœur serré chaque fois qu'elle pensait à sa mère et s'efforça de l'écarter de son esprit. Il fallait qu'elle demeure forte pour accomplir son dessein.

— Elle est grande ?

— Moins que le bureau de Murray. Nous vendons surtout des DVD et des livres. Et quelques articles à piles. En ce qui concerne les sous-vêtements… Eh bien oui, nous avons quelques articles un peu particuliers. Comme des culottes ouvertes, des cache-seins, des soutiens-gorge agrémentés de liens pour le bondage. Mais ces articles servent surtout à décorer. Quand les gens veulent en acheter, ils les choisissent sur catalogue, nous les leur commandons et nous touchons un pourcentage sur la vente.

Trace jeta un coup d'œil dans le rétroviseur et parut satisfait. Apparemment, on ne les suivait plus.

— Continuez, dit-il.

— Que voulez-vous savoir de plus ?

— Avez-vous déjà porté des sous-vêtements de ce genre ? demanda-t-il négligemment, comme si la question venait de lui traverser l'esprit.

— Non. Je suis plutôt une adepte des culottes de coton.

Il acquiesça en silence.

— Comment est morte votre mère ?

Il aurait pu trouver une transition délicate ! Elle se demanda s'il cherchait à la prendre par surprise ou si c'était sa manière de faire, tout simplement.

Elle remarqua aussi que, tout en l'interrogeant, il demeurait prudent et en alerte, vérifiant sans cesse qu'on ne les suivait pas. Il ne reprit pas la voie express et préféra les petites rues.

— Elle a eu une attaque.

— Vous n'avez donc pas menti à Murray sur ce point ?

Elle secoua la tête dans un silence douloureux. Il le sentit et l'une de ses mains lâcha le volant pour se poser sur son genou.

— Je suis désolé…

Priss fut tentée de couvrir cette main de la sienne, mais elle n'en eut pas le temps, la main retournait déjà sur le volant.

— Vous n'avez pas été très gentil avec moi, jusque-là, Trace. Pourquoi devrais-je croire que la mort de ma mère vous émeut ?

Il haussa les épaules.

— Nous sommes tous les deux coincés dans un personnage et vous le savez.

Il lui jeta un regard en coin avant de poursuivre :

— J'ai perdu mes parents. Les deux. Il y a bien longtemps. Aussi je sais ce que c'est et je compatis sincèrement, en dépit de ce qui nous sépare.

Elle accepta l'explication.

— Merci.

— Ça a été une épreuve pour vous, n'est-ce pas ?

— Oui.

Et bien plus que cela.

— Maman a longuement souffert avant de mourir. L'attaque l'a d'abord laissée handicapée. Elle n'était plus autonome et le supportait mal. Elle ne cessait de décliner. La mort a été pour elle une délivrance.

La main de Trace revint sur son genou, pour le presser, cette fois.

— C'est vous qui vous êtes occupée d'elle ?

— J'ai fait de mon mieux, murmura-t-elle.

Son cœur se serra. Elle avait la sensation de n'avoir pas été à la hauteur.

— J'étais seule avec elle. Il fallait que je continue à travailler. Et nous étions restées si longtemps cachées.

— Cachées de Murray ?

— Et de qui d'autre ? Maman ne pensait pas qu'il se serait intéressé à moi, du moins en tant que père. Mais elle avait peur qu'il ne cherche à nous faire du mal. C'est aussi pour passer inaperçue qu'elle avait choisi d'ouvrir un sex-shop. Elle disait qu'il n'aurait jamais l'idée de nous chercher dans un endroit pareil.

— Qu'il se dirait plutôt qu'elle était retournée à une vie bien rangée de petite bourgeoise?

— Oui. Elle aurait pu faire bien mieux, gagner plus d'argent, mais sa priorité était de nous mettre à l'abri de Murray. Nous n'avons jamais eu un sou d'avance. Tout juste de quoi vivre.

Ils roulèrent en silence pendant quelques minutes. Croyant que la curiosité de Trace était satisfaite, Priss ferma les yeux. La journée avait été longue et mouvementée. Et elle n'était pas encore terminée.

Au bout d'une dizaine de minutes, il lui demanda :

— Vous dormez?

— Non.

Elle ne dormait plus beaucoup, en ce moment.

— Qui s'occupe de votre boutique pendant votre absence?

— Mon partenaire, Gary Deaton.

Elle n'aimait pas y penser. Gary ne faisait sûrement pas les choses correctement.

— Votre associé ou votre partenaire... dans la vie?

— Partenaire dans la vie? Sûrement pas.

Cette idée répugnante lui donna le frisson.

— Mon associé. Et encore... Il serait plutôt un employé, en fait. Je dis que c'est mon associé parce qu'il travaille autant que moi, sinon plus. En ce moment, surtout, c'est lui qui a tout en charge.

— Personne d'autre dans votre vie?

— Non. Mais qu'est-ce que ça peut vous faire?

— Je me demandais simplement si vous aviez impliqué quelqu'un d'autre dans votre folle croisade.

Il bifurqua de nouveau pour s'engager cette fois dans la rue où elle avait loué son meublé.

— Vous envisagez toujours de me tuer? demanda-t-elle froidement.

Il éclata de rire.

— Vous tuer? Non. Sûrement pas.

Qu'avait-il l'intention de faire d'elle? Elle ne se risqua pas à lui poser la question. Elle devait bien admettre que pour le moment sa présence lui était utile. Mieux valait donc ne pas l'agacer.

— J'ai mené une vie de recluse, déclara-t-elle pour reprendre la conversation. Ça ne facilite pas les rencontres amoureuses.

Il lui caressa le genou de son pouce, presque distraitement. Elle se demanda si le geste était conscient et volontaire, ou s'il n'était qu'un prolongement des pensées qu'elle lisait sur son visage.

— Trace…

— Je suis surpris que vous n'ayez pas une seule tache de rousseur, lança-t-il tout à trac. Pas plus sur le visage…

Il lui jeta un bref regard appréciateur.

— Que sur le corps.

— En effet. En quoi ça vous surprend ?

— Vous êtes plutôt rousse. Vous devriez avoir quelques taches de rousseur.

Elle saisit sa main pour la poser sur son siège à lui.

— Pour commencer, bas les pattes, d'accord ?

Il ne répondit pas, mais elle vit le coin de sa bouche esquisser un sourire.

— Ensuite, vous n'êtes pas très observateur. Vous n'avez pas remarqué que mes cils et mes sourcils sont d'un noir d'encre ?

— Et que dois-je en conclure ?

— Vous devez en conclure que je ne suis pas de ces rousses qui sont rousses…

Elle rougit.

— Partout.

— Ah oui ?

Il fixa du coin de l'œil son entrejambe.

— Intéressant.

Priss lui donna un petit coup de poing dans l'épaule.

— Je n'aime pas ce que vous pensez.

— Vous ne savez pas ce que je pense.

Puis il eut un sourire provocateur.

— Mais peut-être que si, après tout. Vous le savez ?

Il essayait de le lui faire dire tout haut. Pas question. Elle croisa les bras.

— Je ne me teins pas les cheveux, en tout cas. Tout est naturel chez moi.

— Nous verrons ça.

— Vous ne verrez rien du tout ! s'exclama-t-elle.

— J'ai bien failli tout voir aujourd'hui, murmura-t-il entre ses dents. Il aurait suffi que je m'approche un peu.

— Taisez-vous !

Elle se sentait écarlate, ses joues la brûlaient, elle avait horreur de ça.

— Ça me rappelle que vous avez pris une photo de moi et que je veux que vous l'effaciez.

— Aucune chance. Vous voir dans cet accoutrement a été la joie de ma journée.

Il se gara, puis scruta les lieux d'un air dubitatif.

— Vous ne plaisantiez pas ; cet endroit est vraiment un bouge, dit-il, comme s'il avait déjà oublié qu'elle était en colère.

Elle décida de laisser tomber pour le moment le problème de la photo. Tôt ou tard, elle finirait bien par trouver le moyen de lui subtiliser son téléphone. Tant pis pour lui.

— Quels sont les projets ? demanda-t-elle sèchement.

— Nous entrons, vous prenez quelques affaires, histoire d'occuper aussi la chambre d'hôtel dans laquelle je compte vous installer. Mais vous devez me promettre de vous montrer extrêmement prudente. C'est pour vous une question de survie.

— Non, dit-elle posément. Je n'ai pas à vous promettre quoi que ce soit.

Personne ne l'empêcherait de faire ce qu'elle était venue faire. Pour qui se prenait-il ? Elle tenta d'ouvrir la portière, mais il l'avait verrouillée.

— Ouvrez, s'il vous plaît.

Non seulement il n'ouvrit pas, mais il la prit par les épaules pour l'obliger à pivoter vers lui. Il s'apprêtait à la rabrouer, mais il se produisit un étrange phénomène. Au lieu de cela, il la regarda droit dans les yeux, puis fixa intensément sa bouche. Quelque chose changea dans son expression et dans son attitude.

Elle s'était figée, et lui regardait toujours sa bouche, quand elle entendit le déclic des portières qui se déverrouillaient. Il avait ouvert, comme elle le lui demandait, tout en maintenant avec elle ce contact visuel si troublant.

Elle chercha son regard et se radoucit un peu. Seigneur ! Ça n'allait pas être facile de lui résister s'il continuait à la dévorer des yeux !

— Vous venez avec moi ? demanda-t-elle.

— Oui.

Il se détourna d'elle soudainement, presque violemment, et sortit de la voiture. Puis il fit le tour pour lui ouvrir.

— Finissons-en, dit-il.

Elle eut l'impression qu'il avait hâte de se débarrasser d'elle et elle s'en sentit presque insultée. Il attendrait cinq minutes, puisque c'était ça !

Elle prit le temps de sortir sa clé, cachée dans une poche secrète de son sac à main.

— C'est parfait, dit-elle en quittant enfin la voiture pour se planter devant lui. J'ai ma clé. Quand vous entrerez, je vous conseille de regarder où vous mettez les pieds.

— Pourquoi ?

Il la prit par le bras et l'entraîna, tout en surveillant une fois de plus les alentours.

— Vous avez dissimulé des mines de terrain dans l'appartement ?

Elle ne prit même pas la peine de lui répondre.

— C'est par là, dit-elle en lui montrant une petite rue secondaire.

Une sirène de police hurla, faisant concurrence à la musique qui sortait du bar du rez-de-chaussée.

— Je suis au premier étage.

Ils passèrent devant une prostituée qui caressait un homme contre le mur de briques faisant face à l'immeuble. En voulant éviter le couple, Priss buta sur une bouteille vide. Des pneus crissèrent, quelqu'un jura.

Trace afficha un air profondément dégoûté.

— Il faudrait condamner ce bouge, fit-il.

— Peut-être. Mais ici, au moins, personne ne m'a posé de questions embarrassantes quand j'ai voulu louer.

— Je n'en doute pas. Sachez tout de même que vous pourriez être agressée, violée ou assassinée, sans que personne remarque rien.

Priss secoua la tête.

— Je ne suis pas inquiète.

Ils grimpèrent un escalier extérieur, en métal, qui tenait à peine au bâtiment.

— Il y a beaucoup de choses dont vous devriez vous inquiéter, mais qui vous laissent indifférente, on dirait…

Il ne se rendait pas compte qu'elle n'avait pas le choix et qu'elle avait donc pris le parti d'ignorer le danger ; c'est pourquoi elle décida de ne pas répondre.

— Par ici, dit-elle.

Le vieil immeuble avait été autrefois rénové pour accueillir quatre appartements. Celui de Priss se trouvait tout au fond du couloir et les fenêtres donnaient sur le bar.

Trace désigna l'établissement.

— Le tapage commence tôt, chez eux, pas vrai ?

— J'ai cru remarquer qu'ils ouvraient à l'heure du déjeuner et qu'ils avaient surtout du monde pour le dîner, assez tôt dans la soirée. Mais ça ne me dérangera pas. Je suis habituée au tapage comme vous dites.

Il lui jeta un long regard interrogateur qu'elle décida également d'ignorer.

Elle déverrouilla la porte.

— Faites attention, prévint-elle.

— Attention à quoi ?

Elle n'avait pas encore allumé qu'ils entendirent un bruit étrange, comme un animal qui crache. Trace se figea.

Puis il sortit son arme.

— Vous n'allez tout de même pas tirer sur mon chat !

— Votre chat ?

— Oui, mon chat. Mon animal de compagnie. Vous savez ce qu'est un chat, tout de même ?

Elle avait déjà passé quelques jours dans l'appartement, le temps de se renseigner sur les habitudes de Murray, mais elle n'était pas encore familiarisée avec les lieux et il lui fallut quelques minutes pour trouver à tâtons la lampe qui éclairait la pièce.

Liger, son énorme chat, vint se frotter à ses jambes. Elle s'agenouilla pour le prendre dans ses bras et lui caresser le dos. Il se mit à ronronner.

Trace avait laissé retomber la main qui tenait toujours le revolver.

— Vous plaisantez ? dit-il. Ça, un chat ?

— Rangez votre arme, fit-elle tout en s'asseyant par terre pour installer Liger sur ses genoux.

Ce gros chat affectueux pesait au moins dix kilos. Les cuisses de Priss étaient trop étroites pour lui. Il débordait de tous les côtés. Priss rit quand il lui mordilla les genoux, avant de rouler sur le dos.

— Seigneur ! s'exclama Trace. Vous dites que c'est un animal domestique ?

— C'est un *maine coon*, c'est la race qui veut ça.

— Vous voulez dire que c'est une taille commune pour cette race ?

— Pour un mâle, oui. Je l'ai trouvé dans un refuge, il y a quelques années. Il est magnifique, n'est-ce pas ?

— Franchement…

Trace rangea son arme et vint s'accroupir près d'elle.

— Oui, il est magnifique.

Son ton admiratif parut surprendre Priss.

— Vous aimez les animaux ?

— Bien sûr.

Il tendit la main vers Liger.

— Il est sauvage ?

Priss frotta son nez dans la fourrure du chat.

— Pas du tout. Et il adore les câlins, pas vrai, Liger ?

L'animal contempla fixement Trace, puis posa une patte géante sur sa cuisse, tout en grondant. Trace arrêta son geste.

— Il a ses griffes ?

Priss lui jeta un regard outré.

— Bien sûr qu'il a ses griffes. Je suis contre le dégriffage, c'est barbare.

Trace ne prêta pas attention à la remarque. Il caressait maintenant le chat, qui avait fermé les yeux de plaisir.

— Il a une queue digne d'un raton laveur.

— Je sais.

— Il s'appelle comment ?

— Liger, répondit-elle en le serrant contre elle. A cause de sa crinière de lion et de ses rayures de tigre.

— Il n'a pas du tout la robe d'un tigre, fit-il.

Il avait un poil noir rayé de gris et de blanc ; il ne ressemblait en fait ni à un lion ni à un tigre.

— Mais il est gros comme un tigre.

Le chat abandonna les genoux de Priss pour s'installer sur ceux de Trace, où il s'étira pour renifler son visage. Trace sourit et le gratta sous le museau.

— Il a l'air vraiment gentil.

— Il est adorable. Les *maine coon* sont un peu comme de gros chiens affectueux. Ils aiment qu'on s'occupe d'eux et ils sont très doux. En général.

— En général ?

— Ils détestent les insectes, ça les rend fous.

Trace ne put s'empêcher de rire, puis il redevint sérieux et prit un air grave.

— Je déteste devoir vous l'annoncer, mais ce chat est un problème.

Elle se figea.

— Que voulez-vous dire ?

— Que nous allons devoir l'écarter.

5

Priss lui retira le chat des bras pour le serrer contre elle, comme si elle voulait le protéger.

Liger ne fut pas démonté par la brusquerie du geste et continua de ronronner, le menton posé sur l'une des mèches de cheveux de sa maîtresse.

— Ecoutez-moi, fit Trace d'un ton conciliant. Soyez raisonnable.

— Non, c'est vous qui allez m'écouter, rétorqua-t-elle d'un ton froid qu'il ne lui avait jamais entendu employer. Si vous osez toucher à un poil dc mon chat, je…

Elle ne termina pas sa phrase, comme si elle ne trouvait aucune menace assez terrible pour venger son chat.

Trace se redressa en levant les yeux au ciel et balaya l'appartement du regard. L'endroit était propre mais en désordre et équipé du strict minimum. Par ailleurs, les ouvertures n'étaient pas protégées. On pouvait y entrer comme dans un moulin.

— Je vais mettre ce chat à l'abri dans un endroit sûr, reprit-il. Vous lui êtes trop attachée et ça vous rend vulnérable. Je vous ai demandé si vous aviez quelqu'un dans votre vie et vous m'avez répondu que non. Or, vous avez ce chat.

— Oh ! murmura-t-elle. C'était donc pour ça…

Il chercha son regard.

— Qu'est-ce que vous avez cru ? Que je vous draguais ?

— Vous veniez de me reluquer toute nue.

Bon sang ! Elle n'avait pas besoin de le lui rappeler, l'image était imprimée à jamais dans son cerveau.

— En effet, vous avez pris un malin plaisir à vous pavaner

devant moi dans toutes ces petites tenues mais, au cas où vous en douteriez, je vous confirme que j'avais déjà vu des femmes nues avant vous.

— Et probablement de plus belles, je sais.

Elle se leva, gardant le chat dans ses bras, et alla s'asseoir sur un vieux canapé défoncé, au tissu usé. Puis elle leva vers Trace des yeux pleins de sommeil et de curiosité.

— J'ai eu tout de même l'impression que le spectacle ne vous laissait pas indifférent, reprit-elle.

Si elle espérait lui faire avouer qu'elle l'avait troublé, elle perdait son temps.

— Je ne suis pas de marbre, grommela-t-il. Bien sûr que j'ai apprécié.

L'appartement était en fait un studio, avec un petit coin cuisine. La salle de bains attenante était minuscule et sale, avec un lavabo et des toilettes maculés de tartre, une douche au carrelage abîmé. Trace remarqua deux fenêtres qui pouvaient à la rigueur servir d'échappatoire en cas d'urgence, l'une dans la salle de bains, l'autre au-dessus du canapé. Mais une seule porte. Pas de sortie de secours. Non, vraiment, Priss ne pouvait pas rester là.

— Vous seriez coincée ici, en cas d'agression, déclara-t-il d'un ton presque absent. Et ça aussi c'est un problème.

— Ça *aussi* ?

— Oui, ça aussi. Je viens de vous expliquer pour le chat…

Il se tourna pour lui faire face, les poings sur les hanches. Emu par le regard désolé de ses grands yeux verts, dans lesquels perlaient même quelques larmes, il s'efforça de prendre un ton plus doux.

— Priss, je vous assure qu'il faut emmener Liger dans un endroit moins exposé.

Elle secoua la tête et serra de nouveau le chat contre elle.

— Je ne connais pas d'endroit moins exposé. Et il n'a que moi.

Elle aussi n'avait que lui, visiblement.

Il sortit le téléphone prépayé et composa le numéro de Dare.

— Qu'est-ce qui se passe, Trace ? demanda aussitôt ce dernier. Des problèmes ?

— Non, mais j'aurais besoin d'un service.

— Je t'écoute…

— Tu te souviens que je t'ai parlé d'une énigme ? Eh bien, cette énigme a un chat.

— C'est une devinette ?

Trace sourit.

— Non. Je parle d'un chat, un gros chat, un animal domestique.

Il baissa la voix pour demander à Priss :

— Combien pèse votre monstre ?

— Ce n'est pas un monstre et il pèse un peu plus de dix kilos.

Elle le fixa d'un regard méfiant.

— Qu'est-ce que vous mijotez, exactement ?

— Il pèse plus de dix kilos, tu te rends compte ? reprit Trace au téléphone. Mais il est doux comme un agneau. Et surtout elle tient énormément à lui et ça risque de la fragiliser.

— Je vois, répondit Dare.

Puis il demeura silencieux quelques secondes.

— Tu voudrais que je m'occupe de le mettre à l'abri, c'est ça ? Mes filles vont apprécier. Elles adorent les petites bêtes à poil. De toute façon, je suis chez moi en ce moment, pas de problème, je pourrai gérer les conflits s'il y en a.

Trace poussa un soupir de soulagement. Il n'avait même pas eu besoin de demander, Dare l'avait compris à demi-mot.

— Je te remercie, dit-il. Je pourrai accompagner Priss et la bête chez toi. Demain. Priss a besoin d'un bon ravalement de façade, de la tête aux pieds. Ordre de Murray Coburn.

— Merde ! grommela Dare. Ce n'est pas bon signe.

— Non.

Trace n'avait pas envie que Dare lui rappelle de quoi était capable cette ordure de Murray. Surtout quand il s'agissait de Priss. Il se demanda s'il ne ferait d'ailleurs pas mieux de le tuer, plutôt que de le remettre aux autorités.

— Si tu pouvais faire venir chez toi quelqu'un pour s'occuper de sa coiffure, de son maquillage et de quelques soins esthétiques, ce serait parfait. Ça nous servirait de couverture pour le déplacement. Si elle revient avec une coiffure adéquate et les ongles faits, personne ne posera de questions. Et Jackson veillera à ce que nous ne soyons pas suivis quand nous quitterons la ville.

— O.K., je vais demander à Chris d'appeler son copain Matt. Il coiffe, il maquille, il est doué pour tout.

Trace retint un sourire. Chris avait un majordome-secrétaire-homme à tout faire qui collectionnait les amis, du footballeur à la reine de beauté.

— A moins d'un imprévu, nous serons chez toi demain matin tôt, dit-il.

— Dans ce cas, je vous invite à déjeuner.

— Merci, mon vieux.

A propos de déjeuner… Trace se demanda si Priss avait mangé de toute la journée. Elle était littéralement effondrée sur le canapé. Elle paraissait épuisée ; peut-être avait-elle faim.

— Je t'appellerai quand nous serons en chemin, dit-il encore.

Après avoir raccroché, il alla inspecter les alentours à travers les stores baissés. Le bar était encadré par un parking et une petite rue, disposition qui lui déplut fortement et qu'il jugea particulièrement dangereuse. Décidément, cet endroit ne lui plaisait pas du tout. Il était mal fréquenté, bruyant, dangereux. La pire des canailles s'y serait sentie mal à l'aise.

Et il y avait de quoi.

— Vous avez trouvé un endroit pour Liger ? demanda Priss.

Il acquiesça.

— Ce sera provisoire. Il y restera jusqu'à ce que cette affaire soit réglée.

— Mais nous ne savons pas combien de temps ça prendra.

— En effet, admit-il en se passant une main lasse sur le visage. Vous avez mangé ?

— J'ai pris un petit déjeuner ce matin, dit-elle.

Et l'heure du dîner était passée depuis longtemps.

— Rassemblez ce dont vous avez besoin. Le strict nécessaire.

— C'est vague. Le strict nécessaire pour combien de jours ?

— Je n'en sais rien. Mais j'espère que vous n'aurez plus à dormir ici.

— Quel dommage !, murmura-t-elle en regardant autour d'elle. Je commençais à m'y sentir un peu chez moi.

Il n'avait pas l'intention de discuter de ça avec elle. Elle changeait d'endroit. Point.

— Nous allons vous prendre une chambre dans un hôtel, mais pas celui que vous avez indiqué à Murray, bien entendu. Je ne veux pas qu'il puisse vous tomber dessus à l'improviste.

Il avait l'intention de lui prendre une chambre dans son propre hôtel. Plus elle était près de lui, mieux c'était.

— Mais ça ne risque pas de lui mettre la puce à l'oreille ?

— Je trouverai une explication si besoin.

Il la regarda se lever lentement.

— Ensuite, nous irons nous chercher à manger.

Elle hésita.

— Et Liger ?

— Vous le prenez pour cette nuit. Demain, nous l'emmenons chez mon ami.

Elle afficha un air préoccupé et il comprit qu'elle cherchait des arguments pour protester. Elle se faisait visiblement du souci pour son chat.

— Ne faites pas cette tête, Priss. Dare sera gentil avec lui, je vous le promets. Il a déjà deux chiens qui se montrent très amicaux avec les autres animaux. Votre chat sera très bien chez lui, vous verrez.

Ça ne parut pas la rassurer. Au contraire. Il voyait pratiquement défiler dans ses yeux les plans de rechange qui lui passaient par la tête.

Il décida alors d'employer les grands moyens.

— Vous préférez que l'un des hommes de main de Murray s'occupe de lui ? Croyez-moi, Priss, ils n'auraient aucun scrupule à utiliser ce chat pour faire pression sur vous. Et ce serait vraiment moche.

Les lèvres de Priss se mirent à trembler et il regretta aussitôt de s'être montré si dur. Elle avait un corps à damner un saint et elle était aimable comme une porte de prison, mais son amour pour ce gros chat touffu… Il n'aurait pas su dire pourquoi, mais ça le remuait jusqu'au tréfonds de l'âme.

— Ça va aller ? demanda-t-il d'une voix plus douce.

Elle parut se reprendre. Ses lèvres cessèrent de trembler. Elle acquiesça.

— Merci d'y avoir pensé, dit-elle.

Puis elle ajouta dans un murmure :

— Je ne supporterais pas qu'il lui arrive quoi que ce soit.

Il avait compris, et c'était bien pour cela qu'il allait s'arranger pour qu'il n'arrive rien à ce fichu matou.

— Chez mon ami, il sera en sécurité, vous pouvez en être certaine.

Si seulement il avait pu assurer aussi aisément la sécurité de la propriétaire du chat…

— Allons-y, reprit-il. Nous aurons une longue journée demain.

— D'accord.

Elle posa le chat sur le canapé et s'éloigna dans la salle de bains. Ses affaires étant déjà rassemblées dans sa trousse de toilette, il lui suffisait de la prendre. Elle revint, puis elle tira de sous le canapé un sac de voyage plein.

— Voilà, annonça-t-elle. Il ne me reste plus qu'à embarquer la caisse du chat et sa nourriture.

Surpris, Trace jeta un coup d'œil à son maigre bagage.

— Vous n'aviez pas encore défait votre sac ? s'étonna-t-il.

— Je n'avais pas l'intention de m'éterniser ici. Et je ne voulais pas perdre de temps à faire mon sac si je devais partir en catastrophe.

— Après avoir tué Murray ?

— C'est ça…

Elle lui adressa un sourire qui ressemblait à un avertissement.

— Vous me prenez sans doute pour une écervelée, mais j'avais un plan, Trace. Un plan mûrement réfléchi. Et si vous ne vous étiez pas interposé, je serais sur le point de rayer une pourriture de la surface de la Terre. Et, maintenant que je sais que je ne reverrai mon chat que lorsque j'aurai réussi… eh bien, je dirais que ça me donne une raison de plus d'aller jusqu'au bout le plus vite possible.

Une lueur de triomphe brilla dans ses yeux. Trace songea que, pour une petite femme à l'aspect fragile, elle était bien sanguinaire.

Elle était décidément pétrie de contradictions.

Tout à fait insaisissable.

Et il commençait à trouver ça diablement excitant.

Priss s'éveilla dans une chambre d'hôtel propre et qui sentait bon. Elle s'étira avec délice. Les draps étaient doux, les oreillers moelleux. Et elle avait suffisamment de place pour circuler sans se cogner aux meubles.

Le soleil filtrait à travers les rideaux mal tirés. Une belle journée de juin s'annonçait. Elle aurait voulu se lever, mais Liger dormait sur ses jambes, étalé de tout son long et pesant de tout son poids. Il avait tiré les couvertures et elle était découverte à partir de la taille.

La climatisation — luxe dont l'appartement qu'elle avait loué n'était pas équipé — dispensait un air frais dans la pièce. Elle bâilla et dégagea ses jambes pour s'asseoir sur le bord du lit. Ses longs cheveux lui retombaient devant les yeux et son T-shirt froissé par une nuit de sommeil lui arrivait à mi-cuisse. Elle se sentait bien. En sécurité.

Pour la première fois depuis longtemps.

La mort de sa mère lui avait laissé un affreux sentiment de vide et de solitude. Elle lui manquait terriblement. Elle se consolait en se disant qu'au moins elle ne souffrait plus. Il avait été si dur de la voir décliner chaque jour et se retrancher peu à peu de la vie...

Quitter la maison dans laquelle elles avaient vécu si longtemps n'avait pas été facile non plus, mais, portée par son désir de vengeance, elle avait fait ses bagages et était partie pour cette ville où elle savait trouver son père. Elle n'avait pas pris le temps de s'apitoyer sur elle-même. Elle n'avait pensé qu'à son but.

Elle avait trouvé un appartement, puis le bureau de Murray. Elle avait même réussi à le rencontrer. Elle avait suivi son plan à la lettre.

Jusqu'à ce que Trace — dont le nom de famille n'était sûrement pas Miller — vienne se mettre en travers de son chemin. Lui aussi avait des choses à cacher. Probablement plus qu'elle, qui lui en avait dit beaucoup.

Elle appréciait sa compagnie, elle le trouvait attirant physiquement et elle était intriguée par son attitude calme et posée — celle de quelqu'un qui se sent sûr de lui.

Mais elle ne savait presque rien de lui et ne devrait pas lui accorder si facilement sa confiance ni autant d'intérêt, mais son instinct lui disait qu'il était fait de l'étoffe des héros. Même s'il était soi-disant le garde du corps de Murray, Trace était de ces hommes qui protègent les faibles contre les forts. La preuve, il la protégeait en ce moment.

Il *les* protégeait, Liger et elle.

En tant que personne, il était l'opposé de Murray Coburn. Pourquoi travaillait-il pour ce salaud ? Travaillait-il d'ailleurs vraiment pour lui ?

Liger s'étira paresseusement et bâilla en découvrant ses petites dents pointues et tranchantes comme des rasoirs. Puis il ouvrit ses grands yeux jaunes, cligna des paupières et salua sa maîtresse d'un miaulement doux. Il avait une toute petite voix, ce qui ne manquait pas de surprendre en regard d'un corps aussi volumineux.

Priss lui sourit.

— Je sais. Nous avons bien dormi. Et longtemps. Nous n'avons plus l'habitude, pas vrai ? Et maintenant tu as faim, je parie ?

Elle lui gratta l'échine et la tête, l'endroit qu'il préférait après le menton.

— Moi aussi, j'ai faim. Mais chaque chose en son temps.

Tout en se dirigeant vers la salle de bains, qui était deux fois plus grande que celle de son petit appartement, elle jeta un coup d'œil à la porte donnant sur la chambre voisine.

Celle où Trace avait passé la nuit.

Son cœur se mit à battre alors qu'elle songeait à lui. Et ça c'était nouveau. Elle ne s'était jamais intéressée à un homme. Pour elle, jusque-là, les hommes n'étaient que des clients qu'il fallait convaincre de repartir avec le dernier gadget porno, même quand il était hors de prix — ce qui n'était d'ailleurs pas très difficile. Elle se montrait aimable avec eux, plaisantait volontiers, mais ne se laissait pas approcher.

Elle n'avait pas comme sa mère la phobie des hommes, mais jamais un homme ne lui avait fait battre le cœur.

Elle se passa de l'eau sur le visage et se lava les dents. Un coup d'œil dans le miroir lui apprit qu'elle avait une sale mine.

Tant pis.

Non, pas tant pis… Elle tira ses cheveux en arrière pour s'observer d'un œil critique. Avant de rencontrer Trace, elle s'était toujours acceptée comme une femme sans la moindre sensualité, très loin de partager les intérêts des filles de son âge, méthodique et froide dans son approche de la vie.

Elle n'avait jamais éprouvé le moindre sentiment pour quelqu'un d'autre que sa mère.

Mais, dès que Trace apparaissait, elle se sentait emportée par un tourbillon d'émotions qui lui donnaient le vertige. Elle s'était endormie en pensant à lui. Et il occupait son esprit depuis qu'elle avait ouvert les yeux. Elle en prit brusquement conscience et se jugea pathétique.

Elle venait de donner à manger à Liger quand on frappa à la porte de communication des deux chambres. Son cœur fit un bond.

Elle se colla au battant, en essayant de ne pas sourire.

— Oui ?

— Ouvrez, s'il vous plaît.

Elle tâcha de prendre un ton agacé.

— Pourquoi ?

Quelque chose de lourd cogna contre le battant — la tête de Trace ?

— Je vous ai entendue marcher, Priss. J'ai du café, mais si vous n'en voulez pas…

Elle était une véritable accro à la caféine. Elle ouvrit la porte à la volée.

— Que Dieu vous bénisse !

Elle lui arracha la tasse des mains, but une longue gorgée et soupira de bonheur. Elle avait déjà l'esprit plus clair. Le café chaud perçait l'épais brouillard de sentiments qui embrumait son cerveau.

Ce qui lui permit également de remarquer que Trace ne portait qu'un jean. Pas boutonné. Et rien en haut. Elle ouvrit des yeux ronds et faillit s'en décrocher la mâchoire.

— C'était ma tasse, fit-il.

Elle l'entendit à peine. Elle était hypnotisée par son torse et, en dépit du délicieux café qu'elle venait d'avaler, elle eut soudain la bouche sèche.

Son regard glissa le long de la soyeuse traînée de poils bruns qui disparaissait sous la ceinture du jean. Puis elle revint vers son visage et découvrit qu'il la fixait lui aussi d'un œil bizarre.

— Qu'est-ce qu'il y a ? demanda-t-elle d'un ton vaguement agressif.

Il eut un sourire énigmatique et secoua la tête.

— Rien. Buvez votre café, je vais m'en servir un autre.

Elle se souvint brusquement qu'elle était en train de boire la tasse de Trace.

— Désolée, dit-elle. J'ai cru que c'était pour moi.

Il agita la main pour signifier que ça n'avait aucune importance et se dirigea vers la cafetière installée dans sa chambre. Il portait son jean très bas sur les hanches. Sa peau bronzée tranchait avec la blondeur de ses cheveux.

Une deuxième gorgée s'imposait !

— Je ne connais rien de meilleur que le premier café du matin, murmura-t-elle tout en essayant de reprendre ses esprits.

Trace lui jeta un coup d'œil par-dessus son épaule. Son attention se concentra sur sa bouche, puis sur sa poitrine, puis sur ses jambes nues.

— Ah, vous trouvez…, répondit-il d'un ton distrait. Si vous le dites.

Irrésistiblement attirée par ce regard de braise et sa voix chaude, elle entra dans sa chambre. Liger trottina derrière elle, puis la dépassa. Il était repu, à présent. Il sauta sur le lit de Trace, dérangeant le couvre-lit que celui-ci avait déjà remis en place et soigneusement tiré. Puis il choisit de s'allonger sur le coussin, l'endroit le plus confortable, non sans l'avoir auparavant cardé de ses griffes, tout en bâillant et s'étirant.

Trace désigna la table et les chaises.

— Installez-vous…

En arrivant à l'hôtel, la veille, ils avaient dîné autour de cette même table. Priss se souvint qu'elle avait passé un agréable moment.

Et même un peu plus.

Ils avaient parlé à bâtons rompus, en évitant les sujets trop personnels ou intimes, histoire de passer le temps.

Pour elle, ç'avait été une découverte. Jamais elle n'avait passé la soirée seule avec un homme dont elle avait par ailleurs apprécié le magnétisme, l'intelligence et le sens de l'humour. Elle s'était sentie à l'aise, protégée, entourée. Contrairement à Trace. Tout en dévorant goulûment un gros cheeseburger, il était resté en alerte, sursautant au moindre bruit provenant du parking ou du couloir.

— Je veux bien m'asseoir, mais…

Elle vida sa tasse de café et jeta un regard envieux du côté de la cafetière pleine.

— Est-ce que je pourrais en avoir encore ?

— Servez-vous.

Quand elle s'approcha de la machine, il ne s'écarta pas pour lui laisser la place, mais s'adossa au buffet pour l'observer. Elle sentit émaner de lui des effluves chauds — l'odeur musquée et sensuelle d'un homme qui sort tout juste du lit.

Elle fut tentée d'enfouir son visage dans son cou, de se plaquer contre son torse, pour mieux profiter de cette odeur…

Elle balaya du regard son superbe corps.

— C'est vous qui faites de l'exhibitionnisme, ce matin, lança-t-elle d'un ton railleur.

— Par égard pour votre pruderie, j'ai enfilé un jean. Ça ne suffit pas ?

Non, ça ne suffisait pas. Qu'ils soient si près l'un de l'autre et en tenue aussi légère lui donnait de la tachycardie.

— Ça aurait pu suffire, admit-elle. L'ennui, c'est que vous êtes sacrément bien foutu.

Le compliment lui fit hausser les sourcils de stupéfaction.

— Ne faites pas l'étonné, ajouta-t-elle de manière tout aussi directe. Vous le savez. On vous l'a sûrement déjà dit.

Elle le détailla de nouveau d'un regard appuyé, presque indécent, et remarqua qu'une bosse se formait sous la ceinture de son jean. Pour elle ?

Oh ! C'était flatteur…

— Je suis certaine que vous avez du succès auprès des femmes.

Il afficha un air moqueur.

— J'ai plus de trente ans, alors oui, j'ai eu le temps d'avoir pas mal de succès et aussi de me faire jeter un certain nombre de fois.

— Vous faire jeter ? Vraiment ?

Elle avait du mal à le croire.

— Vous avez dû tomber sur des idiotes, ou alors vous avez montré à ces femmes une facette de votre personnalité que je n'ai pas encore entrevue.

— Disons que vous n'avez vu pour l'instant que la facette que je veux bien vous montrer.

— Hmm.

Elle avait des difficultés à se concentrer sur ce qu'il disait, absorbée qu'elle était dans la contemplation des poils de ses pectoraux, qui s'amincissaient en une fine ligne le long de son ventre. Les poils de ses avant-bras, qui couvraient des muscles puissants et une ossature solide, étaient un peu plus foncés que ses cheveux, du même ton que ses sourcils, ses cils, et l'ombre de barbe qui lui couvrait le menton et les joues.

Sans même s'en rendre compte, elle allongea le bras pour effleurer sa mâchoire.

— J'aime bien votre allure au réveil, dit-elle. Vous avez un côté plus masculin. Plus rude.

Trace accueillit le compliment avec un visage de marbre, mais ses yeux se plissèrent imperceptiblement, signe qu'il n'était pas aussi indifférent qu'il voulait le laisser paraître.

Priss laissa retomber sa main et se dirigea vers la table.

— Je suppose que nous ne pouvons pas nous faire monter un petit déjeuner ?

Il l'étudia avec attention pendant quelques longues secondes.

— Je préférerais que nous partions au plus tôt. Sans compter qu'il serait imprudent de nous faire monter un petit déjeuner pour deux.

— Vous craignez pour nos personnages ?

Elle posait la question, mais ne s'attendait pas à ce qu'il lui avoue tout de go qu'il jouait lui aussi un rôle et n'était pas en réalité simple garde du corps. Elle n'avait d'ailleurs pas besoin de confirmation. Il agissait comme un professionnel aguerri. Il lui avait pris une chambre attenante à la sienne, au premier étage, avec accès à l'escalier de secours et à plusieurs sorties qui donnaient sur des rues animées.

— Je crains pour votre sécurité, répondit-il en la rejoignant à la table. Si Murray a l'impression que vous n'êtes pas la jeune oie blanche que vous prétendez…

— Je sais, je sais… Il ne fera de moi qu'une bouchée. Trace… j'aimerais que nous parlions d'autre chose jusqu'à ce que je sois suffisamment réveillée pour exprimer tout le mépris que m'inspire cette ordure.

— Et si vous me disiez pourquoi vous tenez tant à le tuer ?

Enfin, il y venait ! Elle s'attendait à cette question depuis un moment.

— Avec l'estomac vide ? Vous n'y pensez pas !

— Mais vous me le direz plus tard ?

— Bien sûr, mentit-elle. A condition que vous laissiez le sujet de côté pour l'instant et que vous me proposiez quelque chose de plus digeste.

— Très bien.

Il but lentement son café.

— Avez-vous bien dormi ? demanda-t-il.

— Comme une morte.

— La comparaison n'est pas très heureuse, fit-il.

Elle semblait sous-entendre en effet que Murray voulait son cadavre.

— Désolée, dit-elle avec une grimace de contrition.

Un coup d'œil du côté de la fenêtre, où un rayon de soleil se glissait à travers la fente des rideaux, lui inspira fort heureusement un sujet de conversation plus neutre.

— On dirait qu'il va faire beau, aujourd'hui…

— Exact. Et j'en profite pour vous dire que nous devons garder les rideaux tirés et fermer la porte de communication entre nos deux chambres quand nous nous absentons.

— Vous pensez que des yeux indiscrets cherchent à nous espionner ?

— Tout est possible. Je suis nouveau chez Murray et ça ne m'étonnerait pas qu'il me fasse surveiller. Je suis prêt à parier que ce sont ses hommes qui nous suivaient hier. Et, maintenant que vous êtes dans le circuit, il a d'autant plus de raisons de m'avoir à l'œil.

Ces considérations étaient on ne peut plus vraies, mais Priss avait du mal à les prendre en compte pour l'instant, toute ramollie que la rendait la vision du torse nu de Trace. Impossible de se concentrer, pas même quand il évoquait les menaces qui pesaient sur elle.

— J'ai en tête un sujet de conversation beaucoup plus intéressant que la météo ou Murray…, dit-elle alors.

Il l'encouragea à poursuivre en levant sa tasse.

— Allez-y.

Elle s'humecta les lèvres. Elle en était émoustillée d'avance.

— Combien de femmes avez-vous connues ?

Il marqua un très léger temps d'hésitation avant de répondre :

— Ce n'est pas une question à poser le matin au réveil, et en plus ça ne vous regarde pas.

Etant de ces personnes qui ne se mentent pas à elles-mêmes, Priss dut admettre en son for intérieur qu'elle se sentait concernée, même si elle n'aurait pas dû. Elle était attirée par Trace et n'avait pas envie de résister à cette attraction. Après tout, tant que Murray n'était pas au courant, quel mal y avait-il à se rapprocher de lui ? Et, si son plan se déroulait comme elle l'avait prévu, elle ne traînerait pas longtemps dans le coin, pas assez en tout cas pour entrer véritablement dans la vie du beau garde du corps.

Pourquoi, alors, ne pas joindre l'utile à l'agréable, puisqu'elle en avait la possibilité ?

On ne tombait pas tous les jours sur un homme comme lui. En sa compagnie, elle se sentait pleine d'allant et en sécurité. Toute molle et toute tiède aussi. En vingt-quatre ans, elle n'avait encore jamais rencontré un seul homme qui lui fasse autant d'effet. Il était le premier. Il serait peut-être le dernier.

Elle songea que ce serait tout de même terrible de mourir vierge, mais sans doute était-ce une manifestation de son humour morbide et aussi une manière de faire la nique à sa peur.

Elle posa son avant-bras sur la table et se pencha vers Trace.

— Vous avez eu tellement de maîtresses que vous ne les comptez plus, c'est ça ? J'ai compris. Parmi ces maîtresses, est-ce que certaines étaient vierges ?

Il allait porter sa tasse à ses lèvres et s'arrêta net. Puis il posa sur elle un regard aigu.

— Pourquoi cette question ?

Elle sentit une bouffée de chaleur lui envahir le cou. Pour répondre, il aurait fallu qu'elle lui raconte sa vie. D'ailleurs, elle n'avait pas besoin de répondre. Il trouverait la réponse tout seul s'il décidait de s'intéresser vraiment à elle. Sinon… eh bien, il n'avait pas à savoir !

— Vous ne jouez pas le jeu, se geignit-elle. Vous répondez à ma question par une autre question.

Il s'adossa à sa chaise, le visage renfrogné.

— Non, protesta-t-il en secouant la tête d'un air presque mécontent. Vous ne pouvez tout de même pas prétendre…

La sonnerie de son téléphone lui coupa la parole. Il eut l'air prodigieusement agacé et frustré.

Ah oui, le téléphone…

Elle devait trouver un moyen de le lui subtiliser pour effacer ses données enregistrées.

Elle but posément une gorgée de café.

— Vous croyez que c'est Murray ? demanda-t-elle.

Trace mit quelques secondes à réagir. Le téléphone sonnait toujours.

— Probablement. Je vais répondre. Ne dites pas un mot.

Elle lui répondit par un haussement d'épaules. Trace décida de s'en contenter et décrocha.

— Miller, annonça-t-il de ce ton froid et distant qui faisait si bonne impression sur son patron.

— Bonjour ! cria gaiement Murray à son oreille. Je suppose que vous êtes déjà prêt à partir ?

Murray paraissait d'excellente humeur et c'était mauvais signe. Il avait tendance à se réjouir du malheur des autres. Sa joie n'augurait rien de bon.

— Tout à fait, répondit Trace, tout en jetant un regard d'avertissement à Priss.

Elle l'imita en articulant silencieusement « Tout à fait », prenant un air niais. Elle profitait de ce qu'il ne pouvait pas répondre pour le provoquer.

— J'ai réfléchi toute la nuit à cette histoire de fille qui vient se présenter à son père sans crier gare, Trace… Et j'en ai conclu que je devais me méfier de ma chère enfant comme de la peste.

— Je suis de votre avis.

Il était bien placé pour savoir que la *chère enfant* de Murray ne lui voulait pas du bien. Il allait s'arranger pour jouer le jeu de ce salaud, tout en surveillant Priscilla pour l'empêcher de faire une bêtise et la protéger.

Si elle tentait de tuer Murray, elle le paierait de sa vie. Murray ne se gênerait pas pour la torturer et la violer avant de l'éliminer.

— Vous vous êtes occupé de sa garde-robe ?

— Oui. C'est presque réglé. Twyla a fait de l'excellent boulot. Vous allez apprécier.

— Est-ce que c'est un canon ?

— Plutôt, oui, répondit Trace en vérifiant l'heure au réveil de la table de nuit. Je dois m'arrêter à la boutique tout à l'heure pour prendre ce que Twyla a dû mettre de côté. La demoiselle aura de quoi tenir au moins une semaine. J'ai même demandé une ou deux robes de soirée.

— Parfait. Emmenez-la avec vous. A partir de maintenant, je ne veux plus que vous la lâchiez. Essayez de savoir ce qu'elle mijote, ayez l'œil sur elle.

— Pas de problème, répondit Trace.

Murray lui ordonnait de rester avec Priss ? Parfait. Ce serait encore plus facile de la protéger. Et, chaque fois qu'il aurait à s'éloigner d'elle, Jackson prendrait discrètement le relais. Si les circonstances l'y forçaient, il lâcherait sa couverture pour sauver la vie de cette petite idiote, mais il préférait éviter d'en arriver là. Il préparait son plan depuis longtemps, il approchait du but et n'avait pas envie de tout gâcher.

Il tiendrait bientôt Murray et ses complices, y compris le plus minable des sous-fifres. Tous ceux qui trempaient dans le sale petit trafic de ce salaud allaient le payer cher !

— Je suis content que vous la trouviez à votre goût, reprit Murray d'une voix doucereuse. Parce qu'il m'est venu à l'esprit que le meilleur moyen de tester sa prétendue innocence, c'est de tenter un rapprochement. Vous voyez ce que je veux dire ?

— Un rapprochement ? répéta Trace.

Murray ne reculait décidément devant rien !

— Oui. Ça permettrait de juger si elle a ou non de l'expérience avec les hommes. Et comme Helene n'est pas très chaude pour que je m'en charge…

Trace en eut l'estomac noué. Sans la jalousie maladive de sa maîtresse, ce pervers se serait donc chargé de Priss lui-même ?

— Parce qu'elle est votre fille, termina-t-il à la place de son interlocuteur, espérant encore avoir mal interprété.

— Mais non, voyons ! répliqua Murray en ricanant. Helene n'a pas cru une seconde que Priss pouvait être ma fille. Et, même si elle l'avait cru, ce n'est pas ce qui aurait motivé son veto. Vous savez bien qu'elle est au-dessus de ce genre de tabous.

Oui, malheureusement…

— Je vois, dit-il.

— Vous voyez ? reprit Murray. Ce n'est donc pas la peine que je vous explique pourquoi c'est à vous que je laisse cet honneur.

Il marqua un temps de pause.

— Vous n'avez rien contre ce plan, n'est-ce pas ? ajouta-t-il d'un ton qui laissait percer une menace.

— Vous préférez que je fasse les choses en douceur, en obtenant son consentement, ou bien dois-je employer la force ? demanda Trace d'une voix neutre.

Priss tressaillit à ces mots et ses yeux verts se fixèrent sur lui, subitement inquiets.

Elle pâlit aussi. Pourquoi ? se demanda Trace. Elle ne se laissait pourtant pas aisément démonter et elle savait bien qu'il mentait à Murray.

Il aurait voulu la prendre dans ses bras pour la rassurer. Mais, après tout, un petit moment de frayeur l'aiderait peut-être à comprendre que c'était une pure folie de s'en prendre à Murray.

La question fit rire Murray.

— Vous avez une préférence ?

Trace ferma les yeux pour ne plus voir l'expression effarée de Priss.

— Je ne suis pas un spécialiste du viol mais, si vous y tenez, je peux aller jusque-là, répondit-il.

— J'aime beaucoup votre attitude, Trace, vraiment, approuva Murray d'un ton ravi. Vous êtes un employé consciencieux. Je suis content de vous avoir engagé. Essayez d'abord de la séduire… D'après Helene, vous ne devriez rencontrer aucune difficulté.

Ce fut au tour de Trace de ricaner.

— Est-ce qu'Helene cherchera à me tuer, quand j'aurai séduit la petite ?

Cette fois, Murray éclata de rire.

— Je ne suis pas jaloux de vous. D'ailleurs, je n'ai aucune raison de l'être, n'est-ce pas ?

— Aucune raison.

— Ce qui ne m'empêche pas d'autoriser de temps en temps Helene à satisfaire de petites envies.

Trace se demanda si Murray essayait de lui faire comprendre qu'il autoriserait Helene à coucher avec lui.

Ça devenait beaucoup trop compliqué…

— Vous êtes très généreux, dit-il prudemment.

— Ça ne me dérange pas qu'elle admire d'autres hommes. Au contraire, ça me prouve qu'elle tient à moi. Mais n'oubliez jamais que ma générosité a des limites.

— Je ne l'oublierai pas.

— Pour en revenir à Priscilla, je suppose que ça ne vous pose pas de problème de vérifier sa virginité ?

— Aucun problème, assura Trace.

— Parfait. Tenez-moi au courant.

— Je n'y manquerai pas.

Il raccrocha sur un rire mauvais de Murray qui lui mit les nerfs à fleur de peau.

Ce pervers avait de toute évidence quelque chose de particulier en tête à propos de Priscilla. Mais quoi ?

6

Aussitôt que Trace eut raccroché, Priss l'assaillit de questions.

— Pourquoi avez-vous parlé de viol ? Qu'est-ce que vous mijotez ? Qu'est-ce qu'il vous a demandé ?

Elle était pâle d'angoisse et de colère.

Il la dévisagea en silence. Elle venait de se lever de table. Elle n'était ni coiffée ni maquillée, mais il la trouvait tout de même terriblement attirante. Attirante au point de devoir lutter contre une érection.

Une fois de plus.

A travers le T-shirt trop grand qui lui servait de chemise de nuit, il devinait le renflement généreux de ses seins et le dessin plus sombre de ses tétons. Le tissu tombait ensuite tout droit sur un ventre plat et des cuisses musclées et fuselées. Il remarqua à quel point son ossature était fine — ses poignets et ses chevilles, surtout, paraissaient fragiles, tellement féminins.

— Trace, insista-t-elle d'un ton menaçant, comme si elle avait de quoi le faire plier. Dites-moi ce qui se passe !

— Très bien, répondit-il en franchissant les quelques mètres qui les séparaient. On dirait que votre père et vous avez au moins un but commun.

Elle s'était mise à respirer bruyamment, trop vite et trop fort.

— Que voulez-vous dire ? Je n'ai rien en commun avec ce porc !

Trace leva lentement le bras pour caresser du revers de la main la peau soyeuse de sa joue. Ce simple contact l'excita au plus haut point.

— Murray m'a demandé de vous baiser, annonça-t-il crûment.

Priss recula d'un pas.

— Quoi ?

Elle avait l'air horriblement choquée et, bizarrement, ça la rendait encore plus excitante.

— Vous me dévoriez des yeux tout à l'heure, en m'interrogeant sur mes maîtresses et en me laissant entendre que vous-même étiez vierge…

Il referma sa main sur son menton.

— J'en conclus donc que vous aviez l'intention de me proposer de coucher avec vous. Vous proposez. Murray ordonne. On dirait que notre destin est de finir ensemble dans un lit.

— Pour faire l'amour ?

Elle paraissait à la fois apeurée et tentée par cette perspective.

— D'après vous ? Que peuvent faire un homme et une femme ensemble dans un lit ?

L'expression de Priss changea et sa respiration s'accéléra encore. Elle secoua la tête, mais il décida d'ignorer ce refus un peu mou.

— Venez, Priss, dit-il en se collant à elle.

Elle se laissa faire, docilement, mais avec un brin d'hésitation. Et lui se laissa envahir par sa tiédeur et ses courbes.

Il l'obligea à relever le menton — ce petit menton si fier — et se pencha vers elle pour poser ses lèvres sur les siennes.

Puis il oublia tout.

Murray se cala dans son fauteuil de bureau et posa ses pieds sur le rebord de la grande fenêtre pour admirer plus confortablement le panorama. Il était encore tôt, mais le soleil brillait. Seuls quelques fins nuages traversaient en tourbillons le ciel bleu azur.

Il songea à son garde du corps et son imagination se déchaîna. Est-ce qu'il était déjà passé à l'action ? Et cette Priss ? Serait-elle consentante ou bien tenterait-elle de lui résister ?

Et puis est-ce qu'elle était vraiment sa fille ?

— Je ne te crois pas, espèce de salaud !

La voix stridente et furieuse d'Helene fit voler ses songes en éclats. Il tourna la tête et se rembrunit, juste assez pour lui signifier son mécontentement.

— Tu aurais pu frapper.

— Depuis quand dois-je frapper pour entrer dans ton bureau ?

— Depuis que tu te permets de me traiter de salaud.

Il fit pivoter son fauteuil et la dévisagea. Puis il tapota son genou.

— Viens par ici, dit-il.

Le visage d'Helene se renfrogna, mais elle vint tout de même à lui, comme un chien obéissant. Murray l'installa sur ses genoux et saisit à deux mains sa poitrine ferme et généreuse, tout en songeant qu'elle avait les plus beaux seins de la terre.

Mais ceux de Priscilla n'avaient pas l'air mal non plus.

— Je t'écoute, murmura-t-il. Qu'as-tu à me dire ?

Elle lui jeta un regard de défi, en relevant le menton. Elle n'avait pas froid aux yeux et ça l'excitait. Pour le sexe non plus, elle ne craignait rien ni personne. Et elle supportait sans broncher toutes ses brutalités.

Elle n'avait peur de rien.

Du moins pour l'instant…

Elle repoussa en arrière ses longs cheveux pour mieux exposer ses seins.

— Tu as donné l'ordre à Trace de baiser cette petite nouille ?

— Pourquoi est-ce que tu me poses la question ? Ça ne te regarde pas.

A travers le fin tissu de son chemisier, il sentit durcir ses tétons. Il sourit.

— C'est la première fois que tu fais ça. D'habitude, tu testes toi-même les femmes avant de les vendre.

— C'est vrai, admit-il.

Elle avait l'intelligence de comprendre que ça faisait partie de son travail et mettait sa jalousie de côté.

— Mais c'est aussi la première fois qu'une jeune femme se présente dans mon bureau en affirmant être ma fille, déclara-t-il.

Helene devint rouge de colère.

— Tu ne t'attendais tout de même pas à ce que je lui fasse un procès pour vérifier ? ajouta-t-il vivement.

Elle eut le bon sens de ne pas pousser plus loin la provocation.

— Je ne pense pas qu'elle soit ta fille, dit-elle simplement. Mais, tant que tu n'as pas la réponse au test ADN, pourquoi ne pas attendre et la laisser de côté ?

— Tu es jalouse de l'attention que je lui porte ?

Abandonnant ses seins, Murray glissa une main sous sa jupe et observa le changement de son regard tandis qu'il refermait brutalement sa paume sur son sexe.

— Tu ne t'intéresserais pas à Miller, par hasard ? demanda-t-il.

Elle perdit un peu de son aplomb, mais il lut dans ses yeux qu'elle était prête à assumer la vérité.

— Si, il me plaît.

Cet aveu fut suivi d'une coulée humide dans la paume de Murray. Bon sang, ce qu'elle était chaude ! Ça le rendait fou !

— Tu le voudrais pour toi ?

Elle prit le temps de bien choisir ses mots et opta pour le culot.

— J'ai un nouveau produit que j'aimerais tester sur lui, dit-elle.

Un nouveau produit ? Intéressant… Helene avait déjà mis au point toute une gamme d'aphrodisiaques et d'hallucinogènes qui rendaient les femmes dociles, parfois même comateuses, ou qui décuplaient au contraire leurs appétits sexuels. Il y avait eu quelques ratés — des décès —, mais rarement.

— Et ce produit marcherait sur les hommes ?

— Il me semble que oui. Mais je ne le testerai que sur Trace, et uniquement avec ta permission, précisa-t-elle hâtivement.

Murray fit danser ses doigts épais sous la fine dentelle de la culotte de sa maîtresse.

— Ce que j'aime chez toi, c'est que tu sais rester à ta place.

— Ma place est à tes côtés. Ou sous toi. Ou au-dessus.

Elle laissa échapper un bref gémissement.

— Et je suis toujours prête à te servir. Tu le sais.

— Oui, tu es très obéissante…

Elle se soumettait à tous ses caprices, y compris les plus tordus, ce qui lui avait valu la place de maîtresse attitrée. Elle ne lui refusait rien. Elle était parfaite.

— Murray…, murmura-t-elle en fermant les yeux, le visage écarlate de désir.

Murray prit le temps de réfléchir, au sujet de Trace. Il prenait toujours le temps de réfléchir avant de parler. Les décisions hâtives, ce n'était pas son genre.

— Tu sais, Helene…, reprit-il enfin. Je te laisserai peut-être t'amuser un peu avec lui. Attention ! J'ai bien dit *peut-être*, insista-t-il, tandis qu'Helene entrouvrait les lèvres pour laisser de nouveau échapper un gémissement rauque.

Pour l'instant, Trace se comportait comme un employé modèle. De plus, il était vif, intelligent, extrêmement efficace. Mais il venait d'arriver. Un détail que Murray n'oubliait pas.

Trace était tellement bon qu'il se demandait pourquoi un type de son niveau ne se mettait pas à son compte. Il en avait largement les capacités et aurait gagné beaucoup plus d'argent. Or il avait choisi de travailler pour les autres, d'être à leur service jour et nuit, de vivre dans des hôtels. Murray trouvait cela étrange et sentait en lui un adversaire potentiel, plutôt qu'un subordonné, même s'il n'avait rien à lui reprocher.

Mais, si Trace le trahissait ou s'il commettait une erreur, le livrer à Helene et ses produits pour qu'elle fasse de lui son jouet sexuel serait une excellente manière de le punir.

Parce que les jouets d'Helene passaient en général un très mauvais moment.

— En attendant, mon amour, je te veux à genoux. Tu m'as excité, avec tes idées perverses, mais comme je n'ai pas beaucoup de temps tâche de me faire jouir vite. Tu prendras ton plaisir toute seule quand je serai parti.

Helene se laissa alors glisser à genoux sur l'épaisse moquette. Ses yeux d'un bleu froid brillèrent quand elle défit la ceinture de son pantalon et ouvrit sa braguette.

Oui, vraiment, Helene était une maîtresse parfaite, songea-t-il, renversant la tête en arrière et fermant les paupières, tandis que la bouche chaude de la jeune femme se refermait sur son sexe.

***

La bouche de Priss était chaude et avide.

Mais elle embrassait comme une gamine.

Elle n'avait pas beaucoup d'expérience en la matière, c'était l'évidence. Emu, Trace taquina alors doucement ses lèvres du bout de la langue — des lèvres pleines, douces et terriblement sensuelles.

Elle poussa un soupir tremblotant et les entrouvrit. Il lui prit alors le visage à deux mains, n'y tenant plus, et lui donna un baiser profond, explorant en douceur cette bouche si accueillante.

De nouveau, elle gémit, mais il remarqua qu'elle se laissait faire sans vraiment participer, comme si elle ne savait pas comment procéder.

Etait-il possible qu'elle n'ait jamais échangé un baiser avec un homme? Il s'écarta légèrement d'elle pour l'observer. Elle avait les yeux fermés, les narines frémissantes, paraissant prête à être cueillie. Pour un simple baiser...

L'épaisse frange de ses cils se souleva lentement, sur des yeux aux pupilles dilatées.

— Trace?

Elle ne jouait pas la comédie... Il la sentait pure, pleine de curiosité charnelle, désireuse de se lancer dans une aventure inconnue.

Mais pourquoi avait-elle jeté son dévolu sur lui? Il s'en étonna, tout en s'en réjouissant secrètement. Il n'aurait pas aimé que quelqu'un d'autre se charge de son initiation — et surtout pas Murray!

Elle fixa sa bouche avec avidité. Ses respirations profondes tendaient à intervalle régulier le tissu du T-shirt sur ses seins. On ne pouvait pas ne pas les voir.

Elle lui caressa la lèvre supérieure du bout de la langue, puis s'arrêta.

— Qu'est-ce qui ne va pas? demanda-t-elle.

Trace crut qu'il allait exploser. Quelques secondes plus tôt, leur baiser avait paru la paniquer et, à présent, elle semblait aussi désireuse que lui d'aller plus loin.

Mais il n'osa pas. Pas encore. Pas avec une vierge.

— Habillez-vous, dit-il en s'écartant résolument d'elle.

Il devait se tenir à distance de ce corps frémissant et de ces seins qui pointaient à travers le T-shirt comme pour quémander la caresse de ses doigts ou de sa bouche.

Il remarqua qu'une légère rougeur colorait sa peau, mais il décida de ne pas en tenir compte.

— Je vous donne dix minutes pour vous préparer.

Le visage de Priss exprima d'abord la surprise, puis la honte, puis la colère. Mais elle se reprit et redressa crânement le menton.

— Nous sommes si pressés que ça ?

— Nous avons un lourd programme, répondit-il.

Le regard d'animal blessé qu'elle lui lança alors lui fit mal et il se détourna, le ventre noué.

— Choisissez quelque chose de pratique et de confortable. Nous allons faire pas mal de voiture.

— Où allons-nous ?

Il ignora la question. Il était temps qu'elle retourne dans sa chambre, qu'elle s'éloigne, qu'elle s'habille décemment. Sinon il ne répondait plus de rien.

De plus, il n'avait pas à lui indiquer où ils allaient ni dans quel but. Pour lui comme pour elle, moins elle en savait, mieux c'était.

Tout en rassemblant quelques vêtements de rechange et son nécessaire de rasage, il insista :

— Dix minutes, Priss. Pas une de plus.

Elle le suivit machinalement, de si près qu'il sentait sa présence derrière lui comme on sent la présence électrique d'un violent orage. Ses terminaisons nerveuses en grésillaient, son sang bouillonnait dans ses veines.

— Vous faites trop de mystères, gémit-elle.

Puis elle s'adressa à Liger.

— Viens, mon bébé. Nous n'allons tout de même pas entrer avec lui dans sa salle de bains.

A la seconde où elle referma la porte de communication, Trace se laissa aller contre le mur et ferma les yeux. Le suivre dans sa salle de bains ? Bon sang, que ça lui aurait plu ! Il s'imaginait déjà sous la douche avec elle, suivant les courbes et les creux de son corps avec des mains glissantes de savon. Ses genoux en flageolaient.

Il la revit dans ce minuscule ensemble en forme de cœur qui la couvrait à peine — son corps parfait, son attitude fière et pleine de défi. Peu de femmes auraient réagi avec autant de sang-froid dans une situation pareille.

Il décida qu'une douche glacée s'imposait, au moins pour calmer son désir, parce que pour le reste, pour les émotions tumultueuses que cette drôle de petite femme déclenchait en lui, il n'y avait pas grand-chose à faire.

Il ne devait pas s'impliquer dans une relation amoureuse avec elle. Il avait sa mission à mener à bien. Et son cœur à protéger.

Il n'aimait pas se sentir coincé. A part les quelques personnes pour qui il aurait risqué sa vie — sa sœur et ses amis —, il ne s'investissait jamais émotionnellement. Les gens n'étaient pour lui que les moyens de parvenir à ses fins, des passants dans sa vie. Il les fréquentait parce que c'était nécessaire. Mais il ne s'attachait pas.

Il entra d'un pas décidé dans la salle de bains où il se fit couler une douche froide, tout en ôtant son jean.

Il allait devoir changer sa façon de se comporter avec Priss, s'arranger pour qu'elle ne veuille plus de lui. Il n'était pas certain de lui résister si elle insistait, aussi fallait-il qu'elle s'éloigne d'elle-même, qu'elle le range dans le camp des ennemis. Avec ce que lui avait demandé Murray, auquel il était censé obéir, ça n'allait pas être trop difficile de passer pour un méchant. Il ne lui restait plus qu'à jouer à fond le rôle du vilain garde du corps. Elle finirait par le mépriser autant qu'elle méprisait Murray.

Sa décision était prise. Il entra sous la douche, en priant pour que le jet d'eau froide lui éclaircisse les idées et libère son pauvre corps des tourments de la chair.

*
* *

Priss réintégra sa chambre, furieuse. Elle se doucha, peigna ses longs cheveux, s'habilla, puis brossa Liger tout en lui parlant d'une voix douce. Mais elle ne décolérait pas.

Pourquoi Trace l'avait-il embrassée, puis rejetée ? Etait-ce un jeu pour lui ? Un test ?

Elle songea de nouveau à cette photo qu'il conservait dans son appareil. Si elle parvenait à accéder à sa boîte mail via le téléphone, elle pourrait même effacer le message qu'il s'était envoyé.

Mais peut-être valait-il mieux s'abstenir, pour ne pas se le mettre à dos. L'amadouer, au contraire, pour qu'il lui avoue ce qu'il voulait à Murray. Car plus elle passait de temps avec lui, plus elle était persuadée que sa présence auprès du malfrat répondait à un but secret. Un tel homme ne pouvait pas être simplement et volontairement au service d'une brute pareille.

Absorbée par ses réflexions, elle sursauta quand il frappa à sa porte.

— Vous êtes prête ?

Tout en se raclant la gorge, elle se leva d'un bond du lit sur lequel elle s'était assise pour brosser Liger.

— Oui, je suis prête.

Elle avait rassemblé ses cheveux en queue-de-cheval, enfilé un jean, un T-shirt, des tongs.

Il eut l'air d'apprécier, si elle en croyait le long regard dont il l'enveloppa.

— Vous êtes un caméléon, dit-il.

— Vous m'avez conseillé des vêtements pratiques.

Il s'accouda à l'embrasure, négligemment.

— C'est parfait, approuva-t-il.

Puis il arbora brusquement un air résigné et fit un pas en avant, en lui tendant la main.

Il y avait soudain quelque chose de sombre et de menaçant dans son regard, mais elle accepta tout de même sa main.

Il l'attira brusquement à lui.

Le cœur de Priss se mit à battre à un rythme frénétique. Allait-il l'embrasser ou bien s'excuser pour le baiser de tout à l'heure ?

Ni l'un ni l'autre… Il la fit pivoter face à la coiffeuse, dos à lui, puis elle sentit ses mains glisser sur ses épaules, le long de ses bras, jusqu'à ses poignets. Là, il lui prit les mains pour les poser à plat sur le meuble.

— Je crois que vous connaissez la chanson, annonça-t-il sèchement.

Mais de quoi parlait-il ? Elle écarquilla les yeux de stupeur, tout en se regardant dans le miroir.

Il n'oserait tout de même pas…

Il lui fit écarter les jambes, en se servant de son pied.

— Détendez-vous. Je vais faire le plus vite possible. Ensuite, nous pourrons partir.

— Vous voudriez que je me détende !

Elle tenta de lui échapper, mais il la maintint en place, avec une poigne de fer et une détermination qu'elle sentit inflexible.

— Allez au diable, Trace ! Vous savez bien que…

— Que quoi ?

Il parlait tout près de son oreille. Elle sentait son souffle doux et tiède.

— Que vous êtes une innocente petite fille qui cherche son papa ?

Elle ne répondit pas. Elle n'avait jamais été innocente. Ils le savaient tous les deux.

— Que vous n'avez pas un projet complètement délirant qui pourrait tout foutre en l'air ? ajouta-t-il.

— Foutre en l'air quoi ? *Votre* projet, c'est ça ?

Mais il ne mordit pas à l'hameçon.

— Vous voudriez que je fasse semblant de croire que vous êtes ce que vous prétendez ? Une femme qui n'a rien à cacher ?

Cette remarque sarcastique, bien qu'énoncée d'une voix douce, presque charmeuse, la mit en rage.

— Vous n'êtes qu'un salaud !

— Bien vu, dit-il en posant ses mains à plat sur les siennes.

Il chercha ses yeux dans le miroir.

— Restez donc tranquille et laissez-moi faire mon travail, Priss.

Elle ne voulait pas lui donner la permission de la fouiller.

Mais se débattre n'aurait servi à rien. Elle se contenta donc de le défier du regard.

Il eut un petit sourire en coin.

— Vous avez un certain courage, je dois vous l'accorder, ma douce, déclara-t-il.

Ça aurait pu passer pour un compliment, sauf que ses mains avaient commencé leur travail. Il lui palpa méthodiquement les bras, les aisselles, la cage thoracique, les hanches. D'un geste si ambigu qu'elle aurait presque pu croire qu'il la caressait.

— Je ne suis pas votre douce ! protesta-t-elle en tentant de lui dissimuler son trouble.

Tandis que ses paumes atteignaient l'intérieur de ses cuisses et remontaient lentement, droit vers la zone la plus intime de sa personne, il murmura à son oreille :

— Je suis sûr que vous pouvez vous montrer douce dans certaines circonstances. Je me trompe ?

Seigneur ! Ce n'était pas une fouille mais un numéro de séduction ! Elle se sentit rougir, mais n'osa pas vérifier dans le miroir.

— Ça suffit ! protesta-t-elle d'une voix altérée.

Il dut comprendre qu'il avait dépassé les bornes, parce qu'il continua, mais avec des gestes plus professionnels, moins dérangeants. Il palpa sa taille, puis sous ses seins, puis tira sur le rebord de son T-shirt pour jeter un œil dans son décolleté.

Elle le repoussa, les poings serrés, en faisant volte-face.

— Vous êtes satisfait ?

Il eut de nouveau son drôle de petit sourire en coin.

— Vous plaisantez, je suppose, dit-il en rajustant la braguette de son jean comme s'il s'était trouvé seul dans la pièce.

Mais il avait une érection ! Elle en resta bouche bée. Il s'était de nouveau affublé de son attirail de garde du corps — gilet pare-balles sous un polo noir, ceinture à laquelle pendaient son couteau, son Glock, les menottes, la matraque, des chargeurs.

Il prit son sac à main et fourragea à l'intérieur. Il avait remarqué la veille qu'elle avait sorti ses clés d'une poche secrète et, cette fois, il ne la laissa pas passer. Comme il ne trouva rien de répréhensible, il lui rendit le sac.

Elle décida de lui montrer qu'elle n'appréciait pas du tout son attitude, pas plus que son accoutrement de guerrier.

— Vous partez en guerre, ce matin ? demanda-t-elle en croisant ostensiblement les bras sur sa poitrine.

— Je suis tout le temps en guerre, répondit-il posément.

Il désigna Liger du menton.

— Prenez votre chat et partons.

Il affectait un air dégagé ? Très bien... Elle attrapa le chat, lequel s'étala dans ses bras comme un gros bébé en poussant un miaulement de bien-être.

— Vous êtes vraiment un crétin, Trace, vous le savez ?

Il ouvrit la porte, jeta un coup d'œil à l'extérieur, puis ramassa le sac contenant les affaires du chat.

— Oui, je sais, répondit-il d'un ton distrait.

Elle comprit qu'il était déjà en mode alerte.

Ils marchèrent jusqu'à la voiture sans échanger un seul autre mot.

Priss s'était enfermée dans un silence boudeur, ce qui amusait Trace. Il ne s'était pas attendu à cette réaction. Mais après tout, jusque-là, elle n'avait cessé de le surprendre.

En attendant, ça l'arrangeait qu'elle se taise. Moins elle poserait de questions et moins il aurait à lui mentir.

Quand il s'arrêta pour acheter des sandwichs pour le petit déjeuner, il ne lui demanda pas ce qu'elle voulait. Il ne prit rien à boire, ni jus de fruits ni café, juste des sandwichs chauds au pain brioché. Elle plissa le nez de plaisir, quand il lui tendit le sac, mais ne fit aucun commentaire.

Parfait.

Malheureusement, il avait quelques recommandations à lui faire et il fallut bien qu'il engage la conversation.

— Priss, assez boudé..., dit-il en s'engageant dans un garage privé. J'ai besoin de toute votre attention.

La mâchoire de Priss se crispa, mais elle répondit d'un ton égal :

— Allez au diable...

Il ne crut pas à cette apparente indifférence. Elle se demandait forcément ce qu'ils venaient faire ici. Elle ne tarderait pas à craquer et à lui poser la question. Il prit la rampe qui descendait au sous-sol et s'arrêta devant une barrière pour composer un code en sortant la main par la vitre ouverte de sa portière.

— Je me suis assuré que nous n'étions pas suivis, et si jamais vous devez un jour entrer seule dans ce garage il faudra faire très attention.

Elle lui jeta un drôle de regard. Dans la pénombre, ses beaux yeux verts brillaient d'un éclat vif et mystérieux.

— Et qu'est-ce que je pourrais bien avoir à faire ici ? demanda-t-elle.

Trace afficha un air faussement surpris.

— Vous daignez enfin me poser une question ? Votre sens commun a donc repris le dessus sur votre fierté blessée ?

Elle serra les poings.

— Allez au diable, Trace *Miller*, fit-elle en appuyant sur « Miller », pour bien lui montrer qu'elle se doutait que ce n'était pas son vrai nom.

Il retint un sourire. Personne n'avait mis ce patronyme en doute, mais elle, si.

Il lui jeta un regard entendu.

— Je pense que vous aurez peut-être besoin de cacher votre voiture dans ce garage parce que vous mijotez quelque chose. Quelque chose de louche et de stupide. Pas besoin d'avoir inventé le fil à couper le beurre pour comprendre que vous n'avez plus toute votre tête. Vous vous en rendrez compte tôt ou tard et j'espère que vous aurez la sagesse d'opérer à ce moment-là un repli stratégique. Dans un endroit sûr. Je ne serai pas forcément là pour sauver votre joli petit derrière, aussi je voulais que vous connaissiez l'existence de cet endroit.

Elle inclina la tête de côté.

— Vous trouvez que j'ai un joli petit derrière ? demanda-t-elle avec un visage de marbre, sans la moindre trace d'humour.

Il se retint de sourire et haussa les épaules.

— Pas si petit que ça, au fond. J'ai de grandes mains, qu'il pourrait aisément remplir, tout en étant parfaitement proportionné avec le reste de votre silhouette.

A en juger par son air sombre, elle n'apprécia pas le compliment.

— Vous me posez une question, je vous réponds, se défendit-il.

Il se gara près d'un 4x4 Chevy 1972 d'une drôle de couleur verte, avec une plate-forme beige.

— Ce garage est privé et surveillé, Priss. Si vous êtes en danger, que vous devez fuir et que vous préférez ne pas utiliser votre voiture, vous pourrez en prendre une ici.

Elle parut surprise, puis se redressa et regarda autour d'elle.

— Hé, mais c'est ma voiture ! s'exclama-t-elle en montrant une Honda Civic bleue.

— Oui, j'ai demandé à un ami de la mettre en lieu sûr.

Il se tourna vers elle.

— J'ai également pris la liberté de faire changer les plaques.

— Vous avez combien de voitures ?

— Cinq.

Cinq qui allaient de la vieille auto pourrie à la voiture haut de gamme, en passant par la petite voiture de ville. De quoi passer inaperçu dans toutes les situations.

Quand il aurait terminé sa mission, les voitures seraient transportées dans une autre ville, un autre garage. Là où il en aurait besoin.

Il lui tapota la cuisse, un geste amical qui ne traduisait pas du tout ce qu'il ressentait.

— Prenez Liger, dit-il. Je m'occupe de sa caisse et de notre petit déjeuner.

— Parce que vous avez acheté à manger pour moi ? demanda-t-elle d'une voix aiguë. C'est vrai que vous m'avez promis un petit déjeuner, après tout.

— Ah bon, je vous l'ai promis ?

Il attrapa le sac contenant les affaires du chat et celui de leurs sandwichs, plus deux bouteilles d'eau.

— Je ne sais pas vous, mais moi, je meurs de faim…

Les bras chargés de son animal géant, Priss le suivit vers le 4x4.

L'intérieur était sale et rouillé, il y avait des résidus de terre sur la plate-forme arrière, des autocollants stupides sur les pare-chocs.

— On change de standing ?

— C'est plus prudent, répondit-il d'un ton évasif.

Il ouvrit la portière et glissa le sac du chat derrière le siège.

— Montez et bouclez votre ceinture.

— Parce qu'on peut boucler les ceintures dans ce machin ? demanda-t-elle d'un air dubitatif.

— Oui, madame. La sécurité avant tout.

Il lui prit le chat des bras, lequel se mit à ronronner, ce qu'il considéra comme un compliment.

Il attendit qu'elle mette sa ceinture, récompensa le chat de quelques caresses et le lui rendit.

— Il va faire le voyage sur vos genoux ?

— Pas question que je le mette dans un panier, si c'est ce que vous voulez savoir. Il n'arrêterait pas de miauler.

Il aurait préféré que le chat entre dans un panier, parce que Priss ne serait pas en état de s'en occuper pendant le voyage, mais il se tut.

Il contourna le 4x4 pour monter de son côté.

— Nous allons manger avant de partir, annonça-t-il.

Il sortit les sandwichs. Le trajet serait long et elle n'aurait plus l'occasion de manger avant qu'ils soient arrivés à destination.

— Il faut un code, non, pour entrer dans ce garage ? demanda-t-elle.

Il le lui donna.

— Une fois que vous avez tapé le code, il faut appuyer sur *Enter* et la barrière se lève. Pour sortir, pas besoin de code, il suffit d'avancer.

Ce qu'elle ne savait pas, c'était qu'il existait un second code, qui ne servait pas à ouvrir, mais à l'identifier. Ainsi, si elle utilisait le garage sans ce second code, il en serait aussitôt averti par un système d'alarme.

— Vous vous souviendrez de tout ?

— Oui. C'est facile à retenir. Dites-moi plutôt pourquoi vous prenez toutes ces précautions.

— Cette demande me confirme votre naïveté et votre inconscience…

— Si vous le dites.

— Oui, je le dis.

Il attendit qu'elle attaque le sandwich, puis lui tendit une bouteille d'eau.

— Si vous avez soif…

Elle fit la grimace.

— De l'eau ? Il n'y a rien de mieux ?

— Non. Buvez. Il faut vous hydrater.

Elle ne le savait pas encore mais, avec le contenu de cette bouteille, elle allait bien dormir. Il ne voulait pas qu'elle puisse localiser la propriété où il la conduisait.

Elle but. Il la regarda faire avec une attention soutenue et un air vaguement coupable, mais elle ne parut pas le remarquer. Elle avala la moitié de la bouteille en quelques secondes. C'était largement suffisant.

Vu son gabarit, elle n'allait pas faire long feu.

Elle jeta un coup d'œil de son côté.

— Et vous, vous ne mangez pas ?

— Dans une minute.

Il s'adossa à la portière du conducteur, pour lui faire face, pour ne pas perdre les quelques minutes qui leur restait.

— Mais ne m'attendez pas, dit-il.

Elle eut l'air surprise, et même méfiante.

— Comme vous voudrez.

Elle termina son sandwich, puis vida la bouteille. Après avoir remis dans le sac la bouteille et le papier qui enveloppait le sandwich, elle posa Liger sur un plaid qu'elle avait plié sur le plancher, à ses pieds. En se redressant, elle bâilla et s'étira.

— Vous êtes bien installée ? demanda-t-il en guettant les signes qu'il attendait.

— Mais oui, très bien, répondit-elle. Voyez-vous… Comme nous sommes là, à faire sottement la causette…

Comme sa voix mourait lentement et qu'elle bâillait de nouveau, il l'encouragea à poursuivre.

— Oui ?

Elle tripota nerveusement sa ceinture, puis leva les yeux vers lui.

— Je ne sais plus quoi penser, avoua-t-elle.

Lui non plus ne savait plus quoi penser, elle lui mettait le cerveau en vrille.

— A quel sujet ?

Elle s'humecta la lèvre supérieure, un tic qui trahissait chez elle l'incertitude. Elle se posait des questions à propos du baiser qu'ils avaient échangé, il l'aurait parié.

— Où allons-nous ? demanda-t-elle.

— Vous le saurez quand nous y serons.

Elle poussa un long soupir théâtral.

— Je suis donc supposée vous suivre les yeux fermés ?

Elle ne croyait pas si bien dire !

— Il faut bien que l'un de nous fasse confiance à l'autre, dit-il seulement.

La réponse ne parut pas la satisfaire.

— Est-ce que ça signifie que vous ne me faites pas confiance ?

Elle commençait déjà à avoir le regard vague.

— Exactement, répondit-il d'une voix douce. Je ne vous fais pas confiance. Pas du tout.

Elle luttait contre le sommeil, sans même en avoir conscience.

— Dans ce cas, pourquoi m'avez-vous embrassée ?

Elle était blessée par son attitude indifférente et cela lui serra le cœur, mais il préféra ne pas se demander pourquoi.

— Parce que j'en avais très envie, répondit-il.

Elle laissa retomber ses bras le long de son corps. Ses mains étaient molles et relâchées. Elle renversa la tête sur le dossier de son siège.

— Je ne comprends pas, murmura-t-elle.

Qu'est-ce qu'elle ne comprenait pas ? Le baiser ou cette lassitude qui la prenait tout à coup ? Une fois de plus, il se sentit coupable.

Mais il était trop tard pour regretter… Et puis il n'avait pas eu le choix.

Il lui prit le poignet, pour tâter discrètement son pouls.

— Ça va aller, ma belle, dit-il.

Elle éclata de rire, puis fronça les sourcils en levant une main molle jusqu'à sa tête.

— Mais de quoi parlez-vous ?

— Inutile de lutter, lui conseilla-t-il d'une voix douce.

Elle l'attendrissait. Il la désirait. Il avait pitié d'elle, parce qu'elle luttait contre le sommeil. A cause de lui.

Une lueur angoissée passa dans ses beaux yeux verts, mais elle ne parvint pas à se concentrer suffisamment pour réagir.

— Lutter ?

Puis ses yeux se posèrent sur la bouteille.

— Seigneur !, murmura-t-elle.

— Ne vous inquiétez pas, c'est un simple somnifère, rien de méchant, vous allez dormir, voilà tout.

— Mais je ne veux pas dormir ! protesta-t-elle.

Une expression apeurée et blessée se peignit sur son visage.

— Venez, Priss...

Il l'attira doucement à lui et se pencha vers elle pour poser sa bouche sur la sienne. Il l'embrassa prudemment, tendrement, avec une délicatesse infinie.

Quand il la lâcha, elle n'ouvrit pas les yeux.

— Pourquoi... pourquoi ce baiser ? murmura-t-elle faiblement.

Puis son corps devint mou et elle tomba littéralement endormie contre lui.

Il la serra délicatement et cala son visage dans le creux de son cou.

Elle dormait déjà, mais il répondit tout de même.

— Parce que j'en avais envie, Priss, tout simplement.

7

Trace avait commis des atrocités dans sa vie. Il avait tué. Et plus d'une fois. Mais il n'en avait jamais éprouvé de remords. Il estimait avoir accompli son devoir, servi la société en éliminant les ordures de la surface de la Terre et il remplissait sa mission sans même un battement de cils.

Il n'avait pas non plus éprouvé de remords quand les circonstances l'avaient poussé à manipuler des innocents pour atteindre son but.

Mais, avec Priss, c'était différent. Il se sentait rongé de culpabilité de lui avoir fait avaler un somnifère. Ça le rendait nerveux et furieux contre lui-même.

Que lui arrivait-il donc ? Priscilla Patterson lui mettait la tête à l'envers alors qu'il aurait eu particulièrement besoin d'avoir les idées claires. Il devait se consacrer au but qu'il s'était fixé : coincer les sales individus de l'acabit de Murray et leurs complices. Après ce qui était arrivé à sa sœur, il s'était juré de les envoyer tous en enfer avant de prendre sa retraite. Ces gens-là étaient la lie de l'humanité, ils ne méritaient pas de vivre.

Mais, avec Priss sur les bras et son fichu monstre de chat qui le fixait en ce moment même avec des yeux pleins de reproche, il ne savait plus où il en était. Il jura tout bas. Pourquoi le destin avait-il mis cette femme sur son chemin ?

Il l'avait droguée pour protéger l'anonymat de Dare et de sa femme, et pour garder secret l'accès à l'endroit où ils vivaient. Il n'avait pas eu le choix.

Est-ce que Priss le comprendrait ?

Est-ce qu'elle lui pardonnerait ?

— Et merde !

Il se passa la main sur le visage, puis caressa tendrement les cheveux soyeux de la jeune femme. Elle les avait encore tirés en queue-de-cheval ; quel dommage ! Il la préférait avec les cheveux lâchés. Elle était beaucoup plus sexy.

Il la souleva lentement pour la caler sur son siège. Endormie, elle paraissait douce et inoffensive.

Pourtant, la femme qui habitait ce petit corps n'avait rien d'inoffensif. Elle incarnait au contraire la duplicité. Pourquoi se préoccuper alors d'obtenir son pardon ? Il n'avait aucun lien avec elle, mais partageait un même projet : ils voulaient tous les deux la peau de Murray Coburn.

Quant à ses motivations, il les ignorait encore et allait s'employer à les découvrir. Une fois qu'il serait fixé, il pourrait se faire une idée de sa détermination et des sacrifices qu'elle était disposée à accomplir pour atteindre son objectif.

Il effleura sa tempe, du bout d'une phalange, puis sa joue, puis son cou si blanc, s'arrêtant là où battait un pouls régulier.

Elle était décidément attendrissante… Elle lui faisait penser à une collégienne le jour de son premier rendez-vous.

La sonnerie de son téléphone le tira soudain de ses rêveries. Liger continuait à le fixer et il crut de nouveau lire dans son regard un reproche.

— Tu ne peux pas juger, tu n'as pas les outils intellectuels pour comprendre, grommela-t-il tout en plongeant la main dans sa poche pour prendre son téléphone.

— Miller, lança-t-il sèchement.

— Où êtes-vous ?

Murray… Il ne lui manquait plus que ça ! Il tâcha de museler sa colère et de prendre le ton fade et indifférent qu'il avait adopté avec lui.

— En ce moment, ou en général ?

— Peu importe. Ce qui m'intéresse, c'est de savoir si vous pouvez être là ce soir à 19 heures.

Trace passait déjà en revue les raisons qui pouvaient pousser Murray à le convoquer.

— Au bureau ? demanda-t-il.

— Oui, au bureau. Ça vous pose un problème ?

— Aucun. Vous me demandez d'y être, j'y serai.

Il jeta un coup d'œil à sa montre. Oui, il pouvait passer une partie de la journée chez Dare, avec Priss, le temps qu'on la coiffe et qu'on la maquille, et revenir à 19 heures en ville. Il n'aurait pas voulu renoncer à ce déplacement et avoir drogué Priss pour rien.

— Que se passe-t-il ?

— J'ai besoin de vous pour m'accompagner ce soir à un rendez-vous d'affaires. Au sujet d'un échange.

Un échange ? Ce salaud s'était enfin décidé à le faire entrer dans son trafic ? Trace serra les dents et tout son corps se crispa, de rage autant que d'impatience. Il attendait ce moment depuis le début. C'était la première fois que Murray lui donnait l'occasion d'être le témoin direct de ce qu'il appelait ses *affaires*.

— Je vois, fit-il.

Il y eut un temps de silence, puis Murray reprit, d'une voix doucereuse :

— Je crois déceler une nuance d'animosité dans votre ton…

— Pas du tout, protesta Trace, sans pour autant se justifier. Au bureau à 19 heures, c'est enregistré. J'y serai.

— Parfait. A présent, parlons un peu de Priscilla. Tout se passe bien, avec elle ?

— C'est une vraie péquenaude, répondit-il, ravi de cette diversion.

— Qu'est-ce qui vous fait dire ça ?

Trace jura silencieusement, tout en détournant son regard de Priss. Elle était totalement inconsciente et n'entendait rien, mais cela le gênait néanmoins. Il fallait bien, pourtant, qu'il réponde aux questions de Murray.

— Pas sophistiquée pour deux sous, pas de tatouages ni de piercings, poursuivit-il.

Il prit le temps d'inspirer avant d'ajouter :

— Et pas d'épilation non plus.

— Soyez plus précis.

Trace se sentait de plus en plus gêné, même si Priss dormait à côté de lui. Il chercha une formulation qui ne soit pas trop grossière.

— Elle se présente telle que la nature l'a faite.

— Vous voulez dire… ?

Murray ne termina pas sa phrase. Sans doute parce qu'il s'étranglait d'émotion.

Bon sang! Il lui fallait un dessin ou quoi?

— Entre les jambes, je veux dire, marmonna Trace tout en remuant les doigts de sa main libre, pour se détendre.

Il sentit brusquement s'éveiller en lui un instinct protecteur — un instinct de propriétaire même.

— Mais à part ça elle est coquette. Comme n'importe quelle autre femme.

— Mais trop pudique pour réclamer une épilation du maillot, c'est ça? lança Murray en ricanant.

— Je pense qu'elle n'en a pas besoin, vu le genre de vie qu'elle mène.

— Vous voulez dire une vie de femme de classe modeste? demanda Murray d'un ton méprisant, comme si le fait de ne pas avoir d'argent constituait pour lui une tare.

— Oui, ça aussi. J'ai l'impression qu'elle n'a pas d'argent à jeter par les fenêtres.

— Mais dites-moi…

Trace décela un drôle de tremblement dans la voix de Murray.

— Si vous êtes si bien renseigné, c'est que vous l'avez vue nue?

— Non.

Pas encore…

— Non?

Murray paraissait à la fois surpris et contrarié.

— Dans ce cas, comment pouvez-vous affirmer qu'elle ne s'épile pas le sexe?

L'image de Priss vêtue des minuscules sous-vêtements de Twyla passa devant les yeux de Trace.

— Avec ce que lui a fait essayer Twyla, on ne pouvait pas louper ça.

— Vous ne m'avez pas raconté…, dit Murray d'un ton de reproche.

Il voulait donc des détails ? Eh bien, soit…

— Elle n'était pas vraiment à l'aise pendant les essayages, déclara-t-il.

— Timide ?

— Non, plutôt pudique.

Et furieuse aussi, mais cela, il préférait ne pas le lui confier.

— Je pense qu'elle serait une bonne affaire. Totalement innocente. La vraie péquenaude, comme je vous le disais.

Il entendit le souffle court et excité de ce pervers de Murray et ravala une fois de plus sa colère.

— En fait, vous essayez de me dire que son manque de sophistication aurait un certain charme…

Oui. Et même bien plus que ça.

Il fit un effort pour se concentrer sur son personnage.

— C'est aussi ce que j'ai dit à Twyla.

— Vraiment ?

— Mais c'est à vous de décider, pas à moi.

Ce petit jeu de l'employé soumis lui était excessivement pénible, mais il le fallait bien.

— Je sais que vous m'avez donné l'ordre de la préparer, mais on pourra toujours l'épiler plus tard, si c'est nécessaire…

Tout en répondant, Trace réfléchissait au moyen de tirer Priss de ce guêpier. Murray la voulait. Elle était réellement en danger.

— Vous êtes un malin, Trace, et vous avez de la suite dans les idées.

Plus que tu ne le penses, espèce de salaud !

Il ne put retenir un soupir rageur, mais il prit soin d'écarter le téléphone pour que Murray ne l'entende pas.

— Je n'ai pas à décider à votre place, Murray.

— C'est exact, mais vous en seriez capable. Vous devancez mes désirs ; on dirait que vous lisez dans mes pensées. Un homme comme vous est destiné à grimper les échelons dans ma société.

— Merci, répondit Trace en serrant les dents.

Murray en avait apparemment fini avec les frivolités et il passa de nouveau aux choses sérieuses.

— J'attends avec impatience ce repas avec Priscilla. Bien entendu, je tiens à ce que vous y assistiez.

Trace en fut soulagé. S'il restait près de Priss, il la protégerait plus facilement.

— Entendu, dit-il.

— Ce soir, j'aurai une tâche particulière à vous confier…

— Ce serait bien que vous me disiez dès maintenant de quoi il s'agit.

Si Murray avait l'intention de lui demander de participer à un viol collectif, il préférait le savoir à l'avance. Pour se préparer à le tuer sur-le-champ.

Et tant pis pour les conséquences.

— Mon acheteur aurait besoin d'une petite leçon de savoir-vivre, répondit Murray en ricanant. Nous avions fixé le prix de la marchandise, mais voilà qu'il prétend le faire baisser.

La marchandise… Trace serra les dents, contenant sa rage à grand-peine. Pour Murray, les femmes n'étaient que de la marchandise, un moyen de s'enrichir… Il en eut la nausée. Mais il était soulagé, aussi. Murray voulait qu'il donne une leçon à un acheteur ? Pas de problème. Les types qui faisaient affaire avec ce salaud ne valaient pas mieux que lui. Il se sentait tout disposé à donner une bonne leçon à un individu qui trouvait normal d'acheter une femme.

— Vous vous en sentez capable, Trace ?

— Sans problème, répondit-il, tout en songeant qu'il devenait de plus en plus urgent d'écarter Priss et de lui trouver un endroit sûr.

— Même si je vous demande de le descendre, pour l'exemple ? insista Murray d'une voix doucereuse.

— Bien sûr, qu'est-ce que vous voulez que ça me fasse ?

Puis il ajouta, d'un ton dégagé :

— Mais je peux aussi faire un exemple sans tirer une seule balle. A vous de voir.

— C'est parfait, approuva Murray. Je déciderai sur place.

La perspective d'assister à une scène de violence le mettait visiblement de très bonne humeur.

— Je vous attends donc à 19 heures, conclut-il avant de raccrocher.

Dans le silence qui suivit, Trace écouta la respiration régulière de Priss. Pendant qu'il parlait à Murray, elle avait à peine remué sur son siège, mais là, sans doute dormait-elle déjà profondément, car elle se plia en avant et tomba presque sur lui, dans une drôle de position.

Ignorant le regard pesant de Liger, Trace allongea le bras pour détacher la ceinture de sa passagère endormie et installer sa tête sur ses cuisses. Sa longue queue-de-cheval se déploya sur ses genoux, et il la lissa délicatement. Dans la pénombre du garage, ses cheveux n'étaient plus roux mais d'un brun sombre.

Il la dévisagea attentivement. Elle était pâle. L'ombre de ses cils s'allongeait sur ses joues. Elle avait les lèvres légèrement entrouvertes.

Il resta à la regarder un bon moment. Pour une fois, elle paraissait sereine, en paix. Il la caressa rêveusement, subjugué par la délicatesse et la tiédeur de sa peau, par la douceur de ses cheveux. Cette queue-de-cheval, décidément, ne lui plaisait pas. Elle lui tirait la peau du crâne, ça devait être une torture…

Il sortit son couteau et, tout en se sentant vaguement coupable, coupa l'élastique avec la pointe.

Priss n'eut aucune réaction.

Il lui massa le crâne quelques minutes, puis déploya sur ses genoux les cheveux libérés, en appréciant au passage leur soyeux et leur poids.

Bon sang… Mais qu'est-ce qui lui prenait ? Il était temps qu'il boucle sa ceinture et qu'il démarre !

Le chat sauta sur le siège et Trace avança précautionneusement la main pour lui gratter l'oreille. Il fut remercié d'un faible miaulement.

— Je ne lui ferai pas de mal, promit-il.

Mais il lui en avait déjà fait et il le savait.

Rassuré, ou bien cédant tout simplement au penchant des

chats pour la paresse, Liger se recroquevilla près de Priss et se mit à ronronner. Il débordait largement du siège, mais ça n'avait pas l'air de le déranger.

Apparemment, il tenait à rester collé à sa maîtresse.

Trace se sentit un peu rasséréné de constater que l'animal semblait lui faire confiance. C'était un bon début.

Il prit le temps d'installer Priss un peu mieux, boucla sa ceinture et fit de la place au chat. Puis il mit le moteur en route et démarra, s'efforçant de ne plus penser à cette femme si sensuelle qui dormait près de lui.

A travers la brume qui envahissait son esprit, Priss se rendit compte que la musique s'était brusquement arrêtée et que la voiture ne roulait plus.

Elle ouvrit un œil et reconnut Trace assis derrière le volant.

Il avait descendu la vitre de sa portière pour parler dans un Interphone. Il n'avait pas remarqué qu'elle était réveillée. Elle n'ouvrit pas les yeux, ne se manifesta pas, mais tendit l'oreille.

— Non, ne t'inquiète pas, nous n'avons pas été suivis.

Une voix profonde et chaude sortit de l'Interphone, mais Priss ne comprit pas ce qu'elle disait.

— Non, elle dort encore, répondit Trace. Elle est restée un bon bout de temps dans les vapes.

Dans les vapes ? Priss tenta de se souvenir, mais elle avait mal à la tête. Le 4x4 redémarra, lentement, puis s'arrêta à l'ombre.

Peu à peu, le brouillard se dissipa et la mémoire lui revint.

Le garage… Le petit déjeuner… Trace qui l'embrassait.

Et la bouteille d'eau…

Seigneur…

La vérité la heurta comme un coup de fouet. Il l'avait droguée !

Combien de temps était-elle restée inconsciente ? Que lui avait-il fait pendant qu'elle dormait ? Elle était encore tout engourdie, mais elle n'eut pas l'impression qu'il l'avait touchée.

Les battements frénétiques de son cœur l'aidèrent à reprendre complètement conscience. Elle dut se faire violence pour cacher à Trace qu'elle était réveillée, pour ne pas lui sauter dessus et le bourrer de coups de poing.

Où l'avait-il emmenée ? Qu'avait-il l'intention de faire d'elle ?

Son odeur se fit plus proche et elle en déduisit qu'il se penchait vers elle. Puis il parla.

— Tout va bien, gros matou. Tu dois en avoir marre d'être enfermé, même si tu as dormi tout le temps. Je suppose que tu es pressé de te dégourdir les pattes ?

Il s'adressait à Liger. Elle sentit une queue touffue lui effleurer le visage et s'affola.

Elle ne laisserait pas Trace s'en prendre à son chat !

Puis elle se calma aussitôt, se souvenant qu'il avait proposé de mettre Liger à l'abri et qu'il ne lui voulait donc aucun mal. Mais comment savoir ? Elle aussi, il prétendait la protéger, mais il n'avait pas hésité à la droguer. Preuve qu'elle ne pouvait pas lui faire confiance.

— Seigneur ! s'exclama une voix inconnue venant de l'extérieur du véhicule. Tu es sûr que c'est un chat ?

— Oui, et il est plutôt affectueux. Il est même doux comme un agneau, Chris, je t'assure.

— Fais-le sortir. Je suis curieux de voir la réaction des filles.

Elle sentit le siège remuer.

— Fais attention, lança Trace. Je sais que les filles ne lui feront pas de mal, mais je ne voudrais pas qu'il ait peur.

Puis il poursuivit, s'adressant au chat :

— Tu es un grand garçon, n'est-ce pas ?

Liger répondit par un miaulement d'approbation.

— Ne t'inquiète pas. Je ferai très attention à lui.

Priss se souvint que Trace avait parlé d'un Dare. Mais Chris ? Les filles ? Où Trace l'avait-il emmenée et pourquoi ? Au moins, elle était rassurée pour le chat. Chris lui parlait en ce moment d'une voix douce et avait promis à Trace de bien s'en occuper.

Le chat ne risquait donc rien.

Mais elle ?

Elle fit lentement glisser sa main vers la boucle de sa ceinture —

ce n'était pas facile avec ses membres lourds et son esprit encore légèrement cotonneux. La boucle se défit avec un déclic sonore.

Consciente d'avoir attiré sur elle l'attention de Trace, elle prit soin de garder les yeux fermés et de rester immobile, le corps mou et relâché.

Une main se posa délicatement sur sa joue, caressa sa mâchoire, son menton.

— Priss ?

Il avait des doigts tièdes et étrangement doux.

— Allez, chérie… Vous avez suffisamment dormi.

Chérie ? Comment osait-il ?

Elle mit aussitôt en œuvre ce qu'elle avait appris pendant ses cours d'autodéfense et balança son poing en avant, avec autant d'élan que le lui permettait l'espace exigu de la cabine, visant le nez, l'endroit le plus sensible du visage. Mais il eut le temps de se détourner en poussant un juron, et elle ne put atteindre que son œil gauche.

Elle se recroquevilla sur elle-même, puis enchaîna avec un coup de pied dans le sternum.

Trace laissa échapper une sorte de sifflement rauque, tout en reculant pour sortir par sa portière, qui était ouverte.

Elle ouvrit de son côté, mais ses jambes étaient encore trop faibles pour la soutenir et, en voulant descendre, elle s'effondra gauchement sur le sol.

Mais elle ne resta pas à terre. Pas question !

Sans se préoccuper de la douleur lancinante qui lui battait le crâne, elle bondit sur ses pieds et, tout en jetant un regard à Trace, resté en arrière, elle fonça devant elle… Et se heurta à un corps dur comme de la pierre.

Des bras l'enveloppèrent fermement, aussi puissants que des tenailles, déclenchant en elle une terreur sans nom. Elle se débattit comme une bête sauvage, comme si sa vie en dépendait, tentant tous les stratagèmes dont elle se souvenait et qui étaient censés libérer d'un agresseur, mais, malheureusement, elle ne parvint pas à se dégager d'un millimètre.

Puis elle entendit la voix de Trace.

— C'est bon, Dare, lâche-la...

Les tenailles s'ouvrirent et elle se retrouva, sans savoir comment, contre le torse de Trace.

— Tout va bien, murmura-t-il d'une voix basse et mélodieuse, sur un ton d'excuse. Du calme... Personne ne vous veut du mal, ici.

Les battements frénétiques de son cœur se calmèrent un peu. Elle devait être folle, sans doute, mais elle n'avait plus peur, elle se sentait... protégée. Protégée par le traître qui l'avait droguée en lui faisant boire un somnifère mélangé à de l'eau. Quel paradoxe ! Traître qui la berçait en ce moment même avec une tendresse surprenante.

Elle se repoussa de lui, luttant contre les larmes, mais demeura accrochée à ses bras, parce qu'elle ne tenait pas debout.

Elle constata avec une certaine satisfaction que l'œil gauche de Trace commençait à enfler et à changer de couleur. Elle ne l'avait pas raté !

— Vous m'avez droguée !

— Oui, c'est vrai. Je suis désolé, mais je n'avais vraiment pas le choix.

Elle prit soudain conscience que ses cheveux étaient lâchés. Où était donc passé son élastique ?

— Pas le choix ?

Elle eut un sourire méprisant.

— Bien sûr que si, vous aviez le choix ! répondit-elle en repoussant ses mains.

A présent, elle se sentait bien ancrée dans le sol, elle n'avait plus besoin de s'agripper à lui.

— Non, il n'avait pas le choix, rétorqua derrière elle une voix d'homme.

Elle fit volte-face, si brusquement qu'elle faillit de nouveau tomber. Un homme, la trentaine environ, se tenait tout près d'elle. Il était grand et imposant, mais elle ne se laissa pas impressionner par sa taille. Elle s'était déjà habituée à la stature de Trace, lequel était à peine plus petit de quelques centimètres.

Mais, quand il se pencha sur elle, elle ne put s'empêcher de trembler. Il était brun, avec des cheveux très courts, un visage impressionnant, et un regard bleu électrique qui vous donnait la chair de poule.

Sa gorge se noua et elle recula instinctivement vers Trace, lequel referma ses bras autour d'elle et posa ses mains sur son ventre, tout naturellement, comme s'il s'était attendu à ce qu'elle se réfugie contre lui.

— Priss, je te présente Dare. Mon meilleur ami.

Dare acquiesça.

— Trace protège ma propriété comme je protégerais la sienne. Chez nous, on ne prend aucun risque, ce sont les habitudes de la maison.

Chez nous... Elle se demanda s'il parlait de l'endroit, ou de ses activités.

Ce Dare ne se montrait pas franchement hostile, mais suffisamment froid pour la laisser sur la défensive. Heureusement, dans les bras de Trace, elle n'avait plus peur de rien. Elle se sentait juste un peu nerveuse.

— Trace me connaît suffisamment pour m'avoir vue presque nue, rétorqua-t-elle.

Le regard de Dare s'éleva au-dessus de sa tête, sans doute pour chercher celui de son ami.

Elle entendit Trace soupirer et sentit qu'il haussait les épaules.

— Je n'ai fait qu'exécuter les ordres de Murray, se défendit-il.

Dare afficha l'air de quelqu'un qui comprend et compatit.

Il comprenait! Et en plus il compatissait! C'était vraiment un comble!

— Et il ne s'est pas gêné pour prendre une photo de moi, ajouta-t-elle perfidement. Photo qu'il conserve précieusement sur son téléphone portable. Et ça, je ne crois pas que Murray lui en ait donné l'ordre!

Dare haussa son sourcil gauche, affichant un air perplexe, mais, en meilleur ami, il s'abstint de commentaire.

Derrière elle, Trace se raidit.

Elle se sentait un peu ragaillardie et abandonna ses bras pour affronter courageusement Dare.

— Il ne s'est pas gêné non plus pour m'embrasser. A deux reprises.

Le sourcil droit de Dare alla rejoindre le gauche et sa perplexité sembla s'accentuer.

— Si c'est vrai..., fit-il en haussant les épaules.

— Bien sûr que c'est vrai !

— Il avait probablement de bonnes raisons de le faire, déclara Dare, tout en quêtant du regard une confirmation du côté de Trace.

— Plus ou moins, grommela ce dernier d'un ton mauvais.

Il était furieux contre elle, de toute évidence, mais ça, elle s'en contrefichait.

Elle crut voir passer un sourire furtif sur le visage impassible de Dare.

— Quant à vous...

Une voix de femme l'interrompit.

— Qu'est-ce qui se passe, ici ?

— Molly ! s'écria Dare sur un ton d'avertissement.

En se tournant dans la direction d'où venait la voix, Priss vit approcher une femme aux cheveux châtains, à la poitrine généreuse, de taille et de corpulence moyennes. Elle portait un T-shirt rose, un jean et des savates.

Priss la jugea immédiatement sympathique.

Et comme elle fixait les deux hommes avec un air réprobateur, elle sentit aussitôt en elle une alliée potentielle et voulut aller à sa rencontre, mais Trace la retint fermement par le poignet.

— Vous ne bougez pas, dit-il.

Elle eut beau tirer et se débattre, il ne lâcha pas.

— Calmez-vous, lui murmura-t-il à l'oreille. Vous ne nous facilitez pas les choses.

Le regard de la femme se fit plus sévère. Dare s'empressa de la rejoindre, à grandes enjambées.

— Rentre à la maison, Molly, lui dit-il d'un ton cajoleur. Je t'expliquerai tout en privé.

Ah non ! Priss n'entendait pas laisser passer cette occasion de s'exprimer, même si elle n'était pas sûre que ce soit très utile.

— Aidez-moi, Molly ! cria-t-elle. Trace m'a droguée pour m'amener ici et Dare m'a bousculée quand j'ai voulu m'enfuir !

Elle s'empressa d'ajouter, avant que Trace ne lui mette la main sur la bouche pour la bâillonner :

— Et un autre homme, un certain Chris, est parti avec mon chat.

Molly ouvrit la bouche et la referma, puis elle leva la main pour stopper Dare, lequel s'arrêta net en poussant un gémissement contrarié.

— Votre chat est là-bas, dit-elle en désignant un point sur sa droite. Vous n'avez pas à vous inquiéter, Chris adore les animaux.

Priss suivit du regard la direction indiquée. Et en effet, sur la pelouse, à l'ombre d'un grand arbre feuillu, elle aperçut un grand type, avec Liger sur les genoux. Deux labradors étaient couchés près de lui et fixaient le chat en remuant la queue.

Liger trônait parmi eux comme un roi qui daigne accepter l'attention de ses sujets.

— Ce sont mes filles, Tai et Sargie, lui expliqua Dare. Elles sont très douces et ne feront rien à votre chat. Si on peut d'ailleurs appeler chat un monstre pareil !

— Liger n'est pas un monstre ! protesta-t-elle.

Elle en oubliait presque qu'elle était prisonnière.

— Et il est très doux.

— Il a ses griffes ?

— Oui. Mais il ne griffe que pour se défendre.

Trace n'avait toujours pas lâché son bras.

Chris avait l'allure d'un surfeur qui vient tout juste de se réveiller. Il portait un vieux T-shirt, un short et il était pieds nus.

Priss n'avait pas très envie de se montrer coopérative, mais elle comprit qu'elle n'avait pas le choix.

— Je suppose que c'est Chris qui sera chargé de veiller sur Liger ?

— Chris veille sur tout, ici, répondit Dare.

— On peut lui faire confiance, renchérit Trace en faisant lentement aller et venir son pouce sur son avant-bras.

Une caresse discrète mais qui la fit frémir.

— Vous n'avez aucune raison de vous mettre dans un état pareil, ajouta-t-il.

La remarque réveilla sa colère et elle lui jeta un regard assassin.

— Aucune raison ?

Avant que Trace ait eu le temps de répondre, Molly s'avança vers elle, sans doute pour éviter l'explosion.

— Je suis Molly, dit-elle. Et vous, vous êtes Priss, si j'ai bien compris.

— Oui.

Molly lui sourit.

— Vous devriez entrer avec moi, proposa-t-elle. Je vous servirai quelque chose à boire.

— Vous êtes une amie de Trace ?

— Oui.

Une amie de Trace qui lui offrait à boire ? Ah non !

— Vous me prenez pour une gourde ? demanda-t-elle d'un ton sarcastique.

Molly secoua la tête, avec l'air de ne pas comprendre.

— Je ne…

— Je viens de vous dire que Trace m'avait droguée !

Molly se tourna vers Trace.

— Molly…, intervint de nouveau Dare.

Mais elle le fit taire d'un geste de la main.

— Je sais, tu vas encore me dire que tout ça relève du secret d'Etat, que Trace est un type bien et qu'il avait sûrement une bonne raison de faire ce qu'il a fait. J'ai pigé.

Priss les dévisagea tour à tour.

— Ce serait gentil de m'expliquer, alors, parce que moi je ne pige pas, dit-elle.

— Je ne lui poserai pas de questions indiscrètes et je ne lui dirai rien de secret, reprit Molly en s'adressant à Dare.

— De secret à propos de quoi ? s'énerva Priss.

Molly sourit de nouveau. Elle avait un très beau sourire.

— A propos de tout ce que ces messieurs…

Elle désigna Dare et Trace du menton.

— Considèrent comme une entrave à leur code de prudence.

— Par exemple ?

— Par exemple le fait que vous n'ayez pas le droit de connaître leur nom de famille.

— Ah ! Je le savais bien ! Le nom de famille de Trace n'est donc pas Miller !

Molly bredouilla quelque chose, puis elle se reprit.

— Si, il s'appelle bien Miller, pourquoi ?

Bien sûr que non, il ne s'appelait pas Miller. Molly aussi la prenait pour une idiote.

— Et quoi d'autre ?

— Vous ne devez pas pouvoir retrouver le chemin qui mène à cette propriété, ni savoir dans quel Etat elle se trouve. Du moins tant que ces messieurs n'auront pas entièrement confiance en vous, ce qui ne se produira que si vous épousez l'un d'eux.

Priss ne put s'empêcher de rougir.

— Et vous ? Vous avez épousé l'un d'eux ?

Le sourire de Molly s'élargit.

— Oui. Dare est mon mari.

— Molly…, intervint Dare d'un ton exaspéré.

— Oh ! Ça va, répondit-elle en lui donnant une petite tape. Que veux-tu qu'elle fasse de cette information ?

— Je n'en sais rien, justement. Ça dépend de qui elle connaît, et de ce qu'elle a en tête.

Pendant qu'ils se chamaillaient gentiment, Priss regarda autour d'elle. Le terrain lui parut immense. Et bien sécurisé. De grandes barrières l'entouraient, équipées d'un système d'alarme haut de gamme.

— C'est une véritable forteresse, ici, fit-elle remarquer.

— Evidemment ! dit Molly. Bon… vous avez compris que je n'ai pas le droit de dire un mot sur les activités de ces messieurs, même s'ils n'ont pas de raisons de se méfier de vous a priori, alors ne perdez pas votre temps à m'interroger. De plus, je ne suis en général au courant de rien.

— Dans ce cas j'en sais plus que vous, rétorqua Priss.

Elle arbora un sourire triomphant.

— Je sais que Trace s'est fait engager par Murray comme

garde du corps, mais qu'il s'agit d'une couverture, d'un moyen de l'approcher. Je sais aussi que Murray est à la tête d'un trafic de femmes.

Cette déclaration produisit son petit effet. Dare alla aussitôt se placer près de sa femme et l'entoura d'un bras protecteur. Molly tenta de dissimuler sa réaction — et elle y parvint presque. Mais Priss vit tout de même passer dans son regard une lueur sombre.

Intéressant…

Molly avait donc quelque chose à voir dans tout cela. Etait-ce pour elle que Trace cherchait à coincer Murray ? Peut-être…

— J'ai compris également que Dare et Trace travaillent ensemble, ajouta-t-elle.

Personne ne nia ni ne confirma.

— Et, pour finir, le système de sécurité que je vois ici me renseigne sur leur niveau de vie. Ils gagnent beaucoup d'argent, c'est donc qu'ils sont très bons. Et, parce qu'ils sont très bons, ils sont prudents et s'entourent de mystère. Mais de là à me droguer, ils vont tout de même un peu loin !

— Je vous l'accorde, concéda Molly.

Elle remarqua la main de Trace posée sur le bras de Priss.

— Trace ?

Il lâcha aussitôt la jeune femme.

Puis Molly tapota la main de Dare, pour lui signifier qu'elle se sentait bien et qu'il n'avait pas à s'inquiéter pour elle.

Il acquiesça et desserra son étreinte.

Molly avança alors vers Priss et passa un bras menu autour de ses épaules pour la faire pivoter vers une maison absolument incroyable.

Priss en resta saisie de surprise. Comment avait-elle fait pour ne pas la remarquer ? Elle n'avait jamais vu une aussi belle demeure.

— Eh bien… C'est impressionnant…

Molly ne put s'empêcher de rire.

— Peu importe. Suivez-moi. Je vais tâcher de vous accueillir décemment. Laissons les hommes s'occuper du reste.

Priss hésita. Elle n'était pas sûre de vouloir suivre cette Molly, qui ne posait aucune question et acceptait tout avec le sourire.

Mais, quand elle se tourna pour jeter un coup d'œil derrière elle, elle vit Trace et Dare, les bras croisés sur la poitrine, qui les couvaient de leurs regards de dominateurs, et elle comprit qu'on ne lui demandait pas son avis.

Elle releva fièrement le menton.

— C'est très gentil à vous, Molly, merci.

Elle se sentait un peu perdue, furieuse d'avoir été manipulée, et… vaguement contrariée à l'idée de s'éloigner de Trace. Mais elle se laissa entraîner par Molly.

Ce qui ne l'empêcha pas de repérer au passage les caméras de surveillance et surtout les angles morts qui lui serviraient peut-être à s'échapper plus tard.

8

Quand Molly et Priss disparurent enfin à l'intérieur, Trace poussa un juron. Il aurait bien lancé son poing contre un tronc d'arbre, mais aurait risqué de se briser les articulations. Il ne pouvait pas non plus se défouler sur le pick-up, qui avait suffisamment de bosses comme ça.

Chris Chapey, ami, secrétaire particulier et majordome de Dare, s'approcha alors d'eux. Il portait l'énorme Liger sur l'une de ses épaules, tout en surveillant du coin de l'œil les chiens qui le suivaient. Les pattes avant du chat reposaient dans ses bras, sa longue queue touffue frôlait l'élastique de son short.

Trace caressa machinalement l'animal dès qu'il fut à sa portée. Après plusieurs heures de voyage à échanger des regards avec lui, il avait l'impression que le courant passait entre eux.

Dare l'observa en silence pendant quelques secondes.

— Ce chat est monstrueux, commenta-t-il enfin.

— C'est le moins qu'on puisse dire, répondit Chris en hissant un peu plus haut l'animal, ce qui lui valut un faible miaulement en réponse.

Excitées, les deux chiennes se mirent à aboyer, mais un regard méprisant du chat les fit taire aussitôt.

Chris ne put s'empêcher de rire de ce manège.

— Tu veux que j'entre pour surveiller ce qui se passe à l'intérieur ? demanda-t-il à Dare.

— C'est pour ça que je te paye, non ? répliqua Dare en se tournant vers la maison. Tu diras à la nana de Trace…

— Ce n'est pas ma nana ! protesta Trace.

Chris et Dare lui lancèrent tous deux un regard entendu, lui signifiant qu'ils n'en croyaient pas un mot, mais qu'ils n'insisteraient pas. Pour le moment du moins.

Ce qui revenait à lui dire qu'il était responsable de Priss durant son séjour dans la propriété. Il s'inclina et, connaissant Chris, préféra prendre les devants et l'avertir.

— J'aimerais que tu laisses un peu les sarcasmes de côté avec elle, Chris, si c'est possible.

— Tu plaisantes ? Cette fille vous a cloué le bec à tous les deux. Je ne vais sûrement pas la provoquer !

Cette déclaration — dans sa première partie en tout cas — agaça d'autant plus Trace qu'elle contenait une bonne part de vérité. Priss le menait en effet par le bout du nez. Depuis le début.

— Méfie-toi, insista-t-il. Je la connais bien. Elle démarre au quart de tour.

— Elle n'est pas facile à manœuvrer, si je comprends bien ?

Trace secoua la tête.

— D'autant moins qu'elle se doute maintenant de ce que Murray lui réserve.

Ce salaud de Murray ! Il en bouillait de rage, chaque fois qu'il pensait à lui.

— Et à propos de cette ordure, ajouta-t-il, il m'a demandé de le rejoindre dans son bureau à 19 heures. Je vais donc devoir rentrer plus tôt que prévu.

Chris n'étant pas censé connaître les détails de leurs missions, il décida de s'éclipser pour les laisser parler.

— Matt ne va pas tarder à arriver, dit-il en commençant à s'éloigner. Envoyez-le-moi… Je me charge de superviser la préparation de ta petite amie, Trace.

— Elle n'est pas ma…

Il s'arrêta net. A quoi bon argumenter ? De toute façon, Chris s'éloignait déjà, les mains dans les poches, indifférent à ses protestations.

— Je n'aime pas savoir Priss seule avec Molly, dit-il d'un air préoccupé.

Dare lui donna une tape amicale sur l'épaule.

— Ne t'en fais pas. Molly est raisonnable.

— Ah oui ? Parce que, d'après toi, ça existe, une femme raisonnable ?

Chris, qui les avait entendus, agita une main dans leur direction.

— Je ne leur répéterai pas ces paroles, dit-il. Parce que, parfois, c'est le messager qui trinque !

Il grimpa les marches du perron et entra, le chat toujours dans les bras, les deux chiennes sur les talons.

— On peut lui faire confiance, à ce Matt ? demanda Trace.

— Oui, Chris et lui sont des amis de longue date. C'est quelqu'un de sûr.

Dare s'adossa au tronc d'un arbre.

— Alors, cette Priss et toi ? On dirait que c'est un peu compliqué, non ?

Trace estima qu'il ne servait à rien de nier. Et peut-être même que d'admettre la vérité l'aiderait à y voir un peu plus clair.

— Elle me plaît, avoua-t-il donc tout de go.

— Sans blague ! Tu crois que je ne m'en étais pas aperçu ?

Dare possédait un instinct sûr et il était intelligent. Mais Trace fut tout de même surpris d'avoir été si facilement deviné.

— Merde ! grommela-t-il en se passant la main dans les cheveux. Tu crois que Molly et Chris ont compris aussi ?

Dare fit entendre un petit bruit qui ressemblait à un rire contenu.

— Ils ne sont ni sourds, ni aveugles, ni stupides. Je serais donc tenté de te répondre que oui, bien sûr qu'ils ont compris.

Trace, contrarié, fronça les sourcils.

Dare secoua la tête, pour lui signifier que ce n'était pas grave.

— Il n'y a pas de quoi en faire toute une histoire, Trace, je t'assure.

Trace fut surpris que Dare prenne la chose à la légère, et même avec un certain humour.

— Si, il y a de quoi : elle est dangereuse pour moi, répondit-il.

— Tu crois ?

Dare s'interrompit un instant pour contempler d'un air songeur les rayons du soleil qui filtraient à travers les branches des arbres.

— Et qu'est-ce qui te fait dire ça ?

— Comment, qu'est-ce qui me fait dire ça ? Je la connais à peine !

— Tu la connais à peine, mais tu te sens suffisamment à l'aise avec elle pour la prendre en photo !

Heureusement, Dare s'abstint de sourire ou de rire, parce que Trace était sur le point de l'envoyer à terre.

— Elle débarque chez Murray en se présentant comme sa fille, complote contre lui, mais j'ignore encore ce qu'elle a vraiment en tête. Pour l'instant, elle me cache l'essentiel.

— Mouais…, commenta Dare en le dévisageant. Finalement, vous êtes dans la même position. Toi aussi, tu caches l'essentiel. La seule différence entre vous, c'est qu'elle se présente comme la fille de Murray et toi comme son garde du corps. Elle a peut-être de bonnes raisons de faire ce qu'elle fait, tout comme toi.

Trace espéra qu'elle en avait effectivement. Qu'elle était honnête. Droite. Digne de confiance.

— Pour l'instant, quelles que soient ses raisons, je suis obligé de la supporter.

Cette fois, Dare éclata franchement de rire.

— Bonne chance alors, mon ami !

— Mais tu ne comprends pas dans quelle situation je me trouve, merde ! Murray m'a confié pour mission de la tester. Tu vois ce que ça signifie, je suppose ?

Dare eut l'air abasourdi.

— Et pourquoi veut-il que tu la testes ?

— Tu connais Murray. Il a probablement plusieurs raisons. Il prétend qu'il veut savoir si elle est aussi innocente qu'elle veut le faire croire.

— Innocente, elle ? Tu es sûr que nous parlons de la même fille ?

— *Femme*, corrigea Trace.

Priss n'avait que vingt-quatre ans, mais elle était une femme. Une femme qui lui inspirait du désir.

— Oui, nous parlons bien de la même.

Dare secoua la tête, incrédule.

— Moi, je dirais qu'elle n'a pas froid aux yeux, qu'elle est fière et manipulatrice. Tout sauf innocente. Innocente de quoi, d'ailleurs ?

Trace fit un vague geste de la main. Innocente, Priss l'était sexuellement. Ou plutôt elle était sans expérience.

— Si tu l'avais vue avec Murray... Elle était convaincante, crois-moi.

— Mais toi, elle ne t'a pas convaincu ?

— Non.

Si elle l'avait convaincu, il ne l'aurait pas embrassée, ni prise en photo. Son inexpérience en matière de sexe — ou son innocence — était largement contrebalancée par sa fourberie.

— Si tu n'as pas cru à son petit numéro, il est possible que Murray n'y ait pas cru non plus, dit Dare.

— Je suis meilleur que lui pour évaluer...

— Sans aucun doute. Mais il y a tout de même un risque.

Dare se repoussa du tronc et fit quelques pas.

— Tu veux que je fasse une enquête sur son passé ?

Oui, il aurait bien voulu, mais...

— Ce que je découvrirai restera entre toi et moi, lui promit Dare.

Trace acquiesça alors.

— J'ai son permis de conduire. S'il n'est pas trafiqué, ça ne devrait pas être trop compliqué de se renseigner.

Il saurait au moins si Priss lui avait menti à propos de sa mère et de la vie qu'elle avait menée jusque-là.

— On pourrait commencer tout de suite. En utilisant l'ordinateur de Chris.

— Tu peux accéder aux données qui nous intéressent avec l'ordinateur de Chris ?

— Tu veux rire ? Sa machine est mieux équipée que la mienne !

Il dévisagea fixement Trace et pointa vers lui un doigt menaçant.

— En attendant, toi, pas de faux pas tant que nous ne savons pas tout sur elle.

En d'autres termes, Dare lui demandait de ne pas s'engager avec Priss tant qu'ils n'auraient pas fouillé son passé. Ils en sauraient bientôt plus sur elle qu'elle n'en savait elle-même.

— Tu as suivi ce prudent précepte avec Molly ? demanda-t-il d'un air goguenard.

Dare lui sourit.

— Euh, non, pas vraiment.

— Je m'en doutais.

Le sourire de Dare s'effaça et il détourna le regard.

— A la minute où j'ai vu Molly dans cette atroce caravane, droguée et maltraitée, j'ai compris qu'elle n'était pas là pour être vendue, comme les autres. Par contre, ce que je n'avais pas compris, c'est que j'étais pris au piège.

Trace comprit parfaitement. Lui aussi était pris au piège par une femme.

Chaque fois que Dare évoquait cette caravane, Trace était pris d'une rage froide. C'était Alani, sa sœur, que Dare était parti chercher au Mexique. Ses ravisseurs le connaissant, il n'avait pas pu y aller lui-même, comme il l'aurait voulu. Il n'était pas près d'oublier l'affreux sentiment d'impuissance qui l'avait rongé tandis qu'il attendait, coincé de l'autre côté de la frontière.

En même temps qu'Alani, Dare avait sauvé Molly, dont il était tombé amoureux.

A présent, ils avaient tous deux des raisons personnelles de s'en prendre à ceux qui se livraient au trafic de femmes dont l'Ohio était devenu une plaque tournante. Les failles de la loi et le manque de formation de la police dans ce domaine laissaient aux criminels trop de marge d'action.

Molly avait été enlevée devant chez elle, en pleine ville, dans une petite rue d'un quartier tranquille. Et elle n'était pas un cas isolé.

— Elle fait comme si elle avait oublié, déclara Dare.

Il paraissait inquiet, torturé.

— Mais je pense qu'elle joue la comédie, pour moi…

Il avait probablement raison. Molly était une femme solide et elle protégeait Dare, autant qu'il la protégeait.

— Molly a surmonté le choc, Dare. Elle a subi un traumatisme, c'est vrai, mais à présent elle va bien. Elle est heureuse.

Dare inspira profondément, puis soupira.

— Tu disais que Murray avait sans doute d'autres raisons pour te charger de tester Priss… Lesquelles ?

— Il veut s'amuser, parce qu'il est tordu. Mais il veut surtout vérifier que je suis un bon employé, et savoir jusqu'où je suis prêt à aller pour lui.

— Et ?

Trace rencontra le regard interrogateur de Dare.

— Et quoi ?

Ils entendirent un bruit de moteur. Dare mit ses mains en visière pour se protéger du soleil et scruter l'allée.

— Jusqu'où es-tu prêt à aller, Trace ? Il faut que tu le saches, et vite.

Il lui jeta un regard en coin.

— Avant que cette fille ne décide à ta place.

Laissant Trace méditer sur la question, il s'éloigna pour aller vérifier la boîte de contrôle. Personne n'entrait dans sa propriété sans qu'il en soit averti.

La voiture qui se présentait à la porte était probablement celle de ce Matt, qui devait s'occuper de Priss. Trace vit bientôt approcher une décapotable mauve dont émergeait la tache claire d'une touffe de cheveux blonds décolorés surmontant des lunettes noires.

C'était idiot, mais ce Matt, qui allait tripoter Priss, lui était d'emblée profondément antipathique.

Priss avait encore un nœud à l'estomac quand elle songeait que Trace l'avait droguée. Et dire qu'elle avait failli lui faire confiance ! Qu'elle avait cru qu'il se passait quelque chose entre eux !

Elle ferma les yeux pour lutter contre la douleur cuisante qui l'envahissait, consciente du fait que ça l'isolait des personnes qui l'entouraient au moment même et qu'elle trouvait finalement plutôt sympathiques.

Chris était un garçon direct et extrêmement drôle. Matt se concentrait sur son travail — c'est-à-dire qu'il s'occupait de lui créer ce que d'aucuns appellent un « look ». Il prétendait qu'elle avait un style « tristounet » et qu'il allait changer tout ça.

Quant à Molly… Molly la sentait à bout et faisait de son mieux pour la mettre à l'aise. Elle ne parvenait pourtant pas à lui faire oublier que Trace l'avait caressée, embrassée, puis droguée. Il s'en était excusé, puis l'avait ensuite abandonnée à des mains étrangères. Il ne s'intéressait pas véritablement à elle.

Où était-il passé, d'ailleurs ?

En dépit des pensées qui l'agitaient, Priss s'efforçait de ne pas croiser les bras et de ne pas remuer. Elle n'avait pas envie de renverser l'un des précieux produits de Matt, ni de gâcher sa manucure ou le vernis à ongles rouge vif qu'il venait de lui poser sur les pieds.

C'était vraiment nouveau pour elle de s'apprêter de la sorte et jamais elle n'aurait accepté de jouer le jeu si ça n'avait pas été pour approcher Murray. Elle obéissait à ses ordres, pour ne pas éveiller sa méfiance et pour avoir l'occasion de le détruire.

Car elle était là pour cela. Uniquement pour cela.

Le plus gênant, c'était que cette session se déroulait dans une maison inconnue, au milieu d'un public, restreint certes mais attentif. Le salon où on l'avait installée communiquait avec la cuisine, ce qui signifiait que Trace et Dare pouvaient entrer à tout moment.

Mais ils ne venaient pas.

La maison de ses hôtes était immense, très belle, avec une décoration plutôt masculine. Molly lui avait avoué que ça ne la dérangeait pas et qu'elle n'avait rien changé quand elle s'y était installée. Elle s'était contentée d'apporter ses affaires et de transformer l'une des pièces en un bureau réservé à son usage.

Chris Chapey, le secrétaire particulier de Dare, était lui aussi, d'après ce qu'elle avait cru comprendre, un ami très proche. Il s'occupait de tout, faisant autant office de majordome que de confident. C'était un drôle de garçon, doté d'un corps magnifique et d'une beauté à se damner. Il faisait preuve d'un drôle de sens de l'humour, plutôt noir, qu'il ne pouvait s'empêcher de manifester par des remarques sarcastiques.

C'était lui qui veillait à ce que tout soit en ordre dans la maison et à ce que rien ne choque le regard, mais ses goûts personnels le portaient plutôt vers le grunge chic, comme en témoignait sa tenue débraillée. Il était échevelé et à moitié dévêtu, mais ça lui allait bien. Priss le soupçonnait d'être homosexuel, ce qui la mettait à l'aise. Matt, son ami, l'était aussi, probablement.

Elle les avait à peu près cernés, mais Molly demeurait une énigme. Elle avait beau se montrer rassurante et chaleureuse, Priss n'oubliait pas qu'elle n'avait pas eu l'air plus choquée que cela d'apprendre que Trace lui avait fait avaler un somnifère à son insu.

Elle avait dû avoir une drôle de vie pour trouver tout naturel qu'on drogue les gens pour les conduire chez elle.

Molly revenait justement de la cuisine, avec un plateau chargé de canettes de Coca et de deux verres avec des glaçons.

— Priss, voulez-vous un Coca ? Vous avez faim ?

Boire et manger ? Pour leur donner l'occasion de la droguer de nouveau ? Ils la prenaient décidément tous pour une demeurée ! Elle jeta un regard incrédule à Molly.

— Je crois vous avoir déjà répondu, dit-elle sèchement.

Molly rougit.

— Mais les canettes ne sont pas ouvertes, protesta-t-elle.

Dédaignant les verres, réservés sans doute aux femmes, Chris prit une canette.

— La bouteille d'eau non plus n'avait pas été ouverte, rétorqua Priss.

— Priss ne doit pas bouger tant que je n'ai pas fini et que son vernis n'est pas sec, trancha Matt.

En arrivant, il avait déchargé de sa voiture et installé en un temps record un véritable salon de beauté portable. Il avait même apporté avec lui un fauteuil avec un plateau, un grand miroir, une bâche en vinyle pour protéger le sol. Il travaillait à une allure frénétique.

— Mais moi je prendrais bien un Coca, dans un verre, avec des glaçons, merci, ajouta-t-il.

Priss chercha ses yeux dans le miroir.

— Je préfère ne rien accepter ici, déclara-t-elle d'un air pincé.

Molly fit la grimace.

— Vous ne tiendrez pas le coup. Si vous voulez, je peux goûter avant vous et devant vous tout ce que vous boirez et mangerez.

Chris leva les yeux au ciel et Matt fit semblant de ne pas avoir entendu.

— Non merci, répondit Priss.

Elle était encore trop en colère pour ressentir la faim ou la soif. Et pourquoi Trace ne se montrait-il pas, à la fin ? Qu'est-ce qu'il trafiquait ? Comment osait-il la laisser comme ça au milieu d'inconnus ?

Bien sûr, il lui avait présenté tout le monde, y compris Matt, qu'il avait accompagné à l'intérieur, puis il s'était éclipsé, en lui recommandant d'être « bien sage », sur le ton que l'on prend pour s'adresser à un gamin turbulent.

« Allez vous faire foutre ! » lui avait-elle répondu. Elle en rougissait encore !

Il était sorti sans un mot, en haussant les épaules.

Cela faisait déjà un petit moment qu'il avait disparu. Au début, elle n'avait pas eu le temps de penser à lui, pas avec Matt qui s'agitait au-dessus d'elle et jouait avec ses mains et ses pieds.

Mais, à présent qu'elle devait attendre sans bouger, elle ne cessait de ruminer et de songer à lui, à son comportement, aux raisons qui motivaient ce comportement.

Pour être tout à fait honnête, elle devait s'avouer qu'elle était surtout furieuse qu'il ait repris ses distances après l'avoir approchée, caressée, embrassée. Furieuse aussi qu'il ait profité de ce qu'elle commençait à baisser la garde pour lui faire boire une eau empoisonnée.

Elle s'efforçait de se convaincre qu'il avait eu une bonne raison de la droguer, qu'il n'était pas ce traître qu'il paraissait, mais il n'avait pas encore daigné éclaircir ses motivations. Il avait choisi apparemment un somnifère anodin qui ne lui avait même pas laissé la tête lourde. Elle était parfaitement réveillée, elle avait l'esprit et les idées claires.

Après avoir servi sa boisson à Matt, Molly retourna s'installer dans un énorme fauteuil rembourré pour suivre le travail de métamorphose qui s'opérait sur Priss d'un œil intéressé et plutôt admiratif. Chris restait là, lui aussi, mais Priss le soupçonnait d'avoir été mandaté par Trace ou Dare pour s'assurer que personne n'aborderait les sujets de conversation interdits. Il jouait avec les animaux, qui ne le quittaient pas d'une semelle.

Le salon s'ouvrait sur une grande terrasse à l'arrière de la maison qui donnait sur un lac. Priss crut entendre des voix de ce côté-là et esquissa le geste de tourner la tête dans cette direction, mais Matt la retint par la mèche de cheveux qu'il triturait.

— Ne bougez pas !

— Je fais ce que je veux, protesta-t-elle.

Elle tenta alors un regard en coin, sans remuer, mais elle ne vit rien du tout.

Qu'est-ce que Trace pouvait bien faire de si important pour l'ignorer pendant des heures ?

Le rire de Chris attira son attention.

— Qu'est-ce qui vous fait ricaner ? demanda-t-elle.

— Vous êtes comique, Priss, je n'y peux rien.

— Chris ! intervint Molly sur un ton d'avertissement.

Chris but une longue gorgée de Coca, puis sourit.

— Vous faites de votre mieux pour donner le change, mais ça ne trompe personne, dit-il encore.

Priss le fixa en plissant les yeux.

— Que voulez-vous dire ?

Il éleva sa canette dans sa direction, comme pour la saluer.

— Vous êtes drôlement mordue, ça crève les yeux.

Priss détourna le regard, gênée.

— Je ne vois pas du tout à quoi vous faites allusion…

Elle remua les doigts de pieds et fit mine d'admirer ses ongles joliment peints — mais, bon sang, ce que ce coton entre les orteils pouvait l'agacer !

Matt était en train de torturer une autre mèche de cheveux, qu'il tirait pour l'enduire d'une teinture blanche et gluante avant de l'envelopper dans une feuille d'aluminium.

Il était en train de la transformer en extraterrestre, pour le moins !

Il prétendait que des mèches donneraient du relief à sa couleur et permettraient de structurer sa coupe. Il avait l'air sûr de lui.

— Chris a raison, vous savez, déclara-t-il tout en lui remettant la tête dans l'axe. Vous êtes complètement mordue et ça se voit au point que c'en est presque gênant pour les témoins que nous sommes.

— Fichez-lui la paix ! leur ordonna Molly. Vous ne trouvez pas qu'elle en a assez bavé comme ça ?

Qu'est-ce qu'ils en savaient, si elle en avait bavé ou pas ? Trace lui-même n'était pas au courant, il n'avait donc pas pu leur dire. Molly ne pouvait que faire allusion au fait qu'elle avait été droguée, ce que tout le monde ici avait l'air de trouver normal. De toute façon, elle ne voulait pas de leur pitié. Elle ne supportait pas qu'on s'apitoie sur son sort.

— Je trouve que Matt ressemble à Meat Cleaver, lança-t-elle sans préambule.

Chris avança un menton perplexe.

— Qui ça ?

Elle agita la main dans les airs en faisant bien attention à ses ongles.

— C'est une star de films porno. Il fait beaucoup vendre.

Chris faillit s'étrangler avec son Coca.

Les mains de Matt cessèrent de s'agiter et restèrent suspendues au-dessus de sa tête.

Il lui jeta un regard outré dans le miroir.

— Je vous demande pardon ? fit-il.

Elle fut ravie de son petit effet.

— Vous lui ressemblez vraiment, je vous assure. Vous avez la même coupe de cheveux que lui. Il a tourné au moins une douzaine de films. C'est une star.

Elle lui adressa un clin d'œil.

— Il plaît autant aux hommes qu'aux femmes.

Matt eut l'air horrifié.

— Je vous assure qu'il ne me viendrait pas à l'idée de…

— J'ai dit qu'il vous ressemblait, je n'ai pas dit que je pensais que c'était vous. Vous êtes bien plus beau qu'une star du porno, si ça peut vous rassurer.

— Je suppose que je dois vous remercier pour le compliment.

— Pas de quoi, c'est la vérité. Vous savez bien que le porno fonctionne avec des clichés. Les femmes ont toutes d'énormes seins que les hommes reluquent avec des têtes d'imbéciles.

Chris se pencha en avant. La conversation l'intéressait de toute évidence.

— Vous m'avez l'air drôlement calée, dit-il. Que savez-vous d'autre, à propos de la pornographie ?

— Je sais que c'est très lucratif, parce que je tiens une boutique porno.

Ils ouvrirent tous des yeux ronds et stupéfaits.

Molly et Chris se penchèrent en avant, pour mieux entendre la suite — Molly un peu plus discrètement que Chris.

— Vous tenez une boutique porno ? demanda-t-elle.

— Oui. Ce que nous vendons le mieux, ce sont les films. Les *sex toys* ne marchent pas mal non plus, mais nous ne les avons pas en boutique, nous les vendons sur catalogue.

— Des *sex toys* ?

— Molly, coupa alors Chris, tu ne devrais pas être en train de travailler dans ton bureau ? Je croyais que tu voulais avancer ton livre aujourd'hui.

Molly haussa les sourcils, tout en le défiant du regard.

— Tu permets ? Je m'instruis et je prends mentalement des notes. Je travaille à mon futur livre.

— Vous écrivez ? demanda Priss.

Pourquoi ne le lui avait-on pas dit plus tôt ?

— Oui. Et je suis en train de penser justement que je pourrais écrire autour d'un personnage qui serait producteur de films pornographiques. Un pervers. Les idées se bousculent dans ma tête.

Chris poussa un gémissement désespéré.

Pendant quelques minutes, elles parlèrent toutes deux des livres de Molly, laquelle s'avéra être un auteur à succès, d'une modestie confondante. Priss en fut surprise, mais pas plus que cela. Trace n'était pas un homme ordinaire. Son ami Dare non plus. Il était normal que celui-ci ait épousé une femme exceptionnelle.

Elle songea qu'en comparaison Trace devait la juger bien commune. Elle n'aurait pas dû y accorder de l'importance, mais c'était plus fort qu'elle, elle se sentit soudain minable et complètement déprimée.

— On va tourner un film à partir de l'un de vos derniers romans ? demanda-t-elle en s'efforçant de ne plus penser à Trace et à l'opinion qu'il pouvait avoir d'elle.

— Oui, oui, mais…

Elle avança de quelques centimètres sur le rebord de son fauteuil.

— Nous en parlerons plus tard. J'aimerais en savoir plus long sur votre boutique.

— Non ! trancha Matt d'un air sombre, tout en tirant sur la mèche de Priss un peu plus que nécessaire. Ce sujet ne convient pas à un auditoire mixte.

— Vous êtes bien prude ! lança Priss d'un ton moqueur.

Puis elle ajouta, à l'intention de Molly :

— J'ai hérité de cette boutique il y a peu de temps. Quand ma mère est morte.

— Oh ! murmura Molly. Toutes mes condoléances…

— Je m'en remets doucement, merci.

Elle n'avait pas envie d'entamer une conversation sur les souffrances de sa mère.

— Donc… hum…

Molly se racla la gorge.

— A présent, c'est vous qui faites marcher cette boutique ?

— Oui, mais j'ai un employé de confiance, qui me seconde, répondit Priss. En ce moment, c'est lui qui s'en occupe.

— Est-ce que Trace est au courant, pour la boutique et pour votre employé ?

— Oui, je lui en ai parlé. Mais ça n'a pas eu l'air de beaucoup l'intéresser.

Chris émit une sorte de long sifflement, puis s'allongea de nouveau par terre, appuyé sur un coude.

— Que signifie ce sifflement ? demanda sèchement Priss.

Matt répondit pour lui :

— Vous en pincez pour Trace, c'est évident.

— Je ne le connais que depuis deux jours.

— Mais, si vous ne changez pas de tactique, vous allez au-devant de cruelles déceptions, poursuivit Matt, imperturbable.

— Quelle tactique ? protesta-t-elle avec la sensation qu'ils la regardaient comme une bête curieuse. Je n'ai pas de tactique.

Ils lui lancèrent des regards apitoyés.

— Très bien… Qu'est-ce que vous me suggérez ? fit-elle d'un ton ironique.

Elle adoptait le ton détaché et sarcastique de Chris mais, en vérité, elle était prête à écouter leurs conseils.

Ils avaient beau être homosexuels, ils lui donneraient un point de vue masculin.

Chris repoussa Liger, qui s'était installé sur lui, lequel émigra vers un rebord de fenêtre, au soleil.

— Cessez de jouer les dures, pour commencer. C'est un peu ridicule et pas du tout crédible.

Ridicule ? Elle se sentit rougir.

— Je ne joue rien du tout !

— Mais oui, c'est ça…

Chris vida sa canette, qu'il broya dans sa main, avant de poursuivre :

— Je vous ai vue descendre du 4x4 avec vos yeux qui lançaient des éclairs.

Seigneur… Elle avait tenté de fuir, mais elle s'était juste donnée en spectacle. Elle s'agrippa aux accoudoirs de son fauteuil et tenta de répondre posément.

— Dans ce cas, vous avez vu aussi que j'avais de bonnes raisons de…

Elle jeta un coup d'œil du côté de Matt en se demandant jusqu'à quel point il était au courant des activités de Dare et de Trace. Mieux valait sans doute ne pas trop en dire devant lui.

— Bref, fit-elle en revenant vers Chris. Vous savez très bien pourquoi j'ai réagi comme ça.

— En partie, oui, admit ce dernier en secouant la tête. Mais en partie seulement.

— En partie ? Vous voulez rire ?

Décidément, personne ici ne comprenait à quel point Trace l'avait humiliée !

— Ecoutez, Priss, si vous aviez vraiment peur de Trace, ou si vous étiez aussi furieuse contre lui que vous le prétendez, vous ne penseriez pas sans cesse à lui.

— Je ne pense pas sans cesse à lui ! s'indigna-t-elle en tendant le cou tout en s'avouant que, si, il occupait ses pensées depuis un moment.

Molly se pencha en avant et la fixa avec une expression attentive sur le visage, comme si la réponse qu'elle allait apporter à sa question revêtait une importance cruciale.

— Est-ce qu'il y a quelque chose entre lui et vous ?

— Rien du tout, affirma Priss. Absolument rien.

Elle avait essayé de l'approcher mais, pour l'instant, il ne se laissait pas faire.

— Nous avons échangé deux baisers, rien de plus.

Le visage de Molly s'illumina.

— Il vous a embrassée ?

— Eh bien oui, je viens de vous le dire, deux fois.

Elle se demanda si elle devait aussi parler de la photo. Ou de la manière dont Trace la palpait quand il la fouillait. Non. Il ne valait mieux pas. Matt demanderait sûrement des explications à propos de la fouille.

— Je ne suis pas du tout étonné que vous lui plaisiez, déclara Matt. Vous n'êtes pas du tout arrangée, mais vous avez une excellente base. Il y a de quoi faire avec vous.

— De quoi faire ?

— Oui, et je vais vous transformer en canon. Vous verrez ! Vous serez tout simplement irrésistible ! Et vous pourrez alors utiliser votre charme, plutôt que cette attitude agressive. Croyez-moi, ce sera plus efficace pour attirer l'attention de Trace.

Il allait la transformer en *canon* ? Elle ne put s'empêcher d'en douter. Elle jeta un coup d'œil à son reflet dans le miroir. Pour l'instant, elle était surtout grotesque, avec ces feuilles d'aluminium dans les cheveux.

Elle décida de ne pas relever l'insulte à propos de son attitude et de se concentrer sur le conseil.

— Attirer l'attention de Trace ?

— Oui, c'est bien ce que vous cherchez à faire, n'est-ce pas ? Le fait que vous lui en vouliez prouve que vous vous intéressez à lui.

Elle était en colère parce qu'il lui avait fait avaler un somnifère à son insu. Point. Mais Matt ignorait peut-être ce fait. Aussi se contenta-t-elle de soupirer.

— Il faut se faire désirer, ne pas se montrer trop disponible, enchaîna Matt.

— Absolument, approuva Chris. Jouez un peu les indifférentes, au lieu de lui courir après.

Matt posa ses mains sur ses épaules et les pressa gentiment.

— Prenez vos distances, laissez-le venir…

Le laisser venir, jouer les indifférentes… Pourquoi pas ?

— Vous dites des bêtises, les interrompit Molly. Priss, ne les écoutez pas, ils vous donnent de mauvais conseils.

— Vous croyez ?

Molly secoua la tête.

— Je n'ai jamais joué à ce petit jeu avec Dare. Au contraire, je n'ai cessé de lui montrer ce que je ressentais pour lui. Enfin, à partir du moment où je lui ai fait confiance. Et j'ai dû lui faire confiance assez vite…

Priss ouvrit la bouche pour la questionner sur les circonstances de sa rencontre avec Dare, mais elle lui coupa la parole.

— Et à présent nous sommes mariés.

Le point de vue de Molly ne manquait pas d'intérêt. Mais que se passerait-il si elle ne parvenait pas à faire confiance à Trace ? Ou si elle ne parvenait pas à gagner sa confiance ?

— Tu confonds les pommes et les oranges, Molly, reprit Chris. Dare et Trace sont très différents.

Ils étaient peut-être différents, songea alors Priss, mais ils avaient aussi pas mal de points communs, à ce qu'elle avait pu voir. Ils étaient tous les deux prudents, dangereux, capables de violence, extrêmement présents à ce qui les entourait.

En entraînant la conversation sur le terrain de leurs ressemblances, peut-être parviendrait-elle à soutirer quelques renseignements à Chris ou à Molly sur l'intérêt que les deux hommes portaient à Murray.

Mais il y avait Matt…

Elle chercha son regard dans le miroir.

— Qu'est-ce que vous savez exactement des gens qui circulent dans cette maison ? lui demanda-t-elle tout de go.

— Je ne sais rien, répondit-il précipitamment.

Il se servit de la queue de son peigne pour isoler une mèche, feignant de se concentrer sur cette tâche délicate.

— Rien du tout, reprit-il. Et je ne veux rien savoir. Dare et Trace ont décidé que j'étais digne de confiance ; je ne veux pas les décevoir.

Sa réaction intrigua Priss.

— Et pourquoi craignez-vous de les décevoir ?

Chris ricana.

— Pour rien, répondit-il à la place de Matt. Il ne risque rien.

Puis il s'adressa à Matt.

— Et toi, arrête de dire des sottises.

— C'est vrai, renchérit Molly. Vous allez donner à Priss une mauvaise impression.

— Elle ne peut pas être pire que celle que j'ai eue pendant le trajet qui m'a amenée ici, répliqua Priss.

Apparemment, Matt avait compris qu'il se passait des choses assez peu ordinaires dans cette maison, même s'il ne savait pas quoi. Il était en tout cas suffisamment intelligent pour préférer rester à l'écart.

— C'est fini pour la teinture, annonça-t-il avant qu'elle n'ait le temps de poser une autre question. A présent, il serait logique de passer à la cire, puisqu'on ne peut pas commencer le maquillage.

Cette déclaration fit à Priss l'effet d'une douche froide.

— Non ! protesta-t-elle.

— C'est que je ne peux pas vous maquiller tant que je n'en ai pas terminé avec vos cheveux, alors...

— Pas d'épilation à la cire! insista-t-elle en secouant ses cheveux encombrés de feuilles d'aluminium.

Elle n'avait pas l'intention de céder sur ce point.

— Il me semble me souvenir que Trace m'a dit qu'il n'avait pas beaucoup de temps devant lui, déclara Matt d'un ton plein d'emphase. Nous n'avons donc pas de temps à perdre à discuter de choses évidentes.

— J'ai dit non, pas d'épilation!

Matt balaya d'un geste ses protestations.

— Molly, est-ce qu'il y a une pièce un peu moins passante dans laquelle nous pourrions nous installer?

Molly eut l'air embarrassée et regarda alternativement Matt, puis Priss, puis de nouveau Matt.

— Euh... il y aurait bien...

— Ecoutez-moi, coiffeur à la manque, grommela Priss d'un ton mauvais. Vous ne m'avez pas bien comprise. Pas de cire!

Les chiens, qui s'étaient assoupis, dressèrent la tête, alertés par la tension qui grimpait dans la pièce, et Liger se tourna vers elle, les yeux inquiets et les oreilles dressées.

Molly se racla la gorge, mais ne remua pas d'un pouce.

Chris se leva et sortit, les yeux baissés. Il referma soigneusement la porte derrière lui.

Priss comprit qu'il allait de ce pas avertir Trace qu'elle refusait de coopérer. Elle avait bien compris que l'épilation faisait partie du jeu, que c'était Murray qui l'exigeait et qu'il risquait de mal prendre un refus.

Mais elle s'en moquait. Pas d'épilation.

— Chris savait donc depuis le début où était Trace, murmura-t-elle en fixant la porte par laquelle il venait de sortir. Mais il ne me disait rien. C'est vraiment un faux-jeton.

— Il faut au moins épiler les sourcils, les jambes et les aisselles, insista Matt, qui n'abandonnait pas aisément la partie.

Encore! Mais il était complètement bouché, celui-là!

Elle fit pivoter rageusement son fauteuil vers lui.

— Je suis encore capable de faire ma toilette toute seule!

Matt leva les yeux au ciel et planta ses poings sur ses hanches.

— Je suis certain que vous n'avez pas envie de passer pour une femme négligée. Et moi, je n'aime pas faire mon travail à moitié. Ça n'a vraiment aucun sens d'avoir des ongles de mains et de pieds impeccables, si on reste poilue comme une femme des cavernes!

Le moins qu'on puisse dire, c'est qu'il n'essayait même pas de ménager sa susceptibilité. Elle en devint rouge de honte et de colère.

— Essayez donc un peu de m'approcher, dit-elle en le regardant droit dans les yeux, avec une voix doucereuse qui n'augurait rien de bon. Je vous mets au défi. Allez, essayez, vous verrez bien.

Il arbora un air si abasourdi que c'en était presque comique.

— Vous me menacez?

— Je vous dis simplement que, si vous essayez, vous risquez d'avoir des surprises.

Il leva les bras au ciel.

— Très bien. Comme vous voudrez. Si vous préférez ressembler à une guenon, moi, je m'en fiche.

Elle ne releva pas l'insulte. Elle se sentait surtout soulagée. Elle se leva, vérifia ses ongles des pieds et des mains et déclara que le vernis était sec.

— Ce n'est pas mal du tout, dit-elle en admirant ses mains, puis en s'étirant pour se détendre de sa longue immobilité.

— J'aurai au moins réussi quelque chose, marmonna Matt.

— Molly, il n'y aurait pas moyen de mettre un peu de musique? demanda-t-elle ensuite. L'ambiance est mortelle, ici.

Elle n'avait pas envie que Trace la trouve en train de se morfondre à l'attendre. Chris et Matt lui avaient conseillé de jouer les indifférentes, elle allait essayer.

Molly se précipita vers un panneau mural, visiblement soulagée de pouvoir se rendre utile.

— Il y a moyen, et en plus la musique sera diffusée dans toutes les pièces, dit-elle. Génial, non, comme installation?

— Dare s'entoure de ce qui se fait de mieux, déclara Matt en jetant un regard entendu du côté de Priss.

Puis il envoya un baiser à Molly.

— Et vous êtes dans le lot, bien sûr.

Priss ne put s'empêcher de rire.

— Essayez-vous de me faire comprendre que vous me rangez dans une catégorie inférieure ? Bah, ce n'est pas grave, je vous pardonne.

— Je vous suis reconnaissant de votre magnanimité, répondit Matt en faisant une grimace.

La musique résonna dans la pièce.

— Je vais rester combien de temps avec ces trucs dans les cheveux ?

— Environ vingt minutes.

Elle avait donc vingt minutes à tuer. La musique lui remontait un peu le moral. Elle avait envie de bouger.

— Est-ce que vous dansez, coiffeur ?

Matt la toisa de toute sa hauteur — il était très grand et sa touffe de cheveux blonds décolorés lui rajoutait quelques centimètres.

— C'est un défi ?

— Pourquoi pas ? Je ne sais pas du tout danser et vous vous débrouillez sûrement mieux que moi, mais j'en ai assez d'être collée à ce fauteuil et j'ai vingt minutes à perdre. Qu'est-ce que vous en dites ?

Molly avait déjà posé son verre.

— Je suis partante, annonça-t-elle.

Les chiennes aussi avaient l'air partantes. Elles regardaient d'un air excité dans toutes les directions, prêtes à sauter sur le premier qui entrerait dans le jeu.

Priss saisit Matt par le menton.

— Allez, venez, dit-elle. Quittez cet air morne, ça ne vous va pas du tout. Et puis ça fait partie de votre travail, après tout. Vous êtes bien censé m'aider à me civiliser ?

— Vous ne savez pas du tout danser ? s'étonna Matt.

Il y avait pas mal de choses qu'elle ne savait pas faire mais, une fois qu'elle en aurait fini avec Murray, ça allait changer.

— Je n'ai dansé que dans ma chambre. Et je me suis trouvée godiche.

Il eut un petit sourire en coin, puis se lâcha.

— Entendu, dit-il. Mais j'espère que vous aurez la délicatesse de me remercier pour le cours. Et aussi pour la nouvelle Priss que vous découvrirez dans vingt minutes.

— Je vous le promets.

Surtout si le résultat était aussi formidable qu'il le lui avait annoncé. Elle avait hâte de voir la tête que ferait Trace quand il la rencontrerait à son tour, cette nouvelle Priss...

Matt prit sa main et celle de Molly, et ils commencèrent à se déhancher en rythme, sous les encouragements des deux chiennes qui jappaient et bondissaient autour d'eux.

Et Priss se sentit soudain incroyablement légère.

9

Trace suivit Chris sur le chemin qui reliait son petit pavillon à la grande maison de Dare, Dare sur leurs talons. Ils n'avaient pas eu beaucoup de temps pour se renseigner sur Priss, mais ils savaient déjà qu'elle n'avait pas triché sur son identité et qu'elle vivait bien dans l'Ohio.

— On est au bord de l'esclandre, Trace, lui assura Chris.

Dare pinça les lèvres — envie de rire ? —, puis ne put se retenir de demander :

— Tout ça parce que Matt voulait l'épiler à la cire ?

— Ouais, répondit Chris en leur jetant un coup d'œil par-dessus son épaule. Il s'imaginait qu'il était censé l'épiler… Euh… partout… si vous voyez ce que je veux dire.

Trace n'avait pas envie d'épiloguer de nouveau sur le sujet. Et surtout pas avec Dare et Chris.

— Je la comprends, affirma Dare. Ce n'est pas rien d'imposer ça à une fille. En plus, elle n'est même pas dans un salon.

Trace s'arrêta net. Il en avait assez entendu.

— Ce n'est pas une fille mais une femme, adulte, qui est venue se fourrer elle-même dans ce guêpier en complotant contre Murray.

Les deux autres s'arrêtèrent aussi, face à lui, les bras croisés, silencieux.

— Oh ! Ça va, les deux compères, marmonna Trace, que leur attitude guerrière n'impressionnait pas. Votre petit duo est très réussi. Vous répétez en cachette ou quoi ?

Chris laissa retomber ses bras.

— De quel duo parles-tu ?

— Il cherche à détourner la conversation du sujet qui le dérange, expliqua Dare à Chris. Il se sent coupable, tu comprends.

— Ah bon, tu crois ? Parce qu'il voulait qu'on épile cette fille ?

— Mais non, je ne veux rien du tout ! protesta Trace.

Chris eut un demi-sourire.

— Je vois.

— Oui, c'est ça, répondit Dare à Chris, comme si Trace n'était pas là. Il se sent coupable parce qu'il voulait qu'on l'épile et qu'il savait qu'elle ne serait pas d'accord.

— Tu n'y es pas du tout ! s'énerva Trace.

Il était si tendu qu'il en avait mal à la nuque.

— J'ai même dit à Murray que...

Merde, non, il n'allait tout de même pas leur répéter ce qu'il avait dit à Murray pour le convaincre de ne pas imposer à Priss une épilation du maillot !

Dare lui jeta un regard méprisant.

— On t'écoute. J'espère que tu t'es montré convaincant.

— Pas complètement. Mais j'ai réussi à différer la chose.

— Donc pas d'épilation à la cire ?

— Non.

— Est-ce que Priss le sait ?

— Non.

— Tu ferais mieux de le lui annoncer, alors, avant qu'elle n'étrangle Matt...

Trace se remit à marcher, prenant cette fois la tête du groupe.

— Vu son gabarit, Matt ne risque pas grand-chose, fit-il.

— Ah bon ? Et c'est le type qui a un œil au beurre noir qui dit ça ?

Trace aurait volontiers étranglé Chris, mais il se contenta d'allonger le pas. Priss était seule avec Matt. Il espéra qu'elle ne lui avait rien révélé de crucial.

Non, elle ne le ferait pas.

Il se rendit compte qu'il avait confiance en elle.

Du moins en partie.

Parce qu'elle ne s'était sûrement pas gênée pour tenter de récolter de son côté des informations sur lui auprès de Molly et de Chris.

Elle avait eu pour ça plus d'une heure — heure durant laquelle il s'était d'ailleurs lui-même renseigné sur son passé.

Ils étaient maintenant tout près de la maison et son pouls s'accéléra. Dans quel état d'esprit allait-il trouver Priss ? Est-ce qu'il aurait à la calmer ou à la raisonner ?

Il en était là de ses réflexions, quand il entendit de la musique.

Et des rires.

— Heu, j'ai l'impression que Matt a réussi à l'amadouer, lança Chris.

— Tais-toi ! lui ordonna calmement Dare.

Trace les ignora et fit coulisser la porte vitrée donnant sur le salon.

Molly se tenait dans un coin et riait, avec les deux chiennes qui bondissaient autour d'elle, tandis que Priss se déhanchait lascivement, tout contre Matt, lequel la fit brusquement tournoyer.

Elle renversa la tête en arrière et éclata de rire tout en s'agrippant de nouveau aux épaules de son cavalier, le serrant de si près que son pelvis s'écrasait contre le sien.

De longues mèches de cheveux enveloppées de papier aluminium pendaient sur ses épaules. Elle portait une sorte de cape et elle avait du coton entre les doigts de pieds.

Pour une femme qui avait le projet de tuer son père, elle paraissait étrangement joyeuse et légère.

Liger fut le seul à remarquer l'arrivée de Trace. Abandonnant le rebord de fenêtre où il se faisait griller au soleil, il avança dans sa direction.

Trace, lui, resta figé sur le seuil, paralysé par l'émotion.

Matt avait fait bien plus qu'amadouer Priss !

— Je te rappelle que Matt ne s'intéresse pas aux femmes, lui glissa Chris.

— Je ne sais pas pourquoi, mais j'ai l'impression que ça n'a pas beaucoup d'importance, rétorqua sèchement Trace.

— Chris, tu ne sais pas t'arrêter, dit Dare à ce dernier d'un ton de reproche.

Matt fit encore tournoyer Priss, laquelle éclata d'un rire sonore.

C'en fut trop pour Trace, qui vit rouge. Heureusement, Liger vint se poster devant lui, tortillant son impressionnant arrière-train pour prendre son élan et bondir dans ses bras, certain apparemment d'y être accueilli.

Il ne se trompait pas et Trace, lui, avait besoin d'un allié.

Il lui ouvrit donc ses bras.

D'un seul bond précis et agile, le chat vint se caler contre lui, mouvement qui eut le mérite d'attirer enfin l'attention de Priss.

Haletante et rouge de plaisir, elle se tourna vers la porte. Et se figea.

Dare avança dans la pièce pour aller éteindre la musique.

— Vous vous amusez bien ? demanda Chris pour briser le silence.

— Chris…, l'avertit Dare. Si tu ne la boucles pas tout de suite je ne réponds plus de ta sécurité.

— Vraiment ? ironisa Priss en prenant la pose, les bras croisés, le menton fier. Pourtant, Molly et Chris ont assuré à Matt que personne ne risquait rien dans cette charmante maison.

— Ils plaisantaient, probablement, rétorqua Trace.

Il était habitué à l'humour tordu de Chris et il ne s'en formalisait plus, aussi Chris ne risquait-il rien avec lui. Mais Matt, c'était une autre histoire…

Il le contempla fixement.

— On peut savoir ce que vous faites ? demanda-t-il avec un calme inquiétant.

— On danse, c'est… interdit ? bredouilla Matt d'un ton mal assuré.

Priss vint se placer entre Trace et lui.

— Inutile de l'agresser avec vos sarcasmes, Trace. C'est moi qui lui ai demandé de m'apprendre à danser. Nous avions du temps à tuer avant qu'il ne m'enlève ces trucs dans les cheveux. Et vous, vous aviez disparu.

Matt intervint alors.

— Je crois qu'on peut rincer vos cheveux, Priss, à présent. Venez avec moi…

— Je dois lui parler, objecta Trace. Je n'en ai que pour une minute.

Il retint un sourire en voyant Priss se figer dans une attitude guerrière. Elle avait vraiment du cran. Et ça lui plaisait.

— Je dois lui parler *seul*, précisa-t-il.

— Pas plus d'une minute alors, consentit Matt. Sinon ça pourrait être catastrophique pour ses cheveux.

Trace ne répondit pas et jeta un coup d'œil circulaire autour de lui.

— Ça va, on a compris, marmonna Chris en désignant la baie vitrée d'un geste théâtral. Monsieur veut être seul avec madame. Il n'a qu'à sortir sur la terrasse.

Trace contempla Priss, qui paraissait hésiter. Elle cherchait probablement une excuse pour refuser de le suivre. N'en trouvant aucune, elle avança d'un pas décidé et passa devant lui, les chiennes sur les talons. Il lui emboîta le pas, le chat dans les bras, avec le sentiment que tout cela prenait une tournure un peu ridicule. Puis il fit coulisser la baie vitrée pour la refermer derrière eux.

Les chiennes filèrent en courant en direction du lac. Tai s'y arrêta pour laper un peu d'eau. Sargie s'allongea sur l'herbe, au soleil.

Priss se tourna vers lui, les bras croisés. Les feuilles d'aluminium de ses cheveux scintillaient au soleil. Ils demeurèrent silencieux pendant quelques minutes.

— Vous avez un œil sacrément amoché, fit-elle d'un ton pince-sans-rire.

Il ne put retenir un sourire en coin.

— Il commence tout juste à enfler, ça sera bien pire dans quelques heures, répondit-il. Vous m'avez eu par surprise, je n'ai pas pu atténuer le choc.

— C'était un pur réflexe, murmura-t-elle. Quand j'ai pris conscience que vous m'aviez droguée, c'est parti tout seul. Désolée.

Un pur réflexe ? Elle était donc suffisamment entraînée pour avoir des réflexes aussi efficaces ? Il ne cessait d'en apprendre à son sujet. Si elle avait suivi un entraînement, ça pourrait servir. Quoique… elle n'était certainement pas assez avancée pour se frotter à un type comme Murray.

— Ce n'est rien. Ne vous inquiétez pas de ça.

— Je ne m'inquiète pas.

Elle s'éloigna de quelques pas et regarda en direction du lac.

— Cet endroit est magnifique…

— Il faudrait que vous puissiez le voir au petit matin.

Trace déposa Liger sur un grand canapé de jardin et alla la rejoindre, se plaçant derrière elle. Il avait envie de la caresser. De la posséder.

— Une sorte de brouillard flotte au-dessus du lac, le vent fait doucement bouger les feuilles, les poissons sautent, les oiseaux chantent. C'est fascinant.

— On peut se baigner ?

— Tout le monde se baigne. Vous devriez revenir un jour où nous ne serons pas pressés et…

Il s'interrompit, se rendant compte de ce qu'il venait de dire. Qu'il soit pressé ou pas, il y avait vraiment peu de chances pour qu'il ait l'occasion de revenir ici avec elle.

Elle lui jeta un regard cynique par-dessus son épaule.

— Bonne idée ! Je reviendrai avec vous…

Elle se tourna pour lui faire face et poursuivit :

— Un jour où nous aurons des relations normales, où nous ne serons pas en train d'essayer de coincer un sadique qui s'est enrichi en vendant des femmes, un jour où vous ne me droguerez pas pour que je dorme pendant le trajet…

Il se massa la nuque nerveusement.

— C'est ça, oui, à peu près.

— Vous savez, Trace, je viens de penser à quelque chose…

Elle contempla son œil enflé et secoua la tête.

— Nous n'allons pas tarder à partir, n'est-ce pas ?

— En effet.

Plus vite ils partiraient, mieux ça vaudrait. Il ne voulait pas prendre le risque d'arriver en retard chez Murray. Et, avant de quitter Priss, il devait assurer sa sécurité. Il allait charger Jackson de veiller sur elle, bien qu'il ait horreur de déléguer ses responsabilités. Priss ne lui avait rien demandé, mais il se sentait responsable d'elle et il avait l'intention de la protéger, qu'elle le veuille ou non.

— Est-ce que vous projetez de me droguer pour le trajet du

retour ? Parce que, si c'est le cas, vous allez avoir du mal. Je refuse d'avaler quoi que ce soit !

Il n'en savait rien. Il se posait la question, justement.

— J'espère ne pas être obligé de le faire, admit-il.

La réponse l'agaça autant qu'elle l'inquiéta.

— Il y a donc un moyen de vous convaincre de ne pas le faire ?

Il lui tendit la main qu'après une brève hésitation elle prit. Elle avait des doigts menus et glacés, en dépit de la chaleur ambiante.

Il songea qu'elle n'avait pas des mains de meurtrière.

Il l'entraîna jusqu'au canapé sur lequel trônait Liger, étalé de tout son long. Il s'installa entre elle et le chat, sans lâcher sa main.

Matt ouvrit la porte à ce moment-là.

— Il faut absolument rincer ses cheveux, annonça-t-il.

— Encore deux minutes…

Matt fit la grimace.

— Deux minutes, pas plus, sinon je ne réponds plus de rien, lança-t-il avant de disparaître.

— Eh bien, souffla Priss. Vous le terrifiez, on dirait.

Trace sourit.

— C'était très courageux de votre part d'avoir voulu le protéger, tout à l'heure.

Priss soupira et baissa les yeux sur leurs mains jointes.

— Vous le regardiez d'un drôle d'air et je me demandais si vous étiez capable de l'agresser.

— Vous espériez m'en empêcher ?

Elle releva les yeux vers lui.

— C'est moi qui ai voulu danser. Je ne l'aurais pas laissé trinquer à ma place.

Elle avait une grande noblesse d'âme. Une qualité qu'il appréciait. Elle lui plaisait décidément de plus en plus. Et pas seulement physiquement, même s'il en avait les genoux qui tremblaient chaque fois qu'il posait les yeux sur elle.

— Matt sait parfaitement que je ne m'en prendrais pas à lui, affirma-t-il. Pas sans une bonne raison, en tout cas.

— Je serais curieuse de savoir ce que vous entendez par une bonne raison.

Elle libéra sa main et croisa les jambes.

— En tout cas, je tiens à vous redire que, si vous projetez de me droguer, je ne vais pas vous faciliter la tâche.

— Et moi, je viens de vous dire que je n'en savais rien. Je n'ai pas beaucoup avancé dans ma réflexion depuis une minute.

Il désigna ses cheveux.

— Surtout que c'est difficile de se concentrer quand on a une coiffure aussi excentrique sous les yeux.

— Faites un effort. Je fais bien l'effort de la supporter, moi...

Elle avait décidément un humour qui n'avait rien à envier à celui de Chris.

— Je me suis servi des éléments de votre permis de conduire pour effectuer quelques recherches sur vous, annonça-t-il.

Elle en resta bouche bée. Puis elle se redressa.

— Seigneur !, murmura-t-elle en se frappant le front du plat de la main. Comment ai-je pu oublier que vous aviez toujours mon permis ?

— Peut-être étiez-vous préoccupée par d'autres choses ? En tout cas, je sais maintenant qu'une partie de ce que vous m'avez raconté est vraie.

— Quelle partie ? demanda-t-elle d'un ton méfiant.

— Vous venez bien de l'Ohio.

— En effet. Et quoi d'autre ?

— J'ai aussi vérifié votre âge.

— Quoi d'autre ?

Il n'était pas disposé à lui parler de tout ce qu'il avait découvert. Pas tout de suite.

— Vous êtes propriétaire d'une boutique porno qui vous permet de gagner votre vie, mais à peine.

— Je pense que je n'ai pas les mêmes besoins que vous. Ce que je gagne me suffit.

— Votre employé, Gary Deaton, a la quarantaine. Il a un casier judiciaire, pour un délit mineur. Et il en pince sacrément pour vous. Vous êtes officiellement gérante de ce commerce depuis six mois. Et officiellement propriétaire depuis trois mois.

Parce que sa mère était morte, mais il eut la délicatesse de ne pas le souligner.

— C'est tout.

Elle parut soulagée.

— C'est déjà pas mal, il me semble, fit-elle. Ça ne vous suffit pas ?

Ça ne lui suffisait pas, non, en effet.

— Vous pensiez que j'avais découvert quoi ? demanda-t-il d'une voix douce.

— Ce n'est pas le moment d'en parler. Je dois rejoindre Matt. Je ne voudrais pas me retrouver chauve !

Elle se leva.

— Une dernière chose, quand même…

Trace se leva lui aussi.

— Oui ? Je vous écoute.

Matt se montra de nouveau et tapota du pied avec impatience, sans un mot.

— Pour l'épilation, c'est non, définitivement, et je me fiche de ce que pensera Murray. De toute façon, il n'aura pas l'occasion de me voir nue. Ni lui ni personne d'autre.

Trace lui caressa tendrement le menton.

— Pas même moi ?

Matt repartit en poussant un soupir exaspéré.

— Pas si vous vous présentez devant moi avec de la cire chaude, dit-elle en soutenant son regard sans ciller. Sinon… Eh bien, pourquoi pas ?

Il tenta de lui dissimuler son étonnement. Et aussi sa joie.

— C'est vrai ?

Elle haussa les épaules.

— On verra. Pour l'instant, disons simplement que je vous pardonne de m'avoir droguée, parce que je crois comprendre vos raisons.

Impossible de ne pas l'embrasser… C'était dangereux, avec ce qu'elle avait sur la tête, mais il parvint tout de même à se pencher sans abîmer l'œil qui lui restait. Il effleura sa bouche, sentit la chaleur de son souffle, la douceur de ses lèvres, puis s'écarta à regret.

— Ne pensez plus à tout ça, murmura-t-il. Je...

Il secoua la tête.

— Pour la cire, j'ai réussi à persuader Murray que ce n'était pas votre genre.

— Pas mon genre ?

— Je crois avoir employé le terme de *péquenaude* pour vous qualifier. Je lui ai dit que vous vous révolteriez, et il a accepté de vous garder au naturel. Vous pouvez me remercier.

— Je n'ai pas envie de vous remercier. Je me sens humiliée ! Quand je pense que vous avez discuté de ça avec Murray... Et probablement aussi avec Matt. Avec Chris et Dare...

Il lui caressa doucement la base du cou.

— Je sais. J'en suis vraiment désolé. Mais ça valait tout de même mieux que de...

Elle lui mit la main sur la bouche, pour le faire taire.

— Je crois que je vais me dépêcher de tuer Murray. Je supporte mal qu'on entre comme ça dans mon intimité.

— Vous ne tuerez personne !

Elle avait ses raisons, sans doute, mais il ne la laisserait pas commettre cette folie.

— Ce n'est pas à vous d'en décider, Trace.

Bien sûr que si, il allait en décider, mais elle n'était pas encore prête à l'accepter. Il lui saisit le poignet, embrassa la paume de sa main, puis la lâcha.

— Dare est d'accord pour que je ne vous drogue pas au retour. Mais sachez tout de même que tant que tout n'est pas réglé...

— Qu'est-ce que vous entendez par *tout* ? le coupa-t-elle.

Il ignora la question et poursuivit :

— Vous serez sous surveillance. Oubliez votre intimité, Priss, parce que vous n'en aurez pas beaucoup. Tant que je ne serai pas convaincu que vous ne vous mettrez pas en travers de ma route avec votre projet insensé, vous serez suivie vingt-quatre heures sur vingt-quatre.

Elle eut une réaction inattendue : elle lui sourit.

— Ça me va, dit-elle en lui tapotant le torse. Mais ne vous attendez pas à être content de moi.

Elle alla récupérer son chat et se dirigea vers la porte.

— Je suis prête, maître coiffeur, lança-t-elle en faisant coulisser la baie vitrée. Finissons-en avec ces cheveux…

Trace arpentait la cuisine, à bout de patience. Cela faisait déjà deux heures que Priss était avec Matt et Molly. Chris et Dare, quant à eux, lui tenaient compagnie dans la pièce.

Il jeta un coup d'œil impatient à sa montre.

— On ne peut pas demander à Matt de se dépêcher un peu ? s'énerva-t-il.

Chris était devant l'ordinateur. Il fit la grimace.

— Pour la centième fois, non. Pour lui, coiffer une femme revient à créer une œuvre d'art. Il faut le laisser tranquille.

— Mais je vais être en retard !

— Pas du tout ! Tu as encore largement le temps, répliqua Dare tout en terminant de préparer des sandwichs. Même avec des embouteillages, et je pense qu'il n'y en aura pas, tu arriveras avec deux bonnes heures d'avance.

— Tu oublies que je dois installer Priss avant de rejoindre Murray.

— Jackson attend. Il est déjà sur place. Ça ira vite.

— Qui est Jackson ? demanda Priss, qui venait d'apparaître sur le seuil de la pièce.

Ils se tournèrent vers elle comme un seul homme.

De stupéfaction, Dare posa au ralenti le couteau dont il se servait pour couper ses sandwichs au poulet et aux crudités.

Chris se repoussa de l'ordinateur et laissa échapper un long sifflement admiratif.

Trace, lui, la contempla sans un mot. Bon sang ! Il avait remarqué qu'elle était belle. Mais il ne s'était pas douté que c'était à ce point-là…

Matt rougit.

— Surprenant, n'est-ce pas ?

— Eh bien, dites quelque chose, les garçons ! fit Molly en se glissant entre Matt et Priss, tout sourires.

Elle portait un sac de produits destinés à Priss et qui devaient l'aider à entretenir son nouveau personnage.

— Elle est magnifique, n'est-ce pas ?

— Oui, magnifique, répondit Dare en attirant Molly à lui.

Il lui parla à l'oreille et elle le regarda en riant.

Chris s'inclina devant Matt.

— Joli travail, le lança-t-il.

Puis il s'adressa à Priss.

— Vous croyez que vous arriverez à vous recoiffer toute seule ?

— Je ne suis pas manchote. Un peu de gel et le tour est joué. C'est facile.

Trace écoutait à peine la conversation. Matt avait arrangé les cheveux de Priss de manière à ce qu'ils lui encadrent parfaitement le visage. Il avait opté pour un effet décoiffé, naturel et charmant. La couleur quant à elle était superbe, avec des reflets roux extrêmement sexy.

Le maquillage soulignait discrètement mais avantageusement ses beaux yeux verts, qui paraissaient plus langoureux et plus assurés, même si elle le fixait en ce moment avec inquiétude, en attendant son verdict. Ses cils étaient plus longs, ses lèvres plus pulpeuses. Le tout restait cependant sobre, sans ostentation.

Elle était belle à damner un saint et Trace songea brusquement que Murray, qui n'avait rien d'un saint, serait inévitablement sous le charme.

Cette idée l'angoissa. Il n'avait plus du tout envie de lui présenter la nouvelle Priss. Mais il n'avait pas le choix.

Il poussa un soupir résigné.

— Oui, c'est super, dit-il.

Priss planta ses mains sur ses hanches. Matt ne lui avait pas changé le caractère…

— Pourquoi faites-vous cette tête, alors, si vous trouvez ça super ? lui demanda-t-elle sèchement.

Dare attira Molly un peu plus à lui.

— C'est très réussi, Priss, je vous assure. Je crois que Trace est furieux parce qu'il va devoir vous partager, c'est tout.

Priss jeta aussitôt un regard inquiet du côté de Matt. Elle avait compris qu'il n'était pas dans les secrets de la maison et n'osait pas parler librement devant lui.

— Pigé, dit-elle seulement. Mais je suis assez grande pour savoir ce que j'ai à faire. Trace ne devrait pas l'oublier.

Elle se tourna pour jeter un coup d'œil à la pendule.

— Il serait temps de partir, non ?

Trace détestait quand elle prenait ce ton sec de femme d'affaires.

Dare lui montra le plateau de sandwichs.

— J'ai préparé de quoi manger. Vous devez mourir de faim.

Matt se servit aussitôt, mais Priss déclina poliment.

— Non merci.

Le visage de Trace se ferma.

— Ça suffit, Priss. Vous ne pouvez pas rester sans manger.

Il n'avait pas tort. Depuis le fameux petit déjeuner dans la voiture, elle n'avait rien avalé, pas même une goutte d'eau.

Son maquillage et sa nouvelle coiffure donnaient encore plus de poids à son expression sarcastique.

— Je sais tirer les leçons de l'expérience, répondit-elle du tac au tac.

Dare prit un sandwich, mordit dedans, puis le lui tendit.

— Et, comme ça, ça vous va ?

— Vous êtes pleins de ressources, et je me méfie… Je préfère m'abstenir.

— Pour l'amour de…

Trace n'acheva pas sa phrase. Elle était trop belle et trop tentante. Impossible de conserver son calme.

— Ne me poussez pas à bout, Priss !

— Ah oui ? Et que ferez-vous si je vous pousse à bout ? Vous me droguerez pour que je dorme ?

Matt s'éloigna discrètement en sifflotant, pour bien montrer que la conversation ne l'intéressait plus.

Trace allait avancer vers elle quand son téléphone sonna. Il le tira de sa poche et vérifia le numéro.

— Sortez, dit-il à Matt.

Matt attrapa deux sandwichs et une boisson, avant de disparaître dans le salon. Chris prit Molly par le bras.

— Allons avec Matt, suggéra-t-il.

Molly leva les yeux au ciel, mais elle le suivit.

— J'espère que j'aurai droit à une explication détaillée, lança-t-elle tout de même à Dare.

Il se contenta d'acquiescer. Trace était toujours surpris par leur complicité. Apparemment, Dare ne cachait rien à son épouse.

Ce devait être bon de se sentir à ce point en confiance auprès d'une femme.

Il jeta un coup d'œil à Priss, laquelle était toujours plantée devant lui. Elle ne s'inquiétait visiblement pas de savoir s'il avait besoin d'intimité pour sa conversation téléphonique.

— Miller, répondit-il comme il en avait pris l'habitude pour répondre à Murray.

— Je venais aux nouvelles. Priss se comporte bien ? Elle coopère ?

— Oui, tout va bien, elle est très docile, assura Trace.

La vérité, c'était qu'elle n'avait cessé de provoquer Matt, lequel, heureusement, n'était pas susceptible.

— Je peux savoir où ça en est ? J'avoue que je suis impatient. Aussi excité qu'un gosse qui s'apprête à ouvrir un cadeau de Noël.

Ça ne l'étonnait pas. Il avait compris depuis longtemps comment fonctionnait ce cochon.

— Elle est là ?

Trace se demanda s'il n'avait pas surestimé la confiance que Murray plaçait en lui. D'un autre côté, Murray se méfiait de tout le monde. Il essayait de le prendre en défaut, mais ça n'avait rien d'étonnant.

— Oui, elle est là, répondit-il d'un ton morne.

— Passez-la-moi. Je veux lui parler.

Trace ne fut pas dupe de la manœuvre. Murray voulait juger par lui-même qu'elle était bien là. Et il allait probablement chercher à intimider Priss, à la déstabiliser, à la faire sortir de ses gonds. Il hésita, déchiré entre son devoir, qui lui imposait d'obéir à Murray pour ne pas trahir sa couverture, et le désir de protéger la jeune femme.

— Je vous la passe, dit-il au bout de quelques secondes.

Il tendit le téléphone à Priss sans un mot.

Qui est-ce ? articula-t-elle silencieusement.

— Murray veut vous parler.

Dare passa aussitôt dans la pièce à côté pour intimer le silence aux trois autres.

Trace posa un doigt sur sa bouche, pour que Priss ne commente pas le fait qu'il mettait le haut-parleur.

Elle mordilla sa lèvre enduite de gloss, poussa un profond soupir et prit le téléphone.

— Bonjour, Murray ! Comment allez-vous ?

Trace demeura tout près d'elle, pour la soutenir.

— Tu t'amuses bien ? demanda Murray.

— Oui, et je suis ravie. Je ne pensais pas qu'un coiffeur pourrait modifier à ce point mon apparence. C'est très réussi. Je me reconnais à peine !

Elle s'extasia alors sans retenue et joua à merveille le rôle de la jeune femme qui vient de découvrir à quel point il est bon de se faire chouchouter par un professionnel.

Trace lui sourit. Elle s'en sortait bien. Elle avait décidément de la ressource.

— J'ai hâte de juger par moi-même du résultat.

— Quand vous voudrez, dit-elle en minaudant. Et merci encore. Ce n'était pas indispensable, mais j'avoue que je ne me suis jamais autant amusée de toute ma vie.

— Je suis ravi que tu le prennes comme ça, répondit Murray en riant.

Il y eut un petit temps de silence, puis il reprit :

— J'ai cru comprendre que tu avais changé d'hôtel ?

Trace accusa le choc. Murray était donc déjà au courant ? Il avait préparé une explication pour justifier ce changement, mais n'avait pas eu le temps d'en parler à Priss.

Elle dut lire l'affolement sur son visage, parce qu'elle posa une main sur son torse, pour le rassurer.

— Oui, Trace s'est mis en tête que j'étais surveillée et il a insisté pour que je quitte mon hôtel, répondit-elle d'un ton naturel, avec une fraîcheur et une naïveté confondantes. Il a dit que vous seriez d'accord.

Murray marqua un temps de silence, signe que la réponse le surprenait, puis se racla la gorge.

— Il a eu raison, dit-il enfin.

Puis il ajouta, d'un ton méfiant :

— Tu dis qu'il a repéré quelqu'un qui te surveillait, c'est ça ?

— Non, je ne crois pas qu'il ait vraiment repéré quelqu'un. Il avait simplement la sensation que je l'étais. Ça lui a suffi pour décider que nous devions bouger. Je voulais vous appeler pour vous prévenir, mais il m'a assuré qu'il vous en informerait dès qu'il vous verrait. Je… j'ai eu l'impression qu'il ne voulait pas me donner votre numéro de téléphone.

— Vraiment ? C'était stupide de sa part, commenta Murray.

Mais il ne donna pas son numéro lui non plus.

Comme ça, s'il lui arrivait quelque chose, décoda Priss, on ne remonterait pas jusqu'à lui.

— Et où êtes-vous, à présent ? enchaîna-t-il d'une voix mielleuse.

Priss jeta un coup d'œil interrogateur à Trace, qui pria mentalement pour qu'elle ait la bonne idée de lui donner l'adresse de l'appartement qu'elle avait loué, celui qu'elle lui avait caché lors de leur premier entretien. Elle y avait laissé quelques affaires, suffisamment pour faire croire qu'elle y dormait, si Murray décidait d'envoyer ses hommes pour vérifier.

C'est ce qu'elle fit et elle eut de surcroît le bon réflexe de ne pas trop s'appesantir sur la question. Insister sur un mensonge ne le rendait pas crédible, au contraire. Elle enchaîna en parlant de ses vêtements, de son maquillage, de sa coiffure. Une vraie pro.

Murray, qui en avait assez entendu, coupa court à ce bavardage enthousiaste et demanda à parler de nouveau à Trace.

Priss était décidément très adroite. Non seulement elle avait convaincu Murray, mais elle s'était arrangée pour l'ennuyer, dans le but de se débarrasser de lui.

Dare lui-même paraissait surpris de son aisance. Il échangea un regard entendu avec Trace.

Priss mentait comme un arracheur de dents. Une qualité utile en l'occurrence mais très inquiétante.

Elle lui tendit le téléphone.

— Je vous écoute, dit Trace à Murray.

— Priss était vraiment surveillée ?

— Oui. Mais j'ignore d'où ça venait. Vous m'avez demandé de la protéger, c'est ce que j'ai fait.

— Et qui aurait pu vouloir la surveiller, à part moi, d'après vous ?

— Un ex-petit copain, un ami... Je n'ai pas vraiment réfléchi à la question. Elle assure qu'elle n'a plus de famille, mais rien ne nous dit qu'elle ne ment pas.

— Mais vous vous doutiez que ce pouvait être moi et vous ne lui en avez pas touché un mot ?

— Non. Quand elle m'a demandé pourquoi on aurait pu la suivre, je lui ai simplement répondu qu'elle sortait de chez vous, que vous étiez un homme très influent et que vous aviez beaucoup d'ennemis.

— Excellente réponse, approuva Murray.

Il baissa la voix.

— Vous avez un sixième sens très développé.

Trace ne répondit pas. Il aurait dû se douter que Murray vérifierait aussitôt qu'elle se trouvait bien à l'adresse qu'elle lui avait indiquée, mais il ne s'en était pas inquiété. Pas assez.

— Dites-moi, poursuivit Murray d'un ton de conspirateur. Vous l'avez eue, ou pas ?

Trace ferma les yeux en regrettant amèrement d'avoir oublié d'ôter le haut-parleur. Il aurait mieux valu que Priss n'entende pas ça, mais c'était trop tard, à présent.

Il ouvrit les paupières et chercha son regard.

— Je n'ai pas eu encore le temps, répondit-il.

— Vous êtes bien lent ! s'esclaffa Murray. Helene m'avait pourtant assuré que ça ne traînerait pas avec vous. Elle était persuadée que vous sauteriez sur la gamine. Elle n'a cessé de rôder autour de mon bureau toute la journée, pour avoir des nouvelles. Elle fulminait, vous pouvez me croire.

— Elle fulminait ?

— Oui, elle fulminait. Au point que je me suis demandé si elle n'était pas jalouse. Et même si elle ne se sentait pas des droits sur vous.

Priss afficha un air écœuré et détourna la tête.

— Vous savez bien qu'il n'y a rien entre elle et moi, répondit vivement Trace en attrapant Priss par le coude pour l'empêcher de s'éloigner. Je ne suis pas stupide.

— Vous, sans aucun doute. Mais en ce qui concerne Helene…

Trace se demanda si Murray envisageait de quitter Helene et de la jeter dans les bras de quelqu'un d'autre pour se débarrasser d'elle. Avec lui, tout était possible.

— Mais j'ai d'autres chats à fouetter en ce moment, reprit Murray. Finissez-en avec Priss le plus vite possible. Je ne voudrais pas que vous arriviez en retard ce soir.

— Je serai à l'heure.

— A ce soir, donc.

Trace raccrocha sans un mot. Il était tellement furieux qu'il fut tenté de balancer son téléphone par la fenêtre. Mais il rencontra le regard amusé de Dare et se contenta de fourrer rageusement l'appareil dans sa poche.

Dare s'éclipsa dans la pièce à côté, pour le laisser seul avec Priss.

— Ça va ?

Elle repoussa ses cheveux en arrière.

— Pourquoi ça n'irait pas ?

Les mains de Trace allèrent toucher ces si jolies mèches de cheveux. Il s'attendait à les trouver raides et empesées, à cause de la laque, mais elles étaient douces, soyeuses, et cela le troubla énormément. Il rendit mentalement hommage au talent de Matt.

— Murray s'intéresse à vous de très près, murmura-t-il. Il y a de quoi s'inquiéter.

— Je ne suis pas aussi fragile que vous le pensez.

— Peut-être pas, en effet, concéda-t-il en prenant son visage entre ses mains. Mais vous êtes douce, toute petite, et parfois, quand vous le voulez, vous êtes de compagnie agréable.

— De compagnie agréable ? Vous êtes aussi tordu qu'Helene !

— Je n'ai rien en commun avec cette salope en talons aiguilles.

— Je crois bien que si, répliqua Priss avec un rire sans joie. Murray est prêt à me sacrifier pour vous tester et il est prêt à vous sacrifier pour la tester. Apparemment, il passe son temps à tester les gens. Et j'ai comme l'impression qu'il recale pas mal de monde.

Elle avait raison. Elle était vraiment fine.

— Quand on mène la vie que mène Murray, on a du mal à faire confiance.

— Et vous, il vous arrive de faire confiance ?

Il n'avait pas envie de s'engager sur ce terrain glissant. Les gens en qui il avait confiance se comptaient sur les doigts d'une main et elle ne faisait pas encore partie du lot.

Il secoua la tête.

— Vous avez été très convaincante avec Murray, dit-il pour changer de conversation. Il a cru à votre histoire d'hôtel.

Elle haussa les épaules et baissa les yeux.

Il se demanda si elle avait dû souvent mentir dans sa vie. Il avait sa petite idée sur la question et se doutait que ça avait un rapport avec l'histoire de sa mère. Il finirait bien par savoir en quoi exactement. Il comptait sur elle pour le lui dire. Et, si elle ne lui disait rien, Dare, qui était chargé de pousser plus avant les recherches entamées, trouverait la réponse.

— Vous vous souviendrez de ce que vous lui avez raconté, au cas où il vous poserait encore des questions ?

Elle leva ses longs cils pour le regarder.

— D'après vous ?

Oui, elle s'en souviendrait. Et son habileté à manipuler Murray la rendait plus que suspecte. Mais, à cet instant précis, il s'en fichait comme d'une guigne.

Il avança vers elle, suffisamment pour sentir la chaleur que dégageait son corps et pour s'apercevoir qu'elle s'était mise à trembler d'anticipation.

— Je vais vous embrasser, Priss.

Elle acquiesça d'un geste lent.

— Vous savez quoi ? répondit-elle, les yeux rivés à sa bouche. Je vais vous laisser m'embrasser.

10

Ce fut un long baiser. Un baiser qui n'en finissait pas… Trace y mit tout de même fin et s'écarta, à regret. Il se sentait sur le point d'emmener Priss dans un lit, mais ce n'était vraiment pas le moment. Rien ne s'y prêtait : ni le temps dont ils disposaient ni les circonstances.

Il tenta de se convaincre que ça n'avait pas d'importance, que ce n'était que partie remise, et qu'il devait avant tout penser à son rendez-vous avec Murray.

— Vous me déconcentrez un peu trop, Priscilla Patterson, murmura-t-il.

— C'est la première fois qu'un homme me dit ça, répondit-elle en appuyant son front contre son torse. Mais ça me fait plaisir. Vous aussi, vous me déconcentrez, si ça peut vous consoler.

— Je vous déconcentre et je vous fais peur, dit-il en lui caressant tendrement les cheveux.

Il avait hâte de la sentir nue contre lui. Les choses allaient trop vite entre eux, il en avait parfaitement conscience, mais tant pis. Ils étaient attirés l'un vers l'autre et il n'arrivait pas à résister. Parce qu'elle était irrésistible.

— Je me posais une question…, dit-elle. Murray ne localise pas les appels ?

Il secoua la tête, tout en l'entraînant vers un tabouret de bar.

— Le téléphone que j'utilise est équipé d'un routeur, il ne peut pas le localiser.

— Ah ! Je vois que vous avez pensé à tout.

Elle leva les yeux vers lui et le dévisagea longuement.

— Je suppose qu'en plus vous utilisez ce qui se fait de mieux. Un de ces appareils réservés aux forces de sécurité, sans doute ?

Il ignora la question, et elle ne chercha pas à lui dissimuler sa déception.

— Si vous voulez que je continue à vous faire confiance, il faudrait que vous cessiez de vous méfier de moi, Trace. Au moins un peu.

— Parce que *vous*, vous me faites confiance ? demanda-t-il en lui lançant un regard appuyé. Je ne m'en étais pas aperçu !

Il avait plutôt l'impression qu'elle ne ratait pas une occasion de lui manifester de la méfiance et de l'animosité.

Elle appuya son menton sur son poing et soupira.

— Comme je viens de vous le dire, j'aurais besoin de sentir un minimum de réciprocité. Mais vous ne faites pas le moindre effort. Aussi, je reste sur mes gardes. Notamment en ce qui concerne la nourriture. Je ne mangerai pas ce que ces gens ont préparé.

— Ces *gens*, comme vous dites, sont mes amis, rétorqua-t-il d'un air mécontent.

— Et ce Jackson, dont vous parliez tout à l'heure, c'est aussi un ami ?

Trace s'apprêtait à lui répondre vertement qu'elle n'avait pas à écouter aux portes, mais les autres revenaient dans la cuisine, aussi choisit-il de se taire.

— Je dois y aller, annonça Matt. J'ai d'autres rendez-vous aujourd'hui.

Il marcha droit sur Priss, la prit par les épaules et déposa un baiser sonore sur sa bouche.

Elle battit des paupières, trop stupéfaite pour réagir, tandis que Trace poussait un grognement mécontent et que Chris éclatait de rire.

— Ça m'a fait plaisir de m'occuper de vous, Priss, déclara Matt. Je me suis bien amusé et vous m'avez appris des tas de choses intéressantes sur la perversité des hommes.

Trace fit un effort pour se contrôler. Ce Matt cherchait à le provoquer ou quoi ? La perversité des hommes ? Qu'est-ce que ça signifiait ?

— De quoi parlez-vous, Matt ?

— Priss nous a fait un cours sur le marché du porno. C'était très instructif.

Il adressa à la jeune femme un sourire complice.

— J'espère avoir l'occasion de vous revoir bientôt, dit-il.

Elle se figea, ne sachant quoi répondre. Trace rompit le silence en demandant sèchement :

— Vous préférez que je vous paye tout de suite ou vous voulez m'envoyer votre facture ?

— C'était si drôle que j'ai presque des scrupules à me faire payer !

— Vous avez des scrupules, mais vous présenterez tout de même l'addition.

Matt sourit.

— Oui, mais rien ne presse. J'enverrai ma facture à Dare et il vous la transmettra. Je ne m'inquiète pas ; je sais que vous réglerez la note. Je vous fais confiance, *moi*.

C'était explicite : Matt sous-entendait que Priss non, et il encaissa le coup en silence.

Tandis que Chris raccompagnait son ami jusqu'à sa voiture, Molly tenta de nouveau d'inciter Priss à manger.

— Pourquoi tout le monde se sent obligé de jouer les nounous avec moi ? protesta Priss en déclinant l'offre une fois de plus. Merci Molly, mais je vous rassure, je ne suis pas en train de mourir de faim.

Exaspéré, Trace lui tourna le dos et fit mine de s'éloigner.

— Où allez-vous ? lui demanda-t-elle en pivotant sur son siège pour le suivre des yeux. Vous n'allez pas partir sans moi ?

Il s'arrêta net, étira ses doigts à plusieurs reprises, comme pour se délier les mains, puis se tourna vers elle. Elle avait vraiment l'air inquiète.

— Je ne vous laisserai certainement pas ici, répondit-il. N'ayez aucune crainte.

— Non ? Et vous ne me droguerez pas avant de repartir ? murmura-t-elle d'un ton plein d'espoir.

Il serra les dents d'un air mécontent.

— Je vous droguerai si nécessaire.

— Salaud !

Il allongea le bras pour lui caresser le menton, mais elle eut un mouvement de recul.

— Je vais rassembler les affaires de Liger, annonça-t-il. Ensuite nous partirons.

Mais il ne bougea pas, semblant hésiter. Son œil gauche, celui qui était amoché, fut agité d'un tressaillement. Il se décida enfin et se pencha vers les lèvres de Priss — autant pour les goûter que pour effacer la trace du baiser de Matt.

Abasourdie qu'il ait osé l'embrasser devant Dare et Molly, Priss jeta un regard gêné de leur côté, tout en s'accoudant au bar et en haussant les épaules.

— Je vous attends ici, dit-elle. De toute façon, je n'ai pas le choix.

— Tâchez d'être sage, lança-t-il.

Elle affecta un air outré.

— Je suppose qu'être sage signifie pour vous ne pas poser de questions à vos amis.

— Exactement.

Sur ce, il sortit. Assez perdu de temps à discutailler ! Il avait rendez-vous avec Murray. Et le lendemain il verrait... Priss le rendait fou de désir et ça l'empêchait de se concentrer. Or, il fallait absolument qu'il se la sorte de la tête, parce que, pour coincer le salaud qu'il serrait de près, il avait besoin de tous ses esprits et de toute son énergie.

— Bon débarras, dit Priss en s'adressant à Molly, tandis que Trace s'éloignait. Ce type me glisse un somnifère dans une bouteille et il voudrait ensuite que je me comporte comme si de rien n'était ? Il ne manque pas de culot !

— Je crois qu'il vaut mieux que j'y aille, déclara Dare.

Il adressa un signe de tête aux deux femmes et rejoignit Trace.

Molly pouffa.

— Il me semble que vous avez réussi à atteindre la cuirasse

de notre ami Trace. Quand je l'ai rencontré, il était si froid et si distant que ça me donnait la chair de poule.

Molly paraissait disposée à s'épancher. Priss décida de ne pas laisser passer cette occasion de lui soutirer quelques informations. Et tant pis si Trace jugeait qu'elle n'avait pas été sage.

— Quand l'avez-vous rencontré ? demanda-t-elle.

Mais Molly ne mordit pas à l'hameçon. Elle but posément une gorgée, reposa sa canette et poursuivit, ignorant sa question :

— Il s'est un peu détendu avec moi, depuis. Mais il est toujours si maître de lui-même, concentré sur sa sacro-sainte mission… Ça fait du bien de le voir perdre un peu la boule.

— Sa mission ? répéta Priss, essayant cette fois une méthode moins directe.

Molly éclata de rire. Elle n'était pas dupe non plus de cette manœuvre.

— Je vous ai parlé de l'acteur qui doit jouer le rôle principal dans le film tiré de mon livre ?

Priss dut alors manifester — ne fût-ce que par politesse — sa curiosité. Mais non, elle ne lui en avait pas parlé… Qui était donc cet acteur ? Il s'avéra qu'il s'agissait d'une star et elle se crut obligée de féliciter Molly et de poser quelques questions supplémentaires.

Elle réfléchissait encore au moyen de revenir au sujet qui l'intéressait quand Trace refit son apparition, accompagné de Dare et de Chris.

En les voyant entrer dans la cuisine — trois hommes grands et bien bâtis, dégageant une force et une assurance peu communes —, elle ne put s'empêcher de manifester son admiration.

— Quel trio ! s'exclama-t-elle.

Une fois de plus, Molly éclata de rire. Décidément, cette femme riait souvent !

— Je suis d'accord, approuva-t-elle.

— Je ne savais pas que les beaux mâles se déplaçaient en bande, comme les loups, ironisa Priss.

Molly entra dans le jeu.

— C'est pour éviter d'être attaqués par les femelles. Et vous n'avez pas encore vu Jackson ! Il ne dépare pas le groupe.

Elle envoya un baiser à son mari, qui lui jetait un regard noir.

— Un vrai Roméo !

Chris ricana.

— Ce n'est pas l'avis d'Alani.

Priss n'avait encore jamais entendu mentionner ce prénom.

— Qui est Alani ? demanda-t-elle.

Un silence pesant suivit sa question. Qui pouvait bien être cette mystérieuse Alani dont personne ne voulait parler et quels étaient ses liens avec le beau Jackson ?

— Désolé, lâcha Chris en s'adressant à la cantonade.

Puis il enchaîna vivement :

— Je prendrai bien soin de votre chat, Priss, ne vous inquiétez pas. Je vais installer sa caisse dans mon pavillon et il circulera librement entre les deux maisons.

— Vous n'habitez pas avec Dare et Molly ?

Elle avait pourtant cru comprendre…

Il secoua la tête.

— Vous avez vu la petite maison près du lac ?

— Oui.

Elle l'avait remarquée en effet un peu plus tôt, quand elle était sortie sur la terrasse avec Trace, mais elle n'y avait pas prêté attention, tant elle était absorbée par leur conversation.

— C'est ma maison. J'ai besoin d'avoir mon territoire.

— Ici, vous l'avez votre territoire. Personne n'entre dans cette propriété sans autorisation.

— En effet. Mais avec ces deux-là…

Il désigna du menton Dare et Molly, qui se câlinaient à l'autre bout du bar.

— Il vaut mieux s'éloigner, la nuit, si on veut dormir tranquille.

Dare allongea le bras pour lui donner une claque derrière le crâne, mais il baissa la tête à temps pour l'éviter.

— Leur lune de miel n'est pas encore terminée, déclara Trace d'un ton vaguement envieux.

Priss songea qu'ils avaient de la chance. La vie de recluse qu'elle avait menée avec sa mère ne lui avait pas permis de savoir ce qu'était une véritable vie de famille, ni de côtoyer un couple heureux. Dare et Molly avaient l'air vraiment heureux…

Elle soupira, et Chris crut qu'elle s'inquiétait encore pour son chat.

— Vous voulez peut-être dire au revoir à Liger, pendant que nous transportons sa caisse chez moi ? lui proposa-t-il.

Elle eut soudain le cafard.

— Je tiens énormément à mon chat, Chris, vous savez…

— Je m'en suis rendu compte, répondit-il sans la moindre trace d'ironie, pour une fois.

— Vous avez intérêt à le chouchouter !

— Je vous le promets.

Apparemment, on aimait les animaux dans cette maison. Les « filles » de Dare étaient considérées comme des membres de la famille ; c'était rassurant, bien qu'un peu étrange.

Priss fit ses adieux à Liger. Elle prit le temps de lui expliquer longuement les raisons de son absence, en espérant qu'il comprenait un peu et qu'il ne se sentirait pas abandonné. Il vint frotter sa truffe humide contre le bout de son nez, lui répondit d'un miaulement, puis alla s'allonger près de Sargie et Tai.

Priss eut alors l'impression qu'il voulait lui montrer qu'il acceptait la situation et qu'il tiendrait le coup, et elle se sentit émue jusqu'aux larmes.

Mais elle était rassurée et monta dans le vieux pick-up de Trace sans plus s'inquiéter.

— Au moins, ici, il ne peut rien lui arriver, murmura-t-elle pour elle-même.

Trace posa une main sur son genou.

— J'aimerais pouvoir en dire autant de vous, soupira-t-il.

Dare se pencha à sa portière.

— Soyez raisonnable, Priss, lança-t-il. Ecoutez les conseils de Trace.

Priss fit la moue.

— Lui aussi pourrait écouter les miens, vous ne croyez pas ?

Dare dévisagea Trace.

— Ecoute les conseils de Priss, lui dit-il d'un ton impassible.

Trace ne put s'empêcher de sourire.

— J'écouterai les siens si elle écoute les miens.

Priss le fixa d'un air de défi.

— J'essayerai, mais je ne peux rien promettre.

Dare tendit le bras et lui flatta le crâne — un peu comme elle l'avait vu faire avec ses chiennes —, dérangeant au passage sa coiffure impeccable. Trace ne parut pas apprécier le geste. Il avait tendance à se montrer possessif et elle en était à la fois flattée et amusée. Gary, son employé, adoptait parfois avec elle des attitudes de propriétaire, lui aussi, mais cette attitude lui paraissait tellement déplacée que ça l'agaçait plutôt qu'autre chose.

Tandis que Trace faisait reculer le pick-up, elle salua de la main le petit groupe qui leur disait adieu sur le perron : Dare, Molly, Chris, les deux chiennes et Liger bien sûr, qui paressait au soleil.

Elle eut l'impression de contempler une famille. Une vraie famille. Pas comme le couple antinaturel qu'elle avait formé avec sa mère.

Elle écrasa son poing contre sa poitrine pour contenir la douleur subite qui la comprimait. Elle devait accepter la triste vérité : une fois qu'elle aurait récupéré Liger, elle ne reverrait probablement jamais les gens qui vivaient dans cette maison.

Ils n'étaient rien pour elle, elle n'était rien pour eux, mais ils allaient lui manquer.

— Quelque chose ne va pas, Priss ?

Décidément, rien n'échappait à Trace. Il sentait immédiatement ses changements d'humeur. Cet instinct faisait de lui un garçon aussi dangereux qu'adorable.

Elle s'adossa confortablement à son siège et le dévisagea. De profil aussi, il était beau. Elle avait plaisanté avec Molly sur le magnifique trio qu'il formait avec Dare et Chris mais, à ses yeux, Trace était le plus beau des trois. Et ce Jackson, dont Molly lui avait vanté la beauté, ne la ferait pas changer d'avis.

— Non, tout va bien, répondit-elle.

Il secoua la tête, histoire de lui montrer qu'il n'en croyait pas un mot, mais n'insista pas.

Durant le plus clair du trajet, ils roulèrent dans un silence dénué d'hostilité, empruntant d'abord des chemins de gravier, puis des routes goudronnées mais désertes, traversant des villes, et enfin l'autoroute.

Tandis que Trace jetait de temps en temps des regards à la dérobée dans sa direction, Priss admirait la beauté de ce paysage de collines moutonnantes et verdoyantes jalonnées de fermes équestres, de lacs et d'étangs.

— Nous sommes dans le Kentucky ? s'enquit-elle au bout d'un moment d'un ton hésitant.

— Oui, répondit Trace.

Il alluma la radio et sélectionna une station qui diffusait de la musique.

— Dans deux heures, nous emprunterons un pont qui nous fera entrer dans l'Ohio.

Il avait accepté de lui répondre et elle prit sa réponse comme un premier signe de confiance. Elle décida alors de le rassurer.

— Vous savez, mon sens de l'orientation étant catastrophique, je ne serais pas capable de retrouver la propriété de votre ami, pas même avec un GPS.

Il sourit.

— Dare a décidé de vous faire confiance...

Puis il ajouta, gâchant ce qu'elle aurait pu prendre pour un compliment :

— Rien dans votre passé n'indique que vous pouvez constituer une menace.

— Mmm, marmonna-t-elle en se tournant vers la vitre de sa portière pour admirer un troupeau de bovidés. Espérons que Murray aura la même perception que vous.

Elle regretta immédiatement d'avoir mentionné Murray en constatant le brusque changement d'humeur de Trace.

— Je n'en reviens pas de votre transformation, lâcha-t-il d'un air sombre.

Il n'avait pas l'air ravi, et elle se demanda ce qu'il pensait vraiment de son nouveau style.

— Et alors, qu'en dites-vous ?

— Hypersexy, répondit-il entre ses dents. Tout à fait consommable.

Surprise, elle se sentit rougir.

— Vous êtes un sacré baratineur, vous...

— Oublions le baratin, Priss. La vérité, c'est que je suis inquiet de la réaction de Murray quand il vous verra.

Son inquiétude fut communicative.

— Je suis sa fille !

— Ça ne changera rien, malheureusement. Je connais l'individu et ce n'est pas parce que vous avez *peut-être* un lien de parenté qu'il se montrera plus délicat.

Il avait bien appuyé sur le *peut-être.* Il ne croyait donc pas qu'elle était la fille de Murray ? Pour être franche, elle n'avait elle-même aucune certitude à ce sujet. Sa mère lui avait toujours affirmé qu'il était son père et elle avait fini par le penser aussi.

— Comment va-t-il réagir, d'après vous ?

Il lui jeta un regard appuyé, puis se concentra de nouveau sur la route.

— Avec l'allure que vous avez...

— Une allure *consommable* ?

— Oui. L'allure d'une marchandise dont on peut tirer un bon prix.

— Oh !

Ce n'était pas une bonne nouvelle, mais pas non plus tout à fait une surprise. Murray vendait des femmes. S'il pensait pouvoir tirer d'elle une somme conséquente...

— Je ne serais pas surpris qu'il vous utilise pour boucler une affaire. Vous seriez en quelque sorte la cerise sur le gâteau. Et ça lui permettrait du même coup de se débarrasser d'une menace pour son empire financier.

Elle eut la chair de poule.

— Vous pensez vraiment qu'il me perçoit comme une menace ?

— Pour en arriver là où il est, il a dû se montrer prudent et méfiant. Ça a fini par le rendre complètement paranoïaque. Il perçoit tout le monde comme une menace potentielle. Il ne laissera personne l'approcher de près, et surtout pas une fille. Un fils dépravé aurait peut-être trouvé grâce à ses yeux, mais une jeune fille naïve et prude ? Non, sûrement pas.

Elle avait donc choisi la mauvaise couverture et regretta de ne pas s'être suffisamment renseignée avant de se lancer dans l'aventure. Elle s'était laissé emporter par son désir de vengeance et elle avait foncé sans réfléchir.

— Merde, murmura-t-elle.

— Oui, comme vous dites. C'est évident que vous représentez tout ce que Murray veut éviter.

Elle ne put que lui donner raison.

— Je vois ce que vous voulez dire. Je…

Elle en avait la nausée rien que d'y penser, mais elle fit tout de même l'effort de le dire.

— J'aurais peut-être dû essayer de… de m'offrir à lui…

— Ah mais non ! protesta Trace en lui jetant un regard furibond. Il vous aurait utilisée, puis vendue.

Elle s'emporta brusquement.

— Alors qu'est-ce que j'aurais dû faire, d'après vous ?

Une violente douleur lui comprimait le cœur, comme un étau. Elle songea à sa mère, qui n'avait jamais pu oublier le viol collectif que Murray lui avait fait subir, qui avait vécu un enfer, n'avait pas su se dégager du passé, de la terreur d'être enlevée de nouveau. Cette terreur l'avait rendue à moitié folle. Elle n'avait cessé de fuir les hommes, de protéger sa fille, de la cacher.

A cause de lui, sa mère lui avait imposé une existence de recluse, pleine de précautions inutiles, de mises en garde, de pleurs, de crises d'angoisse et de panique.

— Qu'est-ce que j'aurais dû faire ? répéta-t-elle plus calmement.

Mais elle avait l'impression de toucher le fond. Si elle ne pouvait pas venger sa mère, il ne lui restait plus rien. Elle s'était accrochée à sa vengeance depuis si longtemps ! Elle n'avait que cela. Elle eut soudain l'impression que sa vie n'avait plus aucun sens.

Priss ne disait plus un mot et Trace s'en inquiéta. Il savait très bien à quoi elle pensait. Il ne voulait pas la bousculer, mais il allait bien falloir qu'elle lui dise ce qu'elle avait sur le cœur et dans le crâne. Le plus tôt serait le mieux.

Elle demeurait immobile sur son siège, bien calée contre l'appui-tête, une main sagement posée à côté d'elle, l'autre contre la vitre. Mais il n'était pas dupe de cette attitude décontractée. Il la sentait tendue et perturbée.

Il allongea le bras pour lui prendre la main.

— Vous avez envie de parler de votre mère ? demanda-t-il doucement.

— Et vous, vous avez envie de me parler de ce que vous faites avec Dare ? demanda-t-elle en guise de réponse, sans même le regarder.

Exaspéré, il lâcha sa main.

— Je ne vois pas le rapport.

— Ma mère m'a appris à me méfier des hommes, dit-elle tout en roulant paresseusement la tête sur l'appui-tête, pour se tourner vers lui. J'ai bien retenu la leçon. Je me méfie. Et de vous tout spécialement.

Trace décida qu'ils avaient besoin de se dégourdir un peu les jambes et surtout qu'il était temps qu'elle se nourrisse. Le ventre plein, elle serait peut-être dans de meilleures dispositions.

Il entra dans le parking d'une station essence et se gara devant la petite boutique de la caisse.

— Venez, dit-il. Nous allons acheter à manger et ensuite je vous dirai tout ce que je peux.

Elle réagit aussitôt.

— Vraiment ? Vous êtes sérieux ?

— Vous avez faim à ce point-là ? demanda-t-il en souriant, ravi de constater qu'elle s'animait enfin.

Elle secoua la tête.

— Curieuse à ce point-là, répliqua-t-elle.

Elle ouvrit la portière dès qu'il arrêta le moteur et sortit. Il dut se dépêcher pour la rattraper et la retint par le bras avant qu'elle n'entre dans la boutique.

— Il va falloir vous habituer à vous montrer plus prudente, Priss.

Ils entrèrent, calmement. Priss attrapa dans les rayons un *burrito*, des chips, une canette de soda et des beignets sous Cellophane. Trace prit seulement quelque chose à boire et alla régler. Il préférait ne pas manipuler la nourriture de Priss, de crainte qu'elle ne décide de ne plus y toucher.

En retournant vers le pick-up, il balaya le parking du regard et ne remarqua rien d'anormal. Pendant que Priss défaisait l'emballage de son *burrito*, il appela Jackson, lequel répondit aussitôt.

— J'ai une mission urgente à te confier, lui annonça-t-il.

Il n'avait pas pris la peine de se présenter, Jackson reconnaissait sa voix.

— Ouais ? De quoi s'agit-il ?

Priss faisait mine d'être ailleurs, tout occupée à manger, mais Trace n'était pas dupe : elle ne perdait rien de la demi-conversation à laquelle elle avait accès.

— Comment de quoi s'agit-il ? Tu envisages de refuser ?

Jackson avait le don de l'agacer. Peut-être était-ce parce qu'il passait son temps à se chamailler avec Alani. Ou bien parce qu'il plaisait un peu trop aux femmes.

Raison pour laquelle, sans doute, il était vaguement contrarié à l'idée de lui confier Priss.

— Mais pas du tout, protesta Jackson.

— Alors quel est le problème ?

— J'attends simplement tes instructions ! Je ne suis pas médium. Tu veux jouer aux devinettes ?

Il avait raison.

— Je croyais que Dare t'avait prévenu, dit-il en guise d'excuse.

— Il ne m'a rien dit de précis.

Trace soupira, mais ça ne calma pas sa jalousie.

— Murray veut que je l'accompagne ce soir.

Jackson poussa un sifflement de surprise qui fut couvert par la toux de Priss, laquelle venait d'avaler son Coca de travers. Trace allongea le bras pour lui taper dans le dos, entre les omoplates, tandis qu'elle se penchait en avant.

— Il a donc enfin mordu à l'hameçon…, dit Jackson, qui paraissait très impressionné par ce bond en avant. Il était temps !

Trace trouvait au contraire que c'était un peu rapide et que ça pouvait cacher un piège.

— Pendant que je serai avec lui, il faut que quelqu'un veille sur Priss. La consigne est de ne pas la lâcher d'une semelle.

— Compris.

— Et d'intervenir si besoin est.

Une fois de plus, il pesta intérieurement d'être obligé de confier la sécurité de Priss à un tiers. Il avait confiance en Jackson, bien sûr, sinon il n'aurait pas fait équipe avec lui. Mais tout de même...

— Elle est descendue dans le même hôtel que toi ?

— Non... Enfin, ce n'est pas là qu'elle sera...

Il donna à Jackson l'adresse du meublé et lui expliqua très rapidement le problème.

— Murray va très probablement envoyer quelqu'un pour vérifier que c'est bien là qu'elle vit.

— Donc il faut qu'elle y soit. Tu penses que la visite sera amicale ou hostile ?

— Amicale, je dirais. Mais je préfère tout de même que tu surveilles, au cas où. N'hésite pas à intervenir, le cas échéant, et ensuite tiens-moi au courant. De mon côté, si j'entends quoi que ce soit qui puisse me faire penser qu'elle court un danger, je t'enverrai un code par texto.

Ils avaient mis au point un système de codes pour communiquer, rapide, efficace, incompréhensible pour d'autres qu'eux.

Dare, bien sûr, était dans le secret. Et Alani aussi, qui s'en servait pour tenir Trace au courant de ses déplacements. Depuis son enlèvement, il avait besoin de la suivre à la trace pour se sentir rassuré.

— Quand j'en aurai terminé avec Murray, je te relayerai auprès de Priss.

— Tu vas l'emmener ailleurs, je suppose ?

Trace secoua la tête, même s'il savait que Jackson ne pouvait pas le voir.

— Si j'étais certain de pouvoir le faire sans être repéré, je n'hésiterais pas. Mais je me méfie...

Il n'eut pas besoin de se répandre en explications, Jackson avait compris.

— Tu as raison, mieux vaut ne pas prendre de risques, dit-il. Je vais sur place me familiariser avec les lieux. Dis à Priss que je ne me montrerai pas, mais que je serai là.

Trace serra les dents. Jackson allait surveiller les moindres gestes de Priss. Ça ne lui plaisait pas.

— Merci, grommela-t-il.

— Au fait…

Jackson se racla la gorge.

— Ta sœur est toute seule, en ce moment, si je comprends bien ?

— Pourquoi cette question ?

— Parce que tu ne la lâches pas d'une semelle, d'habitude. Et quand ce n'est pas toi qui la suis, c'est Dare.

— Et qu'est-ce qui te fait penser que ce n'est pas le cas en ce moment ?

— Nous devons nous rencontrer pour parler de la rénovation de mon appartement. Si tu l'avais su, tu ne l'aurais pas gardé pour toi.

— Je suppose que c'est toi qui as réclamé ce rendez-vous ? demanda Trace tout en observant d'un regard absent Priss, qui dévorait littéralement son *burrito*.

Elle était probablement affamée, cette idiote. Il allongea le bras pour ramasser un morceau d'oignon qui était tombé sur son jean.

Merci, articula-t-elle silencieusement.

— Oui, c'est moi qui le lui ai demandé, avoua Jackson.

Puis il ajouta, d'un ton désabusé :

— Mais ça m'étonnerait que ça se fasse. Tu sais, ta sœur et moi, on s'entend comme chien et chat. Je me demande comment elle fait pour trouver des clients avec son mauvais caractère.

— Et pourtant, tu l'as contactée pour l'engager.

Jackson fut aussitôt sur la défensive.

— Il me faut l'avis d'un professionnel pour mon nouvel appartement. Comme ta sœur est décoratrice, je me suis senti un peu obligé de m'adresser à elle.

— C'est ça…, marmonna Trace en regardant Priss, qui finissait son *burrito* d'une dernière et énorme bouchée. Laisse ma sœur tranquille, Jackson, c'est compris ?

Priss se tourna vers lui et le contempla fixement.

— Vous avez donc une sœur ? demanda-t-elle.

Merde !

Il se mordit la langue, mais trop tard.

— Je dois te laisser, Jackson…

— C'est ça, laisse-moi, rétorqua Jackson d'un ton acerbe. Et ne t'inquiète pas pour Priss, ni pour Alani. Je les surveille.

Trace ouvrit la bouche pour lui faire remarquer qu'il ne lui avait pas demandé de s'occuper d'Alani, mais Jackson lui raccrocha au nez.

— Espèce de…

— Une sœur, hein ? La mystérieuse Alani, peut-être bien ?

Elle ramassa ses papiers d'emballage et les mit dans un sac en plastique.

— Vous savez, Trace, vous feriez mieux de tout me dire, ça m'éviterait de me perdre en supputations.

Tout lui dire ? Elle n'en savait déjà que trop. Il démarra.

— En supputations ?

Elle se pencha vers lui et posa une main amicale sur sa cuisse.

— J'ai deviné que votre sœur avait été victime d'un type comme Murray, dit-elle d'une voix douce.

Les mains de Trace se crispèrent sur le volant, mais il ne répondit pas.

— Ça explique pourquoi vous voulez la peau de Murray et aussi pourquoi tout le monde a pris cet air gêné et mystérieux quand Chris a parlé d'elle. Ne vous inquiétez pas, je comprends.

Elle lui caressa la cuisse d'un geste apaisant.

— Avec moi, votre secret est bien gardé.

11

Trace feignit de se concentrer sur la circulation, ce qui lui permit de ne pas approuver ni infirmer les dires de Priss.

Elle attendit sa réponse une bonne minute puis, voyant que rien ne venait, elle se cala dans son siège et ôta sa main de sa cuisse.

Il sentit qu'elle se retranchait en elle-même et cela le mit mal à l'aise.

— Priss..., murmura-t-il, n'y tenant plus.

— Hmm ? fit-elle d'un ton distrait.

Mais pourquoi se sentait-il tellement concerné par cette femme, à la fin ? Tellement attiré par elle ? Il n'aurait su le dire. Tout ce qu'il savait, c'était qu'il ne supportait pas de voir s'élever des barrières entre eux. Plus maintenant.

— J'ai en effet une sœur...

— Ça je le sais déjà. Vous venez de parler d'elle avec Jackson.

Déchiré entre le désir de ne pas trahir sa sœur et celui de ne pas froisser Priss, il chercha à se justifier.

— Alani a sa vie. Ses problèmes ne sont pas les miens. Je ne me sens pas autorisé à en parler.

— Je comprends, dit-elle.

Elle contempla de nouveau par la vitre de sa portière le paysage qui défilait.

— Je n'aime pas non plus que des tiers se permettent de commenter ma vie privée et mes problèmes.

Trace saisit le reproche déguisé.

— Ce n'est pas du tout la même chose, se défendit-il.

— C'est votre point de vue, pas le mien. Mais à part ça je suis sincère, je comprends parfaitement que vous n'ayez pas envie de me raconter la vie de votre sœur.

Elle paraissait sincère, en effet, mais il n'était pas encore satisfait.

— Priss, vous êtes impliquée dans cette affaire jusqu'au cou, à présent. J'ai besoin de certains renseignements à votre sujet.

Il voulait dire en plus de ceux qu'il avait déjà glanés sur internet.

— Jusqu'au cou, en effet, commenta-t-elle en nouant ses deux mains sur son ventre.

Elle poussa un soupir de bien-être.

— Je me sens mieux, depuis que j'ai mangé, avoua-t-elle.

— Vous vous sentiez mal ?

Elle haussa les épaules.

— Un peu de vague à l'âme, rien de plus. Si vous me décriviez Jackson, à présent, que je sache à quoi ressemble mon futur baby-sitter ?

— Je ne pense pas que Jackson apprécierait d'être qualifié de baby-sitter, dit-il en souriant, tout en songeant qu'il se fichait comme d'une guigne de ce qu'appréciait ou pas Jackson.

— Ah bon ? Comment dois-je l'appeler alors ? L'homme de main ? Le garde du corps ?

Son détachement affiché commençait à l'agacer sérieusement !

— Le mieux serait que vous n'ayez pas à l'appeler du tout, croyez-moi. Mais il faut en effet que vous puissiez le reconnaître au cas où il se manifesterait. Il a des cheveux blond foncé, des yeux verts. Il est à peu près de ma taille mais plus costaud.

— Plus costaud ? Vous voulez dire plus musclé ?

Le visage de Trace se ferma.

— C'est ça, oui, plus musclé.

— Eh bien… C'est difficile à imaginer.

— Qu'est-ce qui est difficile à imaginer ?

— Quelqu'un de plus costaud et de plus musclé que vous. Vous êtes carrément bien foutu !

Trace s'agita sur son siège. Le compliment le flattait, mais le gênait aussi. Où voulait-elle en venir ?

— Il est plus costaud que moi, répéta-t-il.

Elle inclina la tête de côté et contempla rêveusement ses épaules et son torse.

— Donc, il est plutôt pas mal ?

Mais qu'est-ce que ça pouvait donc lui faire ? Il n'aimait pas du tout cette avalanche de questions.

— Je n'en sais rien. Ma sœur dit qu'il ressemble à un surfeur.

La remarque lui arracha un sourire.

— Vraiment ? C'est bizarre. Parce que tous les surfeurs que j'ai connus étaient grands, minces, athlétiques.

Eh bien oui, cette description pouvait correspondre à Jackson, en y ajoutant des réflexes bien aiguisés et une rapidité effrayante.

— Vous serez en sécurité avec lui, lui affirma-t-il pour clore la discussion.

Mais Priss n'en avait pas terminé.

— Je me demande s'il n'y a pas quelque chose entre ce Jackson et votre sœur.

— Non, sûrement pas !

Il n'y avait rien entre Alani et Jackson. A moins que…

Il serra les dents, puis décida de changer de sujet.

Durant le reste du trajet, il dressa avec Priss la liste des issues de son appartement qui pourraient lui servir de sorties de secours en cas d'urgence — issues qu'il avait pris soin de vérifier.

— Je crois que la plus pratique, c'est la fenêtre de la salle de bains, conclut-il. Jackson est allé repérer les lieux. Il nous le confirmera. C'est probablement par là qu'il vous fera passer s'il y a un problème.

Elle eut l'air surprise.

— Vous croyez que cette fenêtre est assez grande pour laisser passer quelqu'un ? Surtout si vous dites que Jackson est grand et baraqué…

— Il passera. Et vous aussi.

Il n'en doutait pas une seconde. Jackson était une véritable anguille. Et Priss était menue. En cas d'urgence, avec l'effet stimulant de l'adrénaline, elle passerait.

Il enchaîna en lui rappelant les règles de base : n'ouvrir sa porte à personne et ne quitter l'appartement sous aucun prétexte, fermer les fenêtres, mais laisser les rideaux entrouverts pour que les hommes de Murray puissent la voir évoluer dans la pièce principale et n'aient donc pas à entrer pour s'assurer qu'elle était là.

— Avant de vous coucher, mettez quelque chose devant la porte pour la bloquer.

Murray était imprévisible. Avec lui, on ne prenait jamais trop de précautions.

Priss joua avec une boucle de ses cheveux.

— Si... si vous en avez terminé suffisamment tôt avec Murray, vous passerez chez moi ?

— Non. Je viendrai relayer Jackson, mais je resterai à distance.

— Oh !

Elle avait l'air déçue et Trace en eut un petit pincement au cœur. Il serait volontiers entré chez elle mais, s'il entrait, il n'était pas sûr de lui résister. Il préférait ne pas tenter le diable.

Les deux heures qui suivirent s'écoulèrent plutôt agréablement. Ils devisèrent tranquillement, en évitant les sujets à controverse. Après avoir déposé le pick-up au garage et repris la Mercedes, ils passèrent chez Twyla pour récupérer les vêtements que celle-ci avait sélectionnés, juste avant la fermeture de la boutique. Trace ne cessait de vérifier sa montre, il ne voulait pas arriver en retard au rendez-vous fixé.

Twyla félicita Priss pour sa nouvelle coiffure et son maquillage, mais lui reprocha de ne pas porter un des jeans et des hauts qu'elle avait achetés chez elle.

— Je les garde pour Murray, répondit Priss sur le ton d'écolière qui convenait à son personnage. Après tout, c'est lui qui les a payés.

Twyla ne put qu'approuver.

— Très juste. N'oubliez jamais cela!

Ils sortirent, Twyla sur leurs talons qui tentait de poursuivre la conversation. Mais ils ne s'étaient déjà que trop attardés à faire des politesses inutiles. Trace fit monter Priss dans la voiture et claqua sa portière, puis il alla s'installer derrière le volant, sans même un au revoir à Twyla.

— Vous n'avez pas été très correct avec elle, déclara Priss.

— Elle travaille pour Murray. Elle est habituée à être maltraitée, croyez-moi. Mais surtout, elle est au courant de son sale trafic, alors ne la prenez pas en pitié!

— Je ne la prenais pas en pitié.

— Vous l'avez saluée de la main comme si elle était une amie de longue date.

— Je jouais mon rôle, rien de plus. Elle est peut-être vulgaire et autoritaire, mais on ne sait pas si elle est réellement de mèche avec Murray.

— Moi je le sais. Et je vous le dis : elle est de mèche avec lui.

— Vous me paraissez bien sûr de vous. Qu'est-ce qui vous permet de l'affirmer?

— Murray m'a déjà envoyé faire quelques emplettes chez elle, avec Hell.

Il s'interrompit pour lui jeter un regard entendu.

— Ça m'a permis d'entendre pas mal de choses.

— Donc, vous n'avez jamais…

— Quoi donc?

Elle eut une moue réticente avant de poursuivre :

— Vous n'avez pas accompagné d'autres femmes que Hell, chez Twyla? Vous n'avez pas été complice de Murray pour les abuser?

— Non, répondit-il en se raidissant. Jamais de la vie!

Elle acquiesça, un léger sourire aux lèvres.

— Ça me fait du bien de l'entendre.

Ils s'arrêtèrent en chemin dans un petit supermarché. Pendant que Priss remplissait un chariot, Trace se chargea des affaires de toilette et prit également quelques magazines destinés à rendre crédible l'installation de la jeune femme dans le meublé.

De retour dans la voiture, Priss en feuilleta un distraitement, avant de le remettre dans le sac.

— L'appartement va me paraître vide, sans Liger, déclara-t-elle.

— Je suis désolé…

Elle aurait sans doute eu bien besoin de la présence réconfortante de son animal de compagnie — le genre de présence qui vous aide à tenir à distance les fantômes du passé, ceux qui se réveillent toujours à la tombée de la nuit.

— Vous n'aurez qu'à regarder la télé ou lire, pour passer le temps, proposa-t-il.

— J'essayerai.

Quelques minutes plus tard, il s'arrêtait dans le parking. Comme toujours, il scruta discrètement les alentours avant de faire signe à Priss qu'elle pouvait y aller.

— Nous reprenons nos rôles respectifs à partir de maintenant, l'avertit-il. C'est d'accord ?

— Oui, c'est d'accord.

Elle ouvrait sa portière et sortait de la voiture, attrapant au passage des sacs de courses, quand une Sedan noire arriva en roulant au ralenti. Ils la remarquèrent en même temps. Raidie d'appréhension, Priss la suivit des yeux tandis qu'elle s'arrêtait à l'autre bout du parking.

Trace lui tendit distraitement les sacs qui restaient, tout en fixant la voiture d'un air méfiant.

— Rentrez chez vous et enfermez-vous, dit-il.

— Qu'est-ce que vous comptez faire ?

Il la poussa gentiment vers son immeuble, puis se détourna pour se diriger vers la voiture.

— Faites ce que je vous ai dit.

Trois gros malabars s'extirpèrent du véhicule à l'arrêt. Le conducteur adressa un sourire mielleux à Trace, qui espéra que Jackson aurait la bonne idée de ne pas intervenir s'il était déjà en place. Il n'avait pas besoin de lui pour régler leur compte à ces trois-là, il préférait qu'il se réserve pour Priss.

Priss grimpa en courant l'escalier délabré et fila droit à la porte de son meublé. Personne près de l'escalier… Personne à l'étage… Bon, pour le moment, elle ne risquait rien…

Elle se rendit directement à son appartement. Pas question de prendre de risques. Trace avait assez à faire comme ça. Il était seul contre trois, il avait besoin de toute sa concentration.

Parce que ces trois types n'avaient pas l'air commodes.

Après s'être enfermée, comme il le lui avait conseillé, et avoir déposé ses sacs sur le canapé, elle se précipita à la fenêtre.

Les trois colosses que Trace s'apprêtait à affronter étaient de véritables clichés ambulants : T-shirts noirs, pantalons noirs, lunettes noires. Ce qui ne les rendait pas moins redoutables : c'étaient probablement des professionnels.

Tout en essayant de décrypter l'état d'esprit de Trace à son attitude, Priss s'agrippa au rebord de la fenêtre et retint son souffle. Les hommes le laissèrent approcher sans bouger, comme s'ils l'attendaient, comme s'ils étaient venus pour lui.

Etait-ce Murray qui les envoyait ?

Trace paraissait détendu. Et même vaguement amusé. Il avançait vers eux d'un pas léger, très décontracté.

Il y avait quelques passants — des clients du bar et des utilisateurs du parking — et de rares voitures qui circulaient dans la rue, mais personne ne regardait dans leur direction.

Trace s'arrêta à quelques mètres d'eux.

— Qui êtes-vous ? leur demanda-t-il d'une voix ferme et claire, que Priss entendit depuis l'endroit où elle observait, bien à l'abri.

Le conducteur s'avança et lança un crachat qui atterrit tout près de la chaussure de Trace.

— Qu'est-ce que ça peut vous foutre ?

— Je ne poserai pas la question deux fois, l'avertit Trace.

L'homme éclata de rire et plongea la main dans une poche, dont il sortit un revolver.

Priss poussa un cri étouffé.

— Allez vous faire…

Il n'eut pas le temps de terminer sa phrase : la botte de Trace vint heurter sa mâchoire. Ses lunettes de soleil volèrent à quelques mètres de là ; lui-même fut projeté en arrière, contre la voiture, et lâcha le revolver.

Trace lui envoya un second coup de pied qui acheva de le mettre à terre.

Ça s'était passé si vite que Priss eut à peine le temps de voir. Les deux autres hommes en restèrent eux aussi bouche bée, les yeux écarquillés, puis réagirent enfin.

L'un sortit un revolver, l'autre se jeta sur Trace. Priss n'était pas une âme sensible, mais elle retint tout juste un cri d'horreur.

Elle avait ouvert la porte et fonçait déjà dans l'escalier extérieur, bien décidée à aider Trace d'une manière ou d'une autre, quand elle constata que celui-ci avait pris le dessus, une fois de plus.

Elle s'arrêta net, abasourdie, pour le regarder se battre. Ou plutôt dominer ses adversaires.

Il prenait quelques coups, bien entendu, qu'il encaissait comme si de rien n'était, sans même ralentir.

Il venait de recevoir un direct au menton et répliquait aussi sec par un coup de genou bien placé, visant l'entrejambe de son agresseur, lequel se courba en deux de douleur. Il n'eut plus qu'à lui balancer un coup de poing pour le mettre hors d'état de nuire.

A présent, deux revolvers et deux paires de lunettes gisaient sur le sol.

Le troisième homme l'attaqua par-derrière, espérant sans doute le surprendre, mais il se retrouva aussitôt projeté à terre. Sa tête heurta violemment le béton, et il ne bougea plus.

Mais Trace n'en avait pas terminé avec lui. Il alla s'agenouiller près de lui et le saisit par la chemise puis, après lui avoir retiré ses lunettes, lui bourra le visage de coups de poing, ne le lâchant que lorsqu'il fut en sang.

Priss ne se sentit pas décontenancée par tant de brutalité. Il lui avait suffi de voir sortir les trois hommes de la voiture pour deviner leurs intentions. Trace aussi, probablement. Elle comprenait très bien qu'il ne leur ait pas laissé le temps d'agir.

Ce qui la surprit, en revanche, ce fut l'aisance avec laquelle il les avait repoussés.

De ce qui aurait pu être une dangereuse menace, il ne restait plus que trois corps gémissant à terre.

Trace les fouilla méthodiquement pour les désarmer et achever de les rendre inoffensifs. Puis il recula de quelques pas pour contempler son œuvre et enfin, comme s'il venait brusquement de se souvenir de l'existence de Priss, leva les yeux et la vit accoudée à la rambarde de l'escalier.

Elle prit alors conscience d'avoir désobéi à son ordre — il lui avait demandé de rester à l'intérieur — mais leva cependant le pouce pour le féliciter.

Il lui rendit un regard furibond.

— Rentrez tout de suite ! lui cria-t-il.

Elle acquiesça en silence et recula, comme si elle avait l'intention de rentrer, mais, alors que Trace reportait de nouveau son attention sur les trois hommes, elle revint à son poste d'observation. Trace alla ouvrir la portière arrière de la Sedan, puis charria l'un des hommes pour l'allonger négligemment sur le siège, sans se préoccuper du fait qu'il pouvait aggraver ses blessures en le transportant. La deuxième brute alla bientôt s'empiler sur la première, avec la même aisance surprenante de la part de Trace, et sans le moindre signe de fatigue.

Il referma la portière sur eux, puis il revint vers le troisième, celui qu'il avait assommé à coups de poing et auquel il réservait visiblement un traitement de faveur. Il lui donna quelques coups de pied pour le réveiller.

L'homme tenta de se relever pour fuir, mais il eut droit à un croc-en-jambe, puis Trace le hissa sur ses pieds, en souriant de toutes ses dents. Il lui murmura quelque chose que Priss n'entendit pas, mais qui provoqua la panique chez la grosse brute.

En regardant plus attentivement, Priss crut voir que Trace le menaçait de son couteau.

Elle s'agrippa à la rambarde et s'obligea à suivre la scène sans ciller.

Comme l'homme tentait de nouveau de s'échapper, il s'ensuivit une brève lutte qui se termina par la victoire de Trace, lequel traîna l'homme pour l'installer derrière le volant.

Il claqua la portière et attendit. Au bout de quelques minutes, l'homme mit le moteur en route et la voiture s'éloigna en zigzaguant.

Quand elle eut disparu, Trace ramassa les armes du trio et alla les enfermer dans le coffre de sa propre voiture.

Tout cela avec un calme et un naturel confondants. Comme s'il ne s'était rien passé d'anormal.

Priss dévala l'escalier pour le rejoindre.

— Eh bien! s'exclama-t-elle.

Il lui jeta un regard furieux.

— C'était vraiment impressionnant, poursuivit-elle sans y prendre garde.

— Je vous avais dit de ne pas vous montrer, fit-il d'un ton étrangement calme et tout à fait inquiétant.

Elle tenta de se justifier.

— Oui, mais... Je voulais être là pour appeler à l'aide... Au cas où vous auriez eu des difficultés. Mais je dois reconnaître que vous vous en êtes tiré avec...

Trace la prit par le bras.

— Vous et moi, il faut vraiment qu'on discute, Priss!

Elle n'aimait pas du tout sa manière de vouloir tout diriger. Il ne la laissait même pas parler!

— Parce que vous avez le temps de discuter? railla-t-elle. Je croyais que vous étiez pressé.

— Cessez de traîner les pieds, dit-il sèchement.

Elle ne traînait pas les pieds. Et, pour le lui prouver, elle décida de passer devant lui. Mais il ne la laissa pas faire et demeura à sa hauteur, sans dire un mot, sans la regarder.

— Vous vous comportez vraiment comme un abruti, murmura-t-elle entre ses dents.

Arrivé en haut des marches, il s'arrêta net et contempla la porte qu'elle avait laissée grande ouverte.

— Je n'arrive pas à y croire!

— Mais il n'y a personne, se défendit-elle, tout en admettant en son for intérieur qu'elle avait été stupide de sortir sans même refermer la porte derrière elle.

— J'avais des raisons d'être distraite, Trace, admettez-le, au moins.

— Seule, vous ne feriez pas long feu. On retrouverait votre cadavre dans cet appartement!

— Vous dites n'importe quoi! Je sais me défendre.

Il la poussa à l'intérieur, referma la porte, qu'il verrouilla soigneusement, et Priss sentit soudain monter en elle une bouffée d'inquiétude.

Elle avait beau se répéter que Trace ne lui ferait pas de mal, elle venait de voir de quoi il était capable et il lui faisait un peu peur. Il avait tout de même anéanti en quelques minutes à peine trois hommes bâtis comme des catcheurs. C'en avait été presque comique. Sauf que Trace la fixait en ce moment d'un air mauvais qui ne lui disait rien de bon et qu'elle n'avait pas envie de rire.

— Vous leur avez donné… une bonne raclée ! bafouilla-t-elle, tout en se sentant un peu bête.

Tentant de prendre un air dégagé, elle alla s'adosser au battant de la porte.

— Et maintenant ?

— Maintenant…

Il avança vers elle et posa sa main droite à plat au-dessus de sa tête — une main aux articulations bleuies, mais une main ferme. Elle inspira profondément, dans l'attente de ce qu'il allait faire.

— Maintenant… ? murmura-t-elle.

La main gauche de Trace effleura doucement les contours de son visage, remonta vers sa tempe, puis alla se poser de l'autre côté de sa tête.

Il pressait son pelvis contre le sien, ne lui laissant aucun doute sur ses attentes.

Oh… C'était donc ça… Elle sentit ses paupières devenir lourdes et son cœur s'accélérer. Elle tenta de se concentrer sur l'œil amoché de Trace et sur sa mâchoire qui commençait à enfler. Mais elle n'arrivait pas à détacher ses yeux de sa bouche.

— Vous allez m'embrasser ?

Il serait temps.

— Entre autres.

Entre autres…

— C'est-à-dire ?

Il se pencha vers elle et sa bouche effleura son cou, puis aspira sa peau, et elle sentit la morsure de ses dents.

Une houle monta alors dans son ventre.

— Trace…

Lentement, il traça de sa bouche humide et entrouverte un

chemin jusqu'à ses lèvres, tout en la clouant au battant de tout le poids de son corps.

Il ne se servait pas de ses mains, et pourtant elle avait la sensation d'être sa prisonnière — une prisonnière consentante.

Quand sa bouche trouva enfin ce qu'il cherchait, elle avait atteint un point d'excitation extrême et laissa échapper un gémissement de plaisir et de soulagement. Puis, sans savoir comment, elle se retrouva dans ses bras, ses jambes enroulées autour de sa taille, une main de Trace sous ses fesses et l'autre sous son T-shirt, tout près de ses seins.

12

— Je te préviens : je veux l'interroger moi-même !

Murray enroula sa main dans les cheveux d'Helene et tira.

— De qui parles-tu, ma chérie ?

Elle fit la grimace, mais ne tenta pas de lui résister.

— De Priscilla, répondit-elle avec une moue dédaigneuse.

— Ah !

Murray était toujours émoustillé par le spectacle de la jalousie d'Helene. Ça avait le don de le mettre de bonne humeur.

— Jalouse à ce point ?

Les yeux bleus d'Helene lancèrent des éclairs.

— Je ne suis pas du tout jalouse, protesta-t-elle.

— Tu mens. Tu crèves de jalousie !

Il malaxa sa volumineuse poitrine.

— Tu vibres de haine.

Il venait de trouver ses tétons et elle entrouvrit les lèvres.

— De haine, oui. Parce qu'elle cherche à te manipuler. J'en suis certaine. Je n'ai pas confiance en elle.

— Et en moi ? demanda-t-il d'un ton doucereux. Tu as confiance en moi ?

— Oh ! Murray, gémit-elle en renversant la tête en arrière. Oui. Oui, j'ai confiance en toi…

A présent, elle haletait tant qu'elle avait du mal à parler.

— J'ai toujours confiance en toi…

— Alors qu'il en soit ainsi à propos de Priscilla Patterson. Je sais ce que je fais.

Il la lâcha, la repoussa et entreprit d'ôter son pantalon. Elle allait le servir. Il aimait soumettre les femmes. Il aimait soumettre tout court. Il aimait la sensation de dominer. Le pouvoir.

— Sans compter que ça ne te regarde pas.

Helene prit un air consterné, puis elle fixa le sexe de Murray et commença à remonter sa jupe en tirant sur sa ceinture.

Comme toujours, elle était prête à lui donner du plaisir sans rien réclamer pour elle-même.

Il l'arrêta avant qu'elle ne se mette à genoux.

— Lève ta jupe plus haut. Présente-toi.

Elle parut surprise, puis s'humecta les lèvres et s'exécuta.

Un petit morceau de dentelle noire couvrait son sexe. Murray ouvrit son chemisier d'une main, pour découvrir ses seins, tout en se caressant de l'autre.

Elle était parfaite comme ça. Enfin, presque parfaite…

— Baisse ta culotte !

Helene repoussa en arrière ses longs cheveux noirs.

— D'accord…

Puis elle passa ses pouces sous l'élastique et fit lentement glisser sa culotte le long de ses remarquables hanches et de ses cuisses.

Elle allait l'ôter tout à fait, mais Murray secoua la tête.

— Reste comme ça, la culotte aux chevilles.

— Tu aimes ça ? murmura-t-elle, entrant dans le jeu.

Oui, il aimait ça. Il se caressa plus fort et plus vite.

— Penche-toi sur mon bureau, maintenant.

Ses superbes seins se gonflèrent quand elle inspira sous le coup de l'excitation, et ses joues devinrent rouges.

— Eh bien ? Ne reste pas plantée là. Fais ce que je te dis.

Il contemplait fixement son sexe, déjà humide.

— J'ai besoin de me soulager avant de laisser la place à Trace, lâcha-t-il en ricanant.

Elle laissa échapper une sorte de gémissement et s'empressa d'obéir. Elle posa ostensiblement ses mains sur le bureau et se pencha lentement en avant, jusqu'à ce que son menton repose sur le bois. Là, elle se cambra et écarta les jambes, autant que le lui permettait la culotte qui entravait ses chevilles.

— Comme ça ? demanda-t-elle en haletant.

— Oui, ça ira.

Il se leva pour admirer la position et le spectacle. Elle mouillait de plus en plus. C'était terriblement excitant.

— Alors, comme ça, tu veux t'occuper de Priscilla ? demanda-t-il.

— Oui, répondit-elle en frissonnant. Je sais que je peux l'obliger à parler.

— Avec un de tes produits ?

Helene adorait tester ses produits sur les jeunes femmes récalcitrantes qui osaient se rebiffer et il devait reconnaître que c'était beaucoup plus efficace que de les battre ou de les affamer.

— Oui, gémit-elle.

Ses mains s'agrippèrent au rebord du plateau et les muscles de ses cuisses se crispèrent.

— J'ai un nouveau produit qui sera parfait pour elle, murmura-t-elle en se tortillant. Il la rendra docile et terriblement désireuse de bien faire.

Cette dernière phrase fut ponctuée d'un gémissement de plaisir. Elle s'excitait rien qu'à l'idée de faire souffrir Priss.

Murray ne put s'empêcher de rire. Elle allait avoir un orgasme, si elle continuait à lui raconter ses projets.

— Parfois, Helene, je me demande…

Elle avait fermé les yeux.

— Tu te demandes quoi ?

— Ce que tu as bien pu vivre dans ton enfance pour être aussi tordue…

Surprise, elle se tourna vers lui, son désir temporairement envolé.

— Moi ?

— Ne bouge pas.

Elle reprit sa position.

— Tu te trompes, Murray. Mes parents m'adoraient. Tout le monde m'adorait.

Ils l'avaient trop gâtée et puis ils étaient morts, la laissant seule, livrée à elle-même. Ceci expliquait peut-être cela. Mais il s'en moquait, au fond. Elle était tordue, et ça l'arrangeait. Leurs perversions se complétaient.

— Tu te prends encore pour une princesse, c'est ça ? demanda-t-il tout en se frottant contre ses fesses, pour les exciter tous les deux.

— Oui, murmura-t-elle dans un souffle. Je suis une princesse.

Elle remua les hanches. Il n'y tint plus et la pénétra, en une seule fois, jusqu'au fond.

Ils poussèrent ensemble un grognement rauque. Au bout de quelques allers-retours, Murray était déjà au bord de l'orgasme. Helene croyait sans doute que c'était grâce à elle, mais en réalité il était surtout émoustillé en imaginant Trace et Priss couchant ensemble…

Il ne se préoccupait pas du plaisir d'Helene, mais elle en eut tout de même et, quand elle cria, quand les parois de son vagin se contractèrent autour de son pénis, il fut lui aussi précipité de l'autre côté. Il poussa une dernière fois, violemment. Quelques objets se renversèrent sur le bureau et Helene laissa échapper un cri de douleur parce qu'il lui écrasait les hanches. Puis ils se figèrent tous les deux, suspendus dans un moment hors du temps.

Il se laissa ensuite retomber sur elle, en sueur, vide, rassasié.

Il en avait terminé avec elle.

Il pensait déjà à la suite et recula pour s'asseoir, le pantalon aux genoux, le sexe mou. Il fit pivoter le fauteuil pour regarder par la fenêtre, avec un long soupir paresseux.

Helene comprit que c'était pour elle le signal du départ.

Elle rajusta silencieusement ses vêtements et se glissa hors de la pièce, en titubant sur ses talons aiguilles.

Il ne remarqua pas son sourire satisfait, presque triomphant, et même s'il l'avait remarqué il ne s'en serait pas inquiété. Pour lui, Helene ne représentait pas une menace.

Ce qu'elle avait dans le crâne ne l'intéressait pas. Et puis il l'avait à l'œil, de toute façon.

L'adrénaline qui se déversait dans son sang à jets continus l'empêchait d'écouter la voix de la raison qui tentait de se faire entendre.

Dévastait sa conscience.

Il posa sa main sur la poitrine de Priss. Elle était douce. Son pouce effleura un téton durci et il fut pris d'une envie irrésistible d'y poser ses lèvres.

Il remonta son chemisier et fit descendre son soutien-gorge, puis se pencha vers elle et couvrit le téton de sa bouche.

Priss laissa échapper un son entre le gémissement et le soupir, tout en enfouissant ses mains dans les cheveux de Trace et en écrasant son visage contre lui.

Il soupira. Elle ne l'aidait pas beaucoup à résister !

Quand il avait vu arriver les trois hommes dans la Sedan noire, il avait compris qui ils étaient et ce qu'ils voulaient. Il leur avait tout de même laissé une chance, leur proposant de les laisser repartir indemnes s'ils lui disaient pour qui ils travaillaient.

En réponse, l'un d'eux avait sorti une arme, façon de lui faire comprendre qu'ils ne se laisseraient pas fléchir. Alors il ne s'était plus retenu, saisissant cette excellente occasion de défouler ses frustrations.

Mais les bourrer de coups n'avait eu aucun effet sur la tension qui ne cessait de gonfler en lui. Parce que la source de cette tension, c'était Priss. Et elle seule pouvait le calmer.

Il la désirait. Comme un fou. Il ne se souvenait pas avoir désiré une femme à ce point.

Ça défiait toute logique.

— Trace…, murmura-t-elle.

Elle aussi le désirait. Il la sentait prête. Mûre. Totalement mûre.

— Je ne sais rien de toi, murmura-t-il plus pour lui-même que pour elle, tout en passant à son autre sein.

— Tu…

Elle poussa un cri étouffé et son corps se cambra.

— Tu en sais plus sur moi que je n'en sais sur toi.

Elle avait raison et il songea avec tristesse qu'il allait la décevoir, la trahir, l'utiliser.

Rien n'était possible entre eux. Alors à quoi jouait-il, merde !

Il poussa un juron et s'écarta d'elle. Puis il se détourna et s'éloigna de quelques pas, en fourrageant nerveusement dans ses cheveux. Ayant mis entre eux une distance qu'il jugea raisonnable, il lui fit de nouveau face.

Grave erreur !

En la voyant adossée au battant de la porte, ramollie de désir, le chemisier retroussé, il faillit en tomber à la renverse. Les bonnets de son soutien-gorge pendaient sous ses seins, les soulignant, comme pour les offrir. Ses mamelons étaient tendus et humides de salive, elle avait le regard vague, les lèvres entrouvertes.

Il se mit à trembler, lui qui ne tremblait jamais.

Il savait qu'il ne devait pas se compromettre avec elle, mais il se sentait incapable de résister au désir qu'elle lui inspirait.

Alors tant pis…

— Dès que possible, Priss, dit-il.

Elle laissa échapper un soupir.

— Quoi ?

Il fit jouer nerveusement ses doigts dans ses cheveux, pour tenter de se contrôler.

— J'ai besoin de faire l'amour avec toi. Dès que possible.

D'avoir pris sa décision — une folle décision — le rasséréna un peu.

— Oh ! D'accord…

Elle s'humecta les lèvres et acquiesça.

— Et ça serait quand ?

Elle était décidément incroyable de fraîcheur ! Il en aurait presque ri, si le désir ne l'avait pas mis à la torture.

— Je ne sais pas. Ça va dépendre de la manière dont les choses tourneront ce soir avec Murray.

Le regard de Priss devint subitement plus présent, plus aigu.

— Murray ? Ce soir ? Qu'est-ce qu'il y a ce soir avec Murray ? Tu es sûr que ce n'est pas dangereux ?

— Non, je n'en suis pas sûr.

C'était justement pour cela qu'il voulait attendre. S'ils faisaient l'amour maintenant, là où elle était, debout contre ce foutu battant de porte, et que Murray le faisait abattre tout à l'heure… Il ignorait ce que ce salaud avait en tête. Peut-être qu'il l'avait déjà démasqué et qu'il attendait simplement l'occasion de se débarrasser de lui.

Peut-être même qu'il avait envoyé ces trois sbires pour le tuer. Avec cet homme, on ne pouvait être sûr de rien.

Tout ce que Trace savait, c'était qu'il le haïssait.

Il fit un pas timide en direction de Priss, tout en s'efforçant de raisonner. Il était temps qu'elle lui cache cette trop ravissante poitrine qui s'offrait à lui avec tant d'impudeur et d'innocence.

— S'il m'arrive quelque chose ce soir, Priss…

— Non ! Ne dis pas ça !

Elle se jeta dans ses bras et se pendit à son cou. Il n'eut pas le temps de protester. Mais au moins le chemisier avait glissé en recouvrant ses seins.

— Je… je ne veux pas t'effrayer, Trace…

— M'effrayer ?

Il voulut l'écarter de lui, mais elle tint bon.

— Te faire fuir…

Elle se pelotonna contre lui.

— J'ai cru comprendre que tu n'avais pas peur de grand-chose. Ce n'est pas de t'avoir vu te battre, mais…

— Priss…

Il la prit par les épaules — c'était plus neutre — et la cambra légèrement pour la regarder.

— Où veux-tu en venir ?

Elle hésita.

— Tu me plais énormément, et…

Trace se croyait sans cœur. Il était capable de tuer de sang-froid si nécessaire. Et pourtant, à cette déclaration, il se sentit fondre.

— Je t'interdis de sourire ! protesta-t-elle en agrippant sa chemise pour tenter de le secouer. Je tiens à toi. Je ne te réclame rien. Enfin, peu de chose. Je veux juste faire l'amour avec toi. Je veux ta protection aussi. Et, si tu m'aidais à tuer Murray, ce serait…

Le sang de Trace se glaça, et son sourire s'effaça aussitôt.

— Oublie Murray !

Elle hésita à répondre, puis il lut sur son visage qu'elle se résignait.

— Dans ce cas, je me contenterai de tes caresses et de ta protection.

Elle jouait peut-être un jeu, mais bon sang il ne voyait pas du tout lequel !

— Tu n'es pas sérieuse, murmura-t-il.

— Bien sûr que si !

Elle se hissa sur la pointe des pieds.

— Jusqu'à aujourd'hui, je n'avais jamais dansé avec personne, dit-elle.

Quel était le rapport avec leur conversation ? Il secoua la tête.

— J'avoue que j'ai du mal à te suivre.

Et ça aussi, c'était une anomalie, parce que d'habitude il cernait tout de suite la personnalité des gens et devinait leurs motivations, parfois mieux que les intéressés eux-mêmes.

— C'est pourtant simple. Quand tu n'es pas scolarisé avec d'autres adolescents, tu n'as pas souvent l'occasion de danser. En fait, tu n'existes pas pour les autres.

Cette déclaration le peina immensément.

— Priss…

Elle appuya un doigt contre son torse.

— Il m'était formellement interdit de communiquer avec les garçons.

Elle recula et son regard se perdit dans le vide.

— Et aussi d'attirer l'attention, ajouta-t-elle en baissant la voix. Je devais me cacher. Devenir invisible.

Elle lui parut soudain plus petite encore et tellement seule…

— Je vivais continuellement dans la peur. Je passais mon temps à éviter les autres, parce qu'il ne fallait avoir confiance en personne. Pendant des années, nous sommes restées totalement recluses, ma mère et moi, parce que toute communication avec l'extérieur était considérée par elle comme un risque.

— Elle t'a obligée à rester enfermée ?

Priss ferma les yeux.

— Les rares fois où je sortais, tout me paraissait merveilleux.

— Quoi, par exemple ?

Il voulait tout savoir de ce qu'elle avait vécu. Même si c'était affreux à entendre.

— Dis-moi, insista-t-il.

— La brise fraîche sur ma peau…

Elle fixa sur lui un regard sombre et désolé.

— Chez nous, les portes et les fenêtres étaient toujours fermées. Je jouais seule. A l'intérieur.

Elever un enfant dans ces conditions ! Trace en eut mal pour elle.

— Mais vous sortiez tout de même quelquefois ?

Elle haussa les épaules.

— Oui, pour faire des courses. Mais toujours en silence. Dans la voiture, nous ne parlions pas, parce que maman était occupée à surveiller qu'on ne nous suivait pas. Elle ne pouvait pas choisir un boulot ordinaire, comme caissière ou serveuse, parce qu'elle se serait sentie trop exposée. Elle disait que c'était ce à quoi Murray s'attendait. C'est pour ça qu'elle a opté pour une boutique d'articles pornographiques et…

Sa voix se brisa. Il avança une main vers elle, mais elle la repoussa.

— Non, je ne te demande pas de me réconforter. Tout ça n'a plus aucune importance. Ce qui compte, c'est que Murray est en vie, libre de détruire d'autres pauvres filles.

Elle se martela la poitrine de son poing.

— Comme il m'a détruite, moi !

— Non, protesta Trace. Tu n'es pas détruite, Priss. Tu es une femme courageuse, drôle, intelligente.

— Courageuse ?

Elle eut un rire sans joie, puis reprit son air grave.

— Tu peux m'aider à l'empêcher de nuire, insista-t-elle.

Trace était bouleversé. Il ne comprenait pas ce qui lui arrivait. Un tonnerre grondait à ses oreilles, son cœur battait contre ses côtes à lui faire mal.

Il la prit par les épaules et la secoua.

— Tu ne vas pas t'en prendre à Murray, Priss… Certainement pas ! Tu vas l'éviter chaque fois que tu pourras et, quand ça ne sera pas possible, tu t'en remettras à moi.

Elle le repoussa violemment.

— Très bien…, dit-elle. Je vois qu'il n'y a pas moyen de te faire changer d'avis…

Elle prit un air boudeur.

— Dans ces conditions, je ne veux plus de ta protection.

Trace s'efforçait de retrouver un calme qui n'était déjà plus à sa portée. Pas avec elle.

— Priscilla…

Elle inspira profondément.

— Mais, pour faire l'amour, je suis toujours d'accord, reprit-elle.

Cette déclaration sans fard mit le pauvre cœur de Trace à rude épreuve.

— Oh ! Ça va… Ne fais pas cette tête ! Tu dois bien te douter que, si je n'ai jamais dansé avec un garçon, je n'ai jamais non plus… Enfin… je ne l'ai jamais fait. Mais, avec toi, je veux.

Elle n'ajouta pas « tant qu'il en est encore temps », mais les mots restèrent suspendus entre eux.

Pour la première fois de sa vie, Trace se sentait complètement déboussolé. Cette femme le rendait frénétique, lui qui était pourtant d'un naturel si calme. Avec elle, il ne se comportait plus normalement, il ne se contrôlait plus.

Elle le mettait sens dessus dessous et il n'aurait jamais pu croire que ça lui plairait autant.

Il se dirigea vers la porte, en prenant soin cette fois de ne pas l'effleurer.

— Referme bien derrière moi. Je reviendrai te voir dès que je pourrai.

— Tu te sauves ?

— J'effectue une retraite stratégique, répondit-il d'un ton sibyllin en s'arrêtant près de la porte.

Elle était encore en danger, et il ne pouvait pas partir sans la rassurer. Elle devait savoir qu'il la protégeait, même quand il n'était pas là. Il ouvrit le battant, sortit, scruta les lieux, ne remarquant rien d'anormal, puis il se tourna vers elle.

— Tu n'es pas seule, Priss. Quoi qu'il puisse m'arriver, ne l'oublie pas.

Il referma la porte pour ne plus voir son expression désespérée. Sans doute s'inquiétait-elle parce qu'il venait d'admettre qu'il pouvait lui arriver malheur.

Elle tenait donc tant à lui ?

Après tout, c'était bien possible... Lui-même se sentait pris dans ses filets.

Il fut tenté de retourner sur ses pas pour la rassurer, pour lui promettre qu'il ferait attention à lui, qu'il réussirait, qu'il ferait tomber Murray et son organisation de malfaiteurs. Mais elle allait recommencer à parler d'elle, à l'attendrir. Or il n'était pas sûr de pouvoir lui résister cette fois.

S'il voulait réussir sa mission, il devait s'en tenir à son plan.

Il attendit dans le couloir d'entendre le déclic du loquet puis, rassuré sur le fait qu'elle s'était enfermée, il descendit bruyamment l'escalier de métal qui trembla sous son pas précipité.

Murray allait être furieux lorsqu'il apprendrait qu'il avait mis ses trois sbires hors d'état de travailler pendant quelques jours mais, d'un autre côté, il ne pourrait s'empêcher d'admirer son efficacité. Il ne lui restait plus maintenant qu'à neutraliser cette folle d'Helene, tout en acculant Murray et ses hommes de manière à les cueillir tous. Et ensuite...

Ensuite, il pourrait posséder Priss.

Cette perspective allait lui donner des ailes.

La porte refermée, Priss marcha jusqu'à la fenêtre pour regarder au-dehors. Elle suivit des yeux la voiture de Trace qui s'éloignait, se sentant de plus en plus furieuse, contrariée, abandonnée.

Quand elle ne la vit plus, elle laissa retomber le rideau et quitta son poste d'observation. Trace était parti... Elle pressa ses paumes contre ses paupières, mais ne put éviter que surgisse de nouveau le visage hanté de sa mère, son visage déformé par cette peur qui l'avait rendue folle.

Bien sûr, Trace était entraîné mais, entraîné ou pas, il ne pourrait pas toujours éviter une balle, ni une attaque en traître. Or Murray était capable de tout. Elle fut soudain assaillie d'images de gangsters, tous plus effrayants les uns que les autres. Elle tenta de les repousser, mais pas moyen. Ils restaient là et s'agitaient en Technicolor pour torturer et maltraiter Trace.

Elle n'avait pas peur pour elle. Elle avait peur pour lui.

Il était parti seul affronter le danger, sans même Jackson pour le couvrir. Jackson, qui restait tapi quelque part à proximité, soi-disant pour la protéger. Elle songea à aller au-devant de lui pour le supplier de rejoindre Trace.

Mais elle ignorait où il se cachait, elle n'était d'ailleurs pas même sûre de le reconnaître si elle le voyait. Elle savait seulement qu'il était blond, description qui pouvait correspondre au tiers des ivrognes qui entraient et sortaient du bar.

Comme elle ne pouvait rien faire, elle se laissa tomber sur le canapé où elle s'allongea, un avant-bras sur les yeux, pour rêver à Trace, à leur dernier baiser échangé, à ses caresses.

Ç'avait été un moment si intense, si intime… Plus intense et plus intime que tout ce qu'elle avait connu.

Elle n'aurait jamais soupçonné qu'on puisse désirer quelqu'un à ce point. Trace avait changé quelque chose en elle. Il avait imprimé sa marque dans son cerveau, réveillé sa libido endormie.

Et, à présent, elle voulait tout essayer. Avec lui.

Elle ne supporterait pas de le perdre.

Tout en priant pour qu'il revienne, elle se promit de trouver un moyen d'atteindre Murray, avec ou sans son aide.

— Où avez-vous eu cet œil au beurre noir ?

Trace referma doucement la porte du bureau derrière lui et avança jusqu'à l'immense fenêtre. De lourds nuages s'amoncelaient dans le ciel, annonçant l'orage. La nuit était plus noire que de coutume. Un temps qui répondait parfaitement à son humeur.

Il contempla Murray, qui l'observait depuis son fauteuil. Une vague de haine enfla son cœur, mais il parvint à conserver une expression neutre.

— Trois hommes ont débarqué chez Priscilla au moment où nous arrivions.

Murray haussa un sourcil étonné. Puis il se reprit très vite, dissimulant sa surprise.

— Trois hommes ? Et vous vous en êtes tiré juste avec un œil poché ?

Trace secoua la tête.

— Non. L'œil poché, c'est à Priscilla que je le dois.

Murray se redressa vivement sur sa chaise.

— Sans blague ?

— Oh ! Ce n'est rien, juste un petit désagrément…

Il ne voulait pas changer de conversation. Il entendait régler le problème des hommes de main de Murray une fois pour toutes. Pas question de perdre du temps à disserter sur le penchant pour la violence de Priss.

— Ce n'est rien, répéta-t-il. Pour en revenir…

Murray l'arrêta d'un geste de la main.

— Vous lui avez rendu le coup ?

Le salaud…

— Non, répondit Trace sèchement.

— Et pourquoi ça ?

— Parce qu'elle est votre fille.

Murray plissa les yeux d'un air suspicieux, le contemplant fixement, puis il déclara :

— Je veux bien croire que c'est une de vos raisons.

— Elle est petite et menue. J'aurais peur de l'amocher, même avec une simple claque.

— Je vois que vous savez vous contrôler, approuva alors Murray. Et que vous êtes capable de vous imposer sans faire de dégâts. Mais sachez tout de même qu'une petite claque de temps en temps n'a jamais fait de mal à une femme. Bien au contraire, ça ne peut que l'inciter à se tenir tranquille.

Cette fois, Trace ne parvint pas à conserver son attitude faussement détachée.

— Vos trois clowns ne m'ont même pas égratigné, dit-il en s'avançant vers le bureau, mais vous allez devoir leur accorder quelques jours de congé.

Murray serra les dents, visiblement irrité.

— Dois-je comprendre que vous ne les avez pas tués ? demanda-t-il.

— Je n'allais pas tuer vos hommes...

Il attendit que Murray nie ou confirme avoir envoyé des hommes chez Priss.

— Pourquoi les avoir envoyés ? s'enquit-il comme rien ne venait. Vous voulez perdre des employés ou quoi ?

— Vous les avez abîmés à ce point ? demanda posément Murray.

— Quelques fractures, des contusions... Je les ai empilés dans leur voiture et je pense qu'ils ont filé tout droit se faire soigner.

Murray s'adossa à son fauteuil et croisa les jambes. Il parut d'abord abasourdi, puis la colère prit le dessus. Il frappa son bureau du plat de ses deux mains, en poussant un juron.

— Vous ne les avez pas tués, mais ça ne vous est pas venu à l'idée de me parler avant de les esquinter ?

Le voyant perdre son sang-froid, Trace retrouva le sien. Il adorait voir Murray en difficulté.

— Je vous en parle maintenant, rétorqua-t-il tranquillement. Je n'étais pas certain que ça venait bien de vous et j'ai dû réagir vite ; je n'avais pas le temps de vous appeler. Si vous voulez que je vous raconte tout en détail, je peux, mais ça n'a pas grand intérêt.

Il haussa les épaules.

— De plus, j'ai eu l'impression que vous cherchiez à me tester, que vous vouliez voir de quoi j'étais capable...

Murray devint écarlate.

— C'est le cas, reconnut-il. Je vous testais.

— Eh bien, voilà qui est fait. Je n'ai eu aucune difficulté à me débarrasser de ces trois lavettes.

Murray fulmina en silence durant quelques longues minutes. Trace espérait presque que ce salaud lui saute dessus, pour avoir le plaisir de mettre fin à cette maudite mascarade.

Mais Murray ne l'attaqua pas. Il se renversa sur le dossier de sa chaise et éclata de rire.

— Si j'avais su...

Il était célèbre pour ces brusques changements d'humeur qui le rendaient imprévisible et d'autant plus dangereux.

— Mes trois hommes n'ont rien pu faire contre vous, mais Priscilla a réussi à vous en mettre un ?

Trace effleura son œil du bout des doigts. Il ne pouvait pas lui raconter que Priss l'avait agressé quand elle s'était réveillée chez Dare.

— J'ai eu un mot malheureux. Elle n'a pas apprécié.

— On dirait.

— Elle m'a lancé un livre à la figure.

— C'est une dure à cuire, déclara Murray avec un grand sourire.

— Apparemment.

— Ça me plaît ! s'exclama-t-il en appuyant sur le bouton de l'Interphone. Alice, faites venir Helene, je vous prie. J'ai quelque chose à lui montrer.

Trace jura mentalement. Décidément, tout allait mal ! Il n'avait pas besoin de cette cinglée d'Helene dans les pattes.

Une minute plus tard, Helene entra dans la pièce avec le pas décidé d'un soldat en mission. Elle posa sur Trace un regard glacial, mais avec une lueur si étrange qu'il se demanda s'il lui arrivait de tester elle-même ses produits. Possible… Ça aurait expliqué pas mal de choses.

Sa jupe étroite moulait ses cuisses fermes et ses hauts talons mettaient en valeur ses magnifiques jambes. Sous son chemisier, on devinait aisément l'aréole de ses tétons durcis.

Elle était sexuellement excitée ? Mais par quoi ?

— Approche, mon cœur, lui dit Murray. J'ai quelque chose à te montrer…

Helene rejeta en arrière ses longs cheveux, tout en calant l'une de ses pulpeuses hanches contre le bureau.

— Que vous est-il arrivé ? demanda-t-elle à Trace.

— Tu vas adorer, répondit Murray en ricanant. C'est l'œuvre de Priscilla. Priscilla l'a agressé !

— Il ne s'agissait pas vraiment d'une agression, expliqua Trace, conscient du regard attentif d'Helene. Je dirais plutôt qu'elle est sortie de ses gonds.

Murray posa sa grosse paluche sur la cuisse d'Helene et se pencha vers elle avec des airs de conspirateur.

— Elle lui a lancé un livre à la figure, dit-il en reprenant avec une évidente jubilation la formule de Trace.

Comme un serpent qui se prépare à frapper, Hell parut s'enrouler sur elle-même, concentrée sur la méchanceté qu'elle s'apprêtait à lancer. Elle sortit même une langue pointue, pour humecter ses lèvres.

— Je pourrais l'obliger à obéir, murmura-t-elle, haletante de désir.

Trace eut une bouffée de dégoût.

Mais l'offre parut convenir à Murray, qui fixa sa maîtresse avec un intérêt nouveau et non dissimulé.

— C'est d'accord, dit-il.

Helene eut un sourire ravi, comme une enfant qui vient de recevoir à Noël le cadeau de ses rêves.

— Tu es sérieux ? demanda-t-elle.

Elle se laissa glisser du bureau et courut vers lui pour l'embrasser.

— Je sais exactement quoi faire avec elle et…

— Du calme, dit Murray en posant un doigt sur sa bouche pour la faire taire.

Puis il regarda du côté de Trace et rit.

— Elle est passionnée par son travail…

Trace serra les dents. Il ne trouvait pas les mots pour exprimer ce qu'il ressentait.

— Tiens, tiens, lança Murray en repoussant Helene pour se lever. Que se passe-t-il Trace ? La perspective qu'Helene s'approche de votre petite protégée n'a pas l'air de vous plaire.

Helene fit volte-face pour dévisager fixement Trace, puis demanda :

— Qu'est-ce que ça peut vous faire que je m'occupe d'elle ? Elle n'est rien. Rien du tout.

— Elle est tout de même ma fille, lui rappela Murray. Et c'est pour ça que Trace prend tant de précautions avec elle. N'est-ce pas, Trace ?

Trace répondit par un vague haussement d'épaules.

Helene ne parut qu'à moitié convaincue par l'explication de Murray et continua à observer Trace d'un air méfiant.

— Mais pour vous elle n'est rien, lança-t-elle d'un ton persifleur.

— Je suis chargé de sa protection, rétorqua-t-il posément.

Helene fit un pas vers lui. Ses yeux brillaient. Il sentait son haleine douce et sucrée.

— Mais vous n'avez pas à vous investir personnellement, insista-t-elle.

Conscient de l'intérêt que Murray portait à cet échange, Trace saisit Helene par le bras pour la pousser hors de son champ de vision.

— Vous n'avez pas bien compris, monsieur, dit-il en s'adressant à Murray. Peu m'importe le sort que vous réservez à Priscilla. Si je fais cette tête, c'est que j'ai du mal à supporter cette femme.

Puis il se tourna vers Helene.

— C'est plus fort que moi, tout votre personnage me dégoûte.

— Salaud ! lâcha-t-elle en ouvrant sa main pour lui envoyer une gifle.

Il eut juste le temps d'intercepter son poignet avant qu'elle ne l'atteigne au visage. Puis, sans s'inquiéter de la présence de Murray, il la fit asseoir, sans la moindre délicatesse, en lui broyant le poignet.

— Ne vous avisez plus de tenter de me gifler, fit-il entre ses dents. C'est compris ? Vous risqueriez de le regretter.

Elle luttait pour retrouver son souffle, mais elle était aussi excitée que furieuse.

Quelle tarée, vraiment !

Trace s'écarta d'elle et se tourna vers Murray, prêt à se justifier si nécessaire. Mais Murray arborait son énigmatique sourire de chat du Cheshire.

— Trace a raison, déclara-t-il en s'adressant à Helene.

Il se leva et alla prendre son manteau suspendu à une patère de bois sculpté.

— Et tu auras droit à une punition pour ce geste inconsidéré, conclut-il.

Trace ne put s'empêcher de se sentir un peu coupable tout en se reprochant d'avoir pitié d'elle. Mais, en lui jetant un regard à la dérobée, il put constater que l'idée d'être punie n'avait fait qu'augmenter son excitation. Elle avait les joues rouges et les paupières lourdes de désir.

— Nous partons ? demanda Trace à Murray.

Il avait hâte de sortir de la pièce et de respirer de l'air frais.

— Oui, nous partons, lui répondit Murray.

Avant de sortir, il alla se planter devant Helene.

— Quant à toi...

Elle s'adossa à sa chaise, en frétillant de peur et d'excitation.

— Oui ?

Murray referma sa main sur son visage.

— Je pense que tu devrais rendre visite à Priscilla. Prends avec toi une de tes drogues, une qui incite les gens à dire la vérité. Fais-lui cracher ce qu'elle a dans le ventre. A propos de Trace, de sa vie sexuelle, de moi. Ne l'abîme pas, mais n'hésite pas à t'amuser un peu.

Trace en resta figé, paralysé d'appréhension. Ses jambes pesaient tout à coup une tonne, son cœur cessa presque de battre. Il fut tenté de tuer Murray sur-le-champ, ainsi que sa perverse maîtresse, avant qu'ils ne touchent Priss. De toute évidence, Murray n'avait pas confiance en lui — il n'avait confiance en personne —, il ne cesserait jamais de se méfier. Il n'en tirerait rien.

Helene poussa un petit cri de collégienne excitée. Elle se leva de son fauteuil en bondissant et se jeta dans les bras de Murray pour le remercier d'un long baiser passionné.

Trace glissa sa main dans sa poche. Ses tympans résonnaient des battements effrénés de son cœur. S'il pouvait utiliser discrètement son téléphone pour envoyer un message codé à Jackson, l'avertir que Priss était en danger...

Mais il n'en eut pas le temps, Murray repoussa Helene et marcha vers lui.

— Allons-y, lui dit-il en lui donnant une grande tape affectueuse dans le dos. Vous conduirez. Je n'ai pas envie de convoquer un chauffeur.

Trouve un moyen de gagner du temps, Trace...

— Vous ne prenez personne d'autre que moi ? demanda-t-il.

— Personne d'autre que vous, répondit Murray en lui jetant un regard en coin. Vous vous sentez à la hauteur ?

— Du moment qu'il ne s'agit pas d'affronter une armée, oui.

— Je m'en doutais. Je n'ai pas envie d'inquiéter mes interlocuteurs en arrivant avec plusieurs voitures et je veux aussi montrer à ce petit enfoiré que je n'ai pas besoin d'une armée pour le démolir…

— Très bien.

C'était un choix risqué qui misait sur le fait que son acheteur viendrait avec peu d'hommes, Trace en avait conscience, et Murray aussi probablement. Mais tout le monde savait que Murray n'était pas un lâche mais plutôt une ordure qui ne reculait devant rien. C'était un pervers ; la violence le nourrissait, il aimait ça, il aimait le danger, il ne cherchait pas à l'éviter.

Ils quittèrent tous les trois le bureau. Dans le couloir, Helene les dépassa. Elle filait vers son laboratoire, sans doute, pressée maintenant d'aller chercher ce dont elle avait besoin pour accomplir sa mission. Au passage, elle envoya un baiser à Murray et lança un regard de triomphe à Trace.

Murray lui avait demandé de ne pas abîmer Priss, mais il lui avait donné le droit de s'amuser…

Helene s'apprêtait à la droguer, à la faire parler, à la violer sans doute aussi. Elle allait la démolir. Priss avait peut-être de la ressource, mais elle ne ferait pas le poids contre cette furie.

Il y avait Jackson, bien sûr, qui veillait en ce moment et en qui on pouvait avoir confiance. Jackson avait la photo d'Helene et il la reconnaîtrait s'il la voyait arriver. Mais deux précautions valant mieux qu'une, il fallait tout de même le prévenir.

Pendant que Murray fantasmait sans doute sur ce qui allait se passer entre les deux femmes, Trace calculait le temps qu'il avait devant lui.

Ils étaient encore dans le garage quand Helene arriva. Elle grimpa dans sa belle BMW décapotable. Depuis le siège du passager de son propre véhicule, Murray l'observa avec un sourire indulgent, tout en se frottant la cuisse.

Trace mit le moteur en route.

— Vous n'aurez peut-être plus de fille quand Helene en aura terminé avec Priss, lâcha-t-il.

— Non, elle ne dépassera pas certaines limites, croyez-moi,

répondit Murray. Helene est une femme vraiment spéciale. Dommage qu'elle soit si instable…

Trace se demanda ce qu'il entendait par là…

La voiture d'Helene quitta le garage avant eux, dans un crissement de pneus.

Trace guettait l'occasion de prévenir Jackson, mais dut patienter encore. Ils étaient presque arrivés sur le lieu du rendez-vous, quand Murray reçut enfin un coup de fil qui lui laissa le temps d'effectuer la manœuvre. Il envoya le code et son téléphone vibra en réponse.

Murray ne s'aperçut de rien.

Trace, en revanche, ne perdit rien de sa conversation : on allait bientôt lui livrer des femmes. Une douzaine environ. Jeunes. Américaines. Elles auraient entre seize et trente ans et arriveraient déjà soumises et terrorisées.

Du côté de Priss, au moins, le problème du moment était réglé. Trace savait qu'il pouvait se reposer en cela sur Jackson. Mais cette livraison le préoccupait. Il devait s'arranger pour découvrir le lieu de l'échange. Une fois les femmes vendues et dispersées, il deviendrait impossible de les retrouver.

Mais, pour ce soir encore, il allait devoir jouer son rôle. S'il décevait Murray, il était foutu et il entraînerait probablement tout le monde dans sa perte — Priss, Dare, Jackson, ces femmes qui avaient besoin d'être secourues.

Ils roulaient à présent dans un quartier de la ville totalement désert où traînaient les sans-abri et les drogués. Murray le fit stopper devant un vieux bâtiment en briques délabré dont une partie avait été une agence pour l'emploi. La clôture qui l'entourait était en partie défoncée, mais les vitres opaques, les barres de fer sur la porte d'entrée et les caméras de sécurité montraient que l'endroit était utilisé à d'autres fins et surveillé.

— Espèce de con ! grommela Murray en lançant son téléphone sur le tableau de bord.

— Un problème ? demanda Trace.

— J'ai perdu une partie de ma livraison.

Un étau se referma sur le cœur de Trace.

— Comment ça ?

Murray rumina quelques secondes d'un air sombre, reprit son téléphone et le rangea dans sa poche, puis il ouvrit sa portière.

— Un crétin a oublié de mettre la ventilation dans une caravane. Et l'une des filles est morte étouffée. Je vais devoir augmenter le prix des autres, pour ne pas perdre de l'argent. Mon client ne va pas apprécier. Et ce sera à vous de gérer ça.

— Pas de problème.

Oui, il allait mettre ce client au pas. Et avec plaisir, encore ! En attendant de s'occuper de Murray, avec un plaisir encore plus grand.

13

Assis contre un mur, Jackson patientait. En dépit de son air vague, il était présent et prêt à réagir. Il portait son chapeau de cow-boy bas sur le front, il avait croisé ses bottines — de cow-boy aussi — et il sirotait depuis près d'une heure une bouteille de bière dont la fonction principale était de parfaire son personnage d'alcoolique.

Certains s'ennuyaient quand ils étaient en poste de surveillance. Pas lui. Au contraire. Il adorait. Il avait découvert très tôt qu'il était fait pour ce boulot, protéger les faibles et casser la gueule aux ordures.

En marge de la loi.

Surtout en marge de la loi.

Il était fier de travailler avec Dare et Trace, fier de penser qu'ils bénéficiaient pour leur action d'appuis à faire pâlir d'envie le président des Etats-Unis — sénateurs, hommes d'affaires, diplomates. Peut-être même connaissaient-ils le président lui-même…

Et ces appuis leur permettaient d'agir là où les forces de l'ordre ne pouvaient opérer. Ils avançaient à la frontière de l'honneur, mais à la frontière seulement, et toujours pour un noble but : ils œuvraient pour le bien.

Il s'émerveillait parfois encore que Dare et Trace l'aient accepté dans leur équipe. La vie réserve parfois de bonnes surprises…

Il sourit et fit mine de boire une gorgée de bière.

Tandis qu'il réfléchissait, une petite femme, légèrement vêtue, s'approcha de lui en tentant d'attirer son attention. Il lui adressa un clin d'œil, comme l'aurait fait un poivrot lubrique, mais en vérité elle n'était pas du tout son genre et, même si elle l'avait été, il était en mission.

— Une autre fois, mon cœur, lui dit-il d'une voix pâteuse.

Elle fit la moue, tandis qu'il détournait le regard pour scruter les alentours. Il eut alors brusquement la sensation que quelque chose clochait... L'atmosphère lui paraissait différente, dérangée, chargée...

L'instinct pouvait jouer des tours, mais Jackson écoutait toujours le sien.

— Scusez-moi, fit-il à la jeune femme en ramassant son sac.

Il se redressa en s'aidant ostensiblement du mur et avança de quelques pas en titubant, pour observer l'appartement de Priss sous un autre angle.

Apparemment, rien d'anormal, mais il s'était fixé pour règle de ne jamais se fier aux apparences.

Il s'appuya à une barrière, vida sa bière et la lança en direction d'une poubelle.

Qu'il manqua. Volontairement.

Puis il fixa la fenêtre éclairée du meublé minable dans lequel se cachait Priscilla Patterson. Il avait soigneusement étudié son dossier. Il savait aussi qu'elle était bien roulée, avec de gros seins. Et un passé bizarre...

Ce que le dossier ne mentionnait pas, en revanche, c'était que Trace en pinçait pour elle.

Le fait de penser à Trace le déconcentra un peu, puisqu'il pensa immédiatement à Alani, par association d'idées. Alani, qui ne cessait de l'envoyer paître. Certes, elle venait de vivre une expérience pour le moins traumatisante, mais elle avait du ressort, elle était une battante, pas une fleur délicate, comme le croyait son grand frère.

Alani avait du mal à le supporter... Dommage, parce qu'il avait la très nette impression qu'ils se seraient très bien entendus au lit. Il se sentait capable de lui faire oublier tout ce qu'elle avait traversé.

Il se déplaça de nouveau, toujours en titubant, afin d'observer l'autre fenêtre de l'appartement. Personne ne prêtait attention à lui, mais il n'en lâchait pas pour autant son personnage de poivrot. Il alla jusqu'à s'emmêler les pieds et se rattrapa de justesse avant de tomber face contre terre sur le gravier.

Deux femmes gloussèrent en le regardant. L'une était mignonne, l'autre une vieille peau qui s'accrochait désespérément aux restes de sa beauté d'antan. Il leur sourit.

Alani, elle, n'aurait jamais eu l'idée de louer un pareil bouge. Elle avait de la classe. C'était une jeune femme raffinée. Les hommes remarquaient ses longs cheveux blonds et ses yeux marron doré. Elle avait aussi un corps parfait et un sourire à réveiller le sexe le plus paresseux. Bref… elle lui plaisait. Dès qu'il pensait à elle, il avait envie d'elle.

Elle venait d'avoir vingt-trois ans. Elle était jeune et fraîche.

Fraîche mais mûre.

Grâce à l'argent et aux relations de Trace, elle n'avait eu aucun mal à monter sa propre affaire, qu'elle menait rondement, et toute seule, il fallait lui reconnaître ça.

Soudain les petits cheveux de sa nuque se dressèrent et un frisson secoua sa colonne vertébrale. Oui… il se préparait quelque chose… Il fut aussitôt aux aguets, tous les sens en éveil.

Il entendit crisser des pneus au moment précis où le téléphone sonna dans sa poche. Il le prit, lut le code que lui envoyait Trace et laissa immédiatement tomber le personnage du poivrot.

Tout en se dirigeant vers le bâtiment qui abritait l'appartement de Priscilla, il vérifia du regard que personne ne l'avait remarqué. Puis, une fois dans l'ombre, à l'abri des passants, il enleva son chapeau et enfila un bas noir sur sa tête — comme ça, même si les hommes de Murray le voyaient, ils ne pourraient mémoriser son visage.

Il reposa son chapeau par-dessus le bas et jeta un coup d'œil en direction du parking.

Helene Schumer en personne venait de s'y garer dans une luxueuse BMW. Il vit d'abord ses superbes jambes, puis elle s'extirpa tout entière de la voiture, avec ses longs cheveux et son air de pimbêche. Elle prit la direction de l'appartement d'un pas décidé, mais s'arrêta net après quelques mètres et se retourna vers sa voiture, se souvenant brusquement sans doute qu'elle n'avait pas rabattu le toit ouvrant. Elle dut penser qu'elle risquait de se faire voler sa BM dans ce quartier mal famé et fit demi-tour.

L'occasion que Jackson attendait.

Il piqua un sprint impressionnant en direction de l'escalier de Priss, poussé par l'urgence et soutenu par l'entraînement. Il arriverait chez elle avant Helene. Il ne restait plus qu'à espérer qu'elle ne ferait pas de difficultés pour le suivre.

Priss renversa la tête en arrière pour laisser l'eau ruisseler sur son corps, tout en prenant garde de ne pas mouiller ses cheveux et gâcher son Brushing. L'eau chaude la calmait un peu, mais elle se sentait encore sur les nerfs. A cause de Trace.

Elle ferma en soupirant le robinet d'eau et entendit alors distinctement un bruit discret mais tout à fait inhabituel.

Son cœur s'affola dans sa poitrine. Il y avait quelqu'un avec elle, ici, dans la salle de bains!

A travers l'opaque rideau de la douche, elle n'y voyait rien. Aussi tendit-elle l'oreille. Le bruit ne se reproduisit pas, mais le silence ne fit que décupler son angoisse.

Doucement, pour que l'intrus ne se doute pas qu'il était repéré, elle attrapa le flacon de shampoing et le serra fermement. Puis elle se prépara à agir, retenant son souffle, et ouvrit le rideau d'un coup.

Devant elle se tenait un homme grand et musclé, portant un bas en guise de masque. Des yeux verts luisaient à travers le fin tissu, qui la balayèrent entièrement, avec une lueur d'appréciation.

Ravalant sa terreur, elle pressa le flacon en direction de ce regard inquisiteur. Tandis que l'homme réagissait en battant des paupières, mais sans un cri, sans un son, avec un calme inquiétant, elle se servit du flacon pour le frapper à la tempe et au menton.

Elle élevait la main pour viser cette fois le nez quand il se pencha vers elle et la chargea sur son épaule, toujours sans un mot, posant les mains sur ses fesses mouillées.

Elle se mit à hurler, mais il la déposa sur le sol en la plaquant contre un mur, si violemment qu'elle en eut le souffle coupé et que son cri s'étrangla dans sa gorge. Une main se colla prestement à sa bouche pour la faire taire.

Ils étaient pratiquement nez à nez et il tentait apparemment de lui dire quelque chose, mais elle n'entendait rien, elle ne songeait qu'à lutter, à se défendre. Elle parvint à lui envoyer un coup de genou bien placé.

Une ombre passa dans le regard de l'homme, puis il murmura d'une voix faible :

— Je suis Jackson…

Seigneur !

— Mais pourquoi êtes-vous entré ? demanda-t-elle, tout bas, elle aussi.

— Vous avez de la visite, répondit-il entre ses dents, avec une grimace de douleur.

Et elle qui venait d'agresser son protecteur et de l'affaiblir ! Quelle idiote ! Elle tenta de le repousser pour atteindre le bouton de porte et aller se chercher des vêtements à côté, mais Jackson avait déjà suffisamment récupéré pour s'y opposer en la retenant.

Il lui lança une serviette.

— Pas le temps, murmura-t-il d'une voix à peine audible.

— Mais…

Elle n'allait quand même pas sortir toute nue !

Il ne répondit pas et lui désigna la fenêtre placée en hauteur.

— Par la fenêtre. Tout de suite.

Par la fenêtre ? Enroulée dans une simple serviette ?

Elle se figea de peur et d'indignation, mais Jackson, après s'être essuyé le coin des yeux avec la serviette, se pencha pour lui offrir ses mains en guise de marchepied.

— Désolé, ma belle. Pas le temps de jouer les pudiques. Nous devons sortir tout de suite, sinon je serai obligé de tuer la personne qui s'apprête à entrer, ce qui vous placerait, Trace et vous, dans une très mauvaise posture vis-à-vis de Murray.

— Ça va, ça va, j'ai compris…

Elle n'avait pas le choix, c'était évident, tout comme l'était le fait qu'elle ne passerait pas enveloppée dans la serviette. Elle l'ôta et la lança par la fenêtre, puis elle s'agrippa au rebord et posa un pied sur les mains de Jackson.

A présent, son ventre — et le reste — se trouvait exactement à hauteur du visage de son sauveur.

Elle en était brûlante de honte. Et le fut plus encore quand elle se pencha en avant — les fesses bien exposées — le temps de se hisser à travers la fenêtre et de passer ses jambes dans l'ouverture. Après avoir vérifié qu'il n'y avait personne d'autre pour assister à sa disgrâce, elle se prépara à sauter.

A ce moment-là, la porte d'entrée s'ouvrit en grinçant.

Elle se laissa tomber, aussi silencieusement que possible, sur le palier métallique. Puis elle fit un pas de côté et ramassa la serviette pour s'enrouler dedans — tout en se demandant si c'était bien utile, au point où elle en était.

Jackson ne tarda pas à la rejoindre et elle ne put s'empêcher de remarquer qu'il se glissait à travers la mince ouverture avec plus d'aisance et de rapidité qu'elle, en dépit de sa grande taille.

— Je vais vous suspendre au-dessus du sol, pour vous faire gagner quelques mètres, mais ensuite il faudra sauter, dit-il.

Elle acquiesça et aussitôt il la souleva et, la tenant par le bras, la suspendit au-dessus du vide, par-dessus la rambarde, comme si elle ne pesait rien.

La serviette se détacha et tomba en tourbillonnant, comme un oiseau blessé, laissant une fois de plus Priss nue comme un ver…

Suspendue à une rambarde d'escalier extérieur…

Avec ce grand dadais penché sur elle !

— Vous êtes prête ? lui demanda-t-il d'un ton imperturbable.

C'était vraiment une situation impossible.

— Lâchez-moi, bon sang !

Elle tomba lourdement, atterrissant d'abord sur les pieds, puis sur les genoux, puis sur ses fesses nues.

Elle était encore accroupie, à essayer de déterminer si elle était ou non blessée, quand Jackson la rejoignit. Il retira son T-shirt et le lui fourra dans les bras, tout en levant la tête pour surveiller la fenêtre de la salle de bains.

Elle suivit son regard et put constater qu'il avait eu la bonne idée et aussi l'habileté de la refermer en sautant.

Elle enfila le T-shirt et tira dessus pour se couvrir les cuisses le plus possible. Il sentait bon, une odeur tiède et masculine. Mais ce n'était pas celle de Trace, alors peu lui importait. Elle était tellement humiliée qu'elle se demanda si elle s'en remettrait jamais.

— Par ici, lui dit-il en la saisissant par le coude.

Il l'obligea à se lever et l'entraîna en direction de l'arrière du bâtiment puis, prenant conscience que le sol était jonché de débris tranchants — verre, canettes rouillées et autres objets non identifiés — et qu'elle était pieds nus, il poussa un cri d'alarme.

Puis il se tourna vers elle avec un regard interrogateur. Elle comprit et fit non de la tête en reculant.

— Désolé, murmura-t-il en la chargeant sur son dos.

Il rejoignit sa voiture au pas de course, ce qui eut pour effet de secouer ses seins, lesquels battaient contre l'épaule qui la portait à chaque pas. Une grosse main la maintenait au niveau des cuisses, une autre juste au-dessus des fesses.

Quand il la déposa enfin sur le siège arrière d'un véhicule garé dans l'ombre, elle fut si soulagée qu'elle crut qu'elle allait se mettre à pleurer. Mais elle ne pleura pas et tira de nouveau sur ce maudit T-shirt.

Une seconde plus tard, Jackson était derrière le volant et démarrait lentement, sans mettre les feux, en surveillant le rétroviseur et l'étroite rue devant lui.

— Attachez votre ceinture !

Elle n'arrivait plus à réfléchir, osait à peine respirer, ne cessant de penser que cet homme venait de la voir nue, sous toutes les coutures, tout ça parce que quelqu'un était entré dans son appartement avec l'intention de… L'intention de quoi, ils n'en savaient rien.

Elle boucla sa ceinture sans un mot, tandis que Jackson enlevait son chapeau ridicule et le bas noir qui lui recouvrait le visage et lâchait le tout sur le siège près de lui.

— Qui était-ce ? demanda-t-elle.

Elle sentit qu'il regardait dans sa direction, mais n'osa pas affronter son regard. Pas encore. Recroquevillée sur le siège arrière, les genoux à hauteur de la poitrine, le menton sur les genoux, les bras refermés sur elle, elle fixait un point droit devant elle à travers le pare-brise.

— Helene, la maîtresse de Murray, dit-il.

— Mais comment a-t-elle pu entrer ? La porte était fermée.

— Vous plaisantez ? Cette femme aurait pu rivaliser avec Houdini ! Quand elle veut entrer quelque part, elle entre, avec ou sans invitation.

Priss enfouit son visage dans ses mains en songeant à ce à quoi elle avait échappé. Elle avait une petite idée du traitement que lui aurait réservé cette femme.

— Vous allez vous mettre à pleurer ? demanda Jackson d'un ton intrigué.

— Non, répondit-elle en secouant la tête. Non, je ne vais pas pleurer.

— Alors qu'est-ce qui ne va pas ?

— Vous le faites exprès ou quoi ?

— Oh ! C'est parce que votre pudeur a souffert, c'est ça ?

Il ne paraissait pas compatir le moins du monde.

— Ecoutez..., reprit-il. Il n'y a pas de quoi en faire une histoire. Votre minou n'est pas le premier que je vois.

Elle eut le souffle coupé de tant de crudité et le frappa à l'épaule.

— Hé ! protesta-t-il en lui saisissant le poignet pour repousser sa main. J'essayais simplement de vous consoler.

— De me consoler !

Il n'était pas sérieux ? Ou alors il était complètement stupide !

— Vous êtes un véritable goujat ! Un homme des cavernes !

— Pas du tout.

Désarçonné par son sans-gêne, elle le contempla d'un air incrédule. C'était un bel homme mais un parfait crétin de toute évidence. Il avait des cheveux blonds, un peu plus foncés et plus ébouriffés que ceux de Trace, des yeux verts au regard perçant, une mâchoire carrée, et...

Elle jeta un coup d'œil du côté de son torse nu.

Il était bien bâti.

— Où est-ce qu'ils vous ont dégoté ? demanda-t-elle d'un ton méprisant.

Dans une grotte, probablement.

Il lui jeta un regard en coin.

— Qui ça, *ils* ?

— Trace et Dare.

Jackson fronça les sourcils et frotta l'un de ses yeux rouges et gonflés.

— C'est top secret, grommela-t-il.

C'est top secret, articula-t-elle en silence, en se moquant de lui.

Il se figea sous l'affront.

— Vous avez tenté de m'aveugler, vous avez attaqué d'un coup de genou l'endroit le plus sensible de mon individu, vous m'avez frappé. Et maintenant vous cherchez à me ridiculiser ?

Il osait se plaindre, en plus !

— Vous êtes entré dans ma salle de bains pendant que je prenais ma douche et vous m'avez vue nue !

— Ouais…

Il eut un petit sourire en coin et acquiesça.

— Ouais, j'ai fait ça.

Il alluma les feux de la voiture et accéléra.

— Désolé, ajouta-t-il d'un ton peu convaincu. Mon intention n'était pas de jouer les voyeurs. Je vous ai reluquée, mais sans m'en rendre compte.

Il l'avait *reluquée* ? Elle songea qu'elle aurait dû le tuer. L'ennui, c'était qu'elle avait besoin de lui pour la protéger.

Il eut un geste vague de la main.

— Quand un homme a une femme nue sous le nez, il regarde, c'est une sorte de réflexe, rien de plus.

Elle fit un effort pour passer outre. Molly n'avait pas menti. Ce Jackson était presque trop beau. Mais la jeune femme avait oublié de lui dire qu'il était grossier et bête.

— Où allons-nous ? demanda-t-elle.

— Chez moi.

Il posa sa main sur sa braguette et fit la grimace.

— J'ai besoin de glaçons.

Priss avait hâte de se couvrir un peu plus.

— Vous n'auriez pas une veste, par hasard ? demanda-t-elle en cherchant du regard dans la voiture.

— Par cette chaleur ? Pour quoi faire ?

Il secoua la tête, mais lui offrit son chapeau d'un geste théâtral.

— Si vous pensez que ça vous serait utile…

Elle le prit et le posa sur ses genoux.

— Rassurez-moi… Nous n'allons pas dans un hôtel, au moins ?

— Non.

Il lui jeta un coup d'œil, en s'attardant une seconde de trop sur ses seins.

— J'habite au-dessus d'un bar.

Priss s'adossa à la banquette en gémissant. De mieux en mieux…

— Où avez-vous appris à vous battre ?

Mais il enchaîna sans lui laisser le temps de répondre :

— Est-ce que Trace sait que vous avez un penchant pour la violence ?

Elle haussa les épaules pour lui dissimuler sa gêne.

— Je pense que oui. Il me doit un œil poché.

— Le salaud, lança Jackson. Il aurait pu m'avertir !

— Comment je vais faire pour monter jusque chez vous dans cette tenue ?

— Vous voulez que je vous porte ?

Elle se dressa, comme pour le frapper de nouveau, mais il protesta.

— Je vous en prie, ma petite, soyez raisonnable. Si on ne peut plus plaisanter…

— Ma petite ?

Décidément, ce n'était peut-être pas une si mauvaise idée de le tuer.

— Vous n'allez pas me sortir un couplet féministe, j'espère, dit-il posément. Vous avez quel âge ? Vingt-deux ?

— Vingt-quatre.

— Vous pesez combien ? Quarante-cinq kilos ?

— Plus que ça.

— On ne dirait pas.

De nouveau, elle plongea en avant dans l'intention de le frapper, mais il éclata de rire, ce qui fit fondre sa colère. Elle se contenta de lui marteler l'épaule et il ne parut même pas le sentir.

— Pas la peine de vous énerver, chérie ! Peu importe combien vous pesez et mesurez exactement, vous devez admettre que vous avez l'air d'une gamine.

— Je ne suis pas une gamine.

— Vous êtes donc une femme ?

Il lui lança un regard égrillard qui la mit terriblement mal à l'aise.

Elle répondit cependant :

— Après ce que vous avez vu, vous ne devriez pas avoir besoin de poser la question.

Parce qu'il avait *tout* vu. Et sous tous les angles. *Seigneur !*

Elle se couvrit le visage de ses mains.

— Ouais, c'est vrai. Vous êtes une femme. J'ai pu le constater de près.

— Taisez-vous !

Il bifurqua dans une petite rue.

— Je vous raccompagnerai chez vous ce soir. Plus tard. Je suppose que Trace passera vous voir.

— Vous croyez ?

Trace lui avait dit le contraire.

— J'en suis certain.

Il haussa un sourcil et eut de nouveau un petit sourire en coin.

— J'ai hâte de lui dire que je vous ai sortie de la douche. Il va être furax !

— Vous aimez bien le taquiner ?

— Oui.

Il engagea la voiture dans le parking d'un bar, mais roula jusqu'au fond.

— Ça me rappelle mon appartement, fit-elle.

— Sans doute. Mais moi je suis un mec. Tandis que vous… Vous non. Vous n'avez rien à faire dans des endroits pareils.

Il gara la voiture et sortit pour lui ouvrir la portière, comme un vrai gentleman.

— Suivez-moi…

Elle lui montra plusieurs couples qui déambulaient dans la rue.

— Devant tout ce monde ?

— Ce sont des alcoolos et des putes. Ne vous inquiétez pas pour eux.

— Qu'est-ce que vous en savez, si ce sont des putes ?

Il leva les yeux au ciel et la prit par le bras pour la tirer hors de la voiture.

— La plupart d'entre elles m'ont abordé, d'une manière plutôt agressive, sans même me connaître. Et certaines sont mariées. Alors, oui, pour moi, ce sont des putes.

Priss lui retira son bras.

— Et comment appelez-vous les hommes qui font la même chose ?

— De noms qui écorcheraient vos jolies petites oreilles, rétorqua-t-il en la poussant devant lui. A présent, venez.

Ils durent passer devant plusieurs personnes et Priss fit de son mieux pour ne pas croiser leur regard. Une femme arrêta même de hurler sur l'homme qui l'accompagnait pour regarder Jackson et ricaner, les mains sur les hanches.

— Je croyais que ta religion t'interdisait le sexe ! lui cria-t-elle, suffisamment fort pour que tout le parking entende.

Il la salua de son chapeau.

— Eh oui, mais tu vois, celle-ci a réussi à me convertir.

Priss eut envie de l'étrangler. Elle lui prit le chapeau et le plaça devant ses seins, puis derrière, au niveau de ses fesses, quand ils eurent dépassé les badauds.

— Je ne suis pas certain qu'il soit assez grand, ma jolie.

— Vous…

Elle ne trouvait même plus les mots pour exprimer ce qu'elle pensait de lui.

— Je voulais juste dire que vous étiez nantie d'agréables courbes…

Jackson la fit passer devant lui.

— Et si je vous servais de cape ?

Elle songea qu'il avait déjà tout vu, et qu'elle n'avait donc aucune raison de repousser son offre. Mais elle se garda bien de le remercier.

Il s'arrêta devant une porte qu'il déverrouilla, puis entra et alluma les lumières. Avant de la faire entrer à son tour, il vérifia d'un coup d'œil circulaire que tout était normal.

— Asseyez-vous, dit-il en refermant soigneusement derrière elle. Je vais vous chercher des vêtements.

Cette fois, elle le remercia. En le regardant s'éloigner, elle remarqua ses longues enjambées, ses larges épaules, ses hanches étroites, ses cheveux un peu trop longs, un peu trop méchés par le soleil, un peu trop ébouriffés, un peu trop sensuels…

Est-ce que la sœur de Trace était attirée par lui ? Sans doute que oui.

Il revint bientôt avec une chemise de flanelle, une couverture et un short en coton.

— Ce n'est pas de la haute couture, mais ça vous couvrira tout de même un peu mieux. Et n'oubliez pas de boutonner la braguette du short.

Priss lui prit les vêtements des mains et, comme il ne bougeait pas, elle le poussa.

— Eloignez-vous, dit-elle.

— Oui, m'dame, répondit-il d'un ton amusé en lui adressant un petit salut militaire.

Puis il se dirigea vers le coin cuisine.

— Je vous offre quelque chose à boire ou à manger ?

Il posa la question d'un ton tout naturel, comme s'il recevait une invitée. Il était encore plus désinvolte que Trace et plus insolent que lui.

Elle soupira.

— Les deux.

Manger les occuperait un moment ; c'était déjà cela.

— C'est comme si c'était fait !

Priss enfila d'abord le short, qu'elle dut rouler au niveau de la taille.

— Qu'est-ce que c'est que ce déguisement de cow-boy ?

demanda-t-elle. J'avais entendu dire que vous étiez plutôt du genre surf.

— C'est ma couverture, dit-il en lui jetant un coup d'œil par-dessus son épaule.

Comme elle poussait un cri de protestation, il leva la main pour s'excuser.

— Désolé. C'est… euh… c'est difficile de ne pas regarder.

— Vous êtes un voyeur !

— Pas du tout. J'apprécie les femmes, voilà tout.

— C'est complètement nul, comme réponse.

— Mais c'est sincère. Je possède d'ailleurs une collection de photos d'art qui vous le prouveraient.

— Vous voulez dire des posters pornos de femmes nues ? ironisa Priss.

— Pas du tout. J'ai bien dit des photos d'art.

Il lui tournait le dos, mais ses oreilles remuèrent, signe qu'il souriait.

— Mais ce sont bien en effet des nus.

— Je m'en doutais.

Elle enfila la chemise dont elle enroula les pans autour d'elle. Elle n'avait pas froid, mais elle avait la chair de poule. C'était nerveux, sans doute. Elle venait juste d'échapper… elle ne savait pas exactement à quoi. A cette Helene qui lui avait paru si maléfique quand elle l'avait vue dans le bureau de Murray, en tout cas.

— A ce propos, je dois vous dire qu'une photo de vous sortant nue de la douche n'aurait pas déparé ma collection.

— Si c'est une photo que vous voulez, vous n'avez qu'à la demander à Trace. Il en a une sur son portable, à laquelle il semble beaucoup tenir.

— Sans blague ? demanda Jackson en se tournant machinalement vers elle.

Il le pouvait à présent, elle était décemment vêtue.

— Alors comme ça, vous jouez les cow-boys ?

Il ne répondit pas et retourna vers le réfrigérateur.

— Qui vous a dit que j'avais l'allure d'un surfeur ? demanda-t-il d'un ton vaguement agacé.

— C'est Molly.

— Oh ! Molly est une chouette fille…

Elle contempla ses épaules bronzées et le profond sillon qui marquait son dos, le long de sa colonne vertébrale.

— Reconnaissez au moins que vous êtes bronzé comme un surfeur, dit-elle perfidement.

— Je suis à peine bronzé. J'ai surtout la peau mate.

— Vous n'êtes donc pas un adepte de la bronzette ?

— Je n'ai pas dit ça.

Il se racla la gorge, puis enchaîna :

— Vous connaissez Alani ?

— Non, mais je sais qu'il y a un truc entre vous deux.

— Quoi ?

Il fit volte-face, si brusquement qu'il faillit lâcher le sachet de charcuterie découpée qu'il tenait à la main.

— D'où tenez-vous ça ?

Elle s'installa sur le canapé et s'enroula dans la couverture, notant au passage qu'il s'était mis à pleuvoir. Elle songea que, s'il avait plu quelques minutes plus tôt, elle aurait peut-être échappé au public qui avait assisté à son arrivée. Mais elle serait à présent trempée et grelottante…

— Arrêtez de rêvasser et répondez-moi !

— Pardon…

Elle se détourna de la fenêtre.

— J'étais en voiture avec Trace et j'ai entendu ce qu'il vous a dit au téléphone. Ça m'a paru assez clair.

— Eh bien, vous vous êtes trompée, parce qu'il n'y a rien entre nous. Je l'aime bien, même si elle a un sale caractère, mais rien de plus.

— Rien de plus ?

Jackson fit mine de ne pas avoir entendu et continua à empiler sur le comptoir les denrées qu'il sortait du réfrigérateur.

— Je lui pardonne son sale caractère parce qu'elle a des raisons d'être perturbée, murmura-t-il tout bas, comme pour lui-même.

— Et quelles sont ces raisons ?

— N'importe quel homme normalement constitué serait

attiré par elle, poursuivit-il sans tenir compte de sa question. Je n'ai jamais vu une femme aussi sexy.

Il secoua la tête.

— Mais il n'y a rien entre nous.

Il prit un air dédaigneux.

— Vous êtes vraiment une gamine !

— Et vous, vous avez un vocabulaire bien limité.

— J'ai encore mal là où vous m'avez frappé avec votre genou. Ça dérange mon cerveau.

— Votre cerveau est placé drôlement bas, dites-moi !

Il se figea, puis éclata de rire et agita dans sa direction un sachet de pain.

— Bien répondu ! Je tâcherai de me souvenir que vous avez la repartie facile et un humour incisif.

— Si vous aimez l'humour incisif, vous devriez rencontrer Chris.

— Je l'ai déjà rencontré, et il me plaît beaucoup.

Il plongea de nouveau la tête dans le réfrigérateur et en sortit cette fois du fromage.

— Il est très drôle, conclut-il.

— Qu'est-ce que vous avez l'intention de faire avec tout ça ? demanda-t-elle.

Il avait aligné devant lui de la charcuterie, deux fromages, un assortiment de condiments, des pickles, une laitue et la moitié d'une tomate.

— Je suis bourré de talents cachés, mon chou, dit-il en la saluant. Je nous prépare à dîner. Je ne sais pas vous, mais moi, ce genre d'émotion me donne faim, en général.

Priss marqua un temps de réflexion, puis se leva du canapé.

— J'ai faim aussi. On s'en est sortis de justesse, pas vrai ?

— Oui. Et je dois dire que vous vous en remettez très bien.

Elle donnait cette impression parce qu'elle ne voulait pas s'épancher avec lui mais, à l'intérieur, elle en tremblait encore.

— Vous vous attendiez à quoi ? A ce que je pleure ?

— Ah non !

Il ouvrit grand sa bouche et y lança un petit bout de fromage.

— Les femmes qui pleurent, ça me hérisse.

Elle leva les yeux au ciel et s'adossa au comptoir.

— Et pourquoi ça ?

— Parce que je suis un macho, sans doute. Et, à propos de machos, je voulais vous dire... Nous l'avons échappé belle, et de justesse, mais je n'aurais laissé personne vous faire du mal.

Elle le crut sans problème.

— Je suppose que c'est vrai. Que vous n'auriez pas hésité à faire ce qu'il fallait.

— Exactement.

— Et c'est pour ça, sans doute, que vous travaillez avec Dare et Trace.

Elle lui prit le pain des mains.

— Plus j'en apprends sur votre groupe d'élite...

Un groupe qui pouvait sauver, mais aussi tuer, selon les nécessités.

— Et plus il me plaît.

— Tant mieux, répondit Jackson en prenant un couteau pour découper la tomate en tranches. Confidence pour confidence, vous me plaisez aussi. Vous pourriez presque en faire partie, vous aussi, de ce groupe d'élite.

14

Trace et Murray contournèrent le bâtiment pour entrer par l'un des côtés. A l'intérieur, il faisait sombre, froid, humide. Trace fut immédiatement assailli par des odeurs de moisi, de poussière et… de peur.

— Ce n'est pas ici que l'on reçoit les demandeurs d'emploi, je suppose, dit-il d'un ton impavide.

Murray ricana.

— Non, pas vraiment. Tout le monde croit cette partie du bâtiment condamnée. Personne n'y entre.

— Je comprends aisément pourquoi.

L'endroit ressemblait à une usine désaffectée. Ils traversèrent une succession de couloirs étroits, sales et sombres, dont les murs de briques s'écaillaient, avant d'entrer dans une pièce où une grosse machine délabrée trônait sur un monceau de pièces métalliques aux formes alambiquées.

La plupart des suspensions du plafond étaient sans ampoules et les courants d'air qui passaient par les carreaux brisés faisaient danser des ombres désolées sur le sol de béton.

Trace s'arrêta pour tendre l'oreille.

— Je n'aime pas ça, maugréa Murray en jetant un coup d'œil circulaire à l'endroit. J'aurais peut-être dû venir avec plusieurs hommes.

— Je n'ai besoin de personne, croyez-moi, affirma Trace.

— Vous êtes bigrement sûr de vous… Ça me plaît.

— Restez là, lui ordonna Trace, tout en avançant de quelques pas, attentif au moindre bruit, au moindre mouvement.

Murray n'avait pas l'habitude de recevoir des ordres, mais il ne protesta pas.

— Vous flairez un piège ? demanda-t-il seulement.

— Je n'apprécie pas beaucoup le lieu, c'est tout. C'est mal éclairé et il y a trop de sorties.

— Vous avez votre arme sur vous ?

— Je ne suis pas complètement stupide…

Trace continua à arpenter la pièce à grands pas, sur ses gardes.

— Vous ne craignez pas un traquenard ? insista Murray d'un ton irrité.

— Je ne crains rien.

Murray le déconcentrait avec toutes ces questions.

— Ne bougez pas…

Il entendit un déclic et se retourna. Murray venait de sortir son revolver et le pointait dans sa direction.

Mais il ne se sentit pas menacé. Murray n'avait aucune raison de lui tirer dessus. Du moins pour l'instant.

Il continua donc à inspecter la pièce. Il sentait une présence. Il finit par repérer une silhouette cachée derrière un rayonnage. Une seule. Un homme.

Un seul homme ? Pas de problème !

— Sortez de là, lui dit-il. Je vous ai vu et je n'ai pas le temps de jouer à cache-cache.

Un géant au crâne rasé, armé jusqu'aux dents, émergea lentement.

— Je ne suis pas là pour jouer, fit l'homme. Mais pour assurer la sécurité de cette rencontre.

— Où est votre patron ? demanda Trace.

— M. Belford attend mon feu vert pour se montrer. Il a l'impression que le fait de vouloir négocier le prix le met en danger.

— Le prix fixé n'est plus négociable. Il devrait le savoir.

— Pouvez-vous me garantir qu'il ne risque rien ?

Les lèvres de Trace s'étirèrent en un lent sourire.

— Non.

L'homme marqua un temps de surprise, puis sa main chercha son arme. Mais Trace ne lui laissa pas le temps de s'en servir. En un seul mouvement fluide et continu, il tira son couteau de son étui et le lança, visant l'épaule. L'homme hurla et lâcha son arme. La seconde d'après, Trace était derrière lui et passait un bras autour de sa gorge, vrillant le couteau dans la chair.

— Où est votre patron ?

Comme l'homme hésitait à répondre, Trace vrilla un peu plus.

— D'accord, d'accord... Il se trouve dans une autre pièce.

Trace songea que le patron en question était une poule mouillée, mais que sa peur était justifiée.

— Elle est où, cette pièce ?

— A l'extrémité du couloir sud. C'est la quatrième.

Dans cette pénombre, et avec cette longue succession de pièces si petites, Belford avait largement le temps de filer par une fenêtre avant qu'il ne le trouve. Le jardin étant un dédale, ça deviendrait ensuite un jeu d'enfant de leur échapper.

— Vous étiez censé le prévenir comment ?

Les téléphones portables ne fonctionnaient sûrement pas dans cette forteresse de briques et de béton.

— Avec mon talkie-walkie.

Trace jeta un regard interrogateur à Murray, qui avait rangé son arme et suivait la scène d'un œil attentif, les bras croisés.

— Qu'il appelle son patron, dit-il.

Trace acquiesça et pressa son bras contre la gorge de l'homme.

— Tu as entendu ? Tu vas contacter ton patron et lui dire que tout va bien. Débrouille-toi pour qu'il vienne jusqu'ici. Prends ton engin. Lentement.

L'homme décrocha l'appareil de sa ceinture et l'alluma.

— Tout va bien, patron, dit-il.

« Tout est réglé ? » fit la voix de Belford à travers les crachotements de l'appareil.

— Oui, oui, répondit l'homme avec un peu trop d'empressement. Tout est réglé. Tout va bien.

— Ils sont d'accord sur le prix ?

— Dis-lui qu'on veut en discuter avec lui, lui murmura Trace à l'oreille.

Accepter trop vite aurait paru louche.

L'homme dut donc parlementer encore quelques minutes avant que son patron accepte de se déplacer.

— C'est l'heure du dodo, maintenant, chuchota Trace, lui tordant le bras jusqu'à ce que ses jambes se dérobent sous lui et qu'il s'évanouisse de douleur.

Il était lourd. Trace le lâcha sans se préoccuper de la manière dont il atterrissait sur le sol. Il n'oublia pas de récupérer son couteau, qu'il sortit aussi aisément que s'il avait été planté dans du beurre, faisant jaillir le sang de la blessure.

Il essuya ensuite la lame ensanglantée sur la chemise de l'homme, puis lui ligota les pieds et les mains avec des menottes de Nylon, avant de traîner son corps dans un coin, pour que Belford ne le voie pas en entrant.

— Beau travail, dit Murray.

Trace se redressa et jeta un coup d'œil du côté du couloir sud.

— Il risque de perdre tout son sang…

— Ça vous préoccupe ? s'enquit Trace. Pas moi.

— Pas du tout, répondit Murray en crachant sur le corps. Bon débarras !

Il balaya la pièce du regard et fit entendre un son écœuré.

— Quand je pense que ce salaud enferme la marchandise dans ce trou à rats.

Trace ne put dissimuler sa surprise. Murray venait de lui communiquer une information capitale et ce n'était pas son habitude. Mais le plus étonnant était sa réflexion. Elle semblait sous-entendre qu'il se préoccupait de la manière dont on traitait les femmes qu'il vendait.

A les imaginer, effrayées, maltraitées, cloîtrées dans cette pièce froide et sans lumière, Trace ressentit une bouffée de haine et de dégoût. Sa sœur aussi avait vécu ça… Il serra les poings, si fort qu'il fit craquer ses articulations.

Le sol de béton était glacé, les murs craquelés couverts de toiles d'araignées. Les carreaux des fenêtres étaient noircis de saleté et de fumée, quand ils n'étaient pas brisés.

— Bah, c'est une prison comme une autre, dit-il pourtant d'une voix égale.

— Peut-être… Mais à quoi est-ce que ça sert que je lui livre de la marchandise de qualité s'il l'abîme dans des endroits pareils ? Franchement, il n'a pas le sens des affaires.

— Sans compter que c'est facile de s'enfuir de cette pièce, fit-il pour abonder dans son sens.

— Il ne garde pas les femmes dans cette pièce, il n'est pas débile à ce point-là. Il les fait enfermer dans les caves. Et croyez-moi, à côté, le rez-de-chaussée est un palace !

Encore une information. Décidément, Murray se lâchait.

— Vous avez déjà visité les caves ?

Murray haussa les épaules.

— J'ai moi-même utilisé les lieux, autrefois. Mais depuis j'ai un peu raffiné mes méthodes.

Trace fut traversé d'une intuition affreuse. Est-ce que la mère de Priss avait été enfermée là ? Il se promit de vérifier la date à laquelle l'usine avait été fermée.

— Le voilà, dit-il soudain à Murray en montrant le couloir du menton.

— Je ne vois personne…

— Vous n'allez pas tarder à le voir.

Quelques secondes plus tard, une ombre apparut en effet, qui se transforma bientôt en homme.

Trace vint se placer devant Murray.

— Monsieur Belford ?

— Oui.

Belford scruta la pièce d'un regard perçant.

— Où est Dugo ?

Dugo était probablement le garde du corps qui gisait sans connaissance dans un coin de la pièce. Trace avança de quelques pas.

— Ne vous inquiétez pas de lui, dit-il en saisissant le bras de Belford. Je suis sûr que vous comprendrez que nous prenions nos précautions.

Belford tenta de battre en retraite.

— Que voulez-vous dire ?

— Je dois vous fouiller, répondit Trace sans le lâcher. Histoire de m'assurer que vous n'êtes pas armé.

— Oh ! fit l'autre en jetant un regard en coin du côté de Murray. Je comprends, oui, bien sûr.

Trace le palpa consciencieusement, mais Belford n'avait rien d'autre que sa mallette, son portable et le talkie-walkie destiné à lui permettre de communiquer avec Dugo.

Trace les lui enleva, plus pour l'impressionner qu'autre chose.

— Approchez, Belford, dit alors Murray avec un grand sourire, quand Trace eut terminé.

L'homme paraissait de plus en plus nerveux et obéit sans protester. Il fit un pas en avant et aperçut le corps de son garde, qui saignait dans un coin.

— Seigneur ! s'exclama-t-il. Vous l'avez tué !

— Il est vivant, lui assura Trace. Vous avez d'autres hommes dans le bâtiment ?

— Non, non, protesta Belford en secouant la tête. Personne d'autre.

— J'espère pour vous que vous me dites la vérité, parce que si je découvre par moi-même…

— Pas de femmes dans la cave ? coupa Murray.

Belford secoua de nouveau la tête.

— Non… C'est… Je l'ai préparée pour la cargaison que vous devez me livrer. Enfin… si vous êtes toujours d'accord pour conclure l'affaire…

— Je suis toujours d'accord. Au prix convenu au départ.

— Mais je croyais que…

Belford jeta un regard craintif du côté de Dugo.

— Oui, au prix de départ.

Dugo remua à ce moment-là et une lueur d'espoir passa dans les yeux de Belford.

— Ne rêvez pas, il ne risque pas de vous venir en aide, le prévint Trace.

— D'accord, d'accord, grommela Belford en se passant une main dans les cheveux, puis sur la gorge. Eh bien, à présent, si tout est réglé…

Trace vit briller les yeux de Murray et, comme il commençait à bien le connaître, il comprit que rien n'était réglé.

Mais il n'éprouvait aucune pitié pour Belford, qui ne valait pas mieux que l'autre.

Il alla se placer derrière lui et attendit un signal. Belford, qui avait compris le manège, voulut s'enfuir, mais il l'arrêta d'un coup de poing.

Belford s'effondra.

— Vous voulez que j'aille jusqu'où ? demanda Trace sans quitter Belford du regard.

— Quand il faudra vous arrêter, je vous le dirai.

Trace attrapa alors Belford par le revers de sa chemise pour le remettre debout, faisant sauter plusieurs boutons au cours de la manœuvre. Puis il se mit à le tabasser en se servant de ses poings, de ses pieds, de ses coudes, de ses genoux. A chaque coup, il se disait que ce salaud s'apprêtait à acheter des femmes. Le tour de Murray viendrait plus tard. Pour le moment, il devait se contenter de se défouler sur ses partenaires.

Pendant ce temps, Murray parlait à Belford, pour le provoquer et se moquer de lui, glissant au passage des commentaires sur l'affaire qu'ils étaient en train de conclure.

Trace enregistra chaque mot, soigneusement, tout en continuant à frapper comme une machine.

Cinq minutes plus tard, il n'était même pas essoufflé, mais Belford avait perdu quelques dents et souffrait d'une fracture. Murray leva la main pour lui demander d'arrêter le carnage.

Trace recula d'un pas et lâcha l'homme, qui se laissa tomber à terre, à peine conscient, en tenant à deux mains sa tête ensanglantée.

— Comprenez qu'il ne s'agissait là que d'une leçon destinée à vous inculquer le sens de l'honneur, lui dit Murray en s'avançant. Nous avions conclu un marché. Et, quand un marché est conclu, on ne négocie plus les prix.

Belford parvint à acquiescer faiblement en signe d'assentiment.

— Je vois que vous avez compris, c'est bien…

Il donna une grande tape amicale dans le dos de Trace.

— Bon travail !

Trace remua ses doigts pour les délier. Il avait la nausée. Il songea à Priss, à ses reparties moqueuses, à son odeur, à son attitude pleine de défi.

Plus que jamais, il avait besoin d'elle.

— Nous en avons terminé ? demanda-t-il.

— Pas tout à fait, répondit Murray en montrant Dugo. Tuez-le.

Trace sortit son arme et mit Dugo en joue.

Murray posa sa main sur son poignet.

— J'ai changé d'avis. Belford va avoir besoin de lui pour rentrer.

Trace laissa retomber sa main.

— C'était encore un test ? demanda-t-il d'un ton mauvais.

Murray éclata de rire.

— Un test que vous avez passé brillamment, comme toujours !

Il poussa Belford de la pointe de sa chaussure bien cirée.

— Vous allez m'acheter ces femmes au prix convenu. C'est une bonne affaire, croyez-moi.

Belford émit un grognement qui signifiait probablement qu'il était d'accord.

Murray alla s'accroupir auprès de lui.

— Il y a un petit hic, cependant… J'ai perdu une femme, mais ça ne change rien au prix du lot. Ça compensera le fait que j'aie été obligé de me déplacer pour m'expliquer. Vous voyez ce que je veux dire ?

De nouveau, Belford s'empressa d'acquiescer.

— Parfait. Ne cherchez plus à abuser de ma patience. Le jour de la livraison, venez avec la somme convenue. Ce petit différend ne sera bientôt plus qu'un mauvais souvenir.

Il se redressa et prit la direction de la sortie.

Trace le suivit à reculons. Les deux hommes étaient à terre et hors d'état de nuire, mais il préférait ne pas prendre de risque.

Une fois dehors, Murray s'étira.

— C'était très intéressant de vous regarder vous battre, Trace. Ça vous fait combien d'adversaires à terre aujourd'hui ?

— Quatre, répondit Trace en ouvrant à Murray la portière de la voiture. Et je ne compte pas Belford.

La remarque fit rire Murray. Sur le chemin du retour, il engagea la conversation, tranquillement, comme s'il ne s'était rien passé, ce que Trace interpréta comme une preuve supplémentaire de sa perversité.

Il avait vraiment hâte de l'éliminer.

La pluie tombait dru ; une brume s'élevait de l'asphalte chauffé par le soleil de la journée. Trace escorta Murray jusqu'à son bureau. Ils passèrent devant une armée de gardiens de nuit qui les saluèrent comme si Trace, lui aussi, avait été leur supérieur.

Bande de crétins malfaisants ! La plupart d'entre eux savaient l'ignoble trafic qu'ils couvraient, et pour quelle ordure ils travaillaient, mais ils s'arrangeaient pour ne rien voir et ne rien entendre. Comme c'était commode !

— Vous êtes meilleur que tous ces minables réunis, murmura Murray, comme pour lui-même.

Trace était de son avis, mais il se garda bien d'acquiescer. Il n'avait pas envie que l'on retrouve tout le personnel de nuit assassiné le lendemain.

— Ils font ce qu'on attend d'eux, dit-il d'un ton conciliant.

— C'est vrai, convint Murray.

En entrant dans son bureau, il fila droit vers le bar.

— Un verre ? proposa-t-il.

— Non merci.

Il n'allait certainement pas se brouiller l'esprit et les sens avec de l'alcool. De plus, il se méfiait de Murray, qui était parfaitement capable de glisser une des sales potions d'Helene dans son verre.

Murray s'installa dans son fauteuil.

— Pour la protection dont j'ai besoin dans le cadre de mes affaires, vous êtes sans conteste le meilleur, dit-il d'un ton rêveur.

Trace lui jeta un regard méfiant et attendit la suite. Est-ce que Murray allait lui proposer une promotion ou bien cherchait-il seulement à l'embobiner ?

— Vous avez encore besoin de moi ce soir ? demanda-t-il.

Murray le dévisagea un long moment, puis il secoua la tête et éclata de rire.

— Non. Vous êtes libre de partir.

— Vous en êtes certain ?

Il était déçu. Murray avait paru sur le point de lui dire quelque chose. Il espéra qu'il ne venait pas de rater une information capitale.

— Allez dormir. Vous êtes sûrement épuisé par votre journée.

— Non, pas du tout.

Murray inclina la tête de côté avec un petit air indulgent et amusé.

— Non, vous n'avez pas l'intention de dormir, ou non, vous n'êtes pas fatigué ?

Trace haussa les épaules.

— Les deux.

Il consulta sa montre.

— Vous pensez qu'Helene en a terminé avec Priscilla ? demanda-t-il.

— J'en doute, répondit Murray en se renversant dans son large fauteuil pour poser ses pieds sur son bureau, son verre de whisky à la main. Oubliez Priscilla pour ce soir. C'est Helene qui s'en occupe.

— C'est parfait.

Heureusement, Jackson veillait…

— Dans ce cas, je vais dîner. Et ensuite je sortirai peut-être en boîte.

— Vous manquez un peu de distractions, c'est ça ?

Trace prit le temps de réfléchir avant de répondre :

— Après une bonne bagarre, j'aime bien le repos du guerrier.

— Si on peut appeler ça une bagarre ! Vous êtes tellement rapide et efficace que votre adversaire n'a pas le temps de réagir.

— Vous le regrettez ?

Murray secoua la tête.

— Pas du tout. Il ne s'agissait pas d'un reproche. Mais je comprends parfaitement que vous ayez besoin de décharger l'adrénaline que vous avez emmagasinée. Restez tout de même joignable, au cas où.

— Je suis toujours joignable.

— Trace ?

Trace avait déjà la main sur la poignée de la porte. Il s'arrêta net.

— J'ai décidé d'avancer la date de mon déjeuner avec Priscilla. J'ai hâte de constater par moi-même la transformation que vous m'avez décrite.

Trace se tourna lentement vers lui.

— Très bien, dit-il seulement.

— Je dois reconnaître que je suis également curieux de constater sur elle les effets de l'intervention d'Helene, ajouta Murray en le dévisageant, comme s'il guettait sa réaction. Vous pensez qu'elle sera folle de rage ou bien soumise ?

Trace soutint son regard.

— Difficile à dire, répondit-il.

— Oui, les femmes sont si différentes les unes des autres, fit Murray d'un air songeur. Leur unique point commun, c'est leur faiblesse.

Trace demeura silencieux.

— Vous nous accompagnerez, comme convenu. Vous serez là en tant que garde du corps. On ne sait jamais. Les choses pourraient mal tourner.

— Pas de problème. Je vais faire changer les réservations au restaurant.

— Non, je verrai ça moi-même avec Alice, dit Murray en souriant. Et je vous tiens au courant.

C'était une manière de le congédier. Trace comprit et sortit.

Il fila droit à son hôtel.

Il avait hâte de prendre une douche, puis d'aller retrouver Priss pour la prendre dans ses bras.

Si le destin le lui permettait, il la posséderait ce soir.

Helene attendait Trace depuis un long moment quand elle le vit arriver dans le parking de son hôtel. Son cœur se mit immédiatement à battre la chamade. Après avoir trouvé l'appartement de Priss vide, elle avait décidé de ne pas perdre sa nuit.

En dépit de la pluie, elle distinguait clairement ce qui se passait sur le parking. Trace, toujours prudent, jetait des regards méfiants autour de lui. Mais il ne l'avait pas vue, elle en était sûre.

Il descendit de sa voiture, remonta le col de sa veste et — indifférent aux trombes d'eau — il sortit son téléphone pour passer un appel.

Quand il entra dans le hall, elle alla se cacher à demi derrière une plante artificielle.

Elle avait espéré qu'il arriverait avec Priscilla et elle avait apporté avec elle plusieurs doses de son nouveau produit. Elle tenait à leur faire comprendre de quoi elle était capable.

Malheureusement, Trace était seul. Et toujours absorbé par sa conversation téléphonique.

Elle se demanda si c'était avec Murray qu'il parlait. Elle en douta. Elle n'entendait pas distinctement ce qu'il disait, mais il n'employait pas le ton plein de déférence qu'il réservait à son patron. Il paraissait au contraire très décontracté, presque souriant. Elle en déduisit qu'il s'adressait à un ami.

Elle le détailla. De la tête aux pieds. Ces cheveux blonds, ces larges épaules, ces cuisses musclées…

Elle en frissonnait d'anticipation !

Finalement, elle ne perdait pas au change. Elle s'amuserait beaucoup plus avec Trace qu'avec Priss. Elle se voyait déjà penchée au-dessus de son corps sans défense. Et lui totalement soumis à sa volonté.

Trace s'arrêta brusquement d'avancer, comme s'il avait soudain senti le poids de son regard. Puis lentement, très lentement, il pivota vers elle.

Leurs yeux se rencontrèrent. Et ne se quittèrent pas.

Une lueur étrange et inquiétante animait les yeux noisette de Trace. Helene sentit son ventre se nouer, son sexe couler.

Elle avait eu envie de lui la première fois qu'elle l'avait vu, mais il l'avait toujours traitée avec mépris. Ce soir, il ferait ce qu'elle voudrait. Il n'aurait pas le choix.

Il baissa la main qui tenait le téléphone.

— Helene ? dit-il. Qu'est-ce que vous faites là ? Où est Priscilla ?

Elle se dirigea vers lui d'un pas léger, consciente de ses seins qui durcissaient.

— J'allais justement vous poser la question, dit-elle.

— Mais c'est vous qui deviez passer la soirée avec elle.

Il fronça ses sourcils bruns, beaucoup plus foncés que ses cheveux, mais sa voix resta neutre.

— Vous n'en avez pas déjà terminé avec elle ? poursuivit-il d'un ton dégagé. Qu'est-ce qui se passe ?

Il n'avait pas l'air de s'inquiéter du sort de Priss. Elle eut pourtant le sentiment qu'il savait qu'elle n'avait pas trouvé cette petite pimbêche chez elle.

— Je ne l'ai même pas vue, dit-elle. Son appartement était vide.

— Où est-elle ?

Elle haussa les sourcils et caressa du bout de l'ongle le torse de Trace.

— Je pensais que c'était vous qui l'aviez mise à l'abri...

Il lui saisit le poignet et repoussa violemment sa main.

— Ne dites pas n'importe quoi. J'étais avec Murray, que je viens de quitter.

— Ah ! Alors, dans ce cas, où peut-elle bien être ?

— Aucune idée, mais je sais par contre où je vais aller.

Il rangea son téléphone dans sa poche, lui tourna le dos et s'éloigna à grands pas.

Elle lui courut après.

— Vous allez au lit ? susurra-t-elle. Ça me va très bien.

— Allez vous faire foutre ! lança-t-il sans même ralentir. Ailleurs que dans mon lit, je précise.

Elle songea qu'il ne fallait pas le sous-estimer, lui non plus. Il était malin et prudent, et sans doute encore plus cruel que Murray lui-même. Elle était subjuguée par toutes ces qualités, et aussi par son corps magnifique. Il le lui fallait.

Mais elle se tint pour l'instant à distance, hors de portée de ses mains si rapides.

— Fichez le camp, Helene, dit-il sans la regarder.

— Je me suis déplacée jusqu'ici pour vous rencontrer, rétorqua-t-elle. Pas question que je m'en aille.

Il lui lança un regard aigu par-dessus son épaule.

— Comment saviez-vous où me trouver ?

— Murray n'a pas de secrets pour moi.

Il ne put s'empêcher de rire.

— Si vous le dites !

Pendant qu'il fouillait dans son portefeuille pour en sortir la carte magnétique qui ouvrait sa porte, elle tira de sa poche deux seringues hypodermiques.

Avec un type aussi méfiant, deux seringues ne seraient pas de trop.

Elle ôta le capuchon qui protégeait les aiguilles, puis glissa une seringue dans son dos et la coinça dans sa ceinture, tandis qu'elle gardait l'autre à la main, bien visible.

Durant toute la manœuvre, il ne lui jeta pas un regard et ne lui prêta aucune attention.

— Vous n'allez pas pouvoir m'ignorer encore longtemps, lança-t-elle en allongeant le bras vers lui pour viser son épaule.

Il réagit trop vite pour qu'elle ait le temps de parer. Une main la saisit à la gorge, l'autre se referma sur son bras. Elle se retrouva plaquée contre le mur.

Son pouls s'accéléra.

Tout en la regardant droit dans les yeux, il lui tordit le bras pour lui faire lâcher la seringue.

— Vous n'êtes qu'une malade, éructa-t-il en écrasant la seringue sous le talon de sa botte. Vous aviez l'intention de me droguer ?

— Oui, murmura-t-elle en fixant sa bouche.

Elle s'humecta les lèvres et s'abandonna contre lui.

— J'ai conçu un petit élixir tout spécialement pour vous.

Une expression de dégoût se peignit sur le visage de Trace et il s'écarta d'elle.

— Quel élixir ?

Elle se massa les doigts pour rétablir la circulation dans son bras et mit ses deux mains derrière son dos, une pose en apparence innocente et qui n'éveilla pas la méfiance de Trace.

— Murray m'avait demandé un mélange aphrodisiaque destiné à rendre les femmes plus coopératives.

— Je vois. Une femme droguée ne discute pas.

— En effet. Sauf que Murray les veut droguées mais actives. Enthousiastes. C'est un défi intéressant, vous ne trouvez pas ?

— Je trouve surtout que vous vous vantez, répondit-il en plissant les yeux. Un tel produit n'existe pas.

— Bien sûr que si, il existe.

Elle n'avait pas l'habitude de se vanter, mais cette fois elle se lâcha.

— Le sérum qui est dans cette seringue vous aurait fait bouillir le sang et le corps, croyez-moi ! Parce qu'en plus j'ai découvert, tout à fait par hasard, qu'il marchait encore mieux sur les hommes que sur les femmes.

Elle vint se frotter à lui.

— Une dose et vous auriez tellement envie de moi que vous me supplieriez de vous soulager. On pourrait entrer dans votre chambre et l'essayer, qu'est-ce que vous en dites ?

— Pas question.

Elle ne fut pas mécontente qu'il refuse. Ça donnait du piquant à l'affaire. Elle aimait être chassée et dominée. Mais elle aimait aussi chasser et dominer.

— Je vous veux, Trace.

— Je suis désolé, Hell, mais ce désir n'est pas réciproque. Ne vous approchez pas de moi.

Il lui tourna le dos et ouvrit sa porte.

C'était l'occasion rêvée. Elle prit la seringue qu'elle avait glissée dans sa ceinture et, d'un geste large et plein d'élan, la lui planta dans les muscles du dos.

Trace eut le réflexe de la repousser, ce qui l'envoya au sol. Sa joue la brûlait et elle avait un goût de sang dans la bouche, mais cela l'excita encore plus.

Il ne l'avait pas encore compris, mais il était trop tard pour lui ! Il la fixait d'un air outré et furieux.

— Qu'est-ce que vous avez fait ?

— J'ai scellé ton destin, répondit-elle en ricanant.

Il arracha l'aiguille et contempla la seringue jusqu'à ce qu'elle lui glisse des mains. Puis, d'une voix déjà pâteuse, il répéta :

— Qu'est-ce que vous avez fait, merde ?

Helene se releva lentement, puis elle lissa posément sa jupe et rajusta son chemisier.

Elle se massa la mâchoire et fit la grimace. Elle n'était pas cassée, mais elle allait avoir une ecchymose et probablement la lèvre enflée. Il faudrait justifier ça devant Murray. Et Trace allait payer pour ce petit désagrément.

Elle sourit.

— Allez viens, mon grand. Entre donc avant de t'effondrer dans ce couloir. Tu ne voudrais tout de même pas qu'un client affolé prévienne la police ?

Il n'avait déjà plus l'esprit très clair et ne chercha pas à la repousser quand elle le prit par la main.

— Vous me le paierez cher, Helene.

— Oh ! souffla-t-elle. On verra ça plus tard…

Elle l'attira à l'intérieur et referma la porte derrière eux.

— Mais avant j'aurai profité de chaque centimètre de ton superbe corps de mâle.

Il s'effondra contre un mur et se laissa lentement glisser sur la moquette.

— Ne t'inquiète pas, bébé, murmura-t-elle encore en lui retirant sa veste, qu'elle posa soigneusement sur une chaise. Tu seras bien éveillé et tu jouiras de tout. De chaque baiser, de chaque caresse, de chaque coup de langue.

Elle l'enjamba.

Il sortit lentement son téléphone de sa poche et elle ne put s'empêcher de rire.

— Qui voudrais-tu appeler ?

— Personne, répondit-il précipitamment, avec une énergie qui la surprit, tout en refermant le téléphone.

Elle se sentait pleine d'indulgence et lui retira le téléphone en souriant. Il refusait de se laisser aller, mais il comprendrait bientôt qu'il n'avait pas le choix.

Elle lui caressa la joue.

— Oh ! Trace… Je sens que je vais vraiment m'amuser !

15

Priss et Jackson échangèrent un regard horrifié. Ils avaient entendu la même chose : Helene attendait Trace à son hôtel. Ce fut Priss qui réagit la première.

— Pourquoi restez-vous planté là ? s'énerva-t-elle en poussant Jackson. Cette malade va sûrement lui faire du mal !

— Ouais, murmura Jackson d'un air contrarié. On peut s'attendre au pire.

Priss en eut un nœud d'angoisse à l'estomac, et ses yeux la brûlaient.

— Dieu seul sait de quoi elle est capable !

— Je n'aurais pas dû mettre le haut-parleur, lâcha Jackson en refermant le téléphone et en fourrageant nerveusement dans ses cheveux.

— Si vous n'aviez pas mis le haut-parleur, je ne vous aurais pas rendu le téléphone, riposta-t-elle.

Trace avait appelé pour donner à Jackson des instructions concernant une usine désaffectée. Il voulait un plan des lieux et aussi savoir depuis quand elle ne fonctionnait plus et qui en était actuellement le propriétaire. D'après ce qu'elle avait compris, Jackson avait l'intention de déléguer cette recherche à Dare, lequel en chargerait probablement Chris. Ce qui lui permit de mieux comprendre le fonctionnement de leur équipe. Ils étaient complémentaires et soudés, ce qui leur permettait d'en faire beaucoup avec un effectif réduit au minimum.

Ensuite, Trace avait demandé de ses nouvelles et comme Jackson lui avait assuré qu'elle se portait comme un charme, en omettant cependant de mentionner l'épisode de la douche, Trace avait voulu lui parler.

Elle avait espéré qu'il lui proposerait de la rejoindre, pour finir ce qu'ils avaient commencé, mais quelqu'un avait interrompu leur conversation. Quand elle avait compris qu'il s'adressait à Helene, elle en avait aussitôt averti Jackson, qui avait repris le téléphone et enclenché le haut-parleur.

Lequel Jackson paraissait au moment même complètement perdu, au point que c'en était presque comique.

— Il faut l'aider, dit-elle.

Il secoua la tête.

— S'il avait voulu que j'intervienne, il me l'aurait dit.

— Mais il ne pouvait pas ! protesta-t-elle.

— Il aurait pu m'envoyer un message codé, mais il a préféré raccrocher. Ensuite il a rappelé et vous avez entendu comme moi, Priss. Elle lui a demandé qui il appelait et il a répondu personne. Ensuite il a éteint son téléphone. C'est clair.

— Qu'est-ce qui est clair ?

— Le fait qu'il ne veut pas que je vous quitte d'une semelle.

— Mais c'est stupide !

Elle n'avait pas besoin de Jackson, c'était Trace qui avait des ennuis !

— Si Trace avait voulu que je le rejoigne, il me l'aurait fait savoir, répéta-t-il d'un air buté.

Il n'allait donc pas bouger le petit doigt ?

— Je me demande si vous avez toute votre tête.

— Il n'a pas besoin de mon aide, répéta Jackson.

Puis il se mit à arpenter nerveusement la pièce. De toute évidence, il n'était pas aussi sûr de lui qu'il voulait bien le faire croire.

— Je connais bien Trace, reprit-il. S'il pense qu'il peut se débrouiller tout seul…

Se débrouiller ? Avec cette nymphomane d'Helene ? Cette femme était une perverse, capable de tout, y compris de le défigurer pour prendre son plaisir.

Priss eut envie de hurler. Elle n'allait certainement pas attendre que Jackson se décide !

Elle lui tourna le dos et marcha vers la porte.

— J'y vais, annonça-t-elle.

— Quoi ? Non. Attendez !

Il la retint par le bras.

— Vous n'avez même pas de voiture.

— Je peux prendre un taxi.

— Vous n'avez pas d'argent non plus.

— De l'argent, vous allez m'en donner.

Il ferma les yeux.

— Je ne souhaite à personne de se trouver à la merci d'Helene, murmura-t-il en frissonnant. Trace n'est pas un pervers et, si elle va trop loin avec lui, il… il va la récurer à l'eau de Javel.

Priss le fit taire en le giflant violemment.

Sa tête partit en arrière sous la violence du coup, puis revint lentement. Il ouvrit les paupières et la fixa à travers la fente de ses yeux.

— Merde, murmura-t-il.

Elle attrapa une pleine poignée des poils de son torse et l'attira rudement à elle.

— Hééé ! protesta-t-il.

— On y va, dit-elle sèchement, sans la moindre pitié.

— Lâchez-moi tout de suite ! ordonna-t-il d'une voix blanche.

C'était la première fois qu'elle le voyait en colère. Aussi ouvrit-elle les doigts. Il recula en se frottant la poitrine et en la dévisageant.

— Soyez raisonnable, reprit-elle en essayant la persuasion. Il a besoin de nous.

— Très bien. C'est vrai que… Hé, mais dites donc ! J'ai mal entendu ou quoi ? Vous avez l'intention de venir avec moi ?

Il avait l'air de trouver l'idée parfaitement absurde, mais Priss décida de lui montrer qu'elle était résolue.

— Je ne resterai pas ici les bras croisés, dit-elle. Si vous n'y allez pas, j'irai seule. Si vous partez sans moi, je trouverai un moyen de vous rejoindre.

— Vous me demandez l'impossible ! protesta-t-il.

— Je ne vous demande rien, je vous informe.

Il alla chercher un T-shirt et revint en l'enfilant.

— J'irai à cet hôtel, d'une façon ou d'une autre, avec ou sans vous, un point c'est tout. C'est compris ?

Il la fixa longuement.

— C'est compris, lâcha-t-il.

— Vraiment ?

Elle était un peu surprise de ce brusque revirement.

— A condition que vous me promettiez de vous tenir en retrait et de m'obéir au doigt et à l'œil.

Elle n'était pas disposée à promettre quoi que ce soit.

— Nous perdons du temps, là..., répliqua-t-elle.

— Promettez, ou je vous jure qu'aucun de nous n'ira.

Elle en resta bouche bée.

— Vous oseriez me séquestrer chez vous ?

— Exactement.

Il se pencha vers elle et leurs nez se touchèrent presque.

— Je vous retiendrai ici de force s'il le faut.

Il marqua un temps de pause avant d'ajouter dans un souffle :

— J'avoue que j'en meurs d'envie, aussi ne me poussez pas à bout.

Elle voulut reculer, mais il la saisit par le poignet.

— Promettez que vous vous comporterez correctement, insista-t-il.

Très bien. Elle pouvait toujours promettre. Une promesse extorquée de force ne valait rien.

— Je vous le promets, grommela-t-elle.

Il afficha une expression dégoûtée.

— Vous ne m'avez pas l'air sincère.

Il lâcha cependant son poignet et lui prit la main.

— Allons-y...

Elle était toujours en short et pas vraiment habillée pour se promener dans la rue, mais elle n'y songea même pas. Trace était avec Helene, rien d'autre ne comptait.

Jackson, lui, n'oublia pas de se montrer prudent et conduisit lentement, ce qui faillit la rendre folle. Elle ne cessait de penser à ce qui pouvait se passer pendant ce temps dans la chambre d'hôtel…

Jackson avait raison. Trace n'apprécierait pas la perversité d'Helene. De cela, au moins, elle était certaine.

Mais si Helene lui administrait une drogue destinée à le rendre consentant ? Non… Mieux valait ne pas imaginer ce qu'ils étaient en train de faire.

Quand elle avait quitté sa maison en laissant la boutique à Gary Deaton, elle s'était crue préparée à tout.

Or rien, absolument rien, ne l'avait préparée à ce qu'elle vivait en ce moment.

Jamais elle n'aurait imaginé qu'elle tomberait amoureuse d'un homme qui s'acharnerait à contrarier ses plans.

Et pourtant…

Elle était bel et bien amoureuse. Follement. Irrévocablement. Désespérément.

— Vous ne pouvez pas conduire plus vite ?

Jackson répondit par un grognement agacé et elle n'insista pas.

Elle était amoureuse. Et, maintenant que cette vérité lui était apparue, qu'allait-elle en faire ?

Fallait-il d'ailleurs en faire quelque chose ?

Trace reprit connaissance assis par terre, attaché à un radiateur, les mains dans le dos. Hell lui avait baissé le pantalon jusqu'aux genoux. Ses bras étaient immobilisés, ses chevilles ligotées — cette folle s'était servie de ces menottes en Nylon qu'il affectionnait tant —, l'une à un pied du lit, l'autre à la table de nuit vissée au mur.

Et le pire, c'était qu'il avait une putain d'érection !

Il renversa la tête en arrière et poussa un gémissement. Une putain d'érection qui faisait foutrement mal !

Tout son corps tremblait, comme s'il était sur le point d'éjaculer, comme s'il venait de passer des heures en préliminaires.

Helene vint se placer à cheval au-dessus de lui, une de ses

sandales à hauts talons de chaque côté de ses genoux. Elle avait ouvert son chemisier pour libérer ses seins et remonté sa jupe.

Trace avait ainsi vue sur ses longues jambes et son entrejambe, constatant qu'elle ne portait pas de culotte.

— Ça y est, tu reprends tes esprits, susurra-t-elle. Tu en as mis du temps ! Je croyais qu'un type de ta trempe serait revenu plus vite à lui.

Trace la fixa avec des yeux haineux.

— Qu'est-ce qui vous prend, Helene ?

Il poussa un cri étouffé quand elle se laissa tomber sur lui et caressa du bout du doigt son sexe dur. Il se cambra, ahanant malgré lui.

— Bien, souffla Helene. Très bien…

Elle s'installa à genoux entre ses cuisses, se pourlécha les lèvres et se pencha en avant pour frotter sa joue à son sexe.

— Arrêtez ça ! protesta Trace.

Il tenta de la repousser, mais il pouvait à peine remuer.

— Vous me dégoûtez, Helene !

— Ah oui ?

Elle referma sa main douce et tiède sur son pénis.

— Et pourtant, tu bandes, pas de doute possible.

— C'est votre produit qui me fait bander. Pas vous.

Elle eut un sourire méprisant et, sans lâcher son sexe, allongea le bras pour le caresser entre les seins.

— J'adore les torses poilus. Tu le savais ?

— Arrêtez.

Il espéra qu'il paraissait un peu plus maître de lui-même qu'il ne l'était. Elle n'avait fait pour l'instant que poser sa main sur son sexe, légèrement, mais il se sentait sur le point d'éjaculer.

— Ecoutez-moi…

— J'ai hâte de profiter de toi, Trace. Hâte de goûter ton sperme. Je vais te faire jouir dans ma bouche. Qu'est-ce que tu en dis ?

— J'en dis que je vous tuerai.

Elle lui gratta l'intérieur du genou du bout des ongles.

— Murray ne serait pas content, fit-elle.

— Il ne sera pas content non plus quand je lui parlerai de ce qui s'est passé dans cette chambre.

— Dans ce cas, nous éviterons de lui en parler, murmura-t-elle tout en se penchant pour lui lécher l'intérieur de la cuisse.

Le contact de sa langue humide et chaude faillit provoquer le désastre qu'il redoutait. Il ferma les yeux pour ne pas tout lâcher, serrant les dents, s'efforçant de penser à Priss.

La langue d'Helene s'arrêta juste en dessous de ses testicules.

— Tu sais, si Murray apprend ce qui s'est passé ici, il nous en rendra tous deux responsables, dit-elle.

Elle taquina son gland avec son pouce.

Trace se sentait devenir fou. Si elle n'arrêtait pas tout de suite, il allait jouir.

Puis, brusquement, il entendit un bruit. Léger mais distinct.

Quelqu'un venait d'entrer dans la chambre contiguë. Celle dans laquelle Priss avait dormi.

Merde et merde!

Est-ce que Jackson avait décidé de venir à son secours, en abandonnant Priss? C'était peut-être ce que cherchait à provoquer Helene en le séquestrant. Elle avait pu faire suivre Priss, et maintenant qu'elle était seule et sans défense...

Helene leva brusquement la tête.

— Il me semble avoir entendu quelque chose...

— Ouais. C'est moi. Vous me dégoûtez et je m'exprime.

Il parlait fort, volontairement, pour couvrir d'éventuels autres bruits.

— Réfléchissez, Helene. Si vous faites ça, Murray le saura et...

— Chhht!

Elle posa un doigt sur sa bouche et inclina la tête, pour mieux tendre l'oreille.

— Tais-toi.

Elle se leva et marcha jusqu'à la table pour prendre le pistolet qu'elle lui avait confisqué.

— Vous n'allez tout de même pas vous servir de cette arme? Si vous tirez, les flics vont débarquer.

— C'est vrai, admit-elle.

Elle marqua un temps d'hésitation, puis reposa le revolver, qu'elle remplaça par le bâton électrique.

Trace jura tout bas. Il avait du mal à se concentrer tant il était en feu ; son sexe était en folie, mais il fit appel à tout son sang-froid.

— Ce n'est pas beaucoup mieux, Helene, reprit-il. Avec ça, vous pouvez tuer quelqu'un. Et si vous laissez un cadavre derrière vous…

— Vous voulez dire, à part vous ?

Il ne releva pas la provocation et acquiesça.

— Oui, à part moi. Murray ne sera pas ravi d'avoir à nettoyer vos saletés.

— Sans doute, dit-elle en revenant s'accroupir près de lui.

Le bâton le rendait nerveux, aussi il s'efforça de ne pas le regarder. Il ne voulait pas donner à Helene le plaisir de constater qu'il était à deux doigts d'avoir peur.

— Comptez sur moi pour tout lui dire.

— J'en doute, rétorqua-t-elle.

Elle posa son doigt sur le bouton du bâton, comme une menace silencieuse, et le caressa avec le manche.

— Il y a quelqu'un dans la chambre à côté, Trace. Qui est-ce, d'après toi ?

— Je n'en sais rien.

— Bien sûr que si, tu le sais…

Elle fit glisser le manche entre ses jambes.

— Tu es bien trop prudent pour ne pas avoir pris tes renseignements sur la personne qui occupe la chambre à côté de la tienne.

Elle tripota ses bourses quelques secondes, puis se redressa en soupirant.

— Si tu fais le moindre bruit, je reprends le revolver et tant pis pour les conséquences, dit-elle d'un ton menaçant.

Elle attrapa des menottes, avança jusqu'à la porte de communication des deux chambres, se posta à côté et ne bougea plus.

Quelques secondes s'écoulèrent.

Puis une minute.

Au moins, Jackson prenait son temps, il ne se précipitait pas, un bon point pour lui. Trace n'en attendait pas moins de lui, évidemment. Il faisait partie de leur équipe parce qu'il était intelligent et efficace.

Malheureusement, Helene était très patiente. Elle ne le regardait plus, sans doute pour mieux se concentrer sur la porte et ce qui pouvait se passer derrière, ce qui lui laissa le temps de réfléchir au moyen de lui échapper.

Elle avait commis l'erreur de lui laisser sa montre et il remua discrètement, jusqu'à être capable de poser un doigt dessus. Ce n'était pas facile avec ce lien qui lui enserrait les poignets, mais il parvint tout de même à libérer la minuscule aiguille dissimulée dans le bracelet et l'introduisit dans la serrure des menottes. Si déjà il parvenait à détacher ses mains…

Son couteau se trouvait sur la table, près de son revolver. Il lui fallait ce couteau, mais il n'était pas certain de pouvoir l'atteindre avec les jambes attachées.

La poignée de la porte tourna et le battant s'entrouvrit lentement. Helene glissa la matraque par l'entrebâillement et appuya sur le bouton.

Le grésillement de la décharge se mêla aux gémissements de douleur de Jackson. Helene ne perdit pas de temps. Elle lui saisit les poignets et les lui attacha dans le dos.

Comme Jackson se remettait un peu et tentait de réagir, elle lui envoya une nouvelle décharge.

— Helene! Assez maintenant! protesta Trace.

— Entendu, dit-elle en caressant les fesses de Jackson.

Pourquoi Jackson était-il venu ici, bon sang? s'énerva-t-il. Il ne lui avait rien demandé, il avait même éteint son téléphone.

Jackson poussa de nouveau un gémissement de douleur.

— Fichez-lui la paix!

— Pas tant qu'il ne sera pas hors d'état de nuire, répondit Helene tout en enroulant son fil de Nylon autour des chevilles de Jackson.

Trace remarqua qu'elle prenait le jean avec, ce qui laisserait à Jackson un peu de marge de manœuvre.

Quand elle eut terminé, elle balaya son second prisonnier du regard, des pieds à la tête.

— Eh bien, c'est Noël ! lança-t-elle en souriant.

Jackson roula sur le dos, tout en grommelant quelque chose qui ressemblait à « Va te faire foutre. »

Helene lui donna un coup de pied.

— Il y a quelqu'un avec toi dans cette chambre ? demanda-t-elle.

Trace se pencha pour tenter de voir à l'intérieur de l'autre pièce. Apparemment, elle était vide.

Grimaçant toujours de douleur, Jackson se recroquevilla en plantant ses talons dans le sol. On aurait pu croire qu'il cherchait simplement une position confortable, mais Trace comprit qu'il s'apprêtait à riposter.

— Allez voir vous-même, dit-il à Helene.

Pour franchir le seuil, Helene allait devoir l'enjamber et il comptait sans doute là-dessus pour la mettre à terre.

— Certainement pas, répondit-elle en riant et en croisant les bras. Si vous êtes aussi dangereux que Trace…

— Qui est Trace ? demanda Jackson.

Il leva la tête et aperçut Trace, à moitié nu.

— Eh bien, mon pote, elle vous a réglé votre compte ! fit-il d'un ton compatissant.

— Arrêtez votre cinéma ! coupa Helene. Je ne marche pas.

— Mais de quoi parlez-vous ?

— Vous êtes de mèche, tous les deux. Si je m'approche de toi, tu vas chercher à me coincer.

— Mais non, mon chou. Je ne sais pas ce que vous a fait ce type pour que vous le traitiez de la sorte, mais je suis parfaitement inoffensif, je vous assure.

— J'en doute, murmura-t-elle en se mordillant la lèvre d'un air songeur. Ecarte-toi de la porte.

Jackson haussa les épaules et s'éloigna en rampant.

— Et maintenant ? dit-il.

Elle avança en le contournant.

— Et maintenant dis-moi qui tu es et ce que tu venais faire ici !

— Et si je vous disais que je passais par là ?

— Tu te crois très malin, n'est-ce pas ?

— Pas assez malin, visiblement.

Il se déplaça encore un peu en se tortillant pour aller s'adosser au mur.

— Est-ce que je pourrais au moins savoir de quoi il retourne ?

Il persistait à jouer les innocents. Helene ne le croyait pas, mais ça leur faisait toujours gagner du temps. Du temps que Trace mettait à profit pour libérer ses mains... Il y était presque.

Helene se caressa entre les seins, lentement, d'un air songeur, comme si elle réfléchissait intensément.

— Tu es un sacré beau mec, dit-elle enfin à Jackson dont elle apprécia longuement du regard les abdominaux. Qu'est-ce que je pourrais bien faire de toi ?

Elle s'approcha et se pencha pour le frapper au visage, puis s'empressa de s'écarter de nouveau.

Trace ne s'était jamais senti aussi impuissant de toute sa vie.

Qui veillait sur Priss ? Comment avaient-ils tous deux pu en arriver là, eux, des hommes entraînés, aguerris ?

Pire, comment réagirait Murray quand il apprendrait tout ça ?

Jackson remua la mâchoire et sourit.

— J'ai peut-être mal compris, mais il me semble vous avoir entendue dire que...

— La ferme ! coupa Helene.

Elle marcha d'un pas furieux vers son sac et, tournant le dos aux deux hommes, elle le fouilla quelques minutes. Jackson était sur le point de se lever quand elle fit volte-face et revint vers lui, une main derrière son dos.

Il posa sur elle un regard méfiant.

— Vous avez changé d'avis, mon chou ?

— Possible.

Elle s'accroupit pour être à sa hauteur, tout en demeurant à distance.

— Seulement il faut d'abord que je t'endorme.

Elle écarta les jambes et Jackson ne put s'empêcher de reluquer, ce qui eut le don d'exaspérer Trace.

— Quand j'en aurai terminé avec toi, tu seras moins séduisant.

— C'est peut-être mieux, répondit Jackson d'un ton conciliant, adressant à Helene son plus beau sourire. Etre trop beau, c'est une malédiction. C'est bien connu.

Elle présenta l'aiguille et le sourire de Jackson s'évanouit aussitôt.

— Hé! protesta-t-il. Vous n'avez pas besoin de ça!

Elle tapota la seringue et fit sortir une goutte de produit.

— Ça va te détendre, lui assura-t-elle. Tu verras, c'est très agréable.

Elle désigna Trace du menton.

— Regarde-le. Il n'a pas l'air mécontent.

— Je me doutais bien qu'il était d'accord pour que vous l'attachiez, murmura Jackson d'un air inquiet.

— Non, il n'était pas d'accord, mais j'avais de quoi le convaincre.

Elle était prête à planter son aiguille.

— Ne t'en fais pas, ajouta-t-elle. Les effets secondaires sont négligeables.

— J'ai du mal à le croire.

— Tu crois vraiment que je prendrais le risque de laisser des cadavres derrière moi?

Jackson cala discrètement ses pieds sur le sol.

— Je ne vous laisserai pas me piquer avec votre truc, la prévint-il.

— Et pourtant, il faudra bien.

Elle tint sa seringue comme un poignard, dans son poing fermé, et leva le bras, prête à frapper.

. Ce fut le moment que Priss choisit pour surgir de nulle part, se glisser sans bruit dans la pièce, ramasser le bâton électrique qui traînait par terre et envoyer une décharge à Helene.

Au même moment, Trace sentit que la serrure de ses menottes cédait et entreprit de dégager ses mains.

Priss tenait fermement le bâton, fixant Helene avec une expression haineuse. Helene lâcha la seringue, que Jackson s'empressa de faire rouler vers lui en s'aidant de ses talons.

Il se leva ensuite d'un bond et s'appuya au mur pour ne pas tomber. Il avait toujours les pieds entravés.

— Bien joué, petite fille, dit-il.

Bien joué, oui, mais cette intervention allait la compromettre. Trace se promit de faire payer ça plus tard à Jackson. En attendant, il lui fallait se libérer et assurer la sécurité de Priss, même si, pour l'instant, la situation était complètement inversée. Ses menottes s'étaient coincées entre le tuyau du radiateur et le mur, et Priss tenait Helene à sa merci...

Il était admiratif. N'importe quelle autre femme aurait paniqué dans de telles circonstances. Pas elle. Elle avait eu assez de sang-froid pour intervenir au bon moment et pour utiliser l'arme qui était à sa portée et qui convenait. Une arme qui pouvait même donner la mort si on insistait un peu trop.

Et, justement, elle envoyait de nouveau une décharge à Helene, en serrant les dents.

Il était temps qu'il prenne les choses en main !

— C'est bon, Priss, murmura-t-il d'une voix douce. A présent, viens plutôt me détacher.

Elle ne parut pas l'entendre. Elle semblait déterminée à achever Helene, laquelle était maintenant allongée sur le dos, le corps agité de soubresauts, les yeux révulsés, la bave aux lèvres.

— Ça suffit ! intervint Trace plus fermement.

La colère de Priss était justifiée, mais elle ne savait pas ce que c'était que d'avoir un cadavre sur la conscience et il préférait qu'elle ne l'apprenne jamais.

— J'ai dit assez !

Elle lâcha le bâton, mais à regret. Elle avait les bras raides, et on sentait qu'elle était prête à bondir sur Helene si celle-ci osait le moindre mouvement.

— C'est bien, l'encouragea Trace d'un ton apaisant. Tu as fait du bon travail.

— Flûte ! s'exclama Priss en regardant sa main. A cause d'elle, je me suis cassé un ongle.

Jackson pouffa puis, comme Helene remuait en gémissant, il se jeta sur elle, à califourchon, ses genoux lui enserrant les hanches et son corps l'empêchant de voir ce qui se passait dans la pièce.

— Je me charge d'elle, dit-il.

— Mieux vaut tard que jamais, railla Trace.

Il venait de réussir à dégager les menottes du radiateur et se redressa, pour s'affaler à demi sur le lit. Il n'avait pas encore libéré ses chevilles, ses mouvements restaient limités.

— Passe-moi mon couteau.

Priss détourna son regard d'Helene pour le poser sur lui.

— Oh ! s'exclama-t-elle en découvrant son pantalon baissé.

Elle le fixa en silence pendant quelques secondes.

— Oh ! répéta-t-elle.

— Le couteau !

Au lieu de s'exécuter, elle désigna Helene du menton avec une expression ulcérée sur le visage.

— Elle allait te…

— Je sais ce qu'elle allait faire !

Priss marcha de nouveau sur Helene.

— Non ! hurla Trace.

Jackson se retourna pour regarder par-dessus son épaule et ricana.

— Tu vois ce que j'ai dû gérer ?

Trop furieux et trop occupé pour lui répondre, Trace remonta son pantalon, dont il ne prit pas la peine de fermer la braguette pour tenter de cacher son érection, tout en songeant que si Jackson se permettait le moindre commentaire il lui balancerait son poing dans la figure.

— Le couteau, répéta-t-il.

La sécheresse du ton employé eut le mérite de réveiller Priss, qui alla chercher le couteau, avec empressement bien qu'un peu tard.

— Désolée, souffla-t-elle en revenant vers lui.

Il tendait la main pour le prendre, mais au lieu de le lui donner elle s'activa à défaire les liens, maladroitement, en s'en servant comme d'une scie.

— Elle t'a serré si fort que…

Trace lui prit l'arme des mains.

Il se dirigea vers Jackson et le libéra de ses liens aux poignets. Puis il lui tendit les menottes, sans un mot.

A présent que les urgences étaient réglées, il revint vers Priss.

— Sors d'ici, dit-il.

Helene recommençait à remuer. Jackson en profita pour la

retourner sur le ventre et lui passer les menottes aux poignets. Elle poussa un gémissement.

— Désolé, chérie, fit Jackson, tout en lui collant une gifle.

Elle referma les yeux, comme une lampe qui s'éteint. Jackson s'adossa alors au mur, les jambes allongées sur le corps d'Helene, qui lui servait de repose-pieds.

— Je peux tout t'expliquer, dit-il à Trace.

Trace lui jeta un regard noir.

— Tais-toi.

— Compris.

Jackson se tut et entreprit de défaire les liens qui retenaient encore ses chevilles.

— Ne t'en prends pas à lui, intervint Priss. C'est moi qui ai insisté.

— Toi, plus un mot ! File à côté et attends que je vienne te chercher.

— Trace…

— Plus un mot, j'ai dit !

Il avait crié si fort qu'elle en sursauta, mais vraiment elle le mettait hors de lui. Comme elle tentait de nouveau de s'expliquer, il la fusilla du regard. Il avait eu une journée éprouvante et là c'était le pompon. Il ne voulait même pas faire l'effort d'essayer de se retenir.

Avec un peu de chance, Helene n'avait pas eu le temps de voir qui l'avait agressée et ce serait tant mieux. Il ne fallait surtout pas qu'elle sache que Priss attendait dans la pièce à côté et qu'elle avait passé la soirée avec Jackson.

Il n'y avait plus qu'à espérer.

Priss lui lança un regard de reproche, mais fila en silence dans sa chambre.

— Qu'est-ce qu'on va faire de celle-là ? demanda Jackson en poussant Helene du pied.

Trace se tourna vers lui sans un mot, puis il alla chercher le sac d'Helene et le vida de son contenu. Il y trouva deux flacons de sérum. Apparemment, elle avait prévu des munitions pour elle aussi.

— Injecte-lui cette merde, dit-il à Jackson en lui lançant les flacons. Utilise la seringue qu'elle a lâchée. Mets-lui une double dose.

— Tu es sûr que ça ne va pas la tuer ?

— Aucune idée.

Il s'en moquait. Il espérait simplement qu'avec une double ration Helene oublierait tout ce qui s'était passé.

— Quand ce sera fait, dépose-la quelque part. Après l'avoir piquée, tu auras environ trente minutes avant qu'elle ne reprenne conscience.

— Pigé.

Jackson ramassa la seringue et contempla rêveusement le corps allongé d'Helene.

— Dommage qu'elle soit si tordue, dit-il. Parce qu'elle est rudement sexy.

Trace ne la trouvait pas du tout sexy.

— Ce serait mieux qu'elle n'ait plus l'occasion de te voir, précisa-t-il.

— C'est aussi mon avis, figure-toi, répondit Jackson tout en tapotant la seringue pour faire sortir une bulle d'air.

Il remonta la jupe d'Helene et ce qu'il découvrit lui fit pousser un soupir de regret. Puis il la piqua à la fesse droite.

Elle ne remua même pas.

Trace s'apprêtait à rejoindre Priss, mais il se ravisa et revint vers Jackson. Il le prit par le bras pour l'entraîner à l'autre bout de la pièce, loin d'Helene, et surtout hors de portée des oreilles de Priss.

16

— Et maintenant, tu vas m'expliquer ce qui t'a pris de venir ici…, déclara Trace à Jackson, tout en gardant un œil sur Helene.

Jackson afficha un air franchement embarrassé.

— Je sais que tu ne voulais pas que je vienne, répondit-il avec prudence. J'ai parfaitement compris le message quand tu as coupé ton téléphone. Le problème, c'est que cette petite dame a lourdement insisté pour que j'agisse.

— Pour que tu agisses en te faisant assommer et ligoter ?

— Ce n'est pas facile d'intervenir avec une panthère à côté de vous, toujours en train de réclamer, de vous tester !

— Tu parles de Priss ?

— Oui. C'est une terreur. Ce prénom romantique ne lui va pas du tout.

Priscilla s'était donc inquiétée pour lui… Bon, même en admettant que Jackson n'ait vraiment pu faire autrement que de lui céder, pourquoi diable était-il venu avec elle ?

— Tu pouvais intervenir seul, dit-il sèchement.

— Tu veux rire ! Pas moyen de lui faire entendre raison ! J'avais le choix entre lui donner un coup sur la tête, comme je viens de le faire pour Helene, ou bien l'emmener.

— Un coup sur la tête ? grommela Trace. N'y pense même pas…

Jackson eut un petit sourire ironique.

— Tu vois bien… J'étais certain que tu n'aurais pas approuvé l'idée.

Il jeta un coup d'œil du côté d'Helene et, voyant qu'elle ne donnait toujours pas signe de vie, reprit :

— J'attendais un moment plus adéquat pour te dire ça, mais puisque nous serons occupés tous les deux ce soir… Priss était déjà sur les nerfs avant ton coup de fil et…

— Sur les nerfs ?

Jackson haussa les épaules, l'air plus embarrassé encore.

— A cause de la manière dont je suis intervenu pour la tirer des griffes d'Helene.

— Mais de quoi parles-tu ? s'énerva Trace.

Un millier de scénarios se bousculaient déjà dans sa tête.

— Tu l'as malmenée ?

— Non… Pas du tout ! C'est plutôt elle qui m'a malmené, se défendit Jackson. J'en profite pour te dire que tu aurais pu m'avertir qu'elle était agressive.

— Je ne comprends pas.

— Disons que j'ai mis sa pudeur à rude épreuve. Mais je l'ai sortie de chez elle indemne, c'est le plus important, non ?

— Qu'est-ce que c'est que ce sourire goguenard ? Et qu'est-ce que ça veut dire « j'ai mis sa pudeur à rude épreuve » ?

Jackson se mordilla les lèvres, puis fit entendre un toussotement gêné.

— Elle était… euh… elle était sous la douche quand je suis entré. Nue, évidemment. Tu vois…

Il hocha la tête, comme s'il prenait le temps de revoir la scène.

— Toute nue et toute mouillée.

Le cœur de Trace s'arrêta de battre.

— Tu l'as vue nue ?

— Nue comme un ver. Oui.

Jackson était un ami et un compagnon de combat, aussi Trace tâcha-t-il de se maîtriser.

— Et tu as regardé ? demanda-t-il entre ses dents.

— C'est que… c'était difficile de ne pas le faire.

Jackson se frotta la mâchoire, tentant de se justifier.

— Helene était quasiment devant sa porte. Donc j'ai dû… euh…, j'ai dû l'aider à grimper pour sortir par la fenêtre de la salle de bains. Je n'avais pas de temps à perdre, Trace. Je l'ai aidée à sauter depuis la rambarde de l'escalier et ensuite seulement je lui ai passé mon T-shirt.

Trace ne savait plus quoi dire. Le fait que Jackson en avait vu plus que lui le rendait fou de rage et de jalousie.

— Bon…, reprit ce dernier. Je vais avancer ma voiture jusque devant l'entrée et enrouler Helene dans une couverture. Il y a pas mal d'allées et venues. Si je fais vite, personne ne me remarquera.

Il baissa les yeux vers le pantalon de Trace puis demanda :

— Tu tiens le coup ?

Trace le contempla fixement d'un air dur, puis lui tourna le dos et s'éloigna sans un mot. S'il tenait le coup ? On venait de le droguer avec une saloperie qui le rendait ultrasensible, il souffrait d'une érection permanente, il avait la chair de poule. Et, pour finir, il venait d'apprendre que Priss s'était exhibée devant Jackson.

Mais tout allait bien ! Parfaitement bien !

Il trouva Priss assise sur le bord du lit, et la voir ainsi, calme, attendant sagement dans les vêtements trop grands de Jackson, ne l'aida pas du tout à reprendre ses esprits.

D'autant moins qu'elle posa aussitôt les yeux sur sa braguette ouverte.

Merde… Elle le dévorait du regard. Ce qui ne le dérangeait pas. Au contraire.

En vérité, ça le soulageait presque.

Mais le moment était très mal choisi. Il décida de fermer sa braguette, qu'il remonta avec quelques difficultés.

— Partons, dit-il.

— Pour aller où ?

Elle avait une drôle de voix et il se demanda si elle était inquiète ou mécontente. Il soupira.

— Je vais t'emmener dans un endroit sûr.

Elle acquiesça, mais resta sur le lit, les yeux brillants et les joues encore rouges de colère.

— Tu es sûr d'être en état de te déplacer ? demanda-t-elle.

— Ne t'en fais pas pour ça.

Si elle s'attendait à ce qu'il s'excuse pour s'être mis en colère, elle allait être déçue! Elle n'aurait pas dû donner des ordres à Jackson et elle n'aurait pas dû venir à l'hôtel.

Il lui tendit la main.

— Allez, viens.

Elle inspira bruyamment, puis se leva d'un bond pour se jeter dans ses bras. Le corps souple et confiant, elle le serra convulsivement. Il en perdit immédiatement ce qui lui restait de contrôle.

Il enfouit sa main dans ses cheveux et lui renversa la tête en arrière pour prendre sa bouche.

Mais il ne pouvait pas se contenter de ça.

Il avait envie de la faire sienne, de lui imprimer sa marque. Absolument et pour toujours. Elle ne lutta pas. Pas du tout. Elle s'offrait à lui avec une sorte de désir inquiet.

Il laissa glisser ses mains jusqu'à ses fesses et la hissa contre lui, la serrant à l'écraser, perdu dans la chaleur de son corps.

— Trace? murmura-t-elle, tandis qu'il quittait sa bouche pour sa gorge.

— Je suis désolé, Priss. C'est cette drogue.

Il la souleva un peu plus haut, pour mettre le renflement de ses seins à hauteur de son visage.

— Je sais, dit-elle en s'appuyant sur ses épaules. J'avais si peur que...

Il la plaqua au mur et lui saisit les cuisses pour les caler de chaque côté de ses hanches. C'était parfait! Il était enveloppé par son corps si doux. Emprisonné par son odeur. Il ravagea de baisers la peau tendre et parfumée de son cou, tout en remuant contre son entrejambe. Il se sentait sur le point d'éjaculer.

Il gémit de ce plaisir qui montait, prêt à exploser.

C'est alors qu'on frappa légèrement à la porte.

— Heu..., fit la voix de Jackson. Désolé de vous déranger...

Mais il allait l'étrangler, celui-là!

Priss caressa les cheveux de Trace, puis répondit :

— Pas maintenant, Jackson. Fermez la porte. Trace vous rejoindra dans quelques minutes.

— Dans quelques minutes, hein? lança Jackson en ricanant. C'est ça... Et vous, ça va?

Trace sursauta. Ah mais oui, il allait l'étrangler !

Priss, sentant son énervement monter, le serra plus fort.

— Ça va très bien, répondit-elle, tout en continuant à le caresser d'une main légère, ce qui le rendait fou. Soyez gentil, laissez-nous.

Trace entendit la porte se refermer. Il eut soudain l'impression d'être un salaud, un profiteur, un lâche.

Cette drogue était une vraie saloperie.

Priss méritait qu'il prenne soin d'elle, pas qu'il lui saute dessus comme un goujat. Mais il n'arrivait pas à se contrôler. Pas même à se décoller d'elle.

La main de Priss glissa par-dessus son épaule, le long de son dos.

— Trace…, fit-elle en lui embrassant l'oreille. Ce serait plus confortable dans un lit.

Il répondit par un gémissement. Le désir l'empêchait de parler.

Il sentit la bouche de Priss s'étirer en un sourire contre sa tempe.

— Mais peut-être pas, après tout, ajouta-t-elle.

Puis elle se mit à remuer les hanches et à se frotter contre son sexe. Il crut qu'il allait exploser.

— Attends, protesta-t-il d'une voix rauque.

Il s'obligea à respirer lentement. Merde ! Il n'allait quand même pas jouir dans son pantalon, comme un adolescent !

— Je ne peux pas… Je ne veux pas.

— Tu ne veux pas ?

Il fallait qu'elle comprenne. Mais il ne trouvait pas les mots pour s'expliquer. Le désir lui bouffait le cerveau.

— Pas comme ça…

Elle s'écarta alors légèrement de lui et il la lâcha, même si ça lui coûtait horriblement.

Il poussa un soupir.

— Priscilla… Ma chérie… Il ne faut pas…

— Tout va bien pour moi, Trace, je t'assure.

Elle lui prit le visage à deux mains et posa sur lui un regard doux, mêlé de crainte et de désir.

— C'est plutôt toi qui as des problèmes.

Décidément, il ne la comprendrait jamais.

— Après tout ce qui s'est passé aujourd'hui… Tu n'es pas bouleversée ?

— Je me sens parfaitement bien depuis que je sais que tu n'es plus à la merci d'Helene.

Elle haussa les épaules et inclina la tête.

— Et toi, tu en as envie, si j'en juge par une certaine partie de ton anatomie.

— J'en meurs d'envie.

Il lui saisit le visage avec des mains qui tremblaient.

— Seigneur, je ne sais pas ce qu'elle m'a injecté, mais…

— Mais tu as su y résister quand il le fallait.

Sa fierté exigeait qu'il se justifie.

— J'étais sur le point de me libérer de mes menottes quand tu es entrée, dit-il. J'aurais eu le dessus sur elle.

Elle continuait à le caresser.

— Je te crois.

— Tu n'aurais pas dû intervenir, insista-t-il sur un ton de reproche.

— Je ne regrette pas d'être venue, rétorqua-t-elle d'un air mutin en jetant un regard avide du côté de son sexe en érection.

— Tu ne m'aides pas beaucoup, Priss…

L'effet de la drogue ne cessait d'augmenter.

— Tu as vraiment envie à ce point-là ? demanda-t-elle.

Il la contempla fixement.

— Tu ne te comportes pas du tout comme une vierge effarouchée, fit-il.

— Parce que je suis vierge mais pas effarouchée. N'oublie pas que je travaille dans une boutique porno.

Ça, il n'était pas près de l'oublier.

— Oui, j'ai vraiment envie à ce point-là, avoua-t-il. Et peut-être qu'ensuite je pourrai redevenir moi-même.

— J'aimerais t'aider à redevenir toi-même.

Ses caresses… Ses mots… Tout le rendait fou.

— Ça m'ennuie que ta première fois se passe dans des conditions pareilles.

— C'est vrai que j'aurais pu rêver mieux, concéda-t-elle, tout en s'humectant les lèvres. Mais l'ennui, c'est que j'en ai terriblement envie moi aussi.

Il se sentit brusquement oppressé, au point d'avoir du mal à tenir sur ses jambes. Il glissa ses doigts dans ses cheveux, tout en se visualisant malgré lui la possédant — image qui eut un effet dévastateur. Il avait beau se répéter qu'il devait la repousser, il ne trouvait pas la force de le faire.

— Dois-je prendre ton silence pour un oui ? demanda-t-elle.

Il ferma les yeux et s'intima l'ordre de refuser, avant qu'il ne soit trop tard.

— Oui, dit-il malgré lui.

— Bien. Mais avant, je dois te poser une question.

Il se demanda s'il survivrait à tout ça.

— Quoi ?

— Est-ce que cette salope t'a pris dans sa bouche ?

— Non.

Il l'embrassa violemment. Elle avait des lèvres chaudes et douces, accueillantes. Il aurait voulu que ce baiser ne finisse jamais. Une autre fois, il prendrait du temps en préliminaires. Mais aujourd'hui, ce n'était pas le jour…

— Non, reprit-il. Elle n'en a pas eu le temps. C'était ce qu'elle avait prévu, mais Jackson est arrivé et…

— Parfait, le coupa-t-elle.

Puis elle se laissa glisser à genoux devant lui et il sut qu'il ne tiendrait pas très longtemps. Pas même une minute.

Il tenta de se détendre, de ne pas trop lui tirer les cheveux. Mais, à la seconde où il sentit son souffle chaud, il comprit qu'il était perdu.

Elle commença par explorer les reliefs de son gland du bout de la langue…

— Priss, je ne vais pas pouvoir me retenir, gémit-il.

— Ah oui ?

Ses lèvres s'ouvrirent sur le gland, qu'elle avala, l'enfermant dans la tiédeur de sa bouche. Il se raidit, de la tête aux pieds.

Elle prit son sexe dans sa main, pour mieux l'orienter, et il perdit complètement le contrôle. Elle manquait d'expérience, mais son innocence avait quelque chose de terriblement excitant. Il savait qu'il serait le premier. Mais le premier pour ça… Il n'avait même pas rêvé de le lui demander.

Il la guida délicatement, pour lui montrer comment elle devait procéder, tremblant de tous ses membres. Au bout de quelques allées et venues, il poussa un gémissement.

Il eut vaguement conscience qu'elle avalait tout, en gémissant elle aussi.

Puis il se laissa tomber près d'elle, adossé au mur. Il avait les idées bien plus claires, à présent, aussi tenta-t-il de reprendre son souffle et de réfléchir.

Elle vint se pelotonner contre lui, en ronronnant presque.

— C'était chouette, dit-elle.

Chouette ? C'était peu dire… Il l'enferma dans ses bras, regrettant que les circonstances ne leur permettent pas de s'attarder.

— Nous devons partir d'ici maintenant, Priss. Je n'ai même pas le temps de te remercier comme tu le mérites. Je te promets que je te rendrai la pareille…

— Me rendre la pareille ?

Curieusement, la proposition la fit rougir.

— Tu veux dire…

— Oui, mais plus tard. Pour le moment, il faut que tu enfiles des vêtements décents. Tu en as ici, non ?

— Oui, acquiesça-t-elle d'un air contrarié.

Sans doute était-elle vexée, mais il n'avait pas le temps non plus de la rassurer.

— Très bien. Change-toi alors et rassemble toutes tes affaires. Ne laisse rien. Pas même une épingle à cheveux.

— Je n'ai pas d'épingles à cheveux, répondit-elle sèchement.

Il ne put s'empêcher de sourire. Elle était vraiment spéciale. Si douce. Si sensuelle. Si indépendante. Si insolente. Beaucoup trop insolente. Il lui caressa les lèvres et ne put résister au plaisir de l'embrasser.

— Je reviens te chercher dans cinq minutes. Sois prête.

Il se leva, elle le retint par la main.

— Trace ?

Dieu, ce qu'elle était belle ! Il la hissa à sa hauteur et l'embrassa de nouveau.

— J'ai besoin de toi, Priss. *De toi*, insista-t-il. Et pas seulement de ce qui vient de se passer. Même si c'était absolument délicieux et que je ne suis pas près de l'oublier.

— Vraiment ?

Elle parut touchée.

— Vraiment. Je n'en ai pas du tout terminé avec toi et je veux que tu saches que je ne désire que toi.

— Tu ne désires que moi ? répéta-t-elle d'un air ravi.

Il ne put s'empêcher d'éclater de rire. Après la soirée qu'il venait de passer, c'était complètement fou. Mais il rit tout de même.

— Oui, ma chérie. Mais j'aimerais un peu plus d'intimité la prochaine fois. Et un lit. Avec toi nue dedans.

Il posa sa main sur sa joue.

— Je vais aider Jackson et je reviens.

— Je serai prête, promit-elle en se dirigeant vers la salle de bains.

Il n'avait jamais rencontré une femme aussi… compréhensive. Au fond, ils étaient faits pour s'entendre. Avant de rencontrer Priss, il s'était émerveillé du couple que formaient Dare et Molly, tout en se disant que lui n'avait aucune chance de trouver un jour une femme qui lui conviendrait. Mais à présent… Avec Priss, tout devenait possible.

Elle avait même réussi à le faire rire, ce qui ne lui était pas arrivé depuis longtemps. Et, physiquement aussi, elle était parfaite pour lui. Il la désirait à en crever — avec ou sans les drogues d'Helene.

Tout en aidant Jackson à enfermer cette dernière dans son coffre de voiture, il songeait encore à Priss.

Elle ne s'effrayait pas du métier qu'il faisait, ni du danger qu'il côtoyait chaque jour. Elle était capable de gérer le stress dans les situations d'urgence. Elle s'était mise à genoux devant lui. Et elle avait aimé ça.

Jackson referma le coffre sur le corps et jeta un coup d'œil autour d'eux.

— Je pense que personne n'a rien remarqué, déclara-t-il d'un air satisfait. Tout est réglé.

— Oui, répondit Trace.

Mais il n'était pas tranquille. Restait maintenant à savoir comment il allait présenter la chose à Murray.

Il se réfugia à l'abri d'un auvent.

— Appelle-moi quand tu te seras débarrassé d'elle, dit-il.

— Pas de problème.

Ils demeurèrent silencieux quelques minutes. La pluie continuait à tomber. Le vent soufflait.

— Ça va aller, vous deux ? demanda Jackson.

— Ouais. T'en fais pas.

Jackson se frotta rêveusement le menton et Trace se demanda si c'était pour refréner le sourire qui lui venait aux lèvres.

— C'est que… c'est que cette fille elle n'est pas comme les autres…

Trace se tourna lentement vers lui, lui lançant un regard suspicieux.

— Pas la peine de me regarder comme ça, se défendit Jackson en essuyant son front mouillé par la pluie. Je ne m'intéresse pas à elle. C'est juste que…

— Que quoi ?

Trace s'efforçait de lutter contre cette stupide colère, mais c'était plus fort que lui. Même la pluie glacée n'arrivait pas à le calmer.

— Qu'est-ce que tu veux dire ? insista-t-il.

— J'en sais rien, marmonna Jackson avec un soupir découragé. Laisse tomber.

Il fit mine de partir, mais Trace le retint.

— Attends…

Jackson s'arrêta, un sourcil levé, l'air impatienté.

— Merci de t'être occupé d'elle, murmura Trace.

Il eut un geste vague.

— Enfin, tu me comprends.

— De rien, c'était tout naturel, répondit Jackson en le saluant gauchement. C'est notre boulot, non ?

Tirer une femme nue de sa douche ne faisait pas exactement partie de leur boulot, mais Trace se retint de le souligner.

— J'apprécie vraiment la manière dont tu as pris les choses en main, vraiment…

Il secoua la tête. Il se sentait ridicule de cette colère diffuse qui persistait.

— Mais tu comprends…

Jackson lui donna une tape amicale sur l'épaule.

— Je comprends, ne t'inquiète pas. Je suis un homme moi aussi. Je te conseille tout de même de rester concentré sur ta mission, parce qu'il y en a un qui va te poser des questions…

— Je suppose que tu ne peux pas…

— Effacer de ma mémoire ce que j'ai vu ? demanda Jackson, amusé.

Il lui adressa un clin d'œil, tout en reculant prudemment d'un pas.

— Je pourrais te mentir et t'assurer que oui, mais tu ne me croirais pas.

— Ce n'est pas ce que j'allais te demander.

— Tant mieux, ça m'évitera de te décevoir.

Trace serra les dents pour ne pas répondre vertement et désigna la voiture du menton.

— Qu'est-ce que tu vas faire d'Helene ?

Il espérait que Jackson avait une bonne idée parce que, lui, il n'en avait pas… A part la jeter dans le fleuve.

— J'ai pensé à la déposer dans un bouge dès qu'elle reprendra conscience. Tout le monde la croira soûle et elle pourra défouler ses pulsions sexuelles sur les poivrots du bar.

— Excellent, approuva Trace.

— Bon, eh bien, il ne me reste plus qu'à trouver un bar, poursuivit Jackson en lui donnant de nouveau une tape sur l'épaule. Tu diras au revoir à Priss de ma part.

Il s'éloigna en souriant et monta dans sa voiture.

Trace le regarda démarrer, puis s'éloigner. Il savait que Jackson prendrait la précaution de se déguiser avant d'entrer dans l'établissement où il laisserait Helene, pour que personne ne puisse remonter jusqu'à lui. Elle risquait de se plaindre auprès de Murray, mais elle n'avait pas de preuves. De plus, parler reviendrait à avouer qu'elle avait pris certaines initiatives que Murray risquait de ne pas apprécier.

Trace attendit encore quelques minutes à l'extérieur pour s'assurer que personne ne surveillait l'endroit.

Une fois certain que tout était normal, il rentra dans l'hôtel.

Il allait pouvoir quitter les lieux avec Priss. Et il serait seul avec elle. Enfin.

Deux heures et quelques coups de fil plus tard, Trace avait tout arrangé. Il avait eu Jackson au téléphone, lequel lui avait assuré qu'Helene n'était plus un problème. Il avait trouvé un hôtel de banlieue — un hôtel de luxe, où ils avaient pris une chambre pour deux en se présentant comme un couple marié.

Trace semblait comme un poisson dans l'eau dans cette chambre luxueuse que Priss appréciait aussi, bien sûr, mais le standing de l'endroit la mettait vaguement mal à l'aise.

Leur situation était affreusement compliquée et ils auraient bientôt à assumer les conséquences de ce qui s'était passé avec Helene. Mais elle ne regrettait rien de cette étrange soirée.

A part le fait de s'être trouvée nue devant Jackson. Elle en avait pour un moment à rougir rien que d'y penser.

A part cet accroc de taille à sa pudeur, elle s'en était tirée sans une égratignure et Trace aussi. De plus, les événements les avaient rapprochés et elle s'en réjouissait.

La pluie battait contre les carreaux des fenêtres et le ciel était assombri par des nuages sombres et orageux.

— Qu'est-ce que Jackson a fait d'Helene ? demanda-t-elle à brûle-pourpoint.

Trace était en train de déposer ses armes sur la table de nuit. Il leva les yeux vers elle.

— A part la décharge d'électricité qu'elle te doit, elle n'a pas été bousculée, ne t'en fais pas.

Il ne voulait rien lui dire de plus. Il n'avait donc toujours pas confiance en elle. Ce constat lui tira un petit soupir amer, mais elle ne protesta pas. Elle commençait à comprendre pourquoi il préférait le silence aux confidences.

— Je suis contente d'apprendre que vous… que vous ne l'avez pas tuée.

Il se figea, visiblement choqué qu'elle ait pu y songer, puis reprit posément :

— Nous n'avions aucune raison de la tuer. Au contraire. Sa mort n'aurait fait que compliquer les choses avec Murray.

Il ôta sa chemise trempée et la lança dans un fauteuil, puis s'installa sur le lit pour se débarrasser de ses chaussures.

De nouveau, elle fut secouée par une bouffée de désir. Il était décidément extrêmement séduisant. Et il était aussi courageux. Et fort. De quoi la faire complètement craquer.

— Plus qu'elles ne le sont déjà, je veux dire, ajouta-t-il en soupirant.

Elle remarqua que ses mains tremblaient, sans doute à cause de la drogue qui semblait faire effet par poussées, à intervalles réguliers.

Il leva les yeux vers elle.

— Mais, s'il devient nécessaire de la tuer, nous n'hésiterons pas. Tu le comprends, n'est-ce pas ?

— Oui.

Et ça n'allait pas l'empêcher de dormir. Mais ce soir, avec ce qu'elle espérait et attendait, elle préférait ne pas avoir à penser à un cadavre.

Trace enleva ses chaussettes.

— Ton chemisier est trempé, Priss, dit-il en la fixant avec un regard posé. Enlève-le.

Elle lui rendit son regard, le souffle court. Il se leva et défit le lit en silence. De nouveau, il était torse nu et ne portait plus qu'un pantalon à la ceinture déboutonnée, tenue qui le rendait tout simplement irrésistible.

Elle avait terriblement envie de lui, mais elle se sentait nerveuse. Elle n'avait pas peur, elle ne doutait pas, elle le voulait toujours autant, elle avait confiance en lui. Mais tout cela était si nouveau pour elle… Elle était totalement dépassée par ce qu'elle ressentait.

Elle ne retira pas son chemisier et s'installa dans un fauteuil pour enlever ses chaussures.

— Est-ce qu'Helene t'a dit ce qu'elle t'avait injecté ?

— Elle m'a seulement dit que c'était un produit qu'elle avait mis au point pour les victimes de Murray.

Il lui tournait le dos, mais elle vit ses mains se crisper.

— Pour les rendre plus dociles.

Cette Helene était vraiment une salope ! Priss commençait presque à regretter qu'elle ait eu la vie sauve.

— Elle est aussi dangereuse que Murray en fait…

— Oui. C'est une femme perverse et méchante. Remercie le ciel que Jackson ait réussi à te faire sortir de chez toi avant qu'elle n'arrive.

— Tu aurais dû me laisser la tuer à coups de décharges électriques, rétorqua Priss, qui préférait ne plus penser à l'épisode humiliant avec Jackson. Elle le méritait.

— C'est vrai.

Il marcha vers elle et lui prit les mains au moment où elle s'apprêtait à déboutonner son jean.

— Mais toi, tu ne méritais pas d'être mêlée à ça, ajouta-t-il.

Priss décida qu'elle discuterait plus tard ce point de détail. Helene avait insulté sa mère, lors de leur première entrevue. Elle avait donc été ravie de cette occasion de « s'occuper » d'elle.

Comme Trace lui tenait les mains en la dévisageant intensément, elle ne put s'empêcher de poser la question qui lui brûlait les lèvres.

— Nous allons faire l'amour ?

Il eut un petit sourire en coin et ses yeux brillèrent, mais il répondit avec le plus grand sérieux :

— Oui, je crois bien que oui. Tu es d'accord ?

— Oui.

Elle était plus que d'accord.

— Et tu vas m'embrasser ?

— Je vais t'embrasser, oui.

Avant qu'il ne le fasse et la prive ainsi de ses capacités de réflexion, elle s'empressa de poser une autre question qui la tracassait.

— C’est à cause de la drogue d’Helene que tu en as envie ?

Il écarta deux longues mèches humides de ses épaules, lentement, précautionneusement, comme si c’était la chose la plus importante du monde.

— C’est ce que tu crois ? Que c’est la drogue seule qui te rend attirante à mes yeux ?

— Je ne sais pas.

Quand elle avait entendu la voix d’Helene au téléphone et compris que cette perverse avait jeté son dévolu sur Trace, elle avait paniqué. Ensuite, elle avait trouvé Trace quasi nu, en érection, et…

— Il me semble que tu essayais de résister à l’effet de son produit… Mais apparemment c’est impossible. Tu… tu as besoin de te soulager.

— C’est stupide, Priss, se défendit-il en lui prenant le visage à deux mains.

Il se pencha sur elle et lui donna un long baiser qui les laissa tous deux haletants.

— Pour me soulager, je n’ai besoin de personne. S’il ne s’agissait que de ça, je pourrais très bien me débrouiller tout seul.

— C’est vrai, admit-elle.

Elle se sentit rougir et se demanda pourquoi. Lui n’avait pas l’air gêné le moins du monde.

— Mais ça serait moins bien, non ? insista-t-elle.

Il eut de nouveau ce petit sourire en coin et lui caressa la joue, puis les commissures des lèvres.

— Admettons. Mais je pourrais trouver aisément une femme consentante.

— Je suis une femme consentante.

— Je voulais dire une autre que toi, précisa-t-il avec un grand sourire, cette fois.

Elle perdit patience.

— Je crois que je n’aime pas beaucoup le tour que prend cette conversation.

— Ecoute, Priss… Soyons clairs… Je suis toujours sous l’emprise de cette drogue, c’est vrai… Et, oui, j’ai essayé de ne pas m'engager avec toi… Tu me caches trop de choses, ça me donne le tournis.

— Moi, je cache trop de choses ?

Il ne manquait pas de culot ! Elle le poussa gentiment.

— Et toi, tu ne caches rien ?

Il emprisonna ses mains et l'attira à lui, riant presque.

— J'ai envie de toi, Priss. Avec ou sans les produits d'Helene.

Il effleura de nouveau ses lèvres d'un baiser.

— Mais si tu hésites, si tu n'es pas sûre de toi, je peux aussi prendre une douche glacée, ou me soulager seul, je te l'ai dit.

Se soulager ? Priss rougit de nouveau.

— Et tu me laisserais regarder ?

— Non !

— Dans ce cas, je préfère participer.

Elle inclina la tête de côté et lui sourit d'un air coquin.

— Aucune hésitation, Trace, je t'assure. Je te veux. Tout de suite.

Une lueur de convoitise traversa les yeux noisette de Trace.

— Très bien…

Il passa les doigts sous les bretelles de son soutien-gorge et les fit glisser de ses épaules. Son regard était à présent aussi intense qu'une caresse. Puis, quand ce fut fait, il contempla ses seins un long moment. En silence.

— Trace ?

— Tu es belle, murmura-t-il.

Il se pencha et prit son sein gauche dans sa bouche.

La sensation était merveilleuse. Incroyable. L'effet des coups de langue de Trace et de la succion de sa bouche sur cette unique partie d'elle-même se répercutait dans tout son corps.

Et cette fois il prit son temps, passa à l'autre sein, le titilla, le mordilla, jusqu'à ce qu'elle en ait les genoux en coton.

C'était tellement fort que c'en devenait insupportable. Elle voulut se dégager, mais il l'enserra dans ses bras pour l'empêcher de bouger. Elle sentait à présent contre elle son sexe en érection, aussi gros et dur que lorsqu'ils se trouvaient encore au premier hôtel. Forte de son expérience précédente, elle se mit à remuer des hanches contre lui, pour l'encourager.

Il ne tarda pas à gémir et la souleva pour la porter sur le lit, où il l'allongea et entreprit de lui ôter son jean.

— Tu as des préservatifs ? demanda-t-elle tandis qu'il tirait le jean au niveau de ses genoux, puis de ses chevilles.

Elle ne portait plus maintenant que son soutien-gorge aux bretelles descendues et sa culotte.

— Oui, répondit-il en lui embrassant le ventre.

Il s'attarda sur son nombril, puis descendit plus bas.

— J'en ai acheté… parce que je me doutais qu'on finirait par craquer, tous les deux.

— J'aime les hommes prévoyants, murmura-t-elle.

Il ne put s'empêcher de rire, sa bouche contre sa peau, ce qui la chatouilla agréablement.

Elle remua pour défaire son soutien-gorge, qu'elle envoya au loin.

— Enlève ton jean, le supplia-t-elle.

— Pas encore, répondit-il, les yeux rivés à ses seins. Si je fais ça, je ne pourrai plus me retenir… Et ce ne serait pas juste… C'est ton tour.

— Mon tour ?

Ce n'était pas une véritable question. Elle n'était pas complètement stupide et elle avait très bien compris ce qu'il voulait dire. Son corps aussi avait compris. Quelque chose remua dans son ventre et ses seins se durcirent.

Les grandes mains de Trace glissèrent et il se mit à la caresser à travers le tissu de coton de sa culotte. Puis il passa dessous, en fermant les yeux.

— Je veux que tu jouisses, mais ça ne sera qu'un préliminaire. Parce que ensuite je vais te pénétrer. Et je vais faire durer.

— Tu vas faire durer… ?

Elle se demanda comment. Mais avec ce qu'il était en train de lui faire elle n'arrivait déjà plus à réfléchir.

— Détends-toi, dit-il. Je vais te montrer.

17

Priss le contemplait avec des yeux écarquillés et pleins de curiosité. Tout son corps tremblait d'excitation. Il faisait de son mieux pour se montrer doux et la ménager. C'était la première fois pour elle et la journée lui avait déjà réservé pas mal d'émotions.

Il passa lentement les doigts sous l'élastique de sa petite culotte.

— Commençons par te débarrasser de ça, d'accord ?

Il fit glisser le sous-vêtement le long de ses jambes et le jeta négligemment à bas du lit. Puis sa main remonta lentement et sa paume vint s'ancrer sur le renflement du pubis.

Elle se mordit la lèvre, mais ne dit rien.

Assis sur le bord du lit, il demeura quelques minutes immobile, en appuyant légèrement sur son pubis, respirant son odeur, savourant à l'avance ce qu'il allait lui faire.

— Je me sens à ta merci, murmura-t-elle.

Il la regarda droit dans les yeux.

— Tu es à ma merci, dit-il. Ça ne te fait pas peur ?

— Non. Mais tu me regardes comme si… comme si tu me jugeais ou… Je ne sais pas, c'est bizarre.

— Je te regarde parce que tu es belle et que je ne veux pas perdre une miette du spectacle, répondit-il en se penchant pour lui embrasser le nombril.

Puis il lui embrassa de nouveau le ventre. Puis les seins. Il passa ensuite sa main entre ses jambes pour les écarter, sans la quitter des yeux, et la pénétra d'un doigt.

Elle vint à sa rencontre avec ses hanches, poussant un cri

étouffé. Il se pencha alors pour l'embrasser. Longuement. Et ce baiser lui donna encore plus envie d'elle.

L'avoir devant lui, nue sur un lit, dans une chambre d'hôtel, avec ses grands yeux verts qui brûlaient de désir, ses longs cheveux roux dispersés sur les oreillers, ses jambes ouvertes pour lui, le souffle altéré par ses caresses… C'était ce qu'il imaginait de plus proche du paradis. Tout le reste pouvait attendre.

Elle s'agrippa à ses épaules et planta dans son dos ses longs ongles si bien manucurés par Matt.

Ça aussi, il aimait. Il aimait tout ce qu'elle lui faisait, tout ce qu'elle faisait, tout ce qu'elle était. Il finissait même par aimer son obstination qui lui posait pourtant tant de problèmes.

— Seigneur ! gémit-elle soudain en renversant la tête en arrière et en se cambrant plus encore.

Il se rendit compte qu'elle était sur le point d'avoir un orgasme et il fut surpris qu'une vierge réagisse aussi vite et aussi bien — constatation qui décupla son propre désir. Il se pencha sur elle et taquina ses seins avec ses dents et sa langue, tout en continuant à lui caresser le vagin avec un doigt et le clitoris avec son pouce.

Elle devenait brûlante, transpirait. Il avait hâte de prendre part à la fête lui aussi, mais il se retint et glissa un deuxième doigt en elle. Bon sang, ce qu'elle était étroite !

Elle replia une jambe, se figea, puis poussa un cri et se mit à aller et venir furieusement. Ça y était. Il prit sa bouche pour avaler ses gémissements de plaisir.

Quand elle cessa de bouger, il laissa sa main en elle. Parce que c'était chaud et bon.

— Seigneur…, murmura-t-elle d'une voix paresseuse.

Trace savait qu'elle aurait eu besoin d'un peu de temps pour se remettre. Mais il ne pouvait pas lui en accorder. Pas maintenant. Pas ce soir.

Il retira sa main et lécha ses doigts humides, en la regardant droit dans les yeux. Puis il embrassa ses lèvres entrouvertes, son menton. Prit ses seins dans sa bouche.

Il avait envie de l'avaler.

Elle passa la main dans ses cheveux, comme pour le repousser avec douceur.

— Je crois que j'ai besoin d'une petite minute, murmura-t-elle.

— Désolé.

Le tonnerre grondait à ses oreilles. Il ne se sentait pas capable d'attendre une minute de plus. Il taquina son nombril de sa langue, mordilla son charmant petit ventre, puis descendit plus bas.

— Trace, gémit-elle.

Mais il ne se laissa pas fléchir, enfouit son visage dans son sexe, respira avec délice les fragrances épicées qui le submergeaient. Il écarta un peu plus ses cuisses, ses lèvres avec ses pouces, introduisit sa langue en elle.

Elle était encore humide de son orgasme et c'était délicieux. Il n'était pas un enfant de chœur et avait déjà connu pas mal de femmes, avec lesquelles il avait eu des expériences assez variées.

Mais avec Priss tout était nouveau, tout était différent.

Quand il se mit à lécher son clitoris, elle poussa de nouveau un cri et referma ses cuisses à lui en broyer le crâne, tout en enfonçant ses doigts dans ses cheveux.

Il s'étonna une fois de plus de la sentir si réceptive. Si réactive.

Il n'eut aucun mal à la conduire une deuxième fois vers le plaisir, rien qu'avec sa langue, et ses longs râles lui montrèrent à quel point elle aimait ça. Pendant qu'elle jouissait, il écrasa ses hanches et son pénis contre le matelas, en se concentrant pour ne pas perdre le contrôle. Pas facile, avec cette femme qui geignait près de lui. Puis elle eut une sorte de sanglot étouffé.

— Trace, je ne peux plus, à présent. Il faut que tu me laisses souffler.

Il embrassa tendrement la peau délicate de l'intérieur de sa cuisse, puis la mordilla.

Elle gémit.

— Tu veux bien te déshabiller ?

Oui, il voulait bien. Il se leva d'un bond et enleva son pantalon et son slip, qu'il abandonna par terre, tandis qu'elle l'observait avec un regard brûlant de curiosité. Puis il prit son portefeuille et en sortit un préservatif.

— Merde ! Je n'en ai qu'un !

— Moi j'en ai.

Il la fixa d'un air surpris et secoua la tête.

— Je ne te demande pas pourquoi, marmonna-t-il.

— Je me suis dit qu'on finirait par craquer, répondit-elle d'un ton coquin.

— J'aime les femmes prévoyantes !

Il n'en revenait pas qu'ils aient suffisamment de présence d'esprit pour badiner. Quand il revint vers le lit, elle lui ouvrit ses bras.

— Je les aime même énormément, ajouta-t-il.

Il eut vaguement conscience que les produits d'Helene n'avaient rien à voir avec le fait qu'il la désirait si fort. Comme il s'allongeait sur elle, elle ouvrit ses jambes, tout naturellement. Leurs corps s'accordèrent aussitôt. Ses cuisses délicates lui enserraient les hanches, ses seins accueillaient son torse, sa bouche le chercha.

— Comme ça, c'est bien ? demanda-t-elle en s'accrochant à son cou et en nouant ses chevilles dans son dos.

— Oui, répondit-il.

Il ferma les yeux et s'efforça de la pénétrer lentement. Mais elle était tellement humide, tellement chaude à l'intérieur, et elle allait à sa rencontre, pour le presser.

— Oui, murmura-t-il encore en poussant un peu plus avant.

Elle retint sa respiration puis se figea. Il la regarda, inquiet, mais constata que ses yeux brillaient de désir, pas de douleur. Il glissa une main sous ses fesses, pour mieux la positionner.

— Dis-moi si je te fais mal, souffla-t-il contre sa bouche.

Elle avala sa salive.

— Si tu ne t'arrêtes pas, ça ne me fera pas mal.

— Je ne m'arrêterai pas, promit-il.

Il ne le pouvait pas, de toute façon. A chaque centimètre gagné, il se perdait un peu plus. Il gémit et poussa, se retint pour savourer son emprise soyeuse, puis il poussa de nouveau.

Agrippée à lui, Priss exhalait des petits soupirs de plaisir et de surprise, qui devinrent bientôt des cris de plaisir.

— Ton sexe est si gros, dit-elle.

— Seigneur, Priss…

Il se retint de rire.

— Tu n'as pas beaucoup d'éléments de comparaison.

— J'ai vu des films, se défendit-elle.

Il enfouit son visage dans son cou.

— Le moment est mal choisi pour parler des films porno que tu as regardés.

Elle eut un spasme.

— Oui.

Puis un autre.

— Oui, gémit-elle encore dans un souffle.

Un troisième orgasme ? Il s'écarta pour la dévisager. Elle était rouge, elle se mordait la lèvre inférieure, elle avait l'œil vague. Eh bien…

— Allons-y, murmura-t-il.

Comme si cet ordre l'avait libérée, elle poussa un long gémissement, en enfonçant ses talons dans son dos, tandis que ses cuisses lui broyaient les côtes. Il se laissa emporter à son tour et ce fut comme si son cerveau explosait, comme s'il se débarrassait d'un seul coup de toute la tension accumulée au cours de la journée. Il eut tout de même la présence d'esprit de remuer jusqu'à ce qu'elle ait fini de venir, jusqu'à ce qu'elle desserre l'étau de ses jambes et qu'il la sente molle et abandonnée sous lui.

Ils luttèrent pour retrouver leur souffle. Ils étaient trempés. Leurs odeurs se mêlaient.

Il n'arrivait pas à se retirer d'elle. Il n'en avait pas la force ; il était si bien ainsi. Il ne la connaissait que depuis quelques jours, mais il avait l'impression d'avoir attendu ça toute sa vie.

Elle aussi paraissait comblée. Elle se souleva légèrement pour embrasser son épaule en sueur, puis se laissa retomber, bras et jambes écartées. Elle lui parut sur le point de s'endormir.

Il eut un sourire attendri et prit son visage à deux mains pour lui effleurer la bouche.

— Si tu as l'intention de remettre ça, murmura-t-elle sans ouvrir les yeux, je veux bien. Mais il faut d'abord que je dorme un peu.

Il songea alors brusquement à tous les ennuis qui les attendaient. Murray allait piquer une crise quand il saurait qu'Helene l'avait drogué. La question était de savoir sur qui il défoulerait sa rage. Il ne restait plus qu'à espérer que ce ne serait pas sur Priss.

Il décida de ne prendre aucun risque. A partir de maintenant, elle sortait du tableau. Définitivement.

Sans elle, il gérerait mieux Murray. Et Helene.

En fait, il se sentait capable de tout gérer. Sauf le fait de la perdre.

Priss s'éveilla lentement. Une douleur inhabituelle entre les jambes lui rappela où elle était, ce qu'elle avait fait, et à qui appartenaient les jambes poilues qui écrasaient les siennes.

Elle était dans un lit avec Trace.

Elle sourit avant même d'ouvrir les yeux. Pendant la nuit, Trace l'avait réveillée à deux reprises. Il l'avait prise sur le bord du lit, en lui malaxant les seins, la bouche sur son épaule, s'enfonçant si loin en elle qu'elle avait cru en perdre la tête.

Plus tard, il l'avait regardée jouir tandis qu'elle le chevauchait, une position à la fois intimidante et excitante. Quand elle était retombée sur lui, il l'avait gardée encore quelques secondes, le temps de jouir à son tour.

Elle se sentait endolorie à des endroits dont elle n'avait pas conscience d'ordinaire. Autre agréable nouveauté : elle se souvenait à peine qu'elle était venue dans cette ville pour se venger.

Mais elle n'abandonnait pas pour autant son projet initial. Elle avait simplement hâte d'en finir afin de pouvoir se consacrer exclusivement à Trace.

Elle se demanda ce que serait son avenir avec lui.

Comme elle tournait la tête vers lui en ouvrant les yeux, elle rencontra son regard.

Il affichait un air grave qui la surprit.

— Tu ne dors pas ? s'enquit-elle.

— Non.

Il caressa délicatement l'un de ses seins avec sa grande main.

— Comment tu te sens ? demanda-t-il en fixant sa bouche.

Elle reconnaissait ce regard maintenant... Elle aussi aurait bien voulu, mais ce n'était plus le moment.

— Endolorie. Et en manque de café.

Elle fit la grimace, comme pour s'excuser de le décevoir.

— Il faut aussi que je passe aux toilettes.

Une lueur amusée traversa les yeux de Trace.

— Tu as raison, dit-il. Je ne me comporte vraiment pas en gentleman.

Il lui embrassa l'épaule.

— Vas-y. Je m'occupe du café.

— Merci.

Elle hésita. Ils étaient nus tous les deux et, avec la lumière du jour qui filtrait à travers les rideaux, elle se sentait soudain mal à l'aise.

Il haussa un sourcil, étonné de sentir sa réticence, et se hissa sur un coude.

— Tu ne veux pas te montrer nue ?

— Il y a de ça...

Il eut un étrange sourire qui aurait dû l'alerter, puis arracha les couvertures. Elle lui donna une claque sur le torse et fut remerciée d'un baiser.

— Viens, dit-il en se levant et en l'entraînant avec lui. Va dans la salle de bains et reviens te coucher. Ce matin, c'est petit déjeuner au lit.

— Mais je voudrais prendre une douche, protesta-t-elle.

Elle avait beaucoup transpiré durant la nuit et se sentait sale.

Il hésita, puis acquiesça.

— Entendu.

Elle se demanda pourquoi il cédait si vite et ne comprit que lorsqu'il écarta le rideau de douche pour lui tendre une tasse de café.

Toujours nu comme un ver.

Elle prit la tasse de café, en but la moitié, la lui rendit.

Puis elle fit un pas en arrière.

— Tu veux me rejoindre ? proposa-t-elle.

— J'allais te le demander, répondit-il en enjambant déjà le bac.

Il posa la tasse, ferma le rideau, s'empara du savon.

— Qu'est-ce que tu vas faire ? demanda-t-elle.

— Je vais te laver.

Il la fit pivoter dos à lui, sous le jet qui ruisselait sur ses seins.

— Tu n'avais jamais dansé, jamais fait l'amour. Je suppose que tu n'as jamais pris ta douche avec un homme non plus.

La sensation de ses mains glissantes de savon qui la caressaient déjà lui coupa le souffle.

— Non.

— Tant mieux, dit-il en collant son sexe en érection contre son dos. Je serai donc le premier pour ça aussi.

Une heure plus tard, elle se pelotonnait contre lui dans le lit, la tête sur son épaule, un bras en travers de ses hanches, tout en constatant avec ravissement que cette position lui était déjà familière.

Elle aurait voulu rester ainsi pour toujours… Mais la réalité n'allait pas tarder à reprendre ses droits et elle s'y résignait déjà.

Elle détestait l'idée de gâcher ce merveilleux moment, mais elle n'était pas du genre à ruminer dans son coin, en silence. Et, après l'intimité qu'ils venaient de partager, elle estimait avoir droit à quelques réponses.

— Qu'est-ce que tu as l'intention de faire, avec Murray ? demanda-t-elle alors.

Il baissa les yeux vers elle, mais se mura dans un silence obstiné. Elle se sentit insultée par sa méfiance. Où était donc passée sa tendresse ? Il la désirait encore, elle le sentait. Pourtant il refusait de se confier à elle.

— Tu veux que je parle en premier, c'est ça ? dit-elle, conciliante.

Puis, comme il ne répondait toujours pas, elle soupira.

— D'accord…

Elle se cala un peu plus contre lui, dans sa chaleur. Elle avait la gorge nouée et le cœur serré. Mais il fallait bien qu'elle fasse l'effort de tout lui dire, même si ça lui coûtait.

Elle le sentit se figer. Il voulait connaître ses secrets, mais il avait déjà compris que ça ne serait pas agréable.

— Murray ne s'est pas contenté de violer ma mère, murmura-t-elle. Ses complices l'ont violée aussi, sur son injonction.

Quelques secondes s'écoulèrent dans le silence et elle comprit qu'il était en train de réfléchir à ce qu'impliquait cette révélation.

— Tu n'es donc pas certaine qu'il soit ton père ? dit-il enfin.

Elle secoua la tête. Autrefois, elle avait éprouvé de la honte quand elle pensait à ce que sa mère avait subi. Plus tard, elle avait souffert de savoir qu'il existait des êtres comme Murray, indifférents à la souffrance des autres, atrocement cruels. Et puis, quand sa mère était tombée malade, elle avait fait le bilan de leur vie en la voyant décliner. Et la colère avait pris le dessus. Une colère qui l'avait sauvée du désespoir et qui lui avait donné un but. Le premier de sa vie.

Jusqu'à ce qu'elle rencontre Trace. A présent, elle avait un autre but. Celui de protéger sa relation balbutiante avec lui.

— Ma mère n'a jamais su. Et elle n'a pas cherché à savoir. Elle a passé sa vie à avoir peur que l'un de ces hommes ne la retrouve. Avant de mourir, elle m'a encore répété de me méfier, d'être prudente.

— Tu as su quand, pour Murray ? demanda Trace d'une voix douce.

— Quand j'avais quatorze ans. Je voulais que ma mère m'inscrive au collège, comme les autres adolescents, pour rencontrer des garçons, me faire des amis.

— Une réaction parfaitement saine et naturelle, déclara Trace.

— Sauf que je n'étais pas une adolescente comme les autres et que je n'avais pas droit à une vie normale.

Trace se tourna sur le côté et la renversa sur le dos. Il écarta tendrement quelques mèches de cheveux de son visage et suivit de son pouce le tracé d'un de ses sourcils.

— Tu n'es pas comme les autres, c'est vrai, tu es spéciale.

Il l'embrassa.

— Tu es merveilleuse.

Il l'embrassa de nouveau, plus longuement.

— Et incroyablement sexy.

Elle ne put s'empêcher de sourire.

— Le seul qui m'ait jamais dit ça, c'est Gary Deaton, parce qu'il me voulait dans son lit.

— Je suis déjà dans ton lit. Donc, tu peux me croire.

— Peut-être.

Il la serra contre lui en soupirant.

— Si je comprends bien, tu n'avais que quatorze ans quand ta mère t'a expliqué qu'elle avait été séquestrée et victime d'un viol collectif ?

C'était horrible, elle l'avait toujours su. Mais l'entendre formuler aussi crûment lui en fit prendre plus douloureusement conscience.

— Il fallait bien qu'elle me le dise pour justifier le fait qu'elle m'interdisait de sortir. Et puis elle voulait aussi être sûre que je me confierais à elle si un homme s'intéressait à moi ou tentait de me prendre en photo. Elle tenait à ce que je sois consciente de certains risques, que je sache ce qui pouvait m'arriver si l'un de ses bourreaux nous retrouvait. Que je sache que j'étais peut-être la fille de Murray.

Il n'eut pas l'air convaincu, mais il lui embrassa gentiment le crâne.

— Je le tuerai pour toi, promit-il.

Il paraissait sincère, s'était abstenu de commentaires sur son enfance, et elle en fut touchée.

— Merci, dit-elle.

Elle l'attira à elle pour l'embrasser et il se laissa faire.

— C'est très gentil de ta part de le proposer, mais je ne peux pas accepter.

— Gentil ? Je te propose de tuer un homme et tu trouves ça « gentil » ?

— Tu avais l'intention de le tuer de toute façon, fit-elle.

Elle était fascinée par la toison qui recouvrait son torse et se concentra dessus.

— J'ai compris depuis longtemps que nous étions du même côté de la barrière, Trace. Même si tu as essayé de me le cacher. Tu es un gentil garçon.

Il lui jeta un regard méfiant.

— Je ne suis pas certain que le qualificatif soit bien choisi.

— Bien sûr que si. Tu as tout fait pour me protéger, depuis le début. Tu as gardé mon permis de conduire pour que Murray ne puisse pas se renseigner sur moi et pourtant tu ne savais encore rien de moi. Tu n'as cessé de jouer un rôle avec Murray, pour l'endormir, tout en essayant de me tenir à l'écart. Tu ne voulais pas que je coure le moindre risque.

Malheureusement, elle refusait de se retirer et de le laisser faire le sale boulot à sa place.

— Désolée, Trace, mais je suis impliquée dans cette affaire jusqu'au cou. On ne peut rien faire contre ça.

Il se redressa d'un bond.

— Tu te trompes.

— Qu'est-ce que tu veux dire ?

— Je veux dire que tu restes en dehors de cette histoire à partir de maintenant. Je vais raconter à Murray que tu t'es enfuie et que je ne sais pas où tu es passée. Il croira que c'est à cause d'Helene.

— Non, protesta-t-elle.

Il croyait qu'il pouvait tout régenter, mais il se trompait. Elle avait le droit de gérer sa vie.

Il se leva et alla ramasser son jean.

— Jackson va venir te chercher pour te conduire chez Molly et Dare. Tu y resteras jusqu'à ce que j'en aie terminé ici.

Autrement dit, jusqu'à ce qu'il ait tué Murray et ses sbires. Un vent de panique la submergea. Il n'avait pas le droit de la priver de sa vengeance !

— Non, répéta-t-elle.

Il enfila sa chemise, toute froissée maintenant.

— Tu n'as pas ton mot à dire, Priss.

Un étau lui comprimait la poitrine, elle avait du mal à respirer. Elle quitta le lit. Elle ne s'inquiétait plus de sa nudité.

— Tu n'es pas ma nounou, Trace. Ce n'est pas toi qui vas décider de ce que je ferai ou ne ferai pas.

— Je ne *vais* pas décider, j'ai déjà décidé, rétorqua-t-il en soutenant son regard.

Elle vit passer sur son visage une expression suppliante et menaçante à la fois.

— Je ne veux pas que tu souffres, murmura-t-il d'une voix altérée par l'émotion.

Elle avala sa salive.

— Je souffre déjà d'être écartée.

— Tu t'en remettras, répondit-il plus sèchement.

— Moi aussi, j'ai peur pour toi. J'ai peur qu'il ne t'arrive quelque chose.

Il attrapa ses chaussures.

— Tu devrais savoir à présent que je suis capable de me débrouiller.

— Parce que tu as de l'entraînement ?

Comme il se dirigeait vers la porte, elle le suivit et le retint par le bras.

— Tu te crois invulnérable ? Pourquoi ? Dis-moi pourquoi tu as tellement confiance en toi ?

Il se figea et ne répondit rien.

Et, cette fois, son silence lui fut insupportable.

— Va au diable, murmura-t-elle en secouant la tête. Tu veux que je t'obéisse aveuglément, mais tu ne me confies rien.

Il prétendait diriger sa vie, sans rien donner en retour.

Il l'entraîna alors vers le lit et l'obligea à s'asseoir.

— Tu veux la vérité ? Très bien, tu vas l'avoir ! Hier soir, j'ai accompagné Murray dans une usine désaffectée.

C'était un peu vague, même pour un début.

— Pour quoi faire ? demanda-t-elle.

— Pour donner une leçon à l'un de ses acheteurs qui discutait un prix.

— Oh !

Son cœur se mit à battre la chamade. Après avoir insisté pour qu'il se confie à elle, elle avait peur de ce qu'elle allait entendre. Il avait un air sombre. Presque tragique. Elle savait déjà qu'il n'allait pas lui annoncer une bonne nouvelle.

— Un acheteur ? Tu veux dire quelqu'un qui va lui acheter des femmes ?

— Oui.

— Et tu lui as donné une leçon ?

— Oui.

— Tant mieux !

Tous ceux qui travaillaient avec Murray méritaient qu'on leur casse la figure. Au moins.

— Continue, dit-elle.

Il lui pressa les mains.

— L'endroit où nous avions rendez-vous avec cet homme est aussi l'endroit où il gardera les femmes séquestrées le temps de les revendre.

Elle se sentit faiblir et se félicita d'être assise. Sa vue se brouilla.

— Tu… tu as laissé des femmes là-bas ?

— Mais non ! protesta-t-il. Non ! Jamais je n'aurais fait une chose pareille !

Il paraissait blessé qu'elle puisse penser le contraire.

— Ce que je voulais te dire, c'est que… c'est que Murray m'a confié qu'il avait lui-même enfermé des femmes dans cette usine autrefois.

Elle avait la gorge tellement nouée que l'air ne passait plus.

— Il y a très longtemps, tu veux dire…

— Quand il a commencé son sale business, oui…

Autrement dit, quand sa mère était encore une jeune fille innocente et naïve… Elle songea à la peur qu'avait dû ressentir cette jeune fille, peur qui s'était ensuite transformée en phobie des hommes et en folie, d'une certaine manière.

— J'ai demandé à Dare de se renseigner, Priss. Je voulais savoir depuis quand cette usine était fermée.

Il se leva et se mit à arpenter la pièce.

— Je pense que tu as déjà compris où je veux en venir ?

Il lui tournait le dos et ne la vit pas acquiescer d'un hochement de tête.

— Oui. Tu es en train d'essayer de me faire comprendre que cet endroit est peut-être celui où ma mère a été séquestrée. L'endroit où elle a été violée, par Murray et par d'autres.

— Est-ce qu'elle t'a parlé de l'endroit ? demanda-t-il encore en se tournant vers elle. Est-ce qu'elle te l'a décrit ?

Mais il ne lui laissa pas le temps de répondre et enchaîna :

— Comprends-moi bien, Priss. J'espère qu'elle ne l'a pas fait. Qu'elle t'a laissé au moins un peu d'enfance et d'innocence. Une enfant de quatorze ans n'a pas besoin d'entendre certaines choses.

— Je sais, murmura-t-elle.

Elle eut soudain froid et se souvint qu'elle était nue. Elle s'enroula dans le drap.

— Priss ?

Elle baissa les yeux vers ses mains. Non, sa mère ne l'avait pas épargnée. Elle lui avait tout dit, persuadée d'agir pour le mieux.

— Je me souviens qu'elle m'a parlé une fois d'une pièce humide et sans fenêtres, avec des murs de briques.

— Merde, murmura Trace.

Elle le dévisagea.

— Tu penses que c'est bien cet endroit ?

Si c'était le cas, elle le raserait ! Elle irait chercher une grue de démolition et elle ferait tomber jusqu'à la dernière pierre !

— Priss. Ecoute-moi... Tu n'iras pas là-bas. C'est compris ?

Elle se demanda s'il avait lu dans ses pensées. Ne pas aller là-bas ? Il rêvait.

— Si tu ne veux pas que j'y aille, pourquoi m'en avoir parlé ? s'enquit-elle d'un ton de reproche.

— Murray va bientôt procéder à la livraison. Les femmes qu'il destine à son acheteur seront enfermées là-bas.

Il marcha vers l'armoire et enfila son gilet pare-balles, puis glissa son bâton électrique et son couteau dans sa ceinture.

— Je vais les libérer. Mais je ne pourrai jamais me concentrer sur elles si tu es dans les parages et que je crains pour ta sécurité. Est-ce que tu comprends ?

N'importe quoi ! songea-t-elle avec véhémence. Il était parfaitement capable de gérer les deux en même temps !

— C'est pour quand ?

— Qu'est-ce que ça peut te faire ? s'énerva-t-il. Puisque tu n'y seras pas.

Il paraissait sur le point d'exploser, mais elle lui tint tête.

— Ça m'intéresse.

— Priss…

Il se passa la main dans les cheveux, puis se massa la nuque.

— J'ai besoin de savoir que tu resteras à l'abri.

Elle se leva.

— Et toi, qu'est-ce que tu vas faire ?

— Je vais m'occuper des méchants garçons, comme d'habitude.

C'était joliment dit.

— Et les méchantes femmes, tu les oublies ? lança-t-elle en pensant à Helene.

— Il m'arrive aussi de m'occuper des méchantes femmes.

Elle se demanda s'il s'était déjà fait engager comme garde du corps auprès d'une femme qu'il cherchait à coincer. Et si…

— Est-ce que tu as… est-ce que tu as déjà couché avec…

Il se radoucit.

— J'ai trente ans, Priss. J'ai déjà couché avec des femmes, je ne te l'ai pas caché.

— Ce n'est pas ce que je te demande.

Elle se doutait bien qu'il n'avait pas vécu comme un moine avant de la rencontrer. Ce qu'elle voulait savoir, c'était s'il l'avait approchée uniquement pour la faire parler.

Il la contempla quelques minutes puis, comme toujours, il devina ses pensées.

— J'ai pour règle de ne pas m'attacher à une personne quand elle est mêlée à une enquête ou à une mission. Ça m'évite de me poser des questions et c'est plus facile pour prendre certaines décisions.

Comme celle d'appuyer sur la détente. Il n'avait pas besoin de lui faire un dessin.

— Je vois, murmura-t-elle.

— Tu vois ? demanda-t-il en lissant ses longs cheveux en bataille. Mais avec toi, Priss, je n'ai pas pu rester indifférent. Pourtant, Dieu sait que j'ai essayé.

— Tu n'as pas pu ?

Il secoua la tête.

— Non. Et c'est bien ce qui me pose un problème.

Il la voyait donc comme un problème. Son arrivée dans le bureau de Murray avait dérangé ses plans. Elle pouvait le comprendre, mais tout de même… Qu'il considère son attirance pour elle comme un problème… Elle en fut vexée.

— Moi aussi, j'aurais préféré ne pas m'intéresser à toi, dit-elle sèchement. Et je n'ai pas pu.

Il la remercia d'un sourire.

— J'ai remarqué. Et j'en suis ravi.

Il posa sa paume sous son menton et allongea ses doigts sur sa joue, jusqu'à ses cheveux.

— Est-ce que tu veux bien travailler avec moi plutôt que contre moi, Priss ?

— Oui.

Elle allait travailler avec lui, bien sûr, mais sans doute pas comme il le voulait. Elle le serra dans ses bras. Il était si fort, si grand… Elle trouva à peine la force d'articuler la suite.

— Tu peux partir tranquille, Trace. Je ne me mettrai pas en travers de ton chemin.

Il la prit doucement par les cheveux pour lui renverser la tête en arrière et déposa un baiser sur ses lèvres.

— Jackson ne va pas tarder à arriver, promit-il. J'aimerais bien que tu l'accueilles habillée, cette fois…

Elle lui donna un petit coup de poing dans le ventre pour cette boutade déplacée. Il poussa un gémissement de douleur, tout en riant.

— Ce n'est pas drôle ! protesta-t-elle en rougissant de honte.

— Je sais, répondit-il en ouvrant le drap qui l'enveloppait pour admirer son corps. Je ne suis moi-même pas ravi de savoir qu'un autre homme t'a vue comme ça.

— Pourquoi ? demanda-t-elle, le cœur battant.

— Parce que tu es à moi, répondit-il en s'écartant d'elle. Et je suis en train de me rendre compte que je suis un brin possessif.

Sur ce, il marcha vers la porte.

Il partait donc s'occuper de Murray, en l'abandonnant à

Jackson. Il avait confiance en elle. Il était persuadé qu'elle ferait ce qu'il lui avait ordonné.

Pauvre Trace… C'était mal la connaître!

Elle l'aimait. Mais elle n'était pas du genre à déléguer aux autres ses responsabilités. A se tourner les pouces pendant qu'on prenait des risques à sa place. Et pas du genre non plus à obéir à des ordres.

Même si ces ordres venaient de l'homme de sa vie.

18

Après avoir contacté Murray pour convenir d'un rendez-vous à son bureau, Trace appela Dare.

— Que se passe-t-il ? demanda ce dernier en décrochant.

— Je vais faire court : Murray doit disparaître de la surface de la Terre. Et le plus vite sera le mieux.

— Entendu, répondit Dare après une minute de silence. Pourquoi ce brusque changement de plan ?

— Je sais où on va lui livrer des femmes. C'est une question de jours. Il n'y a donc plus de raisons d'attendre. Je pourrai coincer, sur ce coup de filet, les acteurs principaux de ce trafic et, quand ils auront parlé, nous aurons les autres.

— S'ils parlent…

— Ils parleront.

— Et ce soudain revirement n'a rien à voir avec Priss ?

Trace serra le volant.

— Si, ça a à voir avec elle.

— Je m'en doutais un peu.

Il devait à Dare la vérité.

— J'ai couché avec elle.

— Ah !, dit Dare d'un ton détaché. Tu t'es fait piéger, ce sont des choses qui arrivent.

— Dare, je n'ai pas couché avec elle une fois… Nous avons fait l'amour toute la nuit.

Et ça avait été tellement agréable, tellement fort, qu'il n'avait qu'une envie : recommencer. Il ne voulait plus la lâcher. Jamais. Il ne pouvait pas.

— Et ça va se reproduire, ajouta-t-il pour bien se faire comprendre.

— A ce point-là ?

Comme toujours, Dare prenait la situation calmement. Rien ne l'inquiétait.

— Et, si je te comprends bien, tu ne veux plus qu'elle soit mêlée à ça…

Exactement. Il ne voulait plus que Priss prenne le moindre risque.

— Tu as tout compris.

— Si tu arrives à la convaincre de se réfugier chez moi, pas de problème, je l'accueillerai aussi longtemps qu'il le faudra, proposa alors Dare sans hésiter.

— Merci. C'est tout à fait ce que j'attendais de toi.

Il s'était douté qu'il pouvait compter sur lui, mais il fut rassuré de l'entendre le lui confirmer.

— J'en ai déjà parlé avec Priss. Jackson peut l'emmener chez toi aujourd'hui. Je veux l'éloigner d'ici le plus vite possible.

— Aujourd'hui ?

Dare hésita.

— Tu es sûr de savoir ce que tu fais, Trace ? Comment vas-tu expliquer à Murray sa brusque disparition ? C'est un homme méfiant. Il va se demander pourquoi cette femme qui s'est présentée à lui comme étant sa fille a tout à coup décidé de quitter la place.

Trace avait déjà pensé à la raison à donner.

— Il croira qu'elle a eu peur d'Helene.

— Hmmm, fit Dare en réfléchissant au bien-fondé de cette théorie. Ouais, ça peut marcher… Helene est suffisamment effrayante pour faire fuir n'importe qui.

— Il faudra bien que ça marche, parce qu'il n'est pas question que Priss approche de nouveau ce salopard.

— Est-ce que Priss est d'accord ?

Elle n'était pas vraiment d'accord, en fait, mais elle avait su se rendre à ses arguments raisonnables. Du moins préférait-il penser qu'il avait réussi à la convaincre et qu'elle se tiendrait à distance.

— Elle fera ce qu'il faudra. J'y veillerai.

Dare n'insista pas.

— Je vais demander à Chris de préparer la chambre d'amis. Si tu as besoin de quoi que ce soit d'autre, n'hésite pas à m'appeler.

Une demi-heure plus tard, Trace entrait dans le parking des bureaux de Murray. Il fut aussitôt envahi d'une sensation de malaise, pesante, persistante, qu'il tenta cependant d'ignorer. Mais c'était difficile. Son instinct ne le trompait jamais. Quelque chose ne tournait pas rond, il le sentait rien qu'à l'air qu'il respirait.

Espérant qu'il n'était pas en train de foncer tête baissée dans un piège, que Murray n'avait pas tout découvert, il poursuivit son chemin.

A la porte du garage, un garde du corps lui fit signe, lui annonçant :

— Le patron vous attend.

Trace lui jeta un regard glacial.

— Si je suis là, c'est qu'il m'attend, rétorqua-t-il sèchement.

— Je disais ça, comme ça, balbutia l'homme, un jeune qui venait d'être recruté et manquait visiblement d'aplomb.

— Je m'en doutais. La prochaine fois, pensez donc à la boucler.

Il était rassuré. L'homme avait agi de son propre chef et ne répercutait aucune menace.

— Oui, monsieur.

Trace prit l'ascenseur et appuya sur le bouton de l'étage de Murray. Il ignorait encore comment ce dernier allait réagir à la trahison d'Helene. Il avait hâte de s'expliquer avec lui et d'en finir avec ce problème.

Il était tout de même soulagé à l'idée de ne pas avoir à composer avec elle. Elle devait être en train de récupérer. Il aurait volontiers parié qu'elle était rentrée chez elle sans encombre. Comme les chats, Helene Schumer retombait toujours sur ses pattes.

En sortant de l'ascenseur, il trouva Alice installée derrière son bureau. Quand Murray était là, Alice y était aussi. Jour et nuit, même le week-end.

Elle tapait sur le clavier de son ordinateur, tête baissée.

— Alice..., appela-t-il en s'approchant.

Elle leva les yeux, puis les baissa, un aimable sourire aux lèvres.

— M. Coburn vous attend, dit-elle.

— Merci, répondit Trace en s'arrêtant près de son bureau. Vous allez bien ?

Une lueur inquiète passa dans les grands yeux bruns d'Alice et, de nouveau, elle évita son regard.

— Oui, je vais bien.

Elle avait les traits tirés.

— Il vous arrive de prendre des jours de congés ? demanda-t-il sur le ton de la plaisanterie.

Se méprenant sur son intérêt, elle contempla fixement son écran et ses mains se mirent à trembler.

— Monsieur Miller…

— Trace.

Elle se racla la gorge et acquiesça.

— Trace, oui. M. Coburn n'autorise pas ses employés à nouer des relations… euh… des relations privées.

— Je ne vous draguais, pas Alice ! Ma question était sans arrière-pensées.

Le visage d'Alice devint écarlate.

— Oui, je sais…, répondit-elle précipitamment. Je veux dire… Eh bien, c'est que…

— C'est que quoi ? demanda Trace, aussi doucement que possible.

Sa respiration s'accéléra, puis elle leva vers lui un regard blessé mais déterminé.

— Pardonnez-moi, je dis n'importe quoi… Vous avez raison. J'ai cru que vous me draguiez, c'est stupide.

Trace se raidit. Il venait de comprendre qu'Alice était effrayée et intimidée. Comment avait-il pu laisser passer ça ? Dans le personnel de Murray, il y avait aussi des gens honnêtes, des gens qui ne savaient rien de ses activités parallèles.

La jeune femme en faisait de toute évidence partie.

— C'est moi qui suis désolé, Alice.

Il la salua d'un signe de tête et se dirigea vers le bureau de Murray.

Le salaud qui terrorisait son personnel.

Il frappa deux fois et entra.

Murray était assis derrière son bureau, face à la fenêtre. Il téléphonait. Il se retourna pour regarder Trace qui entrait et lui adressa un signe de la main, avant de se détourner de nouveau.

— Mais non, merde !

Il marqua un temps de pause et ricana.

— Mais parce que la marchandise arrive plus tôt que prévu !

Trace attendit près de la porte, l'air détaché, pour que Murray ne se rende pas compte qu'il tendait l'oreille. La marchandise arrivait plus tôt… Il n'en était pas mécontent, il avait hâte d'en finir.

— Bon, ça suffit ! s'énerva Murray en faisant pivoter son fauteuil pour se replacer face à son bureau. Je n'ai pas envie de discuter. Prenez le fric et venez !

Il raccrocha violemment.

— Vous voulez que je repasse plus tard ? demanda Trace en haussant un sourcil.

— Non.

Au bout de quelques secondes, il reprit le téléphone et le replaça correctement sur son support.

— Entrez. J'ai besoin d'un verre. Vous en voulez un ?

Trace refusa, comme toujours.

— Je viens d'avaler le contenu d'une cafetière, s'excusa-t-il.

— Vous avez fait la grasse matinée ?

— Oui.

— Ça devait être la pleine lune ou un truc comme ça, hier soir, reprit Murray.

Il se versa une dose généreuse de whisky dans un grand verre.

— Helene aussi a eu du mal à se lever, ce matin.

Elle était donc levée ? Elle était décidément coriace !

— Et où est-elle ? demanda prudemment Trace.

Murray vida son verre et s'en servit un autre avant de retourner s'installer derrière son bureau.

— Ici. Elle m'a appelé pour me dire qu'elle avait quelque chose d'important à m'annoncer.

Il se tut et dévisagea intensément Trace.

— Vous avez une idée de ce que ça peut être ?

Trace vint s'appuyer au bureau de Murray, en affectant une attitude décontractée.

— Je ne pense pas qu'Helene ait l'intention de vous dire toute la vérité, aussi je suis venu vous exposer ma version des faits.

Murray croisa ses mains sur son gros ventre.

— J'avoue que je suis curieux de l'entendre.

— Hier soir, elle a pris quelques libertés.

Murray agita la main dans les airs, comme pour dire que c'était peu de chose.

— Je lui avais donné la permission de s'amuser avec Priscilla.

Trace serra les dents.

— Je sais, j'étais là quand vous en avez parlé.

Et il ferait payer ce salaud pour ça. Mais plus tard.

— Mais je ne parlais pas des libertés prises avec votre fille.

Il le regarda droit dans les yeux.

— Je parlais de ce qu'elle a fait avec moi.

— Avec vous ? C'est-à-dire ?

— Quand je suis rentré à mon hôtel hier soir après vous avoir quitté, elle m'attendait dans le hall.

— Et Priscilla, pendant ce temps ?

— Aucune idée. J'ai cherché Priscilla hier soir et ce matin. Elle s'est volatilisée.

Murray posa ses avant-bras sur le bureau.

— Vous êtes en train de me dire que Priscilla a disparu ?

— On dirait, oui…

Murray le dévisagea intensément, comme s'il tentait de le sonder.

— Et vous pensez qu'Helene a quelque chose à voir avec cette disparition ?

— C'est mon avis, oui.

— Possible. Helene est parfois un peu trop… démonstrative.

Murray caressa rêveusement son bouc, signe qu'il réfléchissait. Puis il leva un regard méfiant vers Trace.

— Qu'avez-vous dit à Helene quand elle s'est présentée à vous hier soir ?

— Je lui ai dit d'aller se faire foutre.

— Oh ! Trace…, lança Murray en ricanant. Ce n'était pas gentil de votre part.

— Je suis votre employé. Je n'ai pas à utiliser votre poupée.

— Eh bien ! Si Helene entendait ça, elle vous couperait les couilles.

Elle essayerait, Trace n'en doutait pas.

— J'avais hâte de me doucher, de boire quelques verres et de me trouver une femme.

— Une femme, mais pas Helene.

Trace haussa les épaules.

— Non, pas Helene. Helene vous appartient. Je ne suis pas fou et je ne touche pas les femmes des autres.

— Vous êtes quelqu'un de bien, approuva Murray.

Il fit claquer ses paumes sur le bureau.

— Bien. Vous l'avez donc repoussée. Et ensuite ? Que s'est-il passé ?

— Elle m'a drogué, murmura Trace entre ses dents.

Le souvenir d'Helene lui plantant son aiguille lui donnait des envies de meurtre.

Murray se dressa comme un coq.

— Poursuivez…

— Elle m'a planté une seringue dans le dos. Je ne sais pas ce qu'elle contenait, mais c'était un truc qui m'a rendu…

Murray se pencha un peu plus en avant, l'air sombre.

— Ne me faites pas languir, Trace. Qu'est-ce qu'elle vous a fait ?

— Elle m'a attaché. Et elle s'apprêtait à s'amuser avec moi…

Murray fut parcouru d'un frémissement de rage, puis il éclata de rire.

— Bon sang, Trace, vous me faites penser à ces vierges timides qui touchent le fond du désespoir quand je leur dis que je vais leur montrer ce qu'est un homme !

Il fit de nouveau claquer ses mains sur le bureau.

— Vous vous êtes senti violé ?

Trace était un homme mûr et adulte, mais Helene lui avait tout de même donné un aperçu de ce que pouvait ressentir une pauvre fille sans défense, enlevée et séquestrée, que l'on s'apprêtait à violer.

Sauf que lui savait qu'il aurait sa revanche.

— Vous n'aimez pas être à la merci de qui que ce soit, Murray, répondit-il d'un air sombre. Moi non plus.

— Je comprends, dit Murray. Je comprends.

— Si Helene n'avait pas été votre maîtresse, je l'aurais tuée, lâcha Trace.

— Elle n'est donc pas arrivée à ses fins avec vous, si je comprends bien ?, ironisa Murray, qui continuait à prendre la chose avec humour.

— Non, en effet. Et je lui ai administré une dose de sa cochonnerie.

— Sans blague ? Vous l'avez droguée ?

Trace acquiesça.

— Et ensuite je l'ai laissée seule pour chercher Priss et, quand je suis revenu, elle n'était plus là.

— Helene ne m'a rien dit de tout ça.

Il soupira.

— J'ai même eu l'impression que ce dont elle voulait me parler n'avait rien à voir avec vous.

— Je n'en suis pas surpris, déclara Trace en haussant les épaules. Je l'ai prévenue que je vous raconterais tout, mais je pense qu'elle ne m'a pas cru.

— Je suis moi-même étonné que vous veniez me trouver pour m'en parler, fit Murray en inclinant la tête de côté. Vous n'avez pas eu peur que je m'en prenne à vous ?

— Non, pas vraiment. Mais, même si ça avait été le cas, je serais venu. Je ne vous cacherai jamais quoi que ce soit d'important.

— Et vous considérez qu'il s'agit de quelque chose d'important ?

Trace n'aimait pas beaucoup le tour que prenait la conversation.

— Helene est une femme instable, vous l'avez dit vous-même. Je tenais à ce que vous sachiez jusqu'où elle peut aller.

— Je comprends, admit Murray.

Il soupira et appuya sur le bouton de l'Interphone.

— Alice, dit-il dans l'appareil. Faites savoir à Helene que je veux la voir au plus vite.

Il était donc pressé de régler ses comptes avec elle.

— Vous voulez que je reste ? demanda Trace.

Il espéra que Murray lui répondrait oui. Il tenait à être présent pour se défendre si la discussion tournait à son désavantage.

— Connaissant Helene, j'aurai peut-être besoin de votre protection, répondit Murray avec un sourire énigmatique, dont Trace ne déduisit rien de particulier.

Murray étant totalement lunatique, on ne pouvait savoir s'il déciderait de punir Helene ou de la féliciter pour son audace.

Helene fit irruption dans le bureau quelques minutes plus tard, un papier à la main.

Elle, d'habitude si soignée de sa personne, autant qu'une photo de magazine, apparut cette fois particulièrement négligée : la fente de sa jupe tombait de travers, des plis déparaient son chemisier, ses chaussures étaient mal assorties à l'ensemble. Elle avait l'air… elle avait l'air d'une femme normale, et pas d'une *domina* prête à fondre sur sa proie.

En apercevant Trace debout près de la fenêtre, elle marqua un temps d'arrêt. Puis elle jeta un coup d'œil inquiet du côté de Murray. Elle était folle mais pas stupide et comprit sans doute que les ennuis commençaient pour elle.

— Eh oui, Helene, approuva Murray, qui la connaissait bien. Tu vas devoir t'expliquer.

Elle tenta de faire diversion en agitant un papier.

— J'ai une nouvelle très importante à t'annoncer, dit-elle.

— Vraiment ?

Murray se tourna vers Trace.

— Elle a l'air pressée de m'annoncer cette nouvelle, accordons-lui ce sursis, si vous le voulez bien.

— C'est vous qui décidez, monsieur, répondit posément Trace en tentant de dissimuler son mécontentement.

Murray quitta son fauteuil et contourna son bureau pour se placer devant et s'y appuyer, les bras croisés.

— Très bien, Helene. Je t'écoute. J'espère que c'est intéressant.

— J'ai ici les résultats du test de paternité ! annonça-t-elle d'un ton triomphant. Cette petite garce n'est pas ta fille !

Trace fut tellement abasourdi qu'il ne sut comment réagir. Murray aussi paraissait sous le choc, preuve qu'il avait tout de même cru à l'histoire de Priss.

Aucun des deux ne tendit la main pour lire le papier.

— C'est la vérité, insista Helene. Je le jure.

— C'est dingue, murmura Murray. J'ai marché comme un gamin.

— Elle t'a bel et bien fait marcher, affirma Helene en posant le papier bien à plat sur le bureau et en affichant un air faussement compatissant. Elle cherchait à t'utiliser, Murray. Elle avait probablement en tête de t'extorquer de l'argent. Les analyses ne mentent pas. Vous n'avez aucun lien de parenté.

Murray l'écarta d'un air distrait, tout en fronçant les sourcils.

— Qu'est-ce que vous en pensez ? demanda-t-il à Trace.

Il en pensait que Priss avait creusé leur tombe à tous les deux.

— Que vous devriez laisser à Priscilla une chance de s'expliquer.

— Pourquoi tu lui demandes son avis ? s'énerva Helene en frémissant de rage. J'ai la preuve de ce que j'avance. Que t'importe ce qu'il pense ?

— Ça m'importe, comme tu le vois, rétorqua sèchement Murray.

Il s'écarta d'elle et se tourna ostensiblement vers Trace.

— Et à quoi servirait de lui laisser une chance de s'expliquer, selon vous ? demanda-t-il.

— Elle est peut-être sincère, même si elle se trompe, répondit Trace.

Il défia Helene du regard.

— D'ailleurs, si j'étais vous, je ferais faire d'autres analyses, par quelqu'un de neutre.

— Salaud ! s'écria Helene en se jetant sur lui.

Il lui saisit le bras et le lui coinça dans le dos.

— Je ne suis plus sous l'effet de votre drogue, lui murmura-t-il à l'oreille, indifférent à la présence de Murray. Vous n'avez aucune chance de me ligoter.

Elle se débattit en gémissant de douleur, mais il la tint fermement et répondit à Murray, comme si elle n'était pas là.

— Helene vous a déjà montré qu'on ne pouvait pas lui faire confiance. Hier, elle était avec moi au lieu de s'occuper de Priscilla, comme prévu, et aujourd'hui, juste le jour où elle vous montre les résultats, Priscilla est introuvable. Vous ne trouvez pas ça bizarre ?

Murray se frotta le menton et tira pensivement sur son bouc.

— Vous avez raison, c'est un peu trop commode.

— Non ! protesta Helene en se figeant.

Trace se demanda si Murray était déçu à l'idée que Priss ne soit pas sa fille, ou furieux qu'on lui ait retiré une proie facile et attrayante.

Helene recommença à s'agiter.

— Il ment !

Trace lui tordit un peu plus le bras, sans s'inquiéter le moins du monde de lui faire mal.

— Le mieux serait de refaire ces analyses, insista-t-il tranquillement. Comme ça, vous seriez fixé.

Murray s'approcha d'eux avec un air mauvais, les yeux plissés.

— Vous savez quoi, Trace ? Je crois que vous avez raison.

Le ton ferme et sans appel ne laissait aucun doute quant au sort qui attendait Helene. Trace la lâcha alors et fit un pas en arrière.

Elle se jeta dans les bras de Murray.

— Ne l'écoute pas, je t'en supplie, murmura-t-elle en couvrant son visage et son cou gras de baisers furieux. Mon amour, tu sais bien que je ne te mentirais jamais.

Murray prit délicatement son visage entre ses mains.

— Je te crois capable de tout, ma chérie. De tout. Et je pense en effet qu'il vaut mieux vérifier les résultats du test de paternité. Mais ne t'inquiète pas, en attendant, je vais te garder au chaud, en sécurité.

Elle poussa un gémissement plaintif et, pour la première fois, Trace lut la peur sur son visage.

— Murray, murmura-t-elle avec des yeux écarquillés. Je…

Murray se tourna vers Trace en souriant.

— Appelez la sécurité, lui ordonna-t-il en repoussant Helene dans un fauteuil.

— Entendu.

Trace jeta un regard vaguement apitoyé du côté d'Helene, puis estima qu'après tout elle n'avait que ce qu'elle méritait.

— Alice ? appela-t-il en sortant dans le couloir.

Alice sursauta sur son siège et fit volte-face.

Elle était pâle, visiblement inquiète. Pas seulement effacée et timide, comme d'habitude. Il eut plus que jamais envie de la protéger.

— Voulez-vous appeler la sécurité, Alice, je vous prie ?

— La sécurité, mais vous…

— Les gardiens en faction en bas, précisa-t-il.

Il lui sourit, mais elle ne répondit pas, aussi il n'insista pas.

— Faites vite, dit-il seulement.

— Oh ! s'exclama-t-elle en décrochant précipitamment son téléphone. Oui, oui, je le fais tout de suite.

Il referma la porte.

— La sécurité arrive, annonça-t-il à Murray.

— Parfait.

Installée dans un fauteuil, Helene était murée dans le silence, le regard perdu dans le vide. Trace ne put s'empêcher de se demander ce qui lui était arrivé la veille, quand Jackson l'avait abandonnée.

— Nous devons la retrouver, déclara soudainement Murray.

— La retrouver ?

— Je parle de Priscilla, ajouta-t-il d'un ton impatient. Cessez de rêvasser.

Le téléphone de Trace sonna. Il fut d'abord soulagé de cette diversion, puis songea que Jackson aurait utilisé son autre numéro et surtout qu'il n'aurait pas appelé, le sachant avec Murray. Il se serait contenté de laisser un code. Qui pouvait bien tenter de le joindre sur le numéro réservé à Murray ?

Comme le téléphone sonnait toujours et que Murray le dévisageait d'un air impatienté, Trace n'eut d'autre choix que de sortir l'appareil de sa poche pour l'éteindre.

— Désolé, dit-il.

Murray eut un geste magnanime.

— Je vous en prie, répondez.

Trace aurait préféré ne pas répondre. Son instinct lui criait que ce coup de fil n'apporterait rien de bon.

— Ça attendra, murmura-t-il.

— Certainement pas, protesta Murray. C'est peut-être Priscilla. Répondez.

— Très bien, concéda Trace en se demandant à quoi jouait Murray. Trace Miller.

— Trace!

Priscilla.

Seigneur! Mais qu'est-ce qui lui prenait? Il dut faire un effort surhumain pour afficher une expression indifférente.

— Que voulez-vous? dit-il.

— Le moment est mal choisi, peut-être? Désolée. Il ne se passe rien de grave, ne t'en fais pas. Je voulais juste que tu saches que j'étais là.

Conscient du regard attentif de Murray, Trace prit un air dégagé.

— Là? C'est-à-dire?

— Là, en bas. J'appelle d'une cabine.

Elle faisait exactement le contraire de ce qu'il lui avait demandé et elle avait l'air toute joyeuse! Il l'aurait volontiers étranglée.

— Vous êtes venue comment? demanda-t-il sèchement.

— En taxi. J'ai filé avant l'arrivée de Jackson, aussi, s'il t'appelle pour te dire qu'il ne m'a pas trouvée, ne t'affole pas.

Trace jeta un regard en coin à Murray.

— Je suis en pleine réunion, dit-il.

— Oh! Avec Murray, je suppose. Je voulais justement te prévenir que j'arrivais.

La main de Trace se crispa sur le téléphone. Elle était complètement folle. Jamais de la vie!

— Négatif, grommela-t-il.

— Affirmatif, rétorqua-t-elle. Surtout s'il est là.

Comment avait-il pu croire qu'elle se montrerait raisonnable?

— Dites-moi où vous êtes, je viens vous chercher, dit-il, se décidant à employer la ruse.

Murray haussa un sourcil.

— Trop tard. Je vois deux grands types qui avancent dans ma direction. Je ne pense pas que je pourrais les semer et il est probable qu'ils vont me demander de monter. Tu as parlé à Murray ? Au sujet d'Helene, je veux dire ?

— Oui.

— Oh ! Parfait… J'espère que nos versions concorderont… Bon, ils arrivent. Je dois te laisser. A tout de suite. Gros bisous, ajouta-t-elle avant de raccrocher.

Trace n'entendit plus que la tonalité.

Gros bisous ? Elle avait perdu la raison !

Trace referma le téléphone et le rangea dans sa poche, avec l'impression d'avoir reçu un coup sur la tête.

— Qui était-ce ? demanda Murray.

— Priscilla.

Inutile de mentir, puisqu'elle allait entrer d'une minute à l'autre.

— Priscilla ? s'exclamèrent en même temps Murray et Helene. Sans blague ? ajouta Murray. Je croyais qu'elle s'était enfuie.

— Apparemment non, murmura Trace en allant se poster près de la porte. J'ai proposé de descendre la chercher, mais elle m'a répondu que deux hommes s'approchaient de la cabine d'où elle appelait, juste en bas. J'espère que ce sont des hommes à vous.

Murray examina ses ongles.

— Probablement, dit-il. J'avais demandé à mes gardes du corps de me l'amener s'ils la voyaient rôder par ici.

— Elle t'a menti, intervint Helene.

— Ils vont donc la faire monter, annonça Trace en ignorant Helene.

— Oui, répondit Murray. Et j'en suis ravi. J'ai hâte de l'accueillir, vous pouvez me croire.

Il s'adressa à Helene.

— Quant à toi, je t'ordonne de la boucler. C'est compris ?

Elle hésita, puis acquiesça.

Quelques minutes plus tard, l'Interphone sonna.

« Monsieur Coburn, fit la voix d'Alice. Priscilla Patterson est là, avec la sécurité. »

— Qu'est-ce que vous attendez pour les faire entrer, Alice? Ne soyez pas stupide!

— Oui, monsieur.

C'était la première fois que Trace surprenait Murray à s'adresser à Alice sur ce ton, mais il n'eut pas le temps de s'appesantir sur la question, trois hommes entraient dans le bureau. Parmi eux, il reconnut l'un de ceux qu'il avait humiliés dans le parking de Priss. Ils traînaient avec eux une Priss qui se plaignait en bougonnant. Deux des hommes la tenaient sous les aisselles, le troisième fermait la marche. Ils portaient encore des traces d'ecchymoses et quelques sparadraps, mais sourirent à Trace en le voyant.

Priss essayait de ne pas grimacer de douleur, mais ils lui faisaient mal visiblement, et Trace ne put le supporter.

— Vous leur avez demandé de la maltraiter? demanda-t-il en fixant les hommes d'un œil mauvais, même si la question s'adressait à Murray.

— Pas vraiment, non…, répondit Murray d'un ton amusé. Mais nous sommes dans mon bureau, Trace, ne cassez rien.

— Je ne casserai que des os.

Et aussitôt son poing partit en direction du nez de l'homme qui se trouvait le plus près de lui. On entendit craquer des cartilages.

Surpris, l'homme lâcha Priss et recula en gémissant.

— Débrouillez-vous pour ne pas saigner sur ma moquette, dit simplement Murray.

Puis il alla s'asseoir pour mieux apprécier le spectacle.

Occupé à se tenir le nez pour recueillir son sang et luttant contre l'évanouissement, l'homme ne chercha pas à riposter et sortit de la pièce en titubant pour réclamer des mouchoirs à Alice.

Priss avait profité de la surprise générale pour se dégager. Du coin de l'œil, Trace remarqua qu'elle se rapprochait insensiblement de Murray.

— Trace est vraiment très efficace, lança-t-elle d'un ton approbateur.

— En effet, approuva Murray.

Trace n'aimait pas beaucoup savoir Priss si proche de Murray, aussi se dépêcha-t-il de régler son compte au deuxième homme, d'un simple coup de pied dans son genou déjà bandé — manœuvre qui présentait l'avantage d'être efficace et propre, sans effusions de sang. L'homme s'effondra à terre en poussant un hurlement de douleur.

Le troisième homme ne tarda pas à le rejoindre sur la moquette, terrassé par un direct au plexus et un crochet dans les côtes. Il tomba en ouvrant la bouche, au bord du vomissement, mais se retint, de peur de salir le bureau, sans doute.

— Excellent travail, approuva Murray en se levant et en faisant signe à Trace de les laisser tranquilles. Quand à vous, poursuivit-il en s'adressant à ses hommes, vous ne cessez de me décevoir. Sortez !

Alice leur tint la porte en se dandinant d'un pied sur l'autre, visiblement gênée.

— Vous avez encore besoin de moi, monsieur ? demanda-t-elle d'une toute petite voix quand les hommes furent sortis.

— Un café, un soda ? proposa Murray à Priss.

Elle secoua la tête.

— Non merci. Je ne voudrais pas déranger.

Helene se manifesta en remuant mais, obéissant aux ordres de Murray, elle ne prononça pas un mot.

Trace s'avança vers Alice.

— Ce sera tout, Alice, dit-il. Merci.

La jeune femme jeta un regard circulaire dans la pièce et hocha la tête, puis s'éclipsa en silence. Trace referma la porte derrière elle et alla se placer près de Priss.

A présent, il ne restait plus qu'à attendre la réaction de Murray. Tout était possible. S'il s'en prenait à Priss, Trace se sentait capable de l'étriper sur-le-champ, et tant pis pour les conséquences, il les assumerait.

Murray sourit à Priss tout en la fixant avec une attention soutenue, celle qu'il réservait en général à ses relevés de comptes.

— Pas la peine de vous poster à côté d'elle, Trace, je ne vais pas la manger, dit-il en haussant un sourcil. Tu n'as pas peur, au moins, Priscilla ?

Elle eut un sourire évasif.

— Je ne vais pas pleurnicher pour une petite démonstration de violence, d'autant plus qu'ils l'avaient bien cherchée.

— Priscilla…, intervint Trace.

Il aurait voulu pouvoir la museler. Ou bien l'emmener loin de cet endroit, tout de suite, partir avec elle et oublier le reste du monde.

Parce qu'il ne voulait surtout pas la perdre.

Murray sourit à son tour.

— Ne vous en faites pas, Trace, elle va être gentille. N'est-ce pas, Priss ?

Priss croisa les bras d'un air buté.

— Si vous sous-entendez que je ne dois pas poursuivre vos crétins en justice, je n'ai encore rien décidé.

Murray éclata de rire.

— Excellent !

Trace pria intérieurement pour que la bonne humeur de Murray dure. Mais il n'y croyait pas trop.

— M. Coburn est obligé de se montrer prudent, dit-il à Priss pour lui faire comprendre qu'elle dépassait les bornes. Ne le poussez pas à bout.

— Oh ! Mais si, elle peut me pousser un peu, intervint Murray d'un ton sournois. Ça ne me dérange pas le moins du monde.

Il la balaya du regard et prit un air désappointé en contemplant son jean et son T-shirt trop grand.

— Qu'est-ce que c'est que cette tenue ? grommela-t-il.

Elle tira sur le T-shirt en se dandinant.

— Ça ne vous plaît pas ? s'enquit-elle en minaudant.

— Pas du tout, non.

Il secoua la tête d'un air irrité.

— J'ai payé des vêtements pour te voir bien habillée et ne pas avoir à supporter ces chiffons informes.

Elle affecta un air contrarié, presque comique.

— Je suis désolée, vraiment, je voulais les porter…

Elle soupira, puis se pencha vers Murray en prenant des airs de conspiratrice.

— Je suis vraiment désolée d'avoir à vous dire ça, mais

quelqu'un est entré hier dans mon meublé pour tout saccager. Je n'ai plus rien.

Trace lui lança un regard admiratif. Elle en avait, de l'imagination…

— Plus rien ? répéta Murray, visiblement pris au dépourvu.

— Oui. J'étais sortie et…

— Tu étais sortie pour aller où ?

Elle répondit du tac au tac :

— A la laverie. J'avais besoin de laver mon pyjama et quelques affaires…

Elle prit un ton dramatique, juste ce qu'il fallait.

— Celles-là, au moins, je les ai sauvées. Tout le reste est foutu.

— Comment ça, foutu ?

— C'est ce que j'essaye de vous expliquer. Pendant que j'étais sortie, quelqu'un a forcé ma porte.

Murray regarda Trace, puis Helene, puis de nouveau Priss.

— Tu en es certaine ?

Priss acquiesça si vivement que ses cheveux s'éparpillèrent sur ses épaules, ce qui parut vivement plaire à Murray.

— Quand je suis revenue, tous mes beaux vêtements neufs étaient déchirés, irrécupérables.

Elle gémit, comme si cette perte la désespérait.

— Oh ! Murray, je ne savais pas quoi faire ! J'avais peur.

Murray la contempla fixement.

— Et qu'est-ce que tu as fait, finalement ?

— J'ai d'abord essayé de joindre Trace.

Elle jeta un regard inquiet du côté de Trace, comme si elle était gênée de le dénoncer.

— Mais il n'a pas répondu.

— Trace ? demanda Murray en se tournant vers l'intéressé.

Trace haussa les épaules et entra dans le jeu.

— Je devais être aux mains d'Helene, à ce moment-là. Je ne me souviens pas avoir reçu de coup de fil, mais il faut dire qu'elle avait pris mon téléphone et qu'elle l'avait éteint.

Helene ouvrit la bouche pour parler, mais le regard mauvais que lui lança Murray la fit taire.

Priss les dévisagea tour à tour avec une expression angoissée tout à fait convaincante.

— Je n'avais pas votre numéro, Murray. Alors j'ai quitté mon appartement. Parce que j'avais trop peur pour y dormir. Je suis vraiment désolée.

— Mouais, fit Murray. Et tu es allée où ?

— J'ai traîné dans une cafétéria ouverte toute la nuit. C'était glauque, comme endroit, mais au moins je m'y sentais en sécurité.

Elle soupira.

— Ces vêtements me plaisaient beaucoup. Sincèrement. Et je sais que vous les aviez payés cher. Je… je peux travailler pour vous les rembourser, si vous voulez. Je n'ai malheureusement pas d'argent de côté, sinon je vous aurais remboursé tout de suite.

— Cesse de dire des bêtises, la coupa Murray, qui semblait avoir repris ses esprits. Les vêtements, on peut les remplacer. Ce qui m'importe, c'est ta sécurité.

Il lança un regard interrogateur à Trace.

— Vous voyez qui aurait pu faire ça ?

Personne n'avait rien fait, mais Trace voyait très bien qui on pouvait accuser. Dans un sens, cela lui déplaisait d'incriminer Helene, qui se trouvait déjà en bien mauvaise posture, mais il n'avait pas le choix. Priscilla lui avait lancé la balle, il devait la saisir.

Comme il dévisageait intensément Helene, Murray soupira.

— Oui, je suppose que c'est plausible, dit-il.

Le visage d'Helene se crispa, mais elle ne bougea pas et n'émit pas un son.

Priss se glissa alors vers Murray, tout en surveillant Helene du coin de l'œil, comme si elle avait peur d'elle et recherchait une protection.

— Qu'est-ce qu'elle a ? demanda-t-elle à Murray.

Murray passa son énorme bras autour de sa taille et Trace dut se retenir pour ne pas le démolir sur-le-champ.

— Elle est en train de se rendre compte qu'elle est allée trop loin, expliqua posément Murray.

— Je… je ne comprends pas ce que ça veut dire, bredouilla Priss, toujours dans son personnage.

— Ça veut dire que j'ai décidé de ne plus la protéger et qu'elle va donc avoir de gros ennuis, expliqua de nouveau patiemment Murray.

Puis il ajouta, presque tendrement :

— Prends-en de la graine, jeune fille. On ne provoque pas Murray Coburn.

Alice passa la tête à la porte à ce moment précis, dispensant Priss d'une réponse.

— Les hommes de la sécurité sont là, monsieur Coburn.

— Ils arrivent au bon moment, dit Murray en ricanant.

Priss poussa un cri effrayé.

— Ceux qui m'ont amenée ici ? gémit-elle en se réfugiant derrière lui pour se servir de lui comme d'un bouclier.

Il parut d'abord agacé, puis il prit un air indulgent et lui tapota la joue.

— Il ne faut pas confondre les gardes affectés à la sécurité du bâtiment et mes gardes du corps. Et c'est Helene qu'ils viennent chercher, pas toi.

Paniquée, Helene tenta de s'enfuir, mais Trace avait déjà bloqué la porte et Murray la retint par les cheveux. Priss poussa un cri incrédule, sincère, cette fois, et s'écarta vivement du chemin. Trace, impuissant, la regarda pâlir, désolé qu'elle assiste à ce spectacle. Elle avait vécu des années assez difficiles et il aurait voulu la protéger désormais de la laideur du monde. Malheureusement, pour le moment, il ne pouvait rien faire.

— Tenez la porte, lui ordonna Murray.

Puis il s'adressa à Priss.

— Ne bouge pas d'ici, jeune fille. Je reviens tout de suite.

Priss acquiesça, les yeux agrandis de terreur.

Trace fit un pas de côté pour laisser passer Murray, qui entraînait Helene dans le hall. Il n'éprouvait aucune sympathie pour elle, mais il ne put s'empêcher d'être ému par son air paniqué.

Ils observèrent Murray, qui donnait posément ses ordres aux hommes de la sécurité, mais n'entendirent pas ce qu'il leur disait. Ils remarquèrent seulement qu'Alice, qui était aux premières loges, passait par toutes les couleurs.

Trace crut même qu'elle allait s'évanouir. Il fut tenté d'aller la réconforter, puis se ravisa : Priss aussi avait besoin de lui et elle avait la priorité.

Alice parut alors se reprendre. Il comprit qu'elle tiendrait le coup. Pour le moment.

Les hommes de la sécurité, de leur côté, ne parurent ni effrayés ni choqués par la tâche que leur confiait Murray. Quand il poussa Helene vers eux, ils la prirent sans ménagement par les bras, tandis qu'elle éclatait en sanglots.

— Jésus ! murmura Priss.

— Pas un mot, fit Trace entre ses dents.

Elle lui jeta un regard intrigué, puis lui tapota le bras.

— Compris, dit-elle.

Trace glissa sa main dans sa poche et profita de ce que Murray était occupé pour envoyer un code à Jackson.

— Si seulement tu avais pu te montrer raisonnable un peu plus tôt, grommela-t-il à l'intention de Priss.

— Je suis désolée, mais je ne pouvais pas laisser tomber, répondit-elle tout en surveillant Murray du regard.

Trace lui prit le bras et la poussa dans le fauteuil qu'Helene venait d'abandonner.

— Tu dois me faire confiance, à présent, dit-il tout bas.

— Je te fais confiance, répondit-elle.

Ses yeux brillaient. Elle paraissait déterminée.

— C'est à toi, maintenant, de me montrer que tu es capable de me faire confiance, ajouta-t-elle.

19

Helene avait beau être un monstre, Priss n'éprouva aucun plaisir à la voir emmenée. Elle trouva même le spectacle pénible. Elle s'efforça cependant de le cacher, d'autant plus que Trace la fusillait du regard. Déjà, Murray revenait vers eux d'un pas dégagé. Apparemment, le fait d'avoir donné sa maîtresse en pâture à ses hommes ne le perturbait pas le moins du monde. Priss n'y tint plus... Après tout, il était naturel qu'elle soit horrifiée par ce qui venait de se passer, alors autant le montrer, surtout si cela servait son rôle.

— Mais qu'est-ce qu'elle a fait ? demanda-t-elle d'un ton plaintif et craintif tout à la fois.

— Elle a déchiré tes vêtements neufs, répondit sèchement Murray.

— Peut-être, mais...

Il n'allait tout de même pas prétendre qu'il la répudiait rien que pour ça ?

— Ce n'est pas si grave, ajouta-t-elle. D'ailleurs, pourquoi aurait-elle fait ça ?

— Par jalousie, répondit Murray en finissant son verre, avant de se diriger vers le bar pour s'en servir un autre.

— Oh !

Elle en resta sans voix quelques secondes.

— J'ai du mal à le croire, dit-elle enfin.

Murray se mit à rire, tout en levant son verre en direction de Trace.

— Quelle que soit la raison…, insista Priss, je ne voudrais pas qu'elle soit malmenée… Il me semble que…

— N'y pense plus, ma chérie, coupa Murray. Les autorités vont s'occuper d'elle.

Les autorités ? Il la prenait vraiment pour une imbécile !

— Vous avez appelé la police ? demanda-t-elle en prenant son air le plus naïf.

— Bien sûr, dit-il avec un petit sourire en coin. Qu'est-ce que j'aurais pu faire d'autre ?

La torturer, la tuer… Ou encore la vendre au plus offrant, la proposer à d'autres hommes, pour qu'ils s'amusent avec elle. Voilà ce que pensait Priss, mais elle se garda bien de le dire tout haut.

— Je ne sais pas, répondit-elle. Tout ça est tellement bizarre, je ne sais plus quoi penser.

— Je te comprends, grommela Murray en vidant son verre, pour le remplir aussitôt.

Priss vit passer à ce moment précis une lueur étrange dans le regard de Trace. Sans doute songeait-il que si Murray était éméché, cela leur faciliterait la tâche.

— Tu as vu en effet beaucoup de choses bizarres, même un peu trop, murmura Murray comme pour lui-même.

La menace était à peine déguisée. Priss se leva de son fauteuil.

— Je devrais peut-être revenir une autre fois, proposa-t-elle.

— Non, objecta Murray avec un drôle de sourire qui découvrit ses dents et qui n'avait rien de rassurant.

Puis il avança vers Trace.

— L'affaire dont je vous ai parlé va se conclure aujourd'hui. J'ai besoin de vous.

La nouvelle n'eut pas l'air d'enchanter Trace.

— Et elle ? demanda-t-il en désignant Priss du menton.

— Avec tous ces gens qui la suivent, on ne peut décemment pas la laisser seule, répondit Murray.

Le visage de Trace se ferma, mais il ne fit aucun commentaire. Murray lui donna une tape sur l'épaule.

— Donc, nous l'emmenons.

Priss songea que Trace devait être fou de rage… Elle n'osait plus le regarder. Mais elle lui faisait confiance ; il saurait se contrôler, il cacherait sa haine et sa colère tant qu'il n'en aurait pas terminé avec cet homme détestable, tant qu'il ne l'aurait pas éliminé.

Elle battit des mains, comme une gamine excitée.

— Vous m'emmenez à un rendez-vous d'affaires ? C'est ça ?

Murray les fixa, Trace et elle, d'un œil impassible.

— C'est ça.

— Oh ! Murray… Ça me fait tellement plaisir !

Elle baissa les yeux et contempla son jean d'un air désolé.

— Mais je ne vais tout de même pas y aller dans cette tenue !

— Je vais demander à Twyla de te faire parvenir quelque chose de décent. Elle a probablement conservé tes mensurations.

Priss poussa un petit cri incrédule et surpris.

— Vous feriez ça ?

Pour toute réponse, il appuya sur un bouton de l'Interphone pour appeler Alice. La jeune femme arriva quelques secondes plus tard en traînant les pieds, la mine défaite.

— Priscilla m'accompagne à mon rendez-vous d'affaires aujourd'hui, annonça-t-il.

Alice lança un regard apitoyé du côté de Priss.

— Demandez à Twyla de lui faire envoyer ici des vêtements appropriés. Dites-lui de faire vite. Je pars dans une heure.

— Oui, monsieur, répondit Alice.

Mais elle ne bougea pas. Elle attendait d'être congédiée.

Murray la contempla alors en tambourinant sur le bureau de son gros index boudiné.

— Vous aussi, Alice, vous auriez besoin de revoir votre garde-robe. Pourquoi portez-vous toujours des vêtements ternes et stricts ?

Elle accusa le coup, comme si elle avait reçu une gifle.

— Oui, monsieur, répondit-elle d'un ton encore plus docile.

— Nous partirons à 14 heures. Annulez tous mes rendez-vous de l'après-midi.

Comme elle paraissait hésiter, il ajouta :

— Ce sera tout.

Quand elle eut quitté la pièce, Trace demanda :

— Alice vient aussi avec nous ?

— Oui. Elle tient mes comptes à jour.

Priss fut surprise de l'apprendre. Alice n'était probablement pas ravie de remplir ce rôle. Elle pouvait se tromper, bien sûr, mais la secrétaire lui faisait l'effet d'une fille gentille et honnête ; elle l'imaginait mal participant activement et de son plein gré à l'odieux trafic de Murray.

Elle jeta un coup d'œil à Trace et constata qu'il affichait un air neutre, mais elle le connaissait suffisamment, maintenant, pour se rendre compte qu'il était sous pression.

— J'ai quelque chose d'important à faire, annonça Murray en s'adressant à Trace, comme si elle n'existait pas. Emmenez Priss dans la salle de réunion. Alice lui apportera ses vêtements dès qu'ils arriveront. Je vous charge de vérifier qu'ils conviennent, je ne veux pas de mauvaise surprise.

— Très bien, acquiesça Trace.

Murray jeta un regard vague du côté de Priss.

— Occupez-vous d'elle, mettez-la à l'aise.

Puis il sortit de la pièce en fronçant les sourcils, l'air soudain préoccupé.

Comme il passait devant le poste de travail d'Alice, elle sursauta et se leva, comme pour le suivre. Priss ne put s'empêcher de penser qu'elle se comportait comme un animal de compagnie désireux de plaire à son maître — ou bien redoutant une punition.

Quand Murray eut disparu, elle se tourna vers Trace.

— Eh bien..., murmura-t-elle. C'était...

Trace lui prit le poignet et lui fit signe de se taire en secouant la tête.

Des micros ? articula-t-elle en silence.

Il haussa les épaules, pour lui faire comprendre qu'il n'en était pas certain. Puis il désigna du menton l'Interphone, sur le bureau de Murray, et elle comprit qu'Alice pouvait les entendre.

— Venez, dit-il.

Il l'entraîna hors de la pièce. Ils empruntèrent le couloir et entrèrent dans une vaste pièce encadrée par deux grandes baies vitrées allant du sol au plafond.

— Je suis censée me changer ici ? murmura Priss, qui se sentait déjà exposée aux regards indiscrets.

— Vous êtes censée faire tout ce que vous ordonne Murray, répondit sèchement Trace, restant dans son rôle.

Il paraissait furieux et déterminé.

— Oui, je sais, mais…

Elle se mordit la lèvre puis acquiesça.

— Il n'y aurait pas quelque chose à boire ? demanda-t-elle.

L'œil gauche de Trace fut agité d'un tic nerveux. Il se détourna et marcha jusqu'au bar mural dont il sortit un Coca qu'il versa dans un verre rempli de glaçons.

— Vous avez mangé ?

— A peine.

La réponse parut agacer Trace. Il était décidément sur les nerfs.

— Je ne peux pas vous laisser seule ici pour aller vous chercher à manger. Vous avez le choix entre des cacahuètes, des bretzels ou des crackers au fromage.

Il s'adressait à elle comme à une étrangère qui l'aurait laissé complètement indifférent et cela lui fit mal, même si elle savait que c'était parce qu'il craignait la présence de micros. Elle aurait voulu le rassurer, lui dire que tout irait bien, qu'elle avait un plan, mais c'était trop risqué.

Elle tira un fauteuil de dessous la table de conférence et s'y installa.

— Des crackers au fromage, ça ira très bien, merci, dit-elle.

Elle sortit de sous son T-shirt la chaîne qu'elle portait au cou et la tripota nerveusement.

Trace ne parut même pas le remarquer.

Il n'avait pas encore fouillé son sac et elle ne savait pas s'il le ferait. Et même s'il le faisait… il ne se méfierait sans doute pas de son porte-clés, un porte-clés en forme de cœur qui dissimulait une lame acérée. Pas plus que de son téléphone portable. Un téléphone rose qui paraissait totalement anodin, mais qui dissimulait un Taser.

Elle avait prévu plusieurs modes opératoires, au cas où… Etrangler le cou grassouillet de cette ordure de Murray avec la chaîne qu'elle portait, lui trancher la gorge avec la lame du porte-clés, ou le frire avec le Taser.

Peu lui importait le moyen, du moment qu'elle allait jusqu'au bout. Elle voulait qu'il paye pour ce qu'il avait fait à sa mère. Pour ce qu'il lui avait fait à elle.

Trace déposa le verre de soda et un bol de crackers devant elle. Il la contempla en silence puis, comme elle se mettait à manger, il marcha jusqu'à la baie vitrée pour regarder au-dehors. Elle remarqua alors qu'il gardait sa main dans sa poche.

Est-ce qu'il envoyait un code à Jackson ?

Elle espéra que oui, car ils allaient avoir besoin de renforts.

Elle dévora les crackers, plus pour calmer son angoisse qu'autre chose. Elle venait juste de les terminer quand Alice entra avec les vêtements envoyés par Twyla.

Trace alla à sa rencontre et Priss les rejoignit.

— Alice ?

Alice se figea.

Priss tendit le bras pour lui prendre la main.

— Merci.

Alice avala sa salive, une expression inquiète et peinée sur le visage.

— De rien, répondit-elle.

Puis elle ressortit précipitamment, comme si elle battait en retraite, en refermant silencieusement la porte derrière elle.

Cette pauvre fille vivait dans la peur. Murray devait la tyranniser.

— Alice a l'air particulièrement nerveuse, aujourd'hui, déclara-t-elle.

— Alice a un peu plus de plomb dans la cervelle que vous ! rétorqua sèchement Trace.

Priss le dévisagea d'un air de reproche, mais il n'abandonna pas son attitude hostile. Très bien. Si ça l'amusait…

— Où puis-je me changer ?

Il désigna la pièce d'un large geste de la main.

— Où vous voulez, mais je dois rester pour vous surveiller.

Ce fut à son tour de prendre un air contrarié. Bien sûr, il l'avait vue nue. Mais tout de même. Ce n'était pas la même chose.

— C'est ridicule, protesta-t-elle.

— Vous avez entendu ce qu'a dit Murray ? rétorqua Trace avec une lueur étrange et furieuse dans le regard.

Comme elle se plantait devant lui pour le défier, il secoua la tête.

— Vous compliquez les choses inutilement, Priscilla.

Elle pinça les lèvres, ayant de plus en plus de mal à cerner les limites de l'homme et du personnage.

— Vous ne m'êtes plus très sympathique, là, grommela-t-elle.

— Qu'est-ce que vous voulez que ça me fasse ?

Oh ! Le salaud ! Il jouait un peu trop bien son rôle et ça commençait à l'agacer.

Elle posa le sac apporté par Alice sur la table et en sortit les vêtements un à un. Il contenait une robe, une culotte minuscule, des chaussures à talons qui allaient la mettre à la torture. Super ! Vraiment super…

Elle prit la robe et la tint dépliée, à bout de bras, pour l'examiner. Il s'agissait d'une robe droite, noire, sans manches. Trop petite d'une taille. Ou plutôt destinée à la mouler. Sur les côtés, à la place des coutures, il y avait un laçage. De plus, elle était courte. Très courte. On allait voir sa culotte au moindre mouvement.

— Pas mal, lâcha Trace, pour la provoquer.

Priss l'ignora. Elle examinait à présent la culotte, si on pouvait appeler *culotte* ce minuscule bout de tissu couleur chair. Elle n'allait pas se sentir à l'aise là-dedans. Pas du tout !

Elle retint un gémissement de désespoir.

— Ces vêtements conviennent assez mal à une sortie avec mon père, grommela-t-elle.

— Arrêtez de tergiverser !

Il posa une main sur son bras.

— Vous devriez vous habiller avant que Murray n'arrive.

Bon sang ! Elle n'avait pas pensé à ça ! Il ne manquerait plus que Murray fasse irruption pendant qu'elle était en train de se changer ! S'il les écoutait en ce moment, est-ce qu'il essayerait de la surprendre nue ?

Probablement.

Elle tourna le dos à Trace et ôta à la hâte son T-shirt et son soutien-gorge, puis elle enfila la robe, aussi vite qu'elle put. Quand elle regarda de nouveau Trace, il arborait un grand sourire innocent.

— Il faut enlever le jean, dit-il.

— Je vais l'enlever, grommela-t-elle.

Elle le fit descendre, en même temps que sa culotte, tout en tirant sur la robe.

Il allongea le bras pour attraper le petit triangle de couleur chair et le lui tendit en le balançant au bout de son auriculaire.

— Tenez, Priscilla.

Elle le lui arracha et commença à se pencher pour l'enfiler, mais elle prit soudain conscience que Trace se trouvait derrière elle, presque contre elle.

— Vous pourriez reculer un peu ? demanda-t-elle sèchement. C'est du harcèlement !

— Je pensais que vous y seriez habituée, ironisa-t-il.

Elle se demanda s'il jouait la comédie pour Murray ou s'il cherchait à la punir d'être venue malgré ses avertissements.

— Vous êtes un grossier personnage.

— Je fais mon boulot, c'est tout.

Donc, c'était pour Murray. Elle soupira, leva un pied… Les mains de Trace se posèrent sur ses hanches pour la stabiliser. Elles étaient chaudes, fermes, réconfortantes. Elle acquit alors la certitude qu'en dépit de la comédie qu'ils étaient contraints de jouer Trace était là pour elle.

Elle eut du mal à contenir son émotion.

— Trace…

La porte s'ouvrit à la volée et Murray entra.

— Tout le monde est prêt ? demanda-t-il.

Trace fit brusquement volte-face, tandis qu'elle s'empressait d'enfiler la culotte en se cachant derrière son large corps. Quand elle se redressa, il fit un pas de côté — exactement au bon moment, comme s'ils avaient répété.

En la voyant déjà habillée, Murray ne put dissimuler sa déception.

— Où sont les chaussures ? demanda-t-il.

— Ici, répondit Priss.

Elle s'installa dans un fauteuil, dos aux deux hommes, et glissa ses pieds dans ces escarpins trop pointus et trop hauts. Cette tenue était ridicule… Pas du tout adaptée à une réunion d'affaires. Il n'y avait plus aucun doute sur le sort que Murray lui réservait.

— Montre-toi un peu, lui ordonna Murray d'une voix altérée.

Priss se leva, en tirant désespérément sur l'ourlet de la robe. Puis elle se présenta aux deux hommes, elle n'avait pas le choix.

— La robe est trop étroite, se plaignit-elle.

— Pas du tout, protesta Murray.

Il humecta ses grosses lèvres et contempla fixement ses seins, puis ses jambes.

— Elle te va très bien.

Elle s'obligea à sourire.

— C'est bien vrai ? demanda-t-elle comme si son avis était primordial.

Puis elle entreprit de plier les vêtements qu'elle avait quittés.

— Tout est prêt, annonça Alice depuis le pas de la porte.

— Parfait, parfait, répondit Murray en tendant sa main pour prendre celle de Priss. Alors, allons-y.

Le contact de cette main lui répugnait, mais elle ne pouvait pas la refuser, aussi fit-elle contre mauvaise fortune bon cœur.

— Très bien, acquiesça-t-elle.

Les gros doigts de Murray la serraient trop fort et caressaient discrètement sa paume avec son pouce. Elle en eut la nausée et dut rassembler tout son courage pour ne pas réagir à cette invite écœurante.

Ils marchèrent vers l'ascenseur. Trace avançait, les mains derrière le dos ; Alice regardait ses pieds. Murray continuait à lui caresser la paume et elle se retint pour ne pas hurler et le gifler.

Sale pervers !

Il était temps que cette ordure disparaisse de la surface de la Terre.

Une fois dans le parking, il la lâcha, mais sa torture n'en fut pas terminée pour autant. Tandis que Trace prenait le volant, Murray insista pour qu'Alice monte devant et s'installa derrière avec elle.

Sa cuisse gauche effleura deux fois la sienne, et, comme elle s'écartait discrètement, il posa une main sur son genou. Elle sursauta, comme l'aurait fait n'importe quelle femme, en affectant un air tellement gêné qu'il retira sa main. Mais ça ne l'empêcha pas de plonger son regard dans son décolleté. Elle se sentit violentée et songea à ce que sa mère avait dû éprouver, elle qui avait enduré beaucoup plus, et de la part de plusieurs hommes.

Elle ravala sa haine en pensant au moment où elle le frapperait. Elle posa son sac côté portière, hors de portée de Murray. En cas de besoin, elle pourrait en sortir ses armes facilement, mais si cela ne s'avérait pas immédiatement nécessaire elle attendrait que Trace ait libéré ces pauvres jeunes femmes enfermées dans l'usine abandonnée.

Murray engagea la conversation en parlant de son argent et des gens haut placés qu'il connaissait, sans doute pour l'impressionner et lui faire comprendre qu'elle avait intérêt à se tenir tranquille. Elle l'écouta d'une oreille distraite, tout en surveillant Trace. Il paraissait sur le qui-vive mais pas inquiet, ce qui la rassura.

Il ne cessait de regarder autour d'eux. Murray croyait probablement qu'il ne faisait que son travail de garde du corps, mais elle eut l'impression qu'il guettait quelqu'un ou quelque chose.

Jackson ou la police, sans doute.

— Vous avez l'intention de tuer quelqu'un ? demanda-t-il soudain à Murray.

Priss ne comprit pas tout d'abord la raison de cette question brutale, puis elle remarqua que Murray avait sorti un revolver qu'il tenait posé sur ses genoux. Et qu'il pointait vers elle, comme négligemment.

Il haussa les épaules, avec un sourire énigmatique.

— Uniquement si c'est nécessaire, répondit-il.

Trace fonctionnait à présent à l'instinct. Il se sentait prêt. Il roula tranquillement jusqu'à l'usine désaffectée et afficha un calme exemplaire tout au long du trajet, même quand Murray sortit une arme.

Priss, elle, poussa un cri apeuré, comme la mijaurée qu'elle était censée être.

— Pourquoi une arme ? s'exclama-t-elle. Est-ce que cette réunion est dangereuse ?

Murray éclata de rire.

— Oui, ma petite.

Puis il ajouta, d'un ton de mauvais augure :

— Plus dangereuse pour certains que pour d'autres.

— Ah !, murmura-t-elle. Dans ce cas, je suis soulagée que vous ayez pris la précaution d'emporter une arme.

— C'est vrai ? demanda Murray avec un grand sourire. Et vous, Trace ? Vous êtes soulagé de me voir armé, vous aussi ?

Trace se demanda si Murray se doutait de quelque chose à son sujet ou si le revolver était destiné à Priss.

Dans les deux cas, il n'avait pas l'intention de le laisser s'en servir.

— Ce n'était pas nécessaire, monsieur. Je suis là. Mais je comprends votre prudence.

Murray se détourna pour regarder par la vitre de sa portière, signe qu'il ne se méfiait pas de Priss.

— Je m'en doutais un peu, marmonna-t-il.

Trace se rassura en se disant que Murray ne tirerait sûrement pas sur Priss dans sa propre voiture, avec toutes les complications que cela entraînerait — se débarrasser du corps, nettoyer…

De plus, si Murray avait décidé de tuer quelqu'un, il commencerait par tirer sur lui, qui constituait à ses yeux un danger plus redoutable. Priss ne risquait donc rien pour l'instant.

Près de lui, Alice se tenait les yeux fermés, les lèvres et les poings serrés. Elle avait vraiment l'air au bout du rouleau. Elle était sous la coupe de Murray depuis trop longtemps… Trace aurait voulu la tranquilliser, lui dire qu'il allait la débarrasser de son bourreau, mais il ne pouvait pas. Pas encore.

Il jeta un coup d'œil à Priss dans le rétroviseur. Elle souriait, mais il la sentait très crispée elle aussi.

Pourtant, il ne craignait pas qu'elle cède à la panique. Il savait que, quand il le faudrait, elle réagirait dans le bon sens, avec une colère calme et froide.

Et elle n'avait même pas d'entraînement. Chez elle, c'était naturel. Il se demanda s'il devait l'admirer ou s'en inquiéter.

Pour le moment présent, en tout cas, il pouvait s'en réjouir. La peur ne lui aurait été d'aucune utilité en ces circonstances. La colère, au contraire, l'aiderait à rassembler ses esprits. Si elle suivait ses instructions, ils avaient des chances de s'en sortir indemnes.

— Nous serons bientôt arrivés, annonça-t-il tout en balayant du regard les alentours.

Jackson avait accusé réception de son message et devait être déjà en place. Il était si bien caché qu'il ne le repéra pas.

Il ne doutait pas que ce dernier avait fait sa part du boulot et correctement coordonné les opérations. Les autorités interviendraient donc pour les relayer et prendre en flagrant délit Murray et ses complices. Pendant ce temps, Jackson et lui disparaîtraient dans la nature.

Quand ils arrivèrent à l'usine, il n'y avait personne dans la rue et très peu de voitures en circulation. Si bien que Trace repéra tout de suite, à demi engagé dans un entrepôt de livraison, un vieux semi-remorque à l'arrêt.

Il ne pouvait s'agir que du véhicule qui transportait les femmes. A en juger par la tête d'Alice, elle le comprit aussi. Priss n'avait encore rien remarqué et Trace pria pour que ça dure.

— Sortez en premier avec Alice, Trace, ordonna Murray. Je vous suivrai avec Priscilla.

Tout en regardant une fois encore autour de lui avec méfiance et en se demandant si Murray ne lui tendait pas un piège, Trace défit sa ceinture.

Comme Alice ne bougeait pas, il lui toucha gentiment le bras.

— Vous êtes prête ?

Elle acquiesça en silence, les larmes aux yeux, et sortit de la voiture.

Puis ils attendirent ensemble que Murray et Priss les rejoignent.

Murray conservait son arme discrètement pointée sur Priss, qui tenait elle-même à la main un objet rose qui ressemblait à un téléphone portable. Trace n'en fut pas dupe. Si elle tentait quelque chose, elle allait provoquer une catastrophe.

Tandis que Murray attirait Priss à lui pour lui parler à l'oreille, Trace chercha son regard et secoua la tête en signe d'avertissement.

Elle lui répondit par un clin d'œil.

— Seigneur !, murmura Alice, qui avait surpris leur échange.

Trace fit alors un pas vers Murray, pour le détourner de Priss.

— Je vais entrer le premier, proposa-t-il. Pour vérifier qu'il n'y a pas de piège.

— Je ne pense pas, répondit Murray en ricanant. Vous allez rester ici, que je puisse vous voir.

Il posa sur Priss un regard appuyé et ajouta :

— Ce sera mieux pour la sécurité de tout le monde.

Priss venait de remarquer le gros semi-remorque et ses grands yeux verts lancèrent des éclairs. Elle le fixa longuement, sans bouger. Trace eut peur qu'elle ne commette une imprudence sous le coup de la fureur, mais elle parvint à se maîtriser.

— S'il y a vraiment du danger, je suis d'accord avec vous, dit-elle, il vaut mieux que Trace reste près de nous. Il est votre garde du corps, après tout, non ?

Murray lui adressa un sourire amusé.

— Tout à fait, dit-il en montrant le semi-remorque avec le canon de son arme.

Trace ouvrit la marche, tout en s'étonnant que Murray, d'ordinaire si méfiant et malin, continue à croire au personnage de Priss.

— Vous ne sortez pas votre arme ? lui demanda ce dernier.

— Pas pour le moment, non, répondit-il en lui jetant un regard par-dessus son épaule. Je suis rapide. Si j'en ai besoin, je la sortirai, ne vous en faites pas.

— Toujours confiant, notre cher Trace, ironisa Murray en poussant Priss devant lui. As-tu déjà rencontré un type aussi sûr de lui ?

— Eh bien, pouffa Priss. Il y a vous. Vous aussi, vous êtes sûr de vous.

— C'est vrai. Et j'ai mes raisons de l'être.

Trace venait tout juste d'atteindre la porte, quand Dugo se montra. Il avait un bras en écharpe et le front tuméfié. Apparemment, il était seul.

Effrayées par cette apparition, Alice et Priss se tassèrent d'un même mouvement derrière Trace, lequel ne parut pas du tout impressionné.

— Comment va votre épaule, Dugo ? demanda-t-il posément. J'espère que vous l'avez montrée à un médecin.

Dugo pointa vers lui un doigt menaçant.

Mais Trace ne s'intéressait déjà plus à lui, il se penchait pour voir Belford, qui venait d'apparaître à son tour. Il tenait à peine debout. Il était vraiment dans un sale état.

— Eh bien, mon vieux, lança-t-il, vous avez la tête de quelqu'un qui serait mieux dans son lit.

— J'étais dans mon lit, gémit Belford. Mais on m'a demandé de le quitter.

Trace enregistra l'information : c'était donc avec lui que Murray parlait au téléphone un peu plus tôt, quand il était arrivé dans son bureau.

— Et vous avez choisi de réagir en homme et de vous lever ?

Belford dut décider qu'il valait mieux ne pas réagir à l'insulte et acquiesça, haussant les épaules.

— Quelque chose comme ça, oui…

Murray poussa Priss et Alice pour s'approcher.

— Le camion est arrivé en avance, je n'avais pas le choix, dit-il.

Belford alla s'appuyer contre un mur en geignant. Son visage était tellement enflé qu'on le reconnaissait à peine.

— Qu'est-ce qui vous est arrivé ? lui demanda Priss, qui ne ratait pas une occasion de jouer son personnage. Vous avez eu un accident de voiture ?

Alice se pencha vers Trace, comme si elle recherchait sa protection.

Murray éclata de rire.

— Qu'est-ce que j'ai dit de si drôle ? protesta Priss, les mains sur les hanches.

Murray s'essuya les yeux.

— J'ai envie de dire que tu vaux ton pesant de cacahuètes, mais je n'ai pas l'intention de t'échanger contre des cacahuètes, répondit-il.

Puis il se tourna vers Belford.

— Qu'en dites-vous ?

L'autre se redressa, soudain intéressé, et ses yeux enflés se posèrent sur Priss. Avec sa robe moulante, ses hauts talons et ses beaux cheveux roux qui lui retombaient sur les épaules, elle était vraiment superbe.

Evidemment que Belford était intéressé.

Il se repoussa du mur, courbé comme un vieil homme, et s'approcha d'elle pour mieux l'évaluer.

— Un bonus ? demanda-t-il.

— Ah non, ce n'est pas dans mes habitudes !, protesta Murray en agrippant le bras de Priss. Mais je suis sûr que nous pourrons nous entendre sur un prix.

Priss réagit alors comme n'importe quelle jeune femme qui sent tout à coup le danger l'aurait fait. Les yeux exorbités, elle s'écarta de Murray, autant que possible.

— Mais de quoi parlez-vous ? demanda-t-elle d'une voix qu'elle alla chercher dans les aigus. De quoi s'agit-il ?

Murray la ramena brutalement contre lui, la faisant trébucher.

— J'ai décidé, ma chère Priscilla, que tu ferais partie de l'affaire que je vais conclure aujourd'hui.

— Mais qu'est-ce que ça signifie ?

Elle montra Belford du doigt.

— Et qu'est-ce que ça a à voir avec lui ?

Trace en resta saisi d'admiration, une fois de plus. Elle jouait à merveille la surprise et la terreur.

Incroyable…

Murray entraînait déjà la jeune femme vers l'aire de chargement, à l'arrière du camion, et Belford suivit, en titubant, tout en reluquant les fesses de Priss moulées dans la minirobe.

Cet idiot ne savait pas qu'il était en train de signer son arrêt de mort.

— Avancez, fit Dugo à Trace.

— Passez devant, je vous en prie…, rétorqua Trace avec un sourire provocateur.

De toute évidence, Dugo n'avait pas envie de lui tourner le dos, mais il dut comprendre qu'il ne lui laisserait pas le choix.

Il serra les dents et avança.

Trace lui emboîta le pas, tout en priant pour que Jackson soit bien à son poste.

Arrivé devant la porte de la remorque, Murray se tourna vers Priss.

— Priscilla, ma chérie, depuis ta première visite, j'ai un peu réfléchi, vois-tu. Et, avant de m'engager avec toi, j'ai décidé de faire effectuer un test ADN pour m'assurer que tu étais vraiment ma fille.

En entendant ces mots, Belford s'arrêta net, si brusquement que Dugo faillit buter sur lui.

— Votre fille ! s'exclama-t-il, tandis que ses yeux passaient de Priss à Murray, puis revenaient à Priss.

Priss hocha timidement la tête.

— Je comprends, bien sûr. Je suis tout à fait d'accord pour ce test.

— Tu es vraiment adorable, murmura Murray en posant sa main sur sa joue, puis en lui caressant les cheveux. Mais je ne te demandais pas la permission. Je te remercie tout de même de l'intention. Le problème, c'est que tant que je n'aurai pas ma réponse je vais devoir… te garder enfermée.

Elle poussa un petit cri effrayé.

— Enfermée ?

— Par sécurité, précisa-t-il.

— Mais…

Elle dévisagea les hommes rassemblés autour d'elle. Y compris Trace.

— Je ne comprends pas, murmura-t-elle.

— Je ne voudrais pas que tu racontes ce que tu as vu à des gens mal intentionnés, tu comprends.

— Mais je ne parlerai à personne ! promit-elle. Je…

— Ma patience est à bout, maintenant ! coupa Murray. Tu feras ce que je t'ai dit, un point c'est tout.

Il la saisit par les cheveux pour l'immobiliser, tout en appelant le conducteur du camion.

— Venez ouvrir la porte, lui cria-t-il.

Aucune réponse. Personne ne se montra.

— Ouvrez ce putain de camion ! cria-t-il plus fort.

Trace fit quelques pas en avant, à l'intérieur de l'entrepôt de livraison, pour apercevoir la cabine. Puis il laissa échapper un petit sifflement et revint vers le groupe.

— Je ne pense pas qu'il nous aidera à ouvrir le camion, dit-il sobrement.

— Et pourquoi ça ? demanda Murray en tirant Priss en arrière par les cheveux.

Elle fit la grimace et gémit en protestation, mais il ne lâcha pas prise.

— Etant donné l'étrange inclinaison de son cou, je parie qu'il est mort.

Murray agita son revolver en direction de Dugo. Il écumait de rage.

— Mais qu'est-ce que vous avez foutu, merde ?

— Ce n'est pas nous ! rétorqua Dugo, le visage rouge de colère. Nous sommes arrivés quelques minutes seulement avant vous.

Dugo entra dans l'entrepôt pour vérifier les lieux mais, voyant qu'il était vide, il défoula sa colère sur Murray.

— Ce conducteur était l'un de vos hommes, ce serait plutôt à moi de vous demander ce que vous avez foutu !

Murray eut un clignement d'yeux nerveux.

— Ouvrez ! dit-il avec un calme inquiétant.

Dugo souleva prudemment la lourde barre qui bloquait la porte de la remorque et ouvrit en grand, avant de reculer précipitamment, au cas où…

A l'intérieur, ils distinguèrent dans la pénombre des silhouettes agglutinées. Des femmes. Une douzaine environ.

Priss se figea, tremblant de rage. Alice, elle, demeura impassible.

Sur ordre de Murray, les femmes sautèrent une à une de la remorque, en battant des paupières, visiblement aveuglées par la lumière du jour. Elles étaient maigres, sales ; elles présentaient des traces de coups et paraissaient désorientées. Les deux plus jeunes, sans doute mineures, s'agrippaient à de plus âgées, recherchant leur protection.

Une fureur noire emplit le cœur de Trace à l'idée de ce que ces femmes avaient dû endurer…

Soudain, du coin de l'œil, il vit Dugo sortir son arme. Il s'apprêtait à réagir et aurait probablement eu le temps de tirer avant lui, quand Priss paniqua, pour la première fois.

— Non ! hurla-t-elle, tout en envoyant son coude dans le ventre de Murray.

Tandis que Trace se demandait ce qui lui prenait, et surtout si elle se croyait capable d'arrêter des balles, elle se libéra de Murray.

— Salope ! éructa Murray tout en se jetant derrière une rangée d'étagères et se mettant à tirer.

Alors Trace ne songea plus qu'à Priss. Il se jeta sur elle pour la plaquer au sol et roula pour la déplacer jusqu'au mur et, il l'espérait, hors de portée des balles de Murray. Elle tenta de lui résister, mais il la protégea de son corps, tout en ripostant — une balle pour Murray, pour empêcher ce salaud de sortir de derrière ses étagères, et une autre pour Dugo.

Il atteignit Dugo, mais sans le blesser grièvement, si bien que ce dernier allait tirer à son tour, quand une balle l'atteignit en pleine poitrine. Le choc le propulsa contre le mur de briques. Il fixa d'un œil hébété la tache qui s'élargissait sur son torse, puis jeta un dernier regard à Trace, avant de s'effondrer au ralenti, crachant du sang.

Les femmes se mirent à hurler et coururent se réfugier derrière le camion.

Belford, à qui la peur donnait des ailes, attrapa l'une d'elles pour s'en servir comme d'un bouclier. Comme elle criait, il appuya le canon de son arme sous son menton.

— Boucle-la ! ordonna-t-il.

— Mauvaise idée, lança Trace. Lâchez cette femme.

Belford l'ignora totalement et s'adressa à Murray.

— Qu'est-ce que c'est que ce bordel ?

— J'ai été trahi, vous ne le voyez pas, espèce de crétin ! lui répondit Murray sans se montrer. Tuez-les. Tuez tout le monde.

Surpris, Belford fit un pas de côté, à peine, mais suffisamment pour que Trace puisse le viser. Il l'atteignit au genou, puis à l'épaule. Belford poussa un gémissement de douleur et tomba, évanoui, en lâchant la femme qui partit aussitôt rejoindre les autres, en rampant et en sanglotant.

Ils entendirent Murray hurler de rire, tandis qu'il s'éloignait vers le fond de l'entrepôt.

Merde ! Trace se redressa en position assise, tout en prenant soin de rester devant Priss, et chercha Murray du regard.

— C'est Jackson qui a tiré sur Dugo ? demanda Priss derrière lui.

— Oui.

— Et Belford, il est mort ?

— Non et c'est tant mieux. Mort, il ne nous serait d'aucune utilité. Vivant, il pourra nous aider à coincer les autres.

— Ah !

— Ne bouge pas d'ici, ordonna-t-il en la saisissant par le menton. Et je ne plaisante pas.

— Oh non, je ne bougerai pas !

Il la dévisagea et décida qu'il pouvait la croire, cette fois.

— Si tu bouges, tu le regretteras, ajouta-t-il tout de même.

Mais elle ne parut pas impressionnée par la menace.

— Vas-y, dit-elle posément. Il ne m'arrivera rien.

Il ne lui arriverait rien, non, parce que Jackson était un excellent tireur et qu'il surveillait tout depuis l'endroit où il se tenait. Trace eut le vertige en songeant que Priss aurait pu être sérieusement blessée. Qu'est-ce qui lui avait pris d'intervenir ? Il lui avait pourtant répété une bonne centaine de fois qu'il n'avait pas besoin de son aide !

Et pourtant elle s'était jetée dans la bataille, au mépris du danger.

Il s'efforça de ne plus y penser et entreprit de sécuriser les lieux. Pour commencer, il menotta le corps inconscient de Belford et l'attacha au pare-chocs du semi-remorque, puis il rassembla tout ce qui pouvait servir d'arme.

Les femmes, effrayées, s'éparpillaient quand il s'approchait d'elles. Il n'avait malheureusement pas le temps de leur expliquer qu'elles ne risquaient rien avec lui.

Il revint vers Priss et lui mit le revolver de Belford dans les mains.

— Tu sais t'en servir ?

— Oui, répondit-elle.

Puis, tout en tenant l'arme mollement, elle s'adressa aux femmes qui tentaient de se dissimuler çà et là dans l'entrepôt.

— Tout ira bien, maintenant. Nous sommes là pour vous aider.

Trace savait qu'il aurait dû partir à la poursuite de Murray, mais il n'arrivait pas à détacher son regard de Priss. Elle vacillait sur ses trop hauts talons, avait une marque rouge sur la joue, un insecte mort dans les cheveux, des toiles d'araignées accrochées à sa robe.

Mais elle tenait le coup.

— Trace, murmura-t-elle. Il faudrait y aller, non ?

— Tu as raison.

Il prit quelques secondes pour réfléchir.

— Fais-les sortir de l'entrepôt, mais ne les laisse pas se disperser, d'accord ? Jackson est dehors, vous ne risquez rien.

— Compris.

Ravie d'avoir l'ordre de sortir, elle fit quelques pas, puis elle se retourna, l'air préoccupé.

— Où est passée Alice ? demanda-t-elle.

Trace prit alors conscience qu'il n'avait pas vu la jeune femme depuis les premiers coups de feu. Puis il se rendit compte, en posant les yeux sur le corps de Dugo, qu'il n'avait pas ramassé son arme mais qu'elle ne se trouvait plus à côté de lui.

— Fais ce que je t'ai demandé, dit-il à Priss. Fais-les sortir. Et ne te fie à personne d'autre qu'à Jackson, compris ?

— Oui.

— N'hésite pas à tirer si c'est nécessaire.

Il la prit par la nuque et déposa un rapide baiser sur ses lèvres.

— Je reviens le plus vite possible, promit-il.

— Sois prudent, Trace, je t'en supplie.

Il aurait pu lui répondre qu'il était toujours prudent, mais il avait assez traîné comme ça. Le revolver au poing, il partit à la recherche de Murray.

Pour une fois, il allait devoir oublier Priss. Totalement. Le temps de retrouver ce salaud.

20

Le cœur de Priss battait à tout rompre, mais elle parvint à surmonter sa peur pour mener à bien sa mission.

— Faites-moi confiance, je vous en prie, cria-t-elle aux femmes qui sortaient une à une, tétanisées de frayeur. Vous devez absolument vous éloigner au plus vite de ce bâtiment et rester groupées.

Il pouvait encore y avoir des échanges de coups de feu et elle n'aurait pas voulu que l'une d'entre elles récolte une balle perdue. Elle ne voyait pas Jackson, mais il était là, elle n'en doutait pas, et saurait les protéger si nécessaire.

L'ennui, c'était qu'il ne pouvait pas s'occuper en même temps de Trace. Or Trace aurait bien eu besoin de lui parce qu'il poursuivait un fou dangereux dans un dédale de couloirs sombres.

Il serait en effet si facile à Murray de se cacher dans un coin et d'attaquer par surprise…

Non!

Elle tâcha de se raisonner. Trace était plus efficace que Murray, plus fort, mieux entraîné.

Mais Murray avait un avantage. Il n'avait aucune morale, aucun scrupule.

L'angoisse lui fit monter les larmes aux yeux, mais elle se reprit. Elle n'avait pas le droit de se laisser aller. Trace lui avait confié le soin de ces femmes, elle ne devait pas le décevoir.

Elles étaient toutes paniquées et offraient un spectacle à déchirer le cœur. Quelques-unes pleuraient. Elles s'étaient crues perdues et osaient à peine croire à ce sauvetage miraculeux.

Une fois qu'elles furent toutes à l'extérieur du bâtiment, Priss mit sa main en visière pour scruter les alentours. Elle entendit bientôt hurler au loin des sirènes.

La police! Grâce à Dieu!

L'une des femmes fit un pas vers elle, fixant d'un air méfiant son revolver.

— Est-ce qu'on va nous laisser partir? demanda-t-elle.

— Oh! murmura Priss en battant des paupières pour lutter contre les larmes qui lui brûlaient les yeux.

Elle baissa son arme et allongea le bras vers la femme. Celle-ci demeura raide et sur la défensive, mais ne prit pas la fuite.

— Oui, bien sûr. Vous êtes libres. Nous n'avons pas pu vous expliquer ce qui se passait, à cause des coups de feu et…

La femme acquiesça d'un air las.

— Les hommes qui sont morts… Ce sont les responsables de notre enlèvement?

— Je crois que ce sont des acheteurs, répondit Priss.

— L'un d'eux s'est enfui.

Priss choisit soigneusement ses mots pour répondre.

— C'est Murray Coburn, celui qui a tout organisé. Mais Trace va le rattraper.

Elle eut un nœud à la gorge en songeant à ce qui pourrait arriver à Trace.

— Ne vous en faites pas, ajouta-t-elle. Il ne le laissera pas s'échapper. Vous ne risquez plus rien. Je vous le promets.

— Merci, murmura la femme en repoussant d'une main tremblante ses cheveux sales. Que devons-nous faire, à présent?

— Vous devriez aller vous mettre à l'abri dans l'immeuble d'en face en attendant l'arrivée de la police, proposa Priss. Il a l'air abandonné.

Et elle, elle serait libre de voler au secours de Trace.

La femme allait s'éloigner, mais Priss la retint.

— Quelqu'un surveille l'endroit, dit-elle. Il est armé. Il vous protégera en cas de problème.

— Le franc-tireur?

— Oui. Il ne bougera pas de son poste tant que la police ne sera pas sur place.

Trace ne le lui avait pas dit, mais elle avait dans l'idée qu'il tenait à rester anonyme, ainsi que Jackson. Si leurs noms étaient divulgués, ou s'ils avaient à témoigner lors d'un procès, ils perdraient l'anonymat qui leur était nécessaire pour mener à bien leurs missions.

Trace avait donc probablement prévu de disparaître discrètement avant que les flics n'arrivent. Elle espéra qu'il l'emmènerait avec lui. Elle n'avait aucune envie d'expliquer ce qu'elle faisait là, de raconter l'histoire de sa mère, de justifier les armes qu'elle cachait dans son sac.

Ils laissaient des cadavres derrière eux, mais elle ne s'en inquiétait pas. Ceux qui étaient morts l'avaient bien mérité.

Une femme se mit à sangloter, une autre se pencha vers elle pour la consoler. Elles avaient partagé un séjour en enfer, elles se sentaient solidaires.

Priss n'avait jamais contemplé des visages aussi désespérés. Sa mère avait beaucoup souffert elle aussi, mais sa souffrance avait été atténuée avec le temps. Les femmes qu'elle avait devant elle aujourd'hui sortaient tout juste de l'enfer et c'était insoutenable.

— Ils payeront pour tout ça, murmura-t-elle d'une voix étranglée par l'émotion. Je le jure.

Les femmes ne l'entendirent pas. Elles étaient en train de se rassembler, lentement, guidées par celle qui lui avait parlé. Puis elles traversèrent la rue ensemble.

Priss s'essuya le visage d'un geste furieux pour sécher ses larmes. Plus tard, elle se laisserait aller à pleurer. A en perdre les yeux. Mais pour le moment elle devait aider Trace et retrouver la pauvre Alice.

Elle retourna vers l'entrepôt, toujours empêtrée de ses hauts talons et de sa robe trop étroite qui ne lui facilitaient pas les mouvements. Elle fila droit au fond, vers le couloir qui avait avalé Murray, puis Trace, où elle trouva un escalier qui descendait au sous-sol et se prolongeait par un autre couloir de briques, jonché de machines rouillées et hors d'usage et qui semblait n'avoir pas de fin.

Ses talons résonnaient. Elle entendit un bruit sourd et ralentit l'allure, pour progresser plus en silence.

Tenant le revolver à deux mains, elle le pointa devant elle. Des gouttes de sueur coulaient dans sa nuque et elle avait du mal à inspirer l'air chaud et poussiéreux du couloir. Son cœur battait à ses oreilles, comme le rythme lancinant d'un tambour.

Elle n'avait jamais tiré sur personne, mais elle était prête à commencer avec Murray.

Elle entendit de nouveau le bruit qui l'avait alertée, mais ne parvint pas à l'identifier et continua de progresser en rasant les murs. Le couloir débouchait sur une pièce sans porte encombrée de vieilles étagères et de cartons vides. Les fenêtres calfeutrées ne laissaient passer qu'une faible lumière qui créait une ambiance étrange et pleine d'ombres. Les yeux exorbités, elle s'arrêta à l'entrée et tendit l'oreille.

Cette fois, elle entendit distinctement un gémissement de douleur.

Elle s'aventura dans la pièce... Tout au fond, Murray et Trace se battaient. Murray était plus massif que Trace, mais c'était lui qui saignait — elle put voir qu'il était blessé au nez, à la bouche, au front.

Son revolver gisait à terre et, comme il tentait de s'en rapprocher, Trace l'arrêta d'un coup de pied en plein visage qui le projeta sur un amoncellement de caisses de bois vides qui s'écroulèrent avec un vacarme assourdissant.

Trace pointait son arme sur lui, prêt à tirer.

Priss eut alors un goût de bile dans la bouche. Une sueur glacée mouilla ses paumes. Elle leva son revolver en faisant un pas en avant.

— Ecarte-toi de lui, Trace!

Trace s'immobilisa, jurant tout bas.

— Reste en dehors de ça, Priss.

— Je ne peux pas.

— Je ne te laisserai pas faire, dit-il sans la regarder.

Il ne quittait pas Murray des yeux, et elle comprit qu'il était déterminé à l'empêcher d'avoir un crime sur la conscience.

Mais c'était trop tard : elle était là. Et c'était son droit. Elle rêvait depuis trop longtemps de tuer Murray.

— Ecarte-toi, Trace, répéta-t-elle. Je ne plaisante pas. Il faut que tu t'éloignes de lui. Je ne tire pas très bien et je ne voudrais pas te blesser accidentellement.

Trace se planta fermement sur ses jambes.

— Pose ton revolver à terre et va-t'en, lui ordonna-t-il d'un ton glacial.

— Non, désolée...

Elle se sentit soudain faible, prise de vertige, tout son corps se mit à trembler.

Murray la dévisagea et éclata de rire.

— Ça, c'est pas mal !

— La ferme ! dit-elle.

Elle voulut faire un pas vers lui, mais elle tituba.

— Pourquoi, Priscilla ? demanda-t-il.

Incapable de parler, elle secoua la tête. Ses mains étaient trempées, un agaçant frisson lui secouait la colonne vertébrale, le revolver lui parut soudain très lourd. Et Trace ne bougeait toujours pas et l'empêchait de viser.

Il était temps qu'elle agisse.

Mais elle ne pouvait pas tirer tant que Trace ne s'écartait pas.

— Trace, supplia-t-elle.

— Explique-moi, au moins, insista Murray.

Il se hissa sur un coude.

— Je voulais me débarrasser de Trace parce qu'il en sait trop et qu'un homme comme lui ne se serait pas contenté de rester toujours mon laquais. Il aurait fini par me défier.

— Vous défier ? intervint Trace en faisant un pas vers lui. Pourquoi ? Rien de ce que vous possédez ne m'intéresse. J'ai toujours eu l'intention de vous détruire, Murray. Je me suis fait engager chez vous pour ça.

— Sans blague ? Au fond, ça ne m'étonne qu'à moitié. J'ai toujours pensé que vous aviez de l'envergure. Mais pourquoi moi ?

— Parce que ma sœur a été enlevée, elle aussi. Comme ces femmes...

Priss fut surprise que Trace se donne la peine de répondre. Pourquoi ne se contentait-il pas de s'écarter ? Ce n'était pas le moment de discuter avec ce salopard.

— Ah oui ? murmura Murray en essuyant son œil gauche dans lequel du sang coulait. Enlevée par mes hommes ?

— Non. Ceux qui l'ont enlevée sont morts, à présent.

Comment pouvait-il répondre si calmement, d'un ton si détaché ?

— Alors pourquoi voulez-vous ma peau ?

— Nous voulons votre peau parce que vous êtes un monstre ! s'écria Priss.

— Tu pourrais être plus précise ? ironisa Murray, que l'émotion de Priss n'avait l'air ni d'inquiéter ni de toucher.

Elle aurait voulu crier, mais elle n'avait plus de voix, et la phrase sortit dans un murmure.

— Vous… vous avez tué ma mère…

— J'ai tué pas mal de gens, rétorqua-t-il d'un ton dédaigneux. Si tu veux que je comprenne quelque chose à ton histoire, il faut te montrer plus précise.

Comme Priss poussait un cri étouffé et crispait son doigt sur la détente, Trace vint se placer entre sa cible et elle.

— Trace ! hurla-t-elle.

— Je ne te laisserai pas tirer sur lui, chérie.

— Chérie ? s'exclama Murray.

Il se pencha pour regarder Priss.

— Tu as baisé avec mon garde du corps préféré ?

La question lui valut un coup de botte dans le menton.

Sa tête partit en arrière et il s'écroula en jurant et en crachant du sang.

— Espèce de fils de pute ! dit-il avec une pointe d'admiration. Vous êtes foutrement rapide. Je n'ai rien vu venir.

— Je vous suggère de la boucler, répondit seulement Trace.

— Sinon quoi ? Vous me tuerez ?

Il leur jeta un regard dédaigneux.

— Elle a de toute façon décidé de le faire.

Priss encaissa en silence les sarcasmes de Murray. Elle se retenait de pleurer pour ne pas lui donner la satisfaction de contempler l'effet qu'il produisait sur elle. Mais, à l'intérieur, elle se sentait brisée. Cet homme avait fait tant de mal autour de lui, détruit tant de vies… Et pourtant il n'exprimait aucun remords, il continuait au contraire à les narguer.

Le revolver était de plus en plus lourd. Comme ses bras. Comme sa tête.

— Je crois que vous m'avez brisé la mâchoire, déclara Murray avec un calme déconcertant, en tentant de s'asseoir de nouveau. Alors, comme ça, Priscilla, ta mère a été dans le lot d'une de mes ventes. Une des premières, je suppose ?

Priss secoua la tête.

— Je n'en sais rien et je m'en fiche. Je veux juste vous tuer.

— On verra bien si tu as le cran de tirer. En attendant, dis-moi au moins si je suis ton père.

Elle parvint à hausser les épaules.

— Je n'en sais rien et je m'en fiche.

— Helene avait donc raison après tout… J'aurais dû te tuer le premier jour.

Cette révélation laissa Priss pantoise. Ainsi, Helene avait tenté de convaincre Murray de l'éliminer ? Elle l'avait échappé belle.

— Si c'est bien la vente à laquelle je pense, ta mère est passée par pas mal de mains, si je puis dire… Elle ne pouvait donc pas savoir qui était son généreux donneur de sperme.

Priss se mordit la lèvre pour ne pas hurler. Elle ajusta l'angle de son arme, bien décidée cette fois à en finir. Mais Trace s'interposa de nouveau.

— Trace, je t'en supplie, écarte-toi.

— Certainement pas, répondit-il sans cesser de surveiller Murray.

Il parut hésiter, puis ajouta :

— Ce n'est pas à toi de faire ça, chérie.

— Ce n'est pas à toi non plus.

— Vous avez raison tous les deux, intervint Alice en surgissant de l'ombre. C'est à moi de le tuer. Je me réserve ce privilège.

Sa main ne tremblait pas. Elle ne paraissait pas bouleversée comme Priss, ni même émue. Elle tenait fermement son arme, pointée vers Murray, le doigt sur la détente. Son visage d'ordinaire si neutre arborait une expression de volonté farouche.

Trace jura, tout en reculant lentement vers Priss.

— Alice, non, protesta-t-il.

— Je ne suis pas comme Priss, Trace. Vous ne pourrez pas m'embobiner. Ça fait trop longtemps que j'attends ce moment, que j'attends quelqu'un comme vous, quelqu'un qui ne soit pas totalement corrompu. C'est la première fois que j'entrevois une chance et personne ne m'arrêtera.

Priss contemplait, incrédule, la falote et timide Alice qui souriait de plaisir à l'idée de commettre un meurtre.

Trace était maintenant tout contre elle, et elle dut se hisser sur la pointe des pieds pour suivre la scène par-dessus son épaule.

— Vous entendez ces sirènes, Alice ? dit-il encore pour essayer de la convaincre de ne pas tirer. La police arrive. C'est fini pour lui. Donnez-moi cette arme et sortons tous les trois.

— Non !

— La police, Trace ? lâcha Murray en ricanant. Je ne vous aurais jamais cru si naïf.

Il était probablement en train de penser qu'on ne le garderait pas longtemps. Il connaissait beaucoup de monde ; il avait le bras long. Nul doute qu'il s'arrangerait pour faire tomber les charges contre lui. Avec un bon avocat, il y avait toujours un moyen. On trouvait un vice de forme, des complices apeurés qui acceptaient de tout endosser, des témoins qui disaient ce qu'on voulait qu'ils disent moyennant paiement.

Priss serra un peu plus le revolver. Elle ne laisserait pas ce salaud s'en tirer comme ça ! Il fallait en finir avec lui définitivement et tout de suite !

— La police, vous ne serez plus là pour la voir quand elle arrivera, Murray, lança-t-elle.

Trace la fit reculer en la poussant derrière lui, cherchant à l'éloigner de Murray et d'Alice.

— Vous serez mort avant, reprit-elle. Il faut que tu me laisses le tuer, Trace…

— Pas question. Je m'en charge.

Le regard de Murray balaya la grande pièce, puis il s'attarda sur Priss et Trace, avant de s'arrêter sur Alice.

— Et si nous nous mettions d'accord pour que personne ne tire ? proposa-t-il.

Ce fut presque comme un signal : les choses se précipitèrent d'un coup.

Trace fit volte-face pour arracher son arme à Priss.

Murray se leva d'un bond.

Alice le visa à la poitrine et, sans une hésitation, tira. Une fois. Deux. Trois. A chaque balle, il reculait d'un pas.

Quand le dernier coup de feu résonna dans la pièce froide et sombre, Murray se figea. Puis il vacilla. Sa bouche s'ouvrit sur un cri silencieux. Enfin, il bascula en arrière, tandis que son corps était agité d'un curieux soubresaut.

Puis plus rien. Il était mort.

Le sang s'élargit sur sa belle chemise, puis coula en rigoles sur le sol, pour baigner son corps volumineux dans une flaque écarlate.

Priss contemplait le carnage, sous le choc. C'était fini. Murray était mort. On lui avait volé sa vengeance.

Elle aurait dû en être atterrée, mais Alice s'effondra à genoux dans une explosion de sanglots. La pitié qu'elle éprouva pour elle lui fit oublier son propre désespoir.

La main de Trace tressaillit dans la sienne.

— Alice…, souffla-t-il.

— Non ! protesta Alice en frappant sa cuisse de son poing d'un geste rageur. Tout ça n'a plus d'importance. C'est fini. Fini.

Elle tourna lentement l'arme contre elle-même. Trace voulut intervenir, mais Priss le retint par la main. Il était trop loin, il n'arriverait jamais à temps pour l'empêcher d'appuyer sur la détente. Mieux valait la raisonner.

— Oui, Alice, murmura Priss. Tout est fini, à présent. Grâce à vous.

Alice avait appuyé le canon sur sa tempe. Elle avala sa salive en hoquetant.

— Qu'est-ce que vous racontez ?

— Trace vous aidera, ajouta Priss en s'efforçant de prendre un ton confiant. Quoi que vous ayez traversé…

— Il m'a enlevée, répondit Alice en posant sur elle un regard vide. Il m'a privée de ma maison, de ma famille !

Les sanglots l'empêchaient de parler, elle butait sur chaque mot, de grosses larmes roulaient sans discontinuer sur ses joues.

— Il m'a dit que si je tentais de m'enfuir, il s'en prendrait à ma petite sœur. Et qu'ensuite il nous violerait toutes les deux. Il me forçait parfois à me promener nue dans son bureau. Il me disait que mon corps le dégoûtait, mais qu'il n'hésiterait pas à me violer si j'osais me révolter.

Le salaud ! Il avait eu une mort trop rapide et trop douce ! Mais il était mort tout de même, et c'était le plus important.

— C'était un monstre, Alice, mais il n'est plus là, poursuivit-elle. Grâce à vous, il ne fera plus jamais de mal à personne.

Elle fit un pas vers elle. Trace voulut la retenir, mais elle l'obligea d'un regard à lâcher son poignet.

— Les membres de votre famille doivent être fous d'angoisse, reprit-elle. Ils seront heureux de vous revoir.

— Un an… Plus d'un an, même… Cela fait plus d'un an que j'ai disparu pour eux. Un an que ce salaud m'empêche de sortir, de vivre, m'oblige à travailler pour lui comme une esclave. J'ai vécu un an dans le silence, dans la peur…

Elle s'interrompit pour avaler de nouveau sa salive.

— Je ne pourrai jamais oublier. Rien ne sera comme avant.

— Il ne faut pas dire ça, Alice, insista Priss en s'approchant lentement d'elle. Vous avez votre famille, que vous aimez, et qui vous aime. Des gens qui vous attendent, qui vous rattachent à la vie.

Alice ferma les yeux.

— Après ce que j'ai fait… Un an que je suis la complice silencieuse de son horrible trafic !

— Il ne vous a pas laissé le choix.

Alice acquiesça lentement.

— En effet, il ne m'a pas laissé le choix. Je n'ai rien pu faire…

Il menaçait de me violer, de me vendre, de s'en prendre à ma sœur. J'avais trop peur.

Trace les rejoignit en deux longues enjambées et retira précautionneusement l'arme des mains d'Alice.

Elle ne résista pas.

Puis il se tourna vers Priss.

— Nous devons quitter les lieux, à présent, dit-il.

Mais Priss n'était pas encore prête à partir. Elle s'agenouilla auprès d'Alice, épaule contre épaule.

— Il a violé ma mère, murmura-t-elle. Ensuite, il a demandé à ses complices de la violer aussi. Elle a réussi à leur échapper, au bout du compte, mais elle ne s'en est jamais remise. Et moi aussi, j'ai eu la vie gâchée.

Alice baissa la tête, tout en faisant signe qu'elle comprenait, qu'elle compatissait.

— Mais je me trompais, poursuivit Priss en prenant sa main dans la sienne. A présent, cet homme ne peut nous atteindre que si nous le voulons bien. Vous n'êtes plus sa victime, Alice. Et vous pouvez être fière… Grâce à vous, il ne fera plus souffrir aucune femme.

— Je me sens perdue, murmura Alice d'une toute petite voix.

— Venez avec nous, déclara Trace. Maintenant.

Son ton ferme et décidé parut insuffler un regain d'énergie à Alice. Elle poussa un profond soupir.

— Vous m'avez tout de suite inspiré confiance, Trace. J'ai toujours pensé que vous n'étiez pas comme les autres.

Priss parvint à sourire, en dépit de l'émotion qui lui donnait envie de pleurer.

— Moi aussi, je l'ai toujours su.

Elle se leva et vint se placer à côté de lui, une main sur son épaule.

— Murray était bien le seul à croire que Trace était une ordure comme lui.

Trace tendit la main à Alice.

Elle soupira de nouveau, puis essuya ses larmes. Enfin, après un dernier regard au corps de Murray, elle accepta cette main secourable.

Ils quittèrent le vieil entrepôt le plus vite possible, puis Trace mit Alice dans un taxi. Avant de refermer la portière sur elle, il lui fit à voix basse ses dernières recommandations.

— Vous allez droit à cette adresse, Alice, c'est compris ? Là-bas, quelqu'un vous attendra. Et si vous avez besoin de quoi que ce soit, n'hésitez pas à m'appeler.

Elle acquiesça en silence.

— Dites-moi que ça va aller et que vous avez compris, insista-t-il.

— J'ai compris.

Mais elle paraissait sonnée et Trace ne put s'empêcher d'être inquiet.

— Alice ?

Les grands yeux tristes de la jeune femme le fixèrent sans ciller. Pour la première fois depuis qu'il la connaissait, il n'y lut pas de la peur.

Il lui caressa doucement la joue et lui sourit.

— Moi aussi, j'ai toujours su que vous n'étiez pas comme les autres.

Emue, elle se jeta à son cou. Il lui tapota gentiment le dos, un peu gêné.

— Je suis désolé, Alice… mais Priss et moi, nous devons y aller.

— Je sais, répondit-elle en s'essuyant les joues.

Elle parvint à esquisser un pauvre sourire.

— Merci. Pour tout.

Il avait le cœur serré à l'idée de la laisser partir dans cet état.

— Vous allez reprendre contact avec votre famille ? demanda-t-il.

— Dès que possible, je vous le promets.

Il fit claquer la portière et recula. Priss posa sa main à plat sur la vitre de la portière arrière. A l'intérieur, Alice posa sa main contre celle de Priss.

Elles étaient au bord des larmes et c'était plus que Trace n'en pouvait supporter. Il n'arrivait pas à oublier que Priss avait failli être la proie de Murray, qu'elle s'était jetée au milieu des balles.

Jamais elle n'aurait dû se trouver là. Elle ne méritait pas d'avoir assisté à ça.

Il se sentait vis-à-vis d'elle partagé entre la colère et la compassion. Mais il avait encore à faire. Pas le temps de s'appesantir. Et puis, bon sang, il était un professionnel ! A quoi lui servait donc son entraînement ? Il n'avait pas le droit de se laisser guider par ses sentiments.

Il saisit le bras de Priss et l'écarta du taxi, lequel démarra aussitôt et s'éloigna. Puis il poussa la jeune femme vers leur voiture. Ils devaient changer de véhicule et quitter la ville au plus vite.

Il réfléchirait plus tard à l'aspect personnel de toute cette affaire…

21

Tandis que Trace démarrait, Priss luttait contre la vague d'angoisse soudaine qui menaçait de la submerger. Maintenant que Murray était mort, quelle allait être sa raison de vivre ?

Elle regarda Trace à la dérobée.

Et eux ? Qu'allait-il advenir d'eux ?

Il s'était montré attentionné et doux avec Alice, mais elle voyait bien qu'il n'était pas calme pour autant. Il ne disait pas un mot. Il gardait ses distances.

Il lui en voulait encore d'être intervenue, probablement.

Il avait longuement et soigneusement préparé son plan pour coincer Murray et elle avait débarqué sans crier gare, comme un chien dans un jeu de quilles. Pauvre Trace ! Mais c'était fait et elle ne regrettait rien.

Quand elle leva la main pour repousser de son visage une mèche de cheveux, elle se rendit compte qu'elle tremblait. Maintenant que l'adrénaline était retombée, ses nerfs lâchaient.

Elle prit également conscience du fait que ces stupides chaussures à talons lui faisaient atrocement mal aux pieds ; elle se pencha pour les enlever, refoulant des larmes superflues. Trace lui jeta un coup d'œil, puis regarda ses pieds nus et ses jambes, froidement, presque méchamment.

Elle posa un pied sur son fauteuil, pour s'installer plus commodément, et se tourna légèrement vers lui — une position qui fit remonter sa robe trop courte, mais elle n'en était pas à ce détail près.

— Quel est le programme, maintenant ? demanda-t-elle.

Trace demeura figé, le regard fixé droit devant lui.

— J'ai une mission à terminer, répondit-il sèchement.

— C'est-à-dire?

— Je dois m'occuper de Twyla, d'Helene et des autres complices de Murray…

Ses mains se crispèrent sur le volant.

— Et cette fois tu vas rester à l'écart de tout ça!

— Aucun problème, répondit-elle posément. Tout ce que je voulais, c'était Murray.

Elle vit les muscles de sa mâchoire tressaillir et leva les yeux au ciel.

— Mais je ne parlais pas de ta mission…

Elle avait la bouche sèche; elle s'humecta les lèvres, un peu tendue dans la crainte de sa réaction.

— Je parlais de nous… De toi et moi…

Cette fois, il serra si fort le volant qu'elle vit pâlir ses articulations.

Bon… Ce n'était pas vraiment une réaction très encourageante… Sans compter que, s'il continuait à broyer le volant comme ça, il allait finir par le casser.

— Parce que…

Pas la peine de tourner autour du pot, n'est-ce pas, au point où elle en était, maintenant…

— J'ai envie de voir Liger. Il m'a terriblement manqué. Je sais que tes amis prennent soin de lui, mais il serait mieux avec moi. Et il faut que je retourne m'occuper de ma boutique.

Elle haussa les épaules.

— Bref, j'ai une vie. Ma vie. Elle m'attend.

Il freina brusquement, en plein milieu de la rue, et se tourna vers elle. Il avait les cheveux en bataille, son T-shirt était sale. Il la fixait avec un regard tellement brillant que ses yeux paraissaient éclairés de l'intérieur. Et un tic nerveux agitait sa mâchoire.

Tant pis s'il n'était pas content, songea-t-elle, bien qu'elle ne sache en réalité comment interpréter son attitude. Elle ne voulait pas que ça finisse entre eux et devait le lui dire.

— Mais je veux te revoir, murmura-t-elle.

Le visage de Trace afficha une expression ahurie, presque comique.

— Pardon ?

Eh bien, quoi ? Etait-ce si étrange ? Si difficile à concevoir ?

— Je pense que tu comprends, dit-elle.

Elle agita la main.

— Te revoir... Sortir avec toi, autrement dit ! Je ne suis jamais sortie avec un homme, tu t'en souviens ?

Il haussa et fronça les sourcils en même temps, et ses narines frémirent.

Elle se méprit.

— J'ai toujours su que toi et moi, ce n'était pas gagné. Mais ce n'est pas la peine de te comporter comme...

Il la saisit par la nuque sans lui laisser terminer sa phrase et l'attira à lui, si brusquement qu'elle en poussa un cri de surprise. Ses lèvres s'ouvrirent d'elles-mêmes et sa bouche accueillit la langue gourmande et possessive qui s'y introduisait.

Elle gémit et fit glisser ses paumes le long du torse de Trace pour s'accrocher à son cou, s'émerveillant une fois encore de le sentir si solide, si rassurant, si doux, si sensuel. Il se pencha sur elle et l'écrasa contre le dossier de son fauteuil, sans cesser de l'embrasser.

Un coup de Klaxon les fit sursauter.

Trace la lâcha d'une main, qu'il posa sur le volant, mais l'autre tenait toujours sa nuque. Il la dévisagea, secouant la tête comme pour répondre à une réflexion intérieure, et se cala dans son fauteuil.

— Tu vas me rendre dingue, Priscilla.

Puis il démarra.

Déconcertée, elle s'enfonça elle aussi dans son siège. Ces brusques changements d'humeur étaient vraiment difficiles à suivre. Elle ne savait plus où elle en était.

— Ce baiser, ça signifie que toi aussi tu veux me revoir ?

— Voilà...

Ça n'avait pourtant pas l'air de le réjouir.

Après quelques minutes de silence, elle revint à la charge.

— Et pour Liger et ma boutique ?

— C'est urgent ?

Elle n'avait pas envie d'aller où que ce soit sans Trace, mais elle ne supportait plus d'être séparée de Liger. Quant à la boutique… Il était temps qu'elle aille voir ce qui s'y passait. Gary ne pouvait pas la gérer seul indéfiniment.

— Le plus tôt sera le mieux, admit-elle d'un ton contrarié.

Il acquiesça.

— Serais-tu d'accord pour que Jackson t'emmène chez Dare ? Tu resterais là-bas jusqu'à ce que j'en termine avec cette affaire. Ensuite, tu pourrais aller voir ta boutique.

Elle comprit qu'il envisageait de l'accompagner, mais elle ne sut pas comment l'interpréter.

— Et ça te prendrait combien de temps ?

— Quelques jours.

Elle détourna les yeux vers la vitre de sa portière, le cœur soudain tout léger.

— Entendu, dit-elle.

— Tu es sincère, cette fois ? Tu ne vas pas me filer entre les doigts ? J'ai besoin de pouvoir te faire confiance, Priss.

Ça tombait bien, elle aussi avait besoin qu'il lui fasse confiance.

— Je te promets de ne plus te mener en bateau, dit-elle.

— C'est un bon début.

Un bon début à quoi ? Au bonheur ? Elle aurait bien voulu ne songer qu'à son bonheur futur, mais elle était encore remplie de Murray et de tout le mal qu'il avait fait autour de lui. Il était trop tôt pour qu'elle ose enfin penser à elle.

— Tu crois qu'Alice s'en sortira ?

— Oui, elle s'en sortira, lui assura-t-il. J'ai besoin en tout cas de le croire pour ne pas devenir fou. Quand je pense à ce qu'elle a subi…

Il se tut brusquement, comme s'il craignait d'en avoir trop dit. Le cœur de Priss se serra.

— Tu n'as toujours pas confiance en moi ? demanda-t-elle.

— Mon nom de famille, c'est Rivers, pas Miller, lâcha-t-il brusquement.

Elle ouvrit de grands yeux.

— Oh ! Alors j'avais raison.

— Tu avais raison à propos de pas mal de choses…

— Trace Rivers, murmura-t-elle. Trace Rivers… C'est joli. Ça sonne mieux que Trace Miller.

Mais il n'en avait pas terminé avec les confidences.

— Ma sœur, Alani, a été enlevée par des trafiquants, reprit-il. Je l'ai dit à Murray, je suppose que tu as entendu.

Oui, elle l'avait entendu, mais là, il le lui disait à elle. Elle en fut si émue qu'elle eut envie de se jeter dans ses bras.

— Et depuis tu te consacres à la lutte contre le trafic des femmes ?

— On peut dire ça, oui.

— Ils l'ont séquestrée combien de temps ?

— Quelques jours seulement, mais elle était déjà à Tijuana.

Il étira ses doigts, comme s'ils le démangeaient.

— Je ne pouvais pas aller la chercher moi-même. Ils me connaissaient.

Elle songea que ça avait dû être terrible pour lui de ne pas pouvoir intervenir.

— Et tu l'aurais mise en danger en passant la frontière…

A présent, il ouvrait et fermait les mains sur le volant, comme s'il voulait le briser en deux.

— Ça me rend encore fou de rage, rien que d'y penser, avoua-t-il.

Il n'avait pas besoin d'en dire plus. Elle comprenait. Il avait l'habitude de régler lui-même ses problèmes et il s'était trouvé ligoté quand la personne à laquelle il tenait le plus au monde avait eu besoin de lui. Comme il avait dû souffrir…

— Comment as-tu fait ?

— J'ai envoyé Dare.

Il poussa un soupir exaspéré.

— Et j'ai attendu qu'il revienne.

Elle posa tendrement une main sur sa cuisse.

— Tu as fait ce qu'il fallait, dit-elle. Dare est sûrement quelqu'un de très efficace.

— En effet, il est efficace, reconnut-il avec un petit rire sans joie.

Il lui jeta un drôle de regard, puis secoua la tête.

— Il a libéré Alani et il est revenu avec elle. Plus une surprise.

— Une surprise?

Cette fois, il sourit de toutes ses dents.

— C'est comme ça qu'il a rencontré Molly.

— Tu veux dire que…

— Oui. Elle aussi avait été enlevée. Et il l'a ramenée chez nous en même temps que ma sœur.

Ça expliquait certaines choses… Elle se souvint de la manière dont les trois hommes s'étaient empressés de changer de conversation quand elle avait mentionné Murray et le trafic de femmes.

— Je me disais bien qu'il y avait un secret autour de Molly.

— C'est une femme solide.

— Et ta sœur? demanda-t-elle en lui caressant les biceps et les épaules.

Elle ne pouvait pas s'empêcher de le toucher. Elle aurait voulu ne jamais s'arrêter.

— Elle est solide, elle aussi?

— Je l'espère. En tout cas, on a l'impression qu'elle s'en sort plutôt bien.

Elle n'insista pas, et il sortit son téléphone.

— Je dois appeler Jackson, dit-il. Je n'en ai que pour une minute.

Elle acquiesça en soupirant et allongea les jambes. Elle se surprit même à bâiller.

— Prends ton temps, ça ne me dérange pas, répondit-elle.

Trace s'émerveillait de l'étrange sérénité qui émanait de Priss. Elle encaissait tout ça incroyablement bien pour une femme. Mais elle n'était pas n'importe quelle femme, il l'avait compris depuis longtemps.

— Allô, Jackson? Quoi de neuf, de ton côté?

Il regardait la route, mais jetait de temps en temps un coup d'œil à Priss. Elle paraissait détendue et respirait calmement.

— La police a pris les choses en main?

— Oui. Ne t'inquiète pas, ils sont à leur affaire.

Trace s'y attendait, mais il était tout de même content d'en avoir confirmation.

— Ça s'est passé comment ?

— Ils sont venus avec plusieurs femmes et une camionnette banalisée. Ils avaient apporté à boire, à manger, des couvertures. On ne pouvait pas espérer mieux.

— Et du côté des bureaux de Murray ?

— Ils sont bouclés. Tout le monde a été encerclé. Tu savais que Murray avait fait ligoter et bâillonner Helene ? Elle était en plus complètement partie. Ils lui avaient fait avaler ses charmantes pilules.

— Elle va s'en sortir ?

— Si tu considères que passer sa vie derrière les barreaux c'est s'en sortir, alors oui.

Jackson poussa un soupir impatient.

— Tu voulais savoir autre chose ?

— Tu as un problème ?

— Non. Aucun problème.

La brièveté de sa réponse ne rassura pas Trace.

— Dans ce cas, pourquoi me bousculer ?

— Je ne te bouscule pas, je te demande si tu voulais savoir autre chose.

— Mais non, je ne voulais pas savoir autre chose ! s'exclama Trace d'un ton exaspéré. Mais si toi tu n'as rien de spécial à faire…

— Je suis en ligne avec ta sœur, avoua-t-il.

— Alani ?

— Tu as une autre sœur ?

Trace se promit de lui casser la gueule la prochaine fois qu'il le verrait.

— Et qu'est-ce que tu as à dire à Alani ?

— Tu ne te souviens pas que je lui ai demandé de s'occuper de la décoration de mon appartement ?

Il s'en souvenait et ça ne lui plaisait pas.

— Tu m'as dit que ça ne se ferait sans doute pas.

— En effet, mais je me sentais mal à l'aise chaque fois que je repensais à la manière dont les choses s'étaient terminées.

— Les choses ? Quelles choses ?

— Ça ne te regarde pas ! s'énerva Jackson.

Trace s'apprêtait à menacer Jackson, mais ses yeux se posèrent sur Priss et il changea d'avis.

— Est-ce que tu aurais des vues sur ma sœur ? demanda-t-il beaucoup plus posément.

— Possible.

Bon sang ! Il ne manquait plus que ça !

— Et tu penses qu'elle est intéressée, elle aussi ?

— J'en sais rien. C'est possible.

Jackson soupira de nouveau.

— Je n'arrive pas à croire que tu me persécutes parce que je m'intéresse à ta sœur, alors que tu lui as permis de fréquenter ce connard de banquier !

Le banquier non plus, il ne l'avait pas beaucoup apprécié.

— Décorer les appartements, c'est son boulot, Jackson. Ce type était son client.

— Peut-être, mais lui aussi il avait des vues sur elle, tu peux me croire. Heureusement, Alani l'a repoussé.

— Et comment tu sais tout ça ?

Jackson hésita à répondre.

— Ecoute, dit-il enfin d'un ton qui frisait l'agressivité. Si j'ai un œil sur elle, c'est pour son bien. Tu sais aussi bien que moi qu'elle est restée fragile après son aventure, même si elle le nie.

Décidément, Jackson s'intéressait beaucoup à sa petite sœur…

— Tu cherches à jouer le preux chevalier auprès d'elle, mais je ne suis pas dupe. Tu la veux, c'est tout.

— Eh bien, oui ! Parce que, tu comprends, je ne suis pas aveugle.

Il ne manquait pas de culot !

— Jackson !

Jackson éclata de rire.

— Ecoute, Trace, tu es son grand frère, j'ai pigé. Mais je ne suis pas le dernier des crétins. Je sais parfaitement ce qu'a vécu Alani et je ne ferai rien qui puisse la brusquer.

— Tu l'as en ligne, là, en ce moment ?

— Oui.

— Et elle est d'accord pour parler avec toi ?

— Si elle n'était pas d'accord, il lui suffirait de raccrocher, tu ne crois pas ?

Intéressant... Trace avait l'impression qu'Alani ne regardait pas les hommes en ce moment, et pourtant elle acceptait de badiner au téléphone avec Jackson.

— Très bien, bougonna-t-il. Mais je te préviens, si elle te demande de la laisser tranquille...

— Je la laisserai tranquille, conclut Jackson. A présent, laisse tomber, d'accord ? Je n'aime pas faire attendre les dames.

Sur ce, il raccrocha.

Trace lâcha son téléphone sur son siège. Il regardait droit devant lui, l'esprit en ébullition.

— Alors, comme ça, Jackson et ta sœur...

Il n'avait pas besoin de se tourner vers Priss pour savoir qu'elle souriait. Comment pouvait-elle sourire avec tout ce qu'elle venait de traverser ? Voilà qui le dépassait totalement.

Il haussa les épaules.

— On dirait, répondit-il.

— Je te l'avais dit, tu te souviens ?

Elle aussi, elle le taquinait à propos de son inquiétude de grand frère. Il chercha sa main. Elle avait les doigts glacés, pourtant il faisait chaud. Il comprit qu'elle n'était pas aussi détendue qu'elle le prétendait.

— Que vas-tu faire de tes petits joujoux ?

— Quels joujoux ?

Il désigna son sac du menton.

— Le faux téléphone portable et le porte-clés d'égorgeur.

— Ah ça...

Elle lui jeta un regard en coin.

— Je me doutais bien que tu ne serais pas dupe.

— Tu les as toujours ?

Elle renversa la tête sur son siège.

— Je n'ai pas eu l'occasion de m'en servir, alors, oui, je les ai toujours.

— Je vais te les confisquer.

— Pourquoi ?

Parce qu'il voulait qu'elle oublie au plus vite cette horrible journée.

Et aussi parce qu'il préférait ne pas lui laisser des armes entre les mains.

Si elle avait besoin de protection, il serait là. Mais il n'avait pas le temps de lui expliquer tout ça.

— Il vaut mieux les détruire. Si quelqu'un les découvrait, tu risquerais d'avoir à te justifier.

Elle lui pressa la main.

— Et j'aurais du mal, murmura-t-elle d'une petite voix.

Il lui embrassa le bout des doigts.

— Exactement.

Elle acquiesça.

— Donc, Alani et toi…

Elle se tourna vers lui.

— Vous êtes très proches ?

— Oui, très. Nous l'avons toujours été, mais nous nous sommes encore rapprochés depuis la mort de nos parents. Elle a huit ans de moins que moi, je lui ai servi de père.

— Huit ans de moins que toi… Et ça lui fait ?

— Vingt-deux ans. Bientôt vingt-trois.

Donc beaucoup trop jeune pour Jackson, songea-t-il. Sauf… Sauf si elle était vraiment amoureuse de lui.

— Je sais ce que tu penses, Trace. Elle est jeune, c'est vrai, mais elle n'est plus une enfant.

— Non.

Et d'autant moins que la disparition brutale de leurs parents l'avait obligée à grandir plus vite.

— Après sa séquestration, elle s'est jetée à corps perdu dans le travail. Je voulais qu'elle prenne des vacances, mais elle a préféré s'occuper.

— C'est ce que j'aurais fait à sa place.

Il en doutait. A la place d'Alani, Priss se serait lancée à la poursuite de ses ravisseurs et n'aurait eu de cesse de se venger.

Il remercia le ciel que sa sœur ait eu le bon sens de lui laisser cette bataille.

— Elle est décoratrice d'intérieur, c'est ça ? demanda Priss.

— Oui, répondit-il en lui caressant la main de son pouce.

Il n'aimait pas parler de ça, mais avec Priss, soudain, ça ne le dérangeait plus.

— Je l'ai aidée financièrement à monter sa propre société. Elle a des employés et elle pourrait déléguer beaucoup plus. Rien ne l'oblige à travailler autant. C'est un choix de sa part. Elle fait près de quarante heures par semaine.

Priss eut l'air amusée.

— Si je comprends bien, tu l'as gâtée mais tu n'as pas réussi à la pourrir. Elle a conservé une certaine éthique de travail.

Il se sentit gonflé de fierté.

— Elle a profité de mon argent, c'est vrai. Mais elle a les pieds sur terre.

Alani était une fille bien.

Comme Priss.

Priss n'avait jamais eu personne pour la gâter, elle. La phobie de sa mère l'avait empêchée de vivre normalement et elle avait été privée de bien des choses mais, avec lui, elle allait rattraper son retard.

Si Dare et Jackson n'avaient pas besoin de lui, il s'occuperait de Priss. Il passerait du temps avec elle. Beaucoup de temps. Et peut-être que ça l'aiderait à assouvir le désir qu'il avait d'elle.

Ou pas.

Il verrait. Bizarrement, cette perspective ne l'inquiétait pas. Il commençait même à apprécier les transformations qui s'opéraient en lui au contact de cette étrange petite femme.

Après l'avoir déposée chez Molly et Dare, pour « leur rendre visite », avait-il dit, Trace était reparti. Il n'avait pas jugé utile de lui préciser où il allait exactement ni combien de temps il resterait absent.

*
* *

Dare était occupé à jardiner et Molly parlait au téléphone avec son agent, qui l'avait appelée. Priss décida donc d'aller se baigner dans le lac. Chris et Matt s'y trouvaient déjà avec les deux chiennes et Liger. Le ciel était bleu, le soleil brillait, et quelques brasses dans l'eau fraîche l'aideraient certainement à calmer son attente et son impatience.

Car elle avait du mal à supporter que Trace continue à s'entourer de tant de mystères.

Cela faisait maintenant deux mois qu'ils passaient leur temps ensemble. Il la réveillait en l'embrassant, la tenait dans ses bras quand elle dormait. Entre les deux, il lui faisait l'amour et l'emmenait en voyage.

Elle était heureuse. Plus heureuse qu'elle ne l'avait jamais été. Et elle l'aimait un peu plus à chaque seconde.

Elle ne s'inquiétait pas pour sa boutique, qu'elle délaissait. Elle y était allée deux fois avec Trace et elle avait eu la bonne surprise de constater que Gary s'en sortait finalement très bien tout seul. Le fait d'avoir des responsabilités l'avait secoué, visiblement. A chaque visite, elle avait trouvé le magasin bien rangé, les stocks et les comptes à jour, et pas un grain de poussière sur les présentoirs.

Ça lui faisait du bien de ne plus avoir à y penser.

Elle n'avait plus à penser à grand-chose, d'ailleurs, et elle se sentait parfois vide. Elle avait mis tant d'énergie à se renseigner sur Murray, à préparer son plan, à réfléchir au moyen de l'approcher et de se venger. Maintenant que c'était fini, elle se sentait un peu perdue. Il lui manquait un but dans la vie.

Et voilà que Trace disparaissait une fois encore sans lui avoir dit où il allait ! Il n'avait donc toujours pas confiance en elle, malgré ce qu'ils partageaient ?

Lorsqu'elle arriva sur le ponton de bois, les chiennes levèrent la tête pour la regarder approcher et Liger s'étira paresseusement. Il suivait les deux labradors partout, sauf dans l'eau, bien entendu. Il préférait marcher le long de la rive sur les rochers et guetter les poissons, qui le fascinaient. Il finit par se lever pour venir se frotter mollement aux jambes de sa maîtresse.

— Tu es encore plus chouchouté que moi, ici, dit-elle en riant.

Liger lui mordilla le genou, puis miaula doucement et se laissa tomber sur le dos en s'étirant, les yeux fermés.

Matt surgit de l'eau, au bout du ponton.

— Il fait comme chez lui.

— Je vois ça.

Liger se promenait en effet à sa guise partout dans la propriété, dormait là où ça lui chantait, quand ça lui prenait, et s'amusait comme un petit fou avec Sargie et Tai. Chaque fois qu'elle partait en voyage avec Trace, Chris insistait pour le garder. Liger avait fait sa conquête. Et vice versa.

Priss se débarrassa de la serviette qui l'enveloppait.

— Joli maillot, approuva Matt avec un sifflement admiratif.

Elle lui sourit. C'était un maillot beige, tout simple, discret, pas trop échancré, mais pas non plus un maillot de grand-mère. Il était exactement de la couleur de sa peau, mais avec un tissu suffisamment épais pour ne pas friser l'indécence.

— C'est mon premier maillot, dit-elle. Tu le trouves bien ?

Chris nagea vers le ponton et posa ses avant-bras sur les planches pour la regarder.

— Trace ne l'a pas encore vu ? demanda-t-il.

Elle secoua la tête.

— Il n'est pas là... Et je ne sais pas où il est parti, répondit-elle en s'efforçant de dissimuler son amertume. Je ne sais pas non plus pour combien de temps.

Matt plongea la tête sous l'eau, puis réapparut pour respirer. Ses cheveux décolorés étaient en bataille, mais ça lui allait bien.

— Mais vous êtes tout le temps ensemble, répliqua-t-il. Ça fait deux mois que vous ne vous quittez pas.

Priss laissa tomber sa serviette.

— Qu'est-ce que tu fais là, toi, au fait ? demanda-t-elle d'un ton faussement agacé.

Il se lissa les cheveux en prenant un air important.

— Molly a tellement aimé ta coiffure qu'elle me confie ses

cheveux, à présent. Dare a même installé un salon dans le sous-sol. Comme ça je suis plus à l'aise pour travailler.

Priss aurait volontiers parié que Dare était surtout soulagé que Molly n'ait pas à quitter sa propriété si bien protégée.

Chris était toujours accroché au bout du ponton. Il affichait un air grave, tout à fait inhabituel chez lui.

— Alors, dit-il en envoyant du plat de la main un peu d'eau en direction de Priss. Qu'est-ce que tu fais ici ?

— Je suis venue me baigner avec vous.

— Non, je voulais dire ici, avec Trace.

Il jeta un coup d'œil en direction de la maison, puis se tourna de nouveau vers elle.

— Si ce maillot est censé le faire craquer, je pense que ça devrait marcher.

Priss aurait bien voulu partager son optimisme. Ce n'était pas si simple que ça de faire craquer Trace.

— J'avais besoin d'un maillot. J'en ai acheté un. C'est tout.

Elle alla s'asseoir au bord du ponton, près de Chris, en laissant ses pieds pendre dans l'eau.

— Pourquoi tu me prêtes toujours des intentions de gamine ?

Il secoua la tête.

— Je ne te prête aucune intention. Je me demandais simplement pourquoi tu ne lui avais pas encore avoué tes sentiments.

— Comment sais-tu que je ne les lui ai pas avoués ?

Matt éclata de rire.

— A cause de ton air bougon, peut-être ?

Chris, lui, ne répondit pas et la contempla fixement.

Très bien…

— Je ne sais pas si c'est réciproque, voilà pourquoi, répondit-elle franchement.

— C'est trop bête, lança Chris en l'arrosant de nouveau, un peu plus copieusement cette fois, et en pleine figure. Et pourquoi ce serait toujours au mec de faire les premiers pas ?

Elle perdit patience.

— Je les ai faits, les premiers pas ! Je lui ai même tendu plusieurs perches. Je lui ai parlé de ma mère quand il ne m'avait encore rien dit de lui. Sais-tu combien de temps ça lui a pris d'admettre que…

— La, la, la, chantonna Matt, avant de plonger de nouveau la tête sous l'eau.

— Qu'il n'était pas vraiment le garde du corps de Murray, lâcha-t-elle.

— Mais tu sais bien qu'il n'avait pas le choix, rétorqua Chris.

Elle s'en voulut d'avoir parlé devant Matt. Il était le bienvenu chez Molly et Dare, tout le monde le considérait comme un ami, mais il n'était pas au courant de certaines de leurs affaires et ce n'était pas à elle de les lui apprendre.

— Au début, oui, admit-elle.

— Et maintenant ?

— Maintenant je n'ai plus besoin qu'il me le dise, murmura-t-elle en contemplant rêveusement la surface du lac. J'ai compris ça toute seule. Ça et d'autres choses…

— Dans ce cas, quel est le problème ?

— Nous étions à peine arrivés ici qu'il est reparti et il ne m'a pas dit où il allait. C'est bien la preuve qu'il ne me fait pas confiance !

Matt refit surface, la bouche grande ouverte, en aspirant une grande goulée d'air.

— Désolé, dit-il. Je ne pouvais plus retenir mon souffle.

— Pas de problème, répondit Priss.

Elle se promit de reprendre plus tard cette conversation avec Chris.

— Je suis prête à entrer dans l'eau, annonça-t-elle.

Chris inclina la tête pour la dévisager.

— Tu rougis, fit-il.

— Pas du tout ! Je n'ai aucune raison de rougir.

Il leva les yeux au ciel.

— Je voulais dire à cause du soleil. Il faut que tu mettes de la crème. Tu as la peau claire. Avec la réverbération, tu vas prendre un coup de soleil.

— Ah !

Elle jeta un regard distrait sur ses épaules, qui rougissaient déjà, en effet.

Matt nagea jusqu'à l'échelle et grimpa sur le ponton. Puis il s'ébroua, comme l'auraient fait Sargie et Tai, en arrosant Priss au passage.

— Je vais m'en occuper, dit-il.

Elle lui lança un regard méfiant.

— T'occuper de quoi ?

— De t'enduire de crème solaire.

Il lui tendit une main dégoulinante d'eau.

— Debout, ordonna-t-il en la tirant pour la faire lever.

Il ramassa le tube de crème et mit dans sa paume une noisette de produit qu'il entreprit de lui étaler sur les épaules et dans le dos.

— Tu sais, Priss, plaisanterie mise à part, je t'aime bien. Tu es une chouette fille.

— Merci, répondit-elle, tout en se demandant quelle était la raison de ce brusque épanchement.

— Et je n'aime pas te voir malheureuse, poursuivit-il.

Elle voulut protester, mais il ne lui en laissa pas le temps.

— Je sais… Trace et toi, vous flirtez à longueur de journée, vous profitez de chaque instant, et tu es *follement heureuse*.

Elle fronça les sourcils, ne comprenant toujours pas où il voulait en venir, mais protesta cependant.

— Jamais je ne m'exprimerais d'une manière aussi ridicule !

Il posa sa main sur son épaule et lui sourit. Le regard fraternel et protecteur qu'il lui jeta lui fit du bien. Elle n'aurait jamais pensé un jour se faire des amis, mais elle se promit de garder contact avec les gens qui vivaient ici, même si les choses n'allaient pas plus loin entre Trace et elle. Elle dut s'avouer qu'elle avait même un petit faible pour Matt.

— Il serait tout de même temps de faire savoir à Trace combien tu tiens à lui. Tu te sentiras soulagée, tu verras.

Tout en grimpant l'échelle pour remonter sur le ponton, Chris renchérit :

— Et le plus tôt sera le mieux !

Puis il ajouta, désignant la colline derrière eux :

— Parce que Trace arrive. Et il n'a pas l'air content.

Priss et Matt firent volte-face comme un seul homme, la première impatiente et heureuse, le second l'air vaguement inquiet.

Trace descendait en effet la colline à grands pas.

Priss protégea ses yeux du soleil pour mieux le voir. Quand il était parti, elle avait craint qu'il ne s'absente plusieurs jours.

Il portait des lunettes miroir et elle ne pouvait pas voir ses yeux, mais tout dans son attitude — son pas furieux, son dos raide, son visage fermé — trahissait le mécontentement.

Elle attendit qu'il soit à portée de voix pour demander :

— Que se passe-t-il ?

Il ne répondit pas et avança jusqu'à eux sur le ponton. Là, il se planta devant Matt, qui recula lentement.

— Euh… bonjour…, bredouilla-t-il.

Trace ne répondit pas et continua à avancer pour l'acculer au bord du ponton, puis il le poussa dans l'eau, tranquillement. Matt bascula en arrière avec de grands moulinets de bras et de jambes et heurta la surface avec un bruit formidable.

— Qu'est-ce qui te prend, Trace ? protesta Priss en lui secouant l'épaule. Pourquoi tu as fait ça ?

Trace ôta posément ses lunettes et prit le temps de la balayer du regard, de la racine de ses cheveux aux doigts de ses pieds nus, avant de répondre :

— La prochaine fois que tu auras besoin qu'on t'aide à étaler ta crème solaire, fais-moi signe, plutôt qu'à Matt !

Elle en resta bouche bée. Il ne manquait vraiment pas d'air ! Il l'abandonnait chez Dare, partait sans lui dire où il allait ni pourquoi ni combien de temps et il avait l'audace de faire son jaloux quand elle autorisait un ami à lui passer de la crème solaire !

— C'est à toi que je l'aurais demandé, si tu avais été là, répondit-elle sèchement.

— Eh bien, maintenant, je suis là.

Il était là, oui, et elle en oublia instantanément qu'elle lui en voulait.

— Je vois bien que tu es là…, murmura-t-elle en posant ses deux mains à plat sur son torse.

Sa chemise était humide de sueur. Elle sentait ses muscles sous le fin tissu.

— Et on dirait que tu as chaud.

Il se pencha vers elle, avec un drôle d'éclat dans le regard.

— Un petit bain te rafraîchira, insista-t-elle.

Puis elle le poussa de toutes ses forces.

Pris par surprise, Trace n'eut pas le temps de réagir. Il tomba à l'eau, à la renverse, tout habillé. Avant que sa tête ne disparaisse, Priss eut le temps de voir s'afficher sur son visage une expression ahurie qui lui fit un immense plaisir.

Les chiennes, excitées par toute cette animation, se jetèrent dans l'eau à sa suite, tandis que Liger reculait précipitamment pour éviter les éclaboussures.

Chris grimpa les barreaux de l'échelle d'accès au ponton.

— C'est un nouveau jeu, on dirait, fit-il tout en prenant Priss dans ses bras.

— Chris ! Repose-moi tout de suite !

— Certainement pas, ma poupée.

Et, juste au moment où Trace refaisait surface, il sauta avec elle, exactement entre les deux chiens.

Priss jura en recrachant l'eau qu'elle avait avalée. Elle avait les cheveux dans les yeux et la chair de poule. Elle chercha Trace du regard. Il avançait déjà vers la rive et l'eau lui arrivait à la taille. Ses cheveux blonds étaient aplatis sur son crâne et sa chemise lui collait à la peau.

— Attends ! cria-t-elle.

Il se tourna vers elle et elle l'approcha en faisant la nage du petit chien. Arrivée à sa hauteur, elle le prit par les épaules et enroula ses jambes autour de sa taille.

— Tu ne vas pas t'en tirer comme ça, dit-elle.

Surpris, il lui soutint les fesses et vacilla dans la boue molle du fond du lac.

— Qu'est-ce qui te prend ? demanda-t-il.

Il se pencha vers elle.

— On dirait que tu es nue, dans ce maillot.

La remarque déclencha l'hilarité de Matt et Chris.

Priss ne répondit pas et dévisagea cet homme qui était si jaloux. L'homme qu'elle aimait. Puis elle l'embrassa.

Il se laissa d'abord faire, puis la repoussa, gêné sans doute par la présence des deux compères qui les regardaient.

— Tu as vu dans quel état sont mes vêtements ! protesta-t-il.

— Ça t'apprendra à te conduire comme un idiot sous prétexte qu'on me passe de la crème solaire, rétorqua-t-elle.

Trace jeta un regard noir du côté de Matt.

Chris se mit à chantonner.

— Ouais, marmonna Matt, qui n'en menait pas large.

Puis il haussa les épaules.

— Surtout qu'il n'y a vraiment aucune raison d'être jaloux de moi !

Trace fit un pas vers lui — avec des intentions clairement belliqueuses —, sans se soucier de Priss toujours agrippée à sa taille.

— Je t'aime, Trace, dit-elle précipitamment.

Déclaration qui l'arrêta net, comme elle l'avait prévu.

— Qu'est-ce que tu dis ?

— Je t'aime, répéta-t-elle.

Puis elle montra du doigt Chris, et l'endroit où Matt venait de plonger.

— Ce sont eux qui m'ont conseillé de te l'avouer alors, si tu me rejettes, je jure que je les noie sur-le-champ !

L'expression de Trace changea lentement, passant de la colère à un autre sentiment, tout aussi intense mais radicalement différent.

— Tu peux répéter ? murmura-t-il.

— Pourquoi ? demanda-t-elle en le défiant du regard. Ce serait à toi de parler, plutôt.

— Très bien...

Il fit doucement remonter ses mains le long de son dos et de ses épaules, pour les enfouir dans ses cheveux. Puis il l'embrassa.

— Tu me rends dingue, Priscilla.

Il l'embrassa de nouveau.

— Et fou de désir.

— Je t'aime, dit-elle en espérant qu'il enchaînerait sur une déclaration un peu plus compromettante.

Il l'embrassa encore, suffisamment pour lui faire oublier l'eau froide du lac et les aveux qu'elle attendait de lui.

Ce fut Chris qui prit le relais.

— Si tu la fais attendre comme ça, on va devoir lui remettre de la crème solaire, cria-t-il.

Trace allongea le bras pour lui attraper la cheville, mais Chris fit un bond en arrière, se mettant bien vite hors de sa portée.

Priss revint s'agripper à Trace pour enfouir son visage dans son cou. Il sentait bon. C'était doux.

— Arrête de jouer les voyeurs, Chris, dit-elle. File !

— Est-ce que ça veut dire que moi je peux rester ? demanda Matt, qui avait rejoint Chris.

Trace fit mine d'avancer dans sa direction. Il recula aussitôt.

— Je m'en vais ! Je m'en vais !

Priss planta ses dents dans la peau de Trace, à la jonction du cou et de l'épaule, pas trop fort mais suffisamment pour attirer son attention.

— Je t'aime aussi, dit-il alors.

Elle lécha du bout de la langue la marque qu'elle lui avait laissée.

— Je suis heureuse de l'entendre.

Il la souleva et avança vers un gros rocher sur lequel il la déposa.

— Ça devrait être interdit d'être aussi belle, déclara-t-il après l'avoir longuement détaillée.

— Vraiment ? Je suis contente que tu apprécies ce maillot.

— C'est surtout toi que j'apprécie, Priss…

Il prit alors un air mystérieux pour fouiller dans sa poche de pantalon.

— Regarde…

Médusée, elle le vit ouvrir une petite boîte qui ressemblait à celles qui servent à présenter les bagues… Et en effet, à l'intérieur, lové dans un nid de velours, elle découvrit un diamant.

Une bague de fiançailles ?

Son cœur s'arrêta de battre.

— Je voulais te faire une surprise, murmura-t-il.

Elle eut soudain les larmes aux yeux et la gorge nouée.

Il lui prit la main pour lui glisser la bague au doigt. Elle lui allait à la perfection et elle n'en fut pas étonnée. Tout ce que faisait Trace était toujours parfait.

— Priss ? murmura-t-il en la prenant par le menton. Je t'ai emmenée au cinéma, au théâtre, au restaurant, au parc d'attractions, au zoo…

— Oui… J'ai fait avec toi tout ce que je n'avais pas fait enfant.

— Mais il nous reste encore beaucoup à faire, mon amour.

Il écarta tendrement des mèches de cheveux qui gouttaient sur son visage.

— Je voulais te laisser le temps de profiter de tout ça avant de me déclarer.

— Non ! protesta-t-elle. Je n'ai pas besoin de temps. Pas du tout, je t'assure.

Matt et Chris ne purent s'empêcher de rire, à bonne distance. Trace, lui, se contenta de sourire.

Priss referma son poing sur la bague, comme si elle craignait qu'il ne la lui reprenne.

— Tout ce que je veux, c'est toi, Trace…

— Je suis content de l'entendre, parce que je ne suis pas vraiment patient. Je crois bien que j'ai su tout de suite que tu étais la femme de ma vie, le jour même où tu t'es présentée chez Murray. Mais j'ai mis du temps à l'admettre.

Il lui embrassa le bout du nez, les lèvres, le menton.

— Tu me faisais peur, avoua-t-il.

— Je ne m'en serais pas doutée… Je te rappelle que tu m'as pelotée, sous prétexte de me fouiller. C'était une première, pour moi.

— Je m'en souviens parfaitement.

Il lui donna un baiser, un vrai, qui leur arracha un gémissement de plaisir.

— Je t'ai tout de suite désirée et admirée. Tu me rendais fou d'inquiétude, avec ton inconscience, mais je t'admirais.

Priss acquiesça.

— Je ne vais pas changer de travail, reprit-il. Je serai parfois absent, tu ne sauras pas où je suis et tu trembleras pour moi.

— Oh ! Trace !

Elle se félicitait d'être trempée. Au moins, ces stupides larmes, qu'elle ne pouvait pas retenir, passeraient peut-être inaperçues.

— Même si nous n'étions pas ensemble, je tremblerais pour toi.

Il appuya son front contre le sien.

— J'aime ma maison. Elle est sûre, bien protégée. J'aimerais que nous nous y installions.

En dépit de l'émotion qui lui nouait la gorge, elle parvint à rire. La maison de Trace n'était qu'à une demi-heure de voiture de celle de Dare. Elle était tout aussi grande, mais différente, et bâtie elle aussi aux abords d'un grand lac — sans doute pour rester à l'abri des regards indiscrets.

— Il faudra penser à quelques aménagements pour Liger, alors, dit-elle. Et il perd ses poils en été.

Trace chercha l'animal du regard. Il était allongé sur le dos, les pattes écartées, près de Tai. La chienne était trempée, mais ça n'avait pas l'air de le déranger. Comprenant peut-être qu'on parlait de lui, il leva la tête et miaula.

Trace ne put s'empêcher de rire.

— Je sais qu'il faut vous prendre tous les deux, ça ne me pose pas de problème. D'ailleurs, Liger et moi, on est copains. J'adore les animaux, ne t'en fais pas pour ça.

— Tant mieux. Parce que moi j'adore ta maison.

Ils n'y avaient passé qu'une journée, enfermés dans la chambre de Trace, et ensuite ils étaient partis pour New York, puis pour Las Vegas.

— J'ai adoré voyager avec toi, Trace. Mais ça ne me dérangerait pas de me poser un peu, maintenant.

Elle avait hâte de vivre avec lui, de partager son quotidien.

— Et ta boutique ? Je n'ai pas envie que tu t'absentes trop souvent pour t'en occuper. Je veux t'avoir près de moi.

— Menteur !

La vérité, c'était que ça ne lui plaisait pas qu'elle vende des articles porno. De plus, il était jaloux de Gary.

— Je te jure que c'est vrai, protesta-t-il. Je n'aime pas te savoir loin et dans un endroit mal protégé.

— Gary pourrait racheter le fonds de commerce. Je crois qu'il y songe.

— Et tu serais d'accord pour le lui vendre ?

— Pourquoi pas ? dit-elle en haussant les épaules. Je n'y suis pas attachée autant que tu crois. Tout a une fin, dans la vie. Il faut bien que je passe à autre chose.

Il lui caressa la joue.

— Cette boutique garantissait ton indépendance, murmura-t-il.

Elle lui rappelait aussi qu'elle avait dû se cacher de Murray, tout en rêvant de se venger de lui.

Elle secoua la tête.

— Je tiens à mon indépendance, aussi je chercherai un travail.

Elle songeait à aider Trace. Pas en l'accompagnant en mission, bien sûr, parce qu'il n'aurait jamais accepté, mais elle pouvait se charger des recherches. Elle n'était pas contre l'idée d'aider ceux qui en avaient besoin.

Elle voulait faire quelque chose pour les autres, comme Trace. Mais ce n'était pas encore le moment d'aborder le sujet.

— Je trouverai bien quelque chose, conclut-elle. Je déteste me tourner les pouces.

— C'est vrai ? Je ne m'en serais pas douté…

Il la taquinait, mais elle ne s'en formalisa pas. Elle était si heureuse ! Elle contempla rêveusement sa bague, un gros diamant entouré de pierres plus petites.

— Elle est magnifique.

— Si elle ne te plaît pas, je peux l'échanger…

— Jamais de la vie ! protesta-t-elle en serrant sa main contre son cœur.

— Très bien, Priscilla Patterson, murmura Trace en souriant. Puisque vous acceptez la nature de mon travail, ma maison, mes amis et ma bague, je crois que je peux me lancer. Accepteriez-vous aussi de m'épouser ?

Une immense joie gonfla en elle, mais elle n'en avait pas encore tout à fait fini avec lui.

— Quand tu partiras, tu me diras au moins où tu vas ?

— Oui, chaque fois que ce sera possible.

— Quand tu seras en danger, tu ne chercheras pas à me le cacher ?

— Je ne te cacherai rien.

— Entendu. Tu veux un grand mariage ?

— Je veux ce que tu veux.

Elle eut envie de pleurer.

— Eh bien, murmura-t-elle. Ça aussi, c'est une première.

Jusque-là, il n'avait pas vraiment tenu compte de ce qu'elle voulait.

Tout en parlant, elle lui caressait le torse. C'était plus fort qu'elle.

— Tu devrais participer au concours de beauté avec chemise mouillée. Je suis sûre que tu gagnerais !

Matt s'empressa d'approuver et Chris ricana.

Elle les ignora.

— Pour le mariage, reprit-elle, je préférerais une cérémonie discrète.

Trace la souleva pour la prendre dans ses bras.

— Ça me va très bien. Rien que la famille et les amis ?

— Oui. Moi, j'invite Matt. Toi, tu invites qui tu veux.

— Tu m'invites ? s'étonna Matt. J'en serais très honoré, mais…

Trace lui sourit, pour le rassurer.

— J'accepte, fit Matt en posant une main sur son cœur. Merci beaucoup, Priscilla.

— De toute façon, j'aurais eu besoin de toi pour ma coiffure !

Chris se leva. Les deux chiennes et le chat l'imitèrent aussitôt, comme s'il était le joueur de flûte des contes des frères Grimm.

— Je vais annoncer à Dare qu'on fait ce soir un petit dîner pour célébrer vos fiançailles, dit-il. Si vous êtes d'accord pour fêter ça entre amis, bien entendu…

Priss songea avec reconnaissance qu'elle avait maintenant des amis, grâce à Trace.

— Et si on invitait Alani, pour que je fasse sa connaissance ? proposa-t-elle.

— Je crois qu'elle m'écorcherait tout vif si je ne l'invitais pas, répondit Chris.

— Et on pourrait aussi inviter Jackson ?

— Pourquoi pas ? répondit Trace.

Il lui décocha un baiser sonore, puis ajouta, tout bas :

— Comme ça je les verrai ensemble et ça me permettra de jauger un peu la situation.

Tout cela était si merveilleux que Priss en eut soudain le vertige.

— Quand je prenais mes cours d'autodéfense en ruminant ma vengeance contre Murray, j'étais loin de me douter que je rencontrerais quelqu'un comme toi, dit-elle.

— Quelqu'un dont tu allais tomber amoureuse ? demanda-t-il d'un ton taquin.

— Oui.

Il attendit que Chris et Matt se soient éloignés avant d'ajouter :

— Tu crois que tu sauras quoi faire de toute ton énergie, maintenant que tu n'as plus ta mère à venger ?

— Oui… Je dois t'aimer et être heureuse.

Elle se colla à lui pour l'embrasser.

Une étrange lueur passa dans les yeux de Trace. Il la souleva et s'enfonça dans l'eau avec elle. Il était encore tout habillé, mais semblait l'avoir oublié.

— Qu'est-ce que tu fais ? demanda Priss.

Il l'entraîna sous le ponton, à l'abri des regards, derrière l'échelle.

— J'ai envie de te faire l'amour.

Elle poussa un cri étouffé.

— Ici ? Dehors ?

— Nos amis sont un peu taquins, je te l'accorde. Surtout Matt. Mais je t'assure que personne ne songe à nous espionner.

Il la coinça contre l'échelle.

— Et, maintenant que je sais que tu vas être ma femme, j'ai encore plus envie de toi.

Elle leva les yeux vers le plancher qui laissait passer quelques rayons de soleil. L'air était chaud, l'eau fraîche. Les jambes de Trace s'enroulèrent autour des siennes, ses mains glissèrent le long de son dos.

Il posait sur elle un regard plein d'amour. Elle était bien.

— Dans ce cas, je ne peux pas refuser, dit-elle.

Elle avait maintenant une nouvelle raison de vivre : Trace.

— Ce sera encore une première pour moi.

— Et ce n'est pas fini, lui promit-il. Des premières, tu en auras d'autres.

Elle n'en doutait pas. Avec lui, l'avenir était plein de joie et de promesses. Elle avait trouvé la paix et le bonheur. Enfin.

Epilogue

Alani n'était pas en maillot et Jackson le regretta. Il aurait bien voulu la voir en maillot. Elle n'avait pas remarqué sa présence en entrant et se croyait seule dans la pièce.

Elle s'avança jusqu'à la baie vitrée pour regarder au-delà de la terrasse et, malgré ce jour de fête — les fiançailles de Trace et Priss —, elle conservait un air nostalgique, comme quelqu'un qui voudrait bien participer aux réjouissances, mais qui n'ose pas.

Elle n'avait que vingt-trois ans, mais elle était souvent triste et renfermée. Sans doute était-ce à cause de ce qu'elle avait vécu lors de son enlèvement.

Ce qui n'empêchait pas Jackson de rêver chaque nuit qu'il la tenait dans ses bras.

Le jour, c'était autre chose. La jeune femme l'évitait. Parce qu'elle avait peur de s'engager.

Pourtant, il ne désespérait pas de trouver un moyen de l'aider à surmonter cette peur.

Priss entra à son tour dans le salon, en courant presque. Ses cheveux trempés collaient à son dos. Des rigoles d'eau coulaient entre ses seins.

— Pourquoi vous ne venez pas nager avec nous ? leur demanda-t-elle.

Alani sursauta et fit demi-tour, apercevant seulement Jackson, qu'elle contempla alors avec des yeux ronds.

Il lui adressa un petit sourire en coin, qui revenait à avouer qu'il l'observait depuis un moment.

— J'allais justement le proposer à Alani, répondit-il.

Priss éclata de rire.

— Tu n'es même pas en maillot !

— Ça me prend cinq minutes, de me mettre en maillot, rétorqua-t-il.

Il contempla fixement Alani.

— Et toi ?

— Je n'ai pas pris de maillot, murmura-t-elle.

— Quel dommage ! On pourrait peut-être chercher un coin tranquille pour se baigner nus ?

— Honte à toi ! lança Priss en le menaçant du doigt. Alani, méfie-toi de lui.

Alani acquiesça, sans le quitter des yeux.

— Molly a peut-être un maillot à te prêter, dit encore Priss. Moi je n'en ai qu'un, malheureusement, celui que je porte.

— Et qui te va très bien, fit Jackson.

— Trace ne l'aime pas beaucoup.

— C'est parce que tu as l'air nue dedans.

Priss devint écarlate.

— Si tu prononces encore une fois le mot *nu* devant moi, je te noie dans le lac, l'avertit-elle.

Il fit mine de prendre l'air contrit, mais ne put s'empêcher de sourire.

Priss secoua la tête, puis son regard passa de l'un à l'autre.

— Bon… je vous laisse…, dit-elle d'un air finaud. Je dirai aux autres que vous arrivez.

Puis elle sortit, en agitant négligemment la main.

Jackson s'approcha d'Alani. Comme elle recula d'autant, il cessa d'avancer.

— Que se passe-t-il ? demanda-t-il.

— Qu'est-ce que c'est que cette histoire de *nu* ? demanda la jeune femme en fronçant les sourcils.

— Rien du tout, dit-il sèchement, furieux de cette accusation déguisée. Tu penses que j'aurais l'indélicatesse de draguer la fiancée de ton frère ? Sans compter que je ne l'intéresse pas.

— Tu as donc essayé ?

— Mais non !

— Pourquoi est-elle devenue toute rouge, alors, quand tu as dit qu'elle avait l'air nue ?

Il se frotta la nuque, embarrassé.

— Elle est gênée parce que… eh bien, parce que je l'ai vue…

Alani croisa les bras, attendant la suite.

Jackson avança alors résolument vers elle et constata avec satisfaction que, pour une fois, elle ne battait pas en retraite. Bien au contraire, elle le toisait avec une expression qui semblait le défier.

— J'ai dû la faire sortir de sa douche précipitamment pour lui sauver la vie, je l'ai vue nue, débita-t-il d'une seule traite.

Alani en resta bouche bée.

— Et crois-moi, nous étions aussi gênés l'un que l'autre ! poursuivit-il.

Il ne put s'empêcher de sourire. En vérité, l'épisode ne l'avait pas gêné du tout.

— En fait, elle était plus gênée que moi, admit-il. Mais je n'étais pas ravi.

— Incroyable, murmura Alani.

— Oui, tu peux le dire, soupira Jackson.

Trace lui en voulait d'ailleurs encore.

— Ton frère va mettre un certain temps à l'oublier, reprit-il. Quand ça s'est passé, il ne sortait pas encore avec elle. En somme, je l'ai vue nue avant lui et…

— Ce que tu peux être impudique ! Tu n'as pas besoin de me donner tant de détails !

— Tu me demandes, je suis bien obligé de t'expliquer. J'essaye simplement d'être honnête avec toi.

— Pas la peine de te donner tant de mal, rétorqua-t-elle en l'écartant de son chemin.

Merde !

Il la regarda sortir par la porte de derrière. Il se sentait tellement frustré que cela le poussa à réagir.

Il la rejoignit en quelques enjambées.

— Attends !

Elle se figea, puis se tourna lentement vers lui.

Trace, qui se trouvait sur le ponton avec les autres mais qui avait des antennes dès qu'il était question de sa sœur, leva la tête dans leur direction. Jackson en fut vaguement agacé. Trace la couvait trop, ça ne lui rendait pas service.

— Qu'est-ce que tu veux ? demanda-t-elle sèchement.

Bon sang, ce qu'elle était belle ! Une brise légère jouait dans ses cheveux blonds, ses yeux dorés brillaient, soulignés de longs cils recourbés. Elle était plus menue et délicate que Molly et Priss, moins sensuelle, mais pour lui c'était parfait.

— Je file, dit-il.

Elle chercha son regard.

— Tu pars ? demanda-t-elle, avec un brin d'émotion dans la voix.

— Oui.

Il fit un pas vers elle, en restant tout de même à distance raisonnable. S'il s'approchait encore, Trace allait sûrement intervenir.

— Ta présence me perturbe. J'ai trop envie de toi.

— Oh ! murmura-t-elle.

— Si tu me trouves grossier ou impudique, tant pis pour moi. Je suis certain qu'on s'entendrait merveilleusement bien au lit, mais puisque tu n'as pas l'air disposée à… Bref… j'ai promis à Trace de te laisser tranquille si tu me repoussais.

Elle se raidit.

— Seigneur ! Tu as parlé de *ça* avec mon frère ?

— Non ! C'est juste que…

Il baissa la voix.

— Nous avons parlé du fait que tu devais t'occuper de la décoration de mon appartement. Quand il… Je veux dire… *s'il* se passe quelque chose entre nous, je n'en parlerai à personne, tu peux me croire.

Elle devint écarlate, comme Priss un instant plus tôt.

— Oh… Je…

— Ce n'est pas grave, Alani. Tu me plais, mais j'ai l'impression que ce n'est pas réciproque. Voilà, c'est tout.

Elle battit des paupières.

— Mais, si tu changes d'avis, je serai là, poursuivit-il.

Il allongea le bras pour lui effleurer la joue. Elle avait la peau douce et tiède. Il aurait voulu la caresser partout.

La sentir nue contre lui.

Eveiller son désir.

— Si tu viens vers moi, tu ne le regretteras pas, je te le jure, dit-il piteusement.

Elle avala sa salive et s'humecta les lèvres, signes qu'elle n'était pas indifférente à sa déclaration. Il crut même voir passer une étrange lueur dans ses yeux. Elle aussi le désirait. Du moins, il voulait le croire. Mais Trace remontait déjà dans leur direction. Les autres aussi les regardaient, et leur curiosité allait la mettre mal à l'aise.

— Je te charge de leur dire au revoir de ma part et de trouver une excuse pour expliquer mon départ, ajouta-t-il précipitamment.

Et sur ce il s'éloigna, tandis qu'Alani le suivait des yeux, sans chercher à le retenir.

Il tenta de se consoler en se disant qu'elle ne tarderait pas à le contacter.

Il l'espérait, en tout cas, parce qu'il n'était pas certain de pouvoir renoncer à elle.

Vous retrouverez la suite de cette série dans un roman à paraître à l'automne 2013 chez Mosaïc.

CHEZ MOSAÏC

Par ordre alphabétique d'auteur

LAURA CALDWELL	*La coupable parfaite*
PAMELA CALLOW	*Indéfendable*
ANDREA ELLISON	*L'automne meurtrier*
LORI FOSTER	*La peur à fleur de peau*
LORI FOSTER	*Le passé dans la peau*
HEATHER GUDENKAUF	*L'écho des silences*
KRISTAN HIGGINS	*L'Amour et tout ce qui va avec*
KRISTAN HIGGINS	*Tout sauf le grand Amour*
LISA JACKSON	*Le couvent des ombres*
LISA JACKSON	*Ce que cachent les murs*
LISA JACKSON	*Passé à vif*
ANDREA KANE	*La petite fille qui disparut deux fois*
ALEX KAVA	*Effroi*
BRENDA NOVAK	*Kidnappée*
BRENDA NOVAK	*Tu seras à moi*
TIFFANY REISZ	*Sans limites*
EMILIE RICHARDS	*Le parfum du thé glacé*
NORA ROBERTS	*La fierté des O'Hurley*
NORA ROBERTS	*La saga des O'Hurley*
NORA ROBERTS	*Par une nuit d'hiver*
NORA ROBERTS	*Retour au Maryland*
ROSEMARY ROGERS	*Une passion russe*
ROSEMARY ROGERS	*La belle du Mississippi*
KAREN ROSE	*Elles étaient jeunes et belles*
ERICA SPINDLER	*Les anges de verre*
SUSAN WIGGS	*Là où la vie nous emporte*

Composé et édité par les

éditions HARLEQUIN

Achevé d'imprimer en Allemagne
par GGP Media GmbH, Pößneck
en mars 2013

Dépôt légal en avril 2013